결투

Поединок

Александр Иванович Куприн

대산세계문학총서 095

결투

알렉산드르 쿠프린 지음
이기주 옮김

문학과지성사
2010

대산세계문학총서 095_소설
결투

지은이 알렉산드르 쿠프린
옮긴이 이기주
펴낸이 홍정선 김수영
펴낸곳 ㈜문학과지성사
등록 1993년 12월 16일 등록 제10-918호
주소 121-840 서울 마포구 서교동 395-2
전화 02)338-7224
팩스 02)323-4180(편집) 02)338-7221(영업)
전자우편 moonji@moonji.com
홈페이지 www.moonji.com

제1판 제1쇄 2010년 6월 30일

ISBN 978-89-320-2065-5
ISBN 978-89-320-1246-9 (세트)

이 책은 대산문화재단의 외국문학 번역지원사업을 통해 발간되었습니다.
대산문화재단은 大山 愼鏞虎 선생의 뜻에 따라 교보생명의 출연으로 창립되어
우리 문학의 창달과 세계화를 위해 다양한 공익문화사업을 펼치고 있습니다.

차례

결투 7

옮긴이 해설 · 시대와 담대히 결투하다! 302
작가 연보 316
기획의 말 318

1

저녁 훈련이 끝나갈 무렵이 되자, 6중대의 젊은 장교들은 시계를 더욱 자주 쳐다보며 안달했다. 경비 근무 규율에 관한 실습훈련이 여태 진행 중이었다. 연병장 여기저기에는 병사들이 어수선하게 서 있었다. 포장도로 가장자리를 따라 서 있는 백양나무 근처와 철봉대 옆, 중대 훈련막사 문 주변 그리고 조준기들 옆에도 병사들이 서 있었다. 이 모든 장소들을, 예를 들어, 화약고 옆 초소나 깃발 옆 초소 그리고 위병소 내 경계초소라고 상상하는 것이었다. 이들 초소 사이를 위병사관이 왔다 갔다 하면서 초병을 세웠다. 보초 교대가 이루어질 때, 하사관들은 초소를 점검하고 간혹 초병에게서 교묘하게 소총을 빼앗거나 초병이 자신의 자리를 이탈하도록 유도하기도 하며, 그렇지 않으면, 보통 자신의 모자일 경우가 많은데, 초병으로 하여금 어떤 물건을 보관하라고 시킨 다음 부하 병사들의 임무 숙지 상태를 확인했다. 이러한 장난스러운 속임수를 익히 잘 알고 있는 고참병들은 이런 경우 과장되면서 진지한 목소리로 이렇게 대답했다. "물러서! 황제 폐하의 명령이 아닌 이상 어느 누구에게도 소총을 넘겨줄 수 없다." 그러나 신병들은 혼란스러워했다. 그들은 아직 진정한 임무와 장난을 구별하지 못한 채, 아니면 말라는 식으로 막무가내였다.

"흘레브니코프! 망할 자식, 서툴기는!" 작지만 통통하고 약삭빠른 샤포발렌코 상병이 소리쳤다. 그의 목소리에서 상급자로서의 곤혹스러움을 느낄 수 있었다. "내가 몇 번을 가르쳐줘야 알겠어, 이 멍청아! 너, 지금 누구 명령을 따른 거야? 죄수 명령도 들을래? 대체 널 어떻게 해야 되냐? ……대답해봐! 너, 보초를 왜 서고 있는 거야?"

3소대에서 심히 당혹스러운 일이 발생했다. 겨우겨우 러시아어를 알아들으며 말 또한 떠듬거리는, 타타르 출신인 어린 병사 무하메드쥐노프가 상관의 장난이 진짜인지 가짜인지를 혼동하는 사건이 벌어진 것이다. 갑자기 화를 버럭 내더니만 소총을 손에 들고 확신에 찬 목소리로 단호하게 한마디 던졌다.

"찌…… 찌른다!"

"잠깐 기다려봐…… 이 멍청한 것……" 하사관 보브이레프가 그를 설득했다. "내가 누구야? 내가 네 초소장이잖아, 안 그래?"

"찌른다!" 타타르인이 눈에 한껏 핏발을 세우고 놀란 표정으로 험상궂게 소리쳤다. 다가오면 누구든지 총검으로 찌를 태세였다. 지루한 훈련 중에 잠시나마 휴식을 즐길 겸 이 우스꽝스러운 광경을 보려고 병사들이 구름처럼 그의 주변에 몰려들었다.

중대장 슬리바 대위가 이 문제를 해결하기 위해 발걸음을 옮겼다. 등이 굽은 그가 발을 질질 끌면서 느릿느릿 발걸음을 떼어놓는 순간, 연병장의 다른 구석에서는 젊은 간부들이 함께 수다를 떨며 담배를 피우기 위해 모여들었다. 그들은 셋이었는데, 그중 하나는 베트킨 중위로 서른셋쯤 되는 나이에 콧수염을 기른 대머리였다. 그는 익살꾼에 수다쟁이이자 노래 부르기를 좋아하는 주정꾼이었다. 다른 한 사람은 연대 근무 2년차의 로마쇼프 소위였고, 나머지 한 사람은 장난꾸러기 같은 귀엽고 천진한 눈, 순진해 보이는 두툼한 입술로 미소를 짓고 있는, 균형 잡힌 몸매의 활달한 젊은이인 르보프 상사였다. 그의 입술은 마치 장교들 사이에 오랫동안 전해져오는 우스갯소리들을 곧 떠벌릴 것처럼 보였다.

"더러워서" 베트킨이 자신의 백동시계를 들여다본 후 뚜껑을 덮으며 화가 나서 말했다. "이 시간까지 중대를 잡아놓고 어쩌자는 거야? 멍청이!"

"설명을 좀 해드리지 그래요, 파벨 파블르이치." 르보프가 교활한 표정을 지으며 한마디 거들고 나섰다.

"두 시간째 저러고 있는 거야. 직접 가서 설명하지 그러셔. 중요한 게 뭐냐. 중요한 건 말짱 헛수고란 얘기지. 저 작자들은 검열을 앞두고는 항상 호들갑을 떨거든. 해도 정도껏 해야지 말이야. 사병들을 죽어라 괴롭히고 들들 볶고 사사건건 잔소리를 해대니, 정작 검열 때는 애들이 모두 마치 등신처럼 멍하니 서 있게 되는 거야. 서로 자기네 중대원들이 더 많이 먹는다고 우기면서 중대장이란 사람 둘이서 한바탕 난리를 친 사건 알아? 아주 유명한 사건인데, 결국 각자 지독한 대식가 한 놈씩을 선발했잖아. 내기 판돈이 장난이 아니었어. 거의 백 루블 정도 됐을걸. 그래서 결국 한 놈이 7푼트나 먹어치우고 더는 못 먹겠다고 나가떨어졌지. 중대장이 결국 상사한테 한 소리 하더군. '누구 엿 먹이기로 작정한 거야?' 상사가 말은 못하고 눈만 끔뻑이다가 겨우 대답하기를, '도대체 어떻게 된 일인지 저도 잘 모르겠습니다. 아침에 연습할 때만 해도 8푼트를 게 눈 감추듯 해치웠었거든요……' 이러지 뭐겠어. 우리 부대가 이렇다니까……

연습은 개념 없이 하고 검열은 눈 가리고 아웅 하는 격이지."

"어제……" 르보프가 갑자기 웃음을 터뜨렸다. "어제 전 중대 일과가 끝나고 집에 가는 중이었어요. 8시쯤이었는데, 벌써 컴컴해졌더라고요. 보니까 11중대에서 구령연습이 한창인 거예요. 그것도 합창으로. '우—로, 가—슴까지, 명—중!' 제가 안드루세비치 중위님한테 물었죠. '중위님 중대에서는 이 시간에 웬 음악 소리가 다 들립니까?' 하고 말이죠. 중위님이 그러더라고요. '우리? 개처럼 달을 쳐다보고 짖는 중이야.'"

"정말 지긋지긋해, 지겨워!" 베트킨이 하품을 했다. "어라, 저기 말 타고 가는 사람 누구야? 베크 같기도 하고?"

"네. 베크 아가말로프 맞네요." 시력 좋은 르보프가 말했다. "말 탄 폼 한번 근사하군."

"정말 멋지네." 로마쇼프가 동의했다. "내 생각에, 기병 중에 누구보다도 말을 잘 타는 것 같아. 와—우! 말이 춤을 추는군. 베크 저 자식 폼 잡는 것 좀 봐."

흰 장갑을 끼고 부관 복장을 한 장교가 포장도로를 따라서 말을 타고 천천히 지나갔다. 그는 엉덩이 밑에 영국식의 짧은 꼬리가 달린 황금색 털 빛깔의 크고 늘씬한 말을 타고 있었다. 그 말은 잔뜩 흥분한 상태로, 재갈이 물린 튼튼한 목을 참을성 없이 흔들어대고 가는 다리로 연신 땅바닥을 차고 있었다.

"파벨 파블르이치, 저 사람 원래 체르케스인이라는 말이 사실인가요?" 로마쇼프가 베트킨에게 물었다.

"나도 그렇다고 알고 있어요. 간혹 아르메니아인들이 자신을 체르케스인이나 다게스탄인으로 사칭하는 일이 있는데, 베크는 거짓말을 하고 있는 것 같지는 않아. 저것 좀 봐요, 말을 타고 있는 폼이 정말 대단해!"

"잠깐만요, 내가 불러볼게요." 르보프가 말했다.

르보프가 두 손을 입에 모으고 쥐어짜는 듯한 목소리로 소리쳤다. 중대장에게는 들리지 않게 하기 위함이었다.

"아가말로프 중위님! 베크!"

말을 탄 장교가 말고삐를 당기고 잠시 멈춰 서서 오른쪽을 돌아보았다. 잠시 후, 말 머리를 이쪽으로 돌리고 안장에서 살짝 등을 굽히고는 말을 몰아 경쾌한 동작으로 도랑을 뛰어넘었다. 그리고 절제된 걸음으로 말을 몰아 장교들에게로 달려왔다.

중키보다 작고 마른 그는 골격이 튼튼하고 강인해 보였다. 편평한 이마와 매부리코, 굳게 다문 입술이 도드라져 돋보이는 그의 얼굴은 용맹스러움과 아름다움을 지니고 있는 동양인의 특징인 창백함을 아직 잃지 않고 있었다. 그런가 하면 동시에 그을린 듯 까무잡잡해 보이기도 했다.

"잘 있었나, 베크." 베트킨이 말했다. "자네 저기서 누구 보라고 그렇게 잔뜩 폼을 잡은 거야? 아가씨들?"

베크 아가말로프는 낮은 자세로 말안장에서 내려와 장교들과 악수를 나누었다. 그가 미소를 지으니, 마치 악다문 그의 흰 이가 얼굴 아래 전체로, 잘 손질된 작고 검은 콧수염에 반사되어 빛을 뿌리고 있는 느낌이었다.

"근사한 유대인 여자 둘이 지나가고 있었어. 내가 뭐 어쨌다고 그래? 난 관심 없어."

"우리가 알기로는, 자네 샤스키* 실력이 형편없다던데!" 베트킨이 고개를 내저었다.

---

* 서양 장기, 체스 판에서 두 사람이 열두 개씩의 말을 써서 하는 놀이.

"내 말 좀 들어보세요." 르보프는 입을 떼기가 무섭게 다시 웃음을 터뜨렸다. "도호투로프 장군*이 보병부관들에 대해서 뭐라고 말했는지 아세요? 베크, 당신하고도 관련이 있어요. 부관들이 이 세상에서 제일가는 승마광들이랍디다."

"거짓말 하지 마, 이 사람아!" 베크 아가말로프가 말했다.

그는 발로 말을 밀쳤다. 얼굴 표정으로 보아 마치 상사에게 바로 덤벼들기라도 할 태세였다.

"무슨 소리! 나도 들어보니, 그 작자들 갖고 있는 게 말이 아니라 무슨 기타라던가 농짝이라던가 그러던데…… 좀 달리면 숨이 목에 차 헐떡거리는 데다가, 절름발이에 애꾸눈인 주제에 물만 퍼마신다나 어쩐다나. 명령이라도 떨어지면 무턱대고 채찍질을 해대서는 전속력으로 달릴 줄만 안다는 거야. 울타리고 골짜기고 가리지 않고 달려가는 거지. 관목도 개의치 않고 달리는 거야. 말고삐를 놓치기 일쑤에 등자를 잃어버리지 않나, 모자는 온데간데없어지고! 훌륭한 기수 나리들이라고 할까! 뭐 새로 들은 것 좀 없나, 베크?" 베트킨이 물었다.

"새로 들은 거? 전혀 없어. 지금 방금 연대장이 회의에서 레호 중령을 만났어. 얼마나 호통을 쳐대던지, 사원 광장에서도 소리가 들리더라니까. 중령이 곤드레만드레 취해서 엄마 아빠 발음도 못할 정도였어. 게다가 뒷짐을 딱 지고 서 있기는 하는데, 몸이 좌우로 왔다 갔다 하는 거 있지. 거기에 하인도 있었는데, 슐고비치가 중령한테 '연대장과 얘기하면서 뒷짐을 지는 사람이 어디 있어?' 하며 고래고래 소리를 질렀지."

"너무 빡빡해!" 베트킨이 빙그레 웃으며 말했다. 비꼬는 것도 아닌

---

* 도호투로프 드미트리 세르게이비치Дохтуров Дмитрий Сергеевич(1756~1816): 1812년 조국전쟁의 영웅.

것이 그렇다고 칭찬하는 웃음도 아니었다. "사람들이 그러는데, 어제 4중대에서도 '내 앞에서 법규가 이러니저러니 해서 어쩌겠다는 거야? 제군들에게 난 법이다. 더 이상의 대화는 필요 없어! 여기서 나는 황제이자 신이야!'라며 소리를 질렀대."

르보프가 다시 무슨 생각이라도 난 것처럼 갑자기 웃음을 터뜨렸다.

"N연대에서도 부관이랑 한바탕 난리를 쳤었는데……"

"입 다물어." 베트킨이 심각하게 그의 말을 가로챘다. "그러다 오늘 경을 칠 수도 있어."

"새로운 소식이 또 있어." 베크 아가말로프가 말을 이었다. 그는 다시 말 머리를 르보프에게 돌려 장난으로 부딪치게 만들었다. 말은 머리를 흔들면서 콧김을 세게 뿜어대고 사방에 침을 뿌렸다. "새로운 소식이 또 있어. 연대장이 전 중대 장교들한테 허수아비를 만들라고 한 거야. 9중대에서는 그 공포감이 정말 오싹할 정도였어. 에피파노프가 칼을 갈아놓지 않았다고 체포되기도 했다니까…… 뭘 그렇게 겁먹고그래, 자넨!" 갑자기 베크 아가말로프가 상사를 물고 늘어졌다. "적응해야지. 언젠가는 자네도 부관이 될 텐데. 그러면 접시에 담긴 참새구이처럼 말 위에 올라타 앉아 있겠네."

"젠장, 야만인 같으니라고! 다 죽어가는 말라깽이 말일랑 데리고 썩 꺼지죠." 르보프가 말 주둥이를 뿌리쳤다. "베크, N연대에서 부관 한 사람이 서커스 말을 샀다던데, 들었수? 그 말을 타고 사열을 나갔는데 갑자기 그놈의 말이 부하들 앞에서 스페인 식 걸음걸이로 행진을 하더래요. 그 있잖아, 발을 높이 쳐들고 비틀거리는 걸음걸이 그거. 그러더니 결국 선두에 정렬해 있던 중대로 돌진을 했대. 비명 소리가 나고 열이 흐트러지면서 난장판이 된 거지. 한데 말은 대수롭지 않은 듯 태평스럽게 스페인 식 걸음걸이를 마무리하더라는 거야. 드라고미로프가 손을 이렇게 말아 확성기를 만들어서 '중위, 그 걸음걸이 그대로 영창으로 직행! 21일간 영창!'이라고 소리쳤지 뭐야."

"별일도 아니구먼." 베트킨이 얼굴을 찌푸렸다. "이보게 베크, 어제 자네가 보내온 뜻밖의 선물 있지 않은가, 그런데 대체 어떻게 하라고? 도저히 시간이 나지 않아. 이 흉물을 받은 것도 사실 어제야."

그는 연병장 한가운데를 가리켰다. 그곳에는 희뿌연 점토로 만들어진 허수아비가 서 있었다. 몰골은 사람을 닮은 것이 단지 손과 발만 없을 뿐이었다.

"그래서 뭐? 칼로 베어봤어?" 베크 아가말로프가 호기심 어린 목소리로 물었다. "로마쇼프, 아직 안 베어봤어?"

"아니 아직."

"나도 마찬가지야! 아무짝에 쓸모도 없는 일에 시간을 보내야 하니." 베트킨이 볼멘소리를 했다. "칼질할 시간이나 있나? 아침 9시부터 저녁 6시까지, 알겠지만, 여기 일이라는 게 어디 예상할 수 있기나 해? 그러니 배 채우고 보드카 한잔 기울일 시간도 거의 없어. 그나마 내가 술을 좋아하지 않으니 다행이라면 다행이지만……"

"기인이야. 장교라면 의당 칼을 자유자재로 쓸 줄 알아야지."

"왜? 왜 그래야만 하는데? 전쟁이라도 나면 필요하니까? 요즘엔 이런 화기(火器)만 있으면 자네 같은 사람은 백 발짝 안쪽으로는 나한테 접근도 못해. 그런데 자네 칼이 무슨 소용이야? 난 기병도 아니고…… 설령 필요하다면 소총을 집어 들고 개머리판으로 머리통을 박살내버리는 게 더 낫지. 아무렴, 더 나은 방법이지."

"좋아, 그렇다면 전시가 아닌 평시에는? 벌어질 수 있는 일이 어디

한둘이야? 폭동, 소요, 게다가 또……"

"그래서? 그렇다고 여기서 칼이 또 왜 나와? 난 사람들의 머리에 칼을 대는 그런 거친 일에는 가담하지 않을 생각이야. '중—대, 사격개시!' 그러면 임무 완수지……"

베크 아가말로프는 불만스러운 표정을 지었다.

"자넨 정말 바보야, 파벨 파블르이치. 그렇지 않아, 어디 진지하게 대답해보게. 자네가 극장에서 걸어가고 있는데, 아니면, 예를 들어 식당에서 어떤 민간인이 자네에게 모욕을 주었다거나 더 극단적으로 말해서 어떤 문관이 자네의 따귀를 올려붙였다고 해봐. 그럼 자네는 어쩔 거야?"

베트킨은 어깨를 위로 올리고 경멸의 표정을 지으며 입술을 깨물었다.

"좋아! 우선 첫째, 내가 민간인에게 맞는 일은 없어. 왜냐하면 그런 일은 맞을까 봐 잔뜩 겁을 집어먹은 사람에게나 생기는 법이니까. 둘째…… 그래도 생긴다면, 내가 어떻게 할 것 같아? 권총으로 한 방에 날려버리지."

"만약 권총을 집에 놓고 왔다면요?" 르보프가 물었다.

"그거야, 젠장 맞을……, 집에 갔다 와야지…… 다 바보 같은 짓이야. 이런 일도 있었어. 한 기병 소위가 카바레에서 모욕을 당한 거야. 마차를 타고 집에 가서 가져온 권총으로 불량배 두 놈을 죽여버렸어. 그게 전부야……!"

베크 아가말로프가 짜증을 내며 고개를 내저었다.

"알아. 들었어. 하지만 재판에서 사전에 의도된 범죄로 판결이 나서 유죄를 선고받았잖아. 그런데 뭐가 좋다는 거야? 만약에 누가 내게 모욕을 주고 폭력을 휘둘렀다면, 난 아마……"

그는 말을 끝까지 다 하지는 않았지만 말고삐를 쥐고 있는 손으로 주먹을 꽉 쥐었다. 심지어 손이 떨릴 정도였다. 르보프가 갑자기 웃음 때문인지 몸을 바르르 떨다가 결국 웃음보를 터뜨렸다.

"또 그런다!" 베트킨이 진지한 목소리로 핀잔을 주었다.

"여러분…… 미안합니다…… 하—하—하! M연대에서는 이런 일도 있었어요. 크라우제 상사가 간부 모임에서 소란을 피웠답니다. 매점 근무자가 그의 견장을 움켜쥐었는데 거의 떨어져나갈 뻔했대요. 그러자 곧바로 크라우제가 권총을 빼들고는, 그의 머리를 명중시킨 거죠. 그 사람은 즉사했고요. 바로 그때 어떤 법무관 한 사람이 나타났는데, 그 사람에게도 총을 쐈어요! 당연히 사람들이 사방으로 줄행랑을 쳤겠죠. 그런데 크라우제는 태연하게 자기 숙소로 발길을 돌려 숙소 앞 중대 깃발로 걸어갔어요. 초병이 소리쳤죠. '누구냐?' 그러자 크라우제는 '나 크라우제 상사인데 중대 깃발 아래서 죽으려고 그런다!'라고 하면서 그 자리에 벌렁 누워서 자신의 팔에 총을 쐈어요. 나중에 재판에서 무죄를 선고받았답니다."

"훌륭하구먼!" 베크 아가말로프가 말했다.

이윽고 젊은 장교들이 좋아하는 아주 일상적인 이야기들이 시작되었다. 보통은 피를 보고야 마는 예상치 못한 폭력에 대한 이야기이거나, 그럼에도 불구하고 어떻게 이러한 사건이 아무런 제재도 없이 마무리되었는가에 대한 이야기였다. 어떤 작은 도시에서 수염도 나지 않은 풋내기 기병이 만취 상태로 칼을 휘두르며 유대인 무리로 돌진해서 부활절을 준비하는 사람들에게 마구 욕을 보였다는 이야기를 했고, 보병 소위가 키예프의 한 무도회장에서 대학생 한 명을 칼로 난도질해서 죽기 일보직전까지 몰아갔다는 이야기도 있었는데, 대학생이 매점 옆에서 팔꿈치로 밀쳐 사건이 발생했다는 것이다. 대도시 어디선가는, 물론 모스크바나 페테르부르크는 아니지만, 장교가 식당에서 문관에게 마치 개를 잡듯 총을 쐈는데, 문관이 그에게 점잖은 사람이라면 면식이 없는 여인들을 귀찮게 해서는 안 된다며 훈계를 했다는 것이 그 이유였다.

여태껏 침묵을 지키고 있던 로마쇼프가 갑자기 당황하여 낯빛이 붉어지며 아무 이유 없이 안경을 고쳐 쓰고 헛기침을 해대면서 대화에 끼어들었다.

"여러분, 이번엔 제 입장에서 한번 얘기해보겠습니다. 이를테면 식당 주인은 문제도 안 됩니다. 그럼…… 그런데 만약 관리라면…… 그땐 뭐라고 말할 수 있을까요? ……그럼 ……자, 그 사람의 인품이 제법 고매하다거나 귀족이거나 뭐 그렇다면…… 무기도 소지하지 않은 그런 사람한테 내가 칼을 들고 덤벼들 이유가 뭐가 있을까요? 내가 결투를 신청하지 못할 이유가 어디 있단 말입니까? 말이야 바른 말이지 우리는 어쨌든 교양 있는 사람들이잖습니까……!"

"로마쇼프, 다 부질없는 소리야." 베트킨이 끼어들었다. "결투를 신청한다고? 아마 그럼 그 작자 이렇게 말할걸? '아닙니다…… 에에에…… 저는 알다시피, 전혀…… 에에…… 결투에는 제가 영 젬병이라서요. 저는 피를 보는 일에는 절대 반대랍니다…… 게다가, 에에…… 치안판사도 있는데 제가 뭐 하러……' 결국 얻어맞아 깨진 낯짝으로 평생을 다니게 되겠지."

베크 아가말로프가 예의 허연 웃음을 터뜨렸다.

"뭐라고? 아하! 내 말에 동의한다는 뜻인가? 내 자네한테 말하는데, 칼 쓰는 법을 배워야 해. 우리 카프카스에서는 죄다 어렸을 때부터 배우지. 나뭇가지도 베고 양 몸통도 베고 물도 단칼에 베고……"

"그럼 사람들은요?" 르보프가 불쑥 나섰다.

"사람도 베지." 베크 아가말로프가 태연스럽게 대답했다. "그 베는 맛이 일품이지! 단칼에 어깨에서 허벅지까지 비스듬하게 베어버리는 거야. 이게 정말 칼질이라는 거야. 그렇지 않으면 온통 피투성이가 되지."

"이보게나. 베크, 자네가 그렇게 할 수 있어?"

베크 아가말로프가 안타깝다는 듯 한숨을 토해냈다.

"아니, 난 못하지…… 어린 양 한 마리 정도야 도륙을 낼 수 있을 텐데…… 송아지는 정말 그렇게 해본 적도 있고…… 하지만 사람은 못할 것 같아…… 도저히 난도질은 못할 거야. 내가 아는데, 비스듬히 잘리도록 칼을 쓰려고 하면 목이 달아나버려서…… 그래서는 안 되거든. 우리 아버지한테는 이건 일도 아니었는데……"

"자, 그럼 한번 해봅시다." 르보프가 두 눈을 이글거리며 애원조로 말했다. "베크, 가서 한번 해보자니까요……"

장교들이 점토로 만든 허수아비 쪽으로 다가갔다. 맨 처음 앞으로 나선 이는 베트킨이었다. 선하면서도 순진해 보이는 자신의 얼굴에 흉악한 표정을 담고서, 그는 동작만 클 뿐 아주 서툰 몸짓으로 점토를 내리쳤다. 동시에 그의 목구멍에서는 보통 푸주한들이 돼지를 잡을 때 내뱉는 특유의 기합 소리가 저절로 새어나왔다. 칼날이 점토 속으로 4분의 1아르신* 이나 박혀 베트킨은 칼을 다시 뽑느라 애를 먹었다.

"별로야!" 베크 아가말로프가 고개를 설레설레 저으며 말했다. "다음은 로마쇼프 자네 차례야……"

로마쇼프는 칼집에서 칼을 빼들고 난처한 듯 손으로 안경을 고쳐 썼다. 그는 중키에 마른 편이었지만 체격에 비해서는 힘이 있어 보였다. 하지만 어찌나 수줍음을 많이 타는지 매사에 서툴렀다. 심지어 학창 시절에

---

* 구러시아의 척도 단위인데 1아르신은 71.12센티미터에 해당한다.

연습용 칼로 하는 검도도 제대로 해본 적이 없는 터에 임관한 지 1년 반이 지나고 보니 칼 다루는 법조차도 다 잊은 상태였다. 그는 칼을 머리 위로 높이 쳐들고서 본능적으로 왼손을 앞으로 쭉 뻗었다.

"손 조심!" 베크 아가말로프가 소리쳤다.

그러나 이미 때는 늦었다. 칼끝이 점토를 스치며 살짝 칼자국만을 냈다. 큰 저항을 기대했던 로마쇼프는 중심을 잃고 휘청거렸다. 앞으로 뻗은 손을 때린 칼끝에 검지의 살점 한 조각이 잘려나갔다. 피가 튀었다.

"어휴! 그것 보라니까!" 말에서 내리면서 베크 아가말로프가 화난 목소리로 소리쳤다. "그러다가는 금방 손도 자르겠다. 칼을 그렇게 다뤄서야 쓰나? 하긴, 뭐 그럴 수도 있지, 별일 아냐. 손수건으로 잘 싸매라고. 순진한 처녀가 따로 없구먼. 이보게, 말이나 좀 잡아봐. 자, 잘 보라고. 칼질의 핵심은 어깨에 있는 것도 아니고, 팔꿈치에 있는 것도 아니고, 바로 여기, 손목 관절에 있는 거야." 그는 순식간에 오른팔 손목 관절을 몇 차례 휘휘 돌렸다. 그러자 번쩍거리는 칼끝이 그의 머리 위에서 하나의 견고한 원을 그렸다. "자, 이제 잘 봐둬, 내가 어떻게 왼손을 뒤로, 그러니까 등 뒤로 치우는지 말이야. 칼을 내리칠 때 목표물을 베거나 패는 게 아니라 톱질을 하듯이 싹 도려내고 칼을 뒤로 쫙 빼는 거야. 알아듣겠어? 잘 기억해두라고. 칼날이 가격할 곳의 방향으로 기울어져야만 해, 곧바로. 그럴 때 각이 예리해지는 거라고. 자, 잘 보라니까."

베크 아가말로프는 점토 덩어리로부터 두 걸음 물러서서 날카로운 시선으로 잔뜩 노려보고 있더니만, 느닷없이 번쩍거리는 칼을 하늘 높이 쳐들고는 눈으로는 도저히 따라잡을 수 없는 무시무시한 동작으로 단번에 온몸을 앞으로 내던지며 재빠르게 일격을 가했다. 로마쇼프의 귀에는 허공을 가르는 날카로운 쇳소리만이 들렸을 뿐이었는데, 어느새 허수아비의 위쪽 반이 아주 부드럽게, 그리고 둔탁한 소리를 내며 땅에 떨어졌다. 잘라진 단면은 마치 광을 내기라도 한 듯 매끄러웠다.

"와, 정말 굉장하군! 이런 걸 바로 칼 솜씨라고 하는 거지!" 르보프의 입에서는 감탄사가 절로 나왔다. "이보게, 베크, 다시 한 번만 보여주게."

"부탁이네, 베크, 한 번만 더." 베트킨도 부탁했다.

그러나 베크 아가말로프는 마치 자신이 펼쳐 보인 장관을 혹 망치지 않을까 하는 두려움 때문인지는 몰라도, 그냥 미소를 짓더니 칼을 칼집에 꽂아 넣었다. 그는 힘들게 숨을 몰아쉬고있다. 그 순간의 그의 모습은, 크게 뜬 무서운 눈매나 매부리코, 허옇게 드러난 이빨로 보아 흡사 어떤 거만하고 포악한 맹금류 자체였다.

"어때? 이 정도는 되어야지 칼 좀 쓴다고 할 수 있는 거 아냐?" 그가 짐짓 별것도 아니라는 듯이 말했다. "카프카스에 있는 우리 아버지는 지금 연세가 예순인데, 말 모가지 정도는 거뜬히 벤다니까. 그냥 두 동강이 나는 거지! 이보시게들, 연습을 꾸준히 해야 돼. 우리는 이렇게 해. 압축시킨 버드나무를 세워놓고 베어버리거나 아니면 위에서 가늘게 물을 흐르게 만들어놓고 베는 연습을 하는 거야. 만약에 물방울이 하나도 튀지 않으면 아주 잘한 거야. 자, 르보프, 이제 자네 차례야."

그때 하사관 보브이레프가 혼비백산해서 허겁지겁 베트킨에게로 달려왔다.

"저…… 지금 연대장님이 오고 계십니다!"

"부대에 차렷!" 연병장 다른 구석에서 격앙된 슬리바 대위의 느리지만 위엄 있는 구령 소리가 들렸다.

장교들은 서둘러 각자의 소대로 흩어졌다.

움직임이 굼떠 보이는 커다란 마차 한 대가 천천히 도로에서 연병장으로 내려와 멈추어 섰다. 마차 전체가 한쪽으로 기울어질 정도로 육중한 연대장이 마차에서 내렸고, 다른 쪽 문으로는 연대장 부관인 페도롭스키 중위가 사뿐히 뛰어내렸다. 그는 큰 키에 세련된 풍모를 지닌 장교였다.

"6중대 제군들!" 연대장의 저음의 차분한 목소리가 들렸다.

연병장 여기저기서 병사들이 들쭉날쭉 큰 목소리로 소리쳤다.

"연대장님. 만세, 만세, 만만세!"

장교들이 일제히 거수경례를 했다.

"하던 훈련 계속해." 연대장은 이 말과 함께 가장 가까운 소대로 다가갔다.

슐고비치 대령은 아주 기분이 언짢았다. 그는 소대를 천천히 돌아보면서 병사들에게 경비 근무에 관해서 여러 가지 질문을 던졌다. 시간이 지날수록 질문은 상스러운 욕으로 변했다. 욕을 구사하는 데 전혀 주저함이나 거침이 없었다. 사실, 이 정도의 욕은 전방의 나이 많은 근무자들에게나 어울리는 것이었다. 병사들은 비록 나이가 들어 허옇게 퇴색했지만 위엄이 살아 있는 눈으로 뚫어져라 쏘아보는 연대장의 시선에 마치 최면이라도 걸린 사람들처럼 정신을 차리지 못했다. 눈으로는 연대장을 보고 있으면서도, 눈 한번 깜짝거리지 못하고 숨도 제대로 쉬지 못하면서 온몸을 공포에 떨어야 했다. 연대장은 몸집이 크고 비대한 당당한 늙은이였다. 광대뼈가 넓은 그의 기름진 얼굴은 위로 가면서, 이마 쪽으로는 오그라들어 있고 아래로는 털이 무성한 은색의, 마치 삽 모양의 턱수염을 이루고 있어서 그 전체 모습이 큼직하고 육중한 정사각형을 띠고 있었다. 허연 털이 무성한 두 눈썹은 위협적이기까지 했다. 말을 할 때 음성을 높이는 적도 거의 없었지만 마치 평생의 군 생활 동안 갈고 닦은 듯한 그의 목소리는 사단 내에서 가장 특이하고 훌륭해서 그 넓은 연병장의 제일 먼

곳에서도, 심지어 저 멀리 도로에서도 아주 똑똑하게 들릴 정도였다.

"넌 뭐야?" 연대장이 철봉 옆에 서 있던 어린 병사 샤라푸트지노프 앞에 갑자기 멈추어 서서 한 마디 한 마디를 끊어가며 물었다.

"6중대원 샤라푸트지노프입니다, 연대장님!" 타타르 출신 병사가 쉰 목소리로 겨우 소리쳤다.

"멍청이! 내가 묻는 건, 너의 경비 초소가 어디냐 하는 거야."

병사는 화가 난 연대장의 호통과 그 모습에 완전 사색이 되어서 아무 말도 못하고 눈썹만 움직이고 있었다.

"대답해봐!" 슐고비치가 목소리를 높였다.

"일반 초병에게는…… 금지된 것이라서……" 타타르인은 입에서 나오는 대로 더듬더듬 말을 하기 시작했다. "그래서 저는 알 수 없습니다, 연대장님." 이윽고 낮은 목소리로 단호하게 말을 마쳤다.

살진 연대장의 얼굴이 마치 진빨강 벽돌처럼 붉어졌다. 그리고 털이 무성한 눈썹이 분노로 파르르 떨었다. 그는 뒤로 돌아서서 날카롭게 물었다.

"여기 소대장이 누구야?"

로마쇼프가 앞으로 한 발 나서서 거수경례를 했다.

"접니다, 연대장님."

"아하! 로마쇼프 소위, 병사들 교육을 제대로 시켜야 하지 않겠소? 무릎을 붙어!" 슐고비치가 눈알을 부라리며 호통을 쳤다 "연대장 앞에서 서 있는 꼴들이 그게 뭐야? 슬리바 대위, 당신의 초급장교가 근무 중에 상관 앞에서 처신을 똑바로 못하는 것도 다 당신 탓입니다…… 이런 개만도 못한 놈." 슐고비치가 샤라푸트지노프 쪽으로 획 돌아서며 말했다. "네놈 연대장이 누구야?"

"전 알 수 없습니다." 타타르인이 침통해하면서도 단호하게 잘라 말했다.

"우······! 다시 한 번 묻겠는데, 네 연대장이 누구야? 누구냐고, 나야? 이제 알겠어? 나라고 나, 나, 나, 나, 나!······" 슐고비치는 온 힘을 다해서 몇 차례 손바닥으로 자신의 가슴을 쳤다.

"전 알 수 없습니다······"

"······"

대령은 스무 단어도 넘게 이어지는 너저분하고 상스러운 말과 욕설을 퍼부었다.

"슬리바 대위, 지금 당장 이 개보다 못한 놈한테 완전군장을 꾸리라고 하십시오. 이 교활한 놈을 총살시켜버리란 말입니다. 그리고 당신, 소위, 근무 생각은 하지 않고 맨날 여편네 궁둥이 생각만 하는 거 아닙니까? 왈츠는 추시는가? 폴 드 코크*는 읽으시는가? 자네는 어때? 이런 놈도 군인이라고 할 수 있어?" 그는 샤라푸트지노프의 입술을 손가락으로 찔러댔다. "이런 놈은 수치와 모욕, 게다가 혐오 그 자체야. 군인도 아냐. 제 연대장 성도 모르는 놈이 무슨······ 정말 한심하군요! 소위······!"

로마쇼프는 하얗게 질렸다가 붉어지기를 반복하는 그의 극도로 흥분된 얼굴을 보면서, 수치심에 가슴이 저미고 눈앞이 캄캄해지는 것을 느꼈다. 그러다 갑자기, 자신도 전혀 예상하지 못한 상태에서 발음도 분명하지 않은 말이 튀어나왔다.

"이 병사는 타타르인입니다, 대령님. 러시아어를 전혀 이해하지 못합니다. 더군다나······"

---

* 폴 드 코크Paul de Kock(1794~1871): 프랑스 소설가.

순간 슐고비치의 얼굴이 창백해지고 늘어진 볼이 실룩였다. 또한 두 눈은 퀭하니 무섭게 변했다.

"뭐?!" 연대장이 귀청이 찢어질 듯 크고 괴상한 목소리로 소리를 질렀다. 그 소리가 어찌나 컸던지, 저 멀리 도로 근처 담장 밑에 앉아 있던 유대인 어린아이들이 놀라 참새가 날아가듯 사방으로 도망을 쳤다. "뭐? 말이면 다인 줄 압니까? 말하지 마십시오! 애송이 소위 주제에 감히…… 페도롭스키 중위, 당장 오늘 날짜로 소위 로마쇼프를 나흘간의 가택 구금에 처한다는 명령문을 작성해서 공표하도록 하십시오. 죄목은 군 근무기강 해이로 하십시오. 슬리바 대위한테도 중징계를 내리세요. 자기 밑의 초급 장교에게 임무를 제대로 숙지시키지 못한 것도 잘못입니다."

부관은 공손하고 태연한 표정으로 경례를 붙였다. 슬리바 대위는 허리를 약간 굽히고 손을 바르르 떨면서 거수경례를 한 상태로 내내 무표정하게 서 있었다.

"창피한 줄을 아셔야 합니다, 슬리바 대위." 슐고비치가 점차 냉정을 찾아가며 중얼거렸다. "연대 내에서 최고의 장교 중 한 명이지 않습니까! 근무 경험도 많고. 우선은 젊은이들을 해산시키세요. 그리고 나중에 다시 한 번 모두 집합시켜서 거칠게 꽉 쪼아보란 말입니다. 미적거릴 일이 뭐 있습니까? 아가씨들도 아니고, 뭐 못할 게 있습니까……?"

그는 휙 돌아서서 부관의 호위를 받으며 마차로 다가갔다. 그가 마차에 타고 마차가 도로 쪽으로 방향을 틀어 연대 막사 건물 뒤로 자취를 감출 때까지, 연병장에는 내내 겁먹은 듯한 이상한 정적이 감돌았다.

"에라, 이 사람아!" 장교들이 각자의 집으로 흩어진 지 몇 분이 지나고 난 후에 슬리바 대위가 경멸이 담긴 매정한 어조로 중얼거렸다. "자기도 모르게 그냥 말이 튀어나온 거지요? 차라리 죽은 듯이 잠자코 서 있기나 하지. 자네 때문에 내가 징계를 받게 생겼어. 대체 누가 우리 중대로 배치한 거야…… 개의 다섯번째 다리만큼이나 별 쓸모도 없는데…… 엄마 젖이나 더 빨다 올 일이지, 그랬으면 차라리……"

그는 차마 말을 다 잇지 못하고 피곤한 듯 팔을 내젓고는, 젊은 장교를 남겨놓은 채, 구부정한 허리로 풀이 죽어서 집으로, 자신의 더럽고 낡은 독신자 숙소로 발걸음을 옮겼다. 로마쇼프는 그의 뒷모습을, 한없이 슬퍼 보이는 그의 좁고 긴 등을 눈으로 좇았다. 그러다 불현듯, 등은 굽고 어느 누구에게도 사랑받지 못하는 이 외로운 인간에 대한 연민이 잠시 전에 당했던 공개적인 치욕과 수모의 울분을 통과하여 심장에 전해졌다. 이 외로운 인간이 이 세상에서 애착을 느끼는 것은 단둘뿐이었다. 그중 하나는 아름다운 자기 중대의 대열이고, 다른 하나는, 연대에서 주정뱅이로 통하는 것으로 알 수 있듯이, 매일 저녁때면 잠자리까지 어김없이 이어지는 고요하고 쓸쓸한 음주였다.

로마쇼프에게는 약간은 우습고 순진한 습관이 하나 있었다. 그것은 젊은이들에게서 자주 보이는 특징이기도 한데, 자기 자신에 관하여 제3자의 입장에 서서 통속적인 소설에나 나오는 투로 생각하는 것이었다. 바로 지금 그는 속으로 이런 생각을 하고 있었다.

'감정이 풍부하고 착한 그의 눈이 슬픔의 구름에 덮였어……'

2

병사들은 소대별로 해산했다. 연병장은 텅 비었다. 로마쇼프는 한동안 포장도로에 우두커니 서 있었다. 장교로 부임한 지 1년 반이 흐르는 동안, 낯설고, 무정하며, 무심한 사람들 사이에서 홀로 남겨진 자신을 발견하는 고통을 느끼는 것이 처음은 아니었다. 우선 오늘 저녁에 당장 어디로 가야 하는지 모른다는 것 자체가 우울한 일이었다. 자기 숙소나 장교회관으로 가기는 싫었다. 아마도 장교들은 없을 테고 기껏해야 상사 두어 명이 지저분하고 조그만 당구대에서 담배를 피우고 맥주를 마셔대며 당구를 칠 것이다. 그들은 당구공을 칠 때마다 매번 욕설을 해대고 있을 터이다. 숙소에서는 형편없는 요리사가 만든 냄새나는 음식이 다 식은 채로 놓여 있을 것이 눈에 보였다. '정말 우울하군……!' "그래, 역으로 가자, 무슨 상관이람." 로마쇼프는 혼자 중얼거렸다.

작고 보잘것없는 유대인 소도시에는 그럴듯한 레스토랑 하나 없었다. 군인들을 위한 클럽이든 민간인들을 위한 클럽이든 하나같이 황량했다. 때문에 이 도시에 사는 주민들은 기분전환 삼아 역으로 모여들어 마시고 떠들면서 카드 놀이를 하곤 했다. 이 소도시의 단조로운 생활에 질린 부인네들도 변화를 줄 요량으로 기차가 들어오는 때에 맞추어 역에 오곤 했다.

로마쇼프는 프로이센행 특급열차가 국경을 빠져나가기 전에 마지막으로 정차하는 날의 저녁마다 역으로 가는 것을 좋아했다. 이때마다 그는 묘한 흥분을 느끼면서, 다섯 량의 번쩍이는 객차로 연결된 기차가 레일 위에 불똥을 튀기며 쉬쉬 하는 굉음과 함께 모퉁이를 돌아 전속력으로 역사 안을 향해 달려 들어오는 것을 바라보며 생각했다. '마치 절벽 사이를 단번에 뛰어넘어 다니는 거인 같군!' 축제 때처럼 환한 불빛에 둘러싸인 객차 안에서 예쁜 모자를 쓴 단정하면서도 화려하게 옷을 차려입은 아름다운 부인들과 확신에 찬 큰 목소리로 프랑스어와 독일어로 대화를 하면서 너털웃음 치는 신사들이 자연스러운 몸짓으로 걸어 나왔다. 이들 중 누구도 로마쇼프에게 주의를 돌리지 않았지만, 그들에게서 로마쇼프는 축제와 장엄함만이 있는 범접하기 어려운 우아한 세계를 항상 보곤 했다.

8분이 흐르고 나면 기차는 기적을 울리며 역을 떠났다. 플랫폼과 식당의 전등은 기차가 떠나자마자 꺼지고 역에는 어둠이 드리워진다. 로마쇼프는 한동안 침울하게 특급열차의 마지막 객차에서 반짝이는 등이 어둠 속으로 사라져 희미해질 때까지 조용히 바라보곤 했다.

'역으로 가는 거야.' 로마쇼프는 생각했다. 그 순간 그는, 자신이 신고 있는 목이 길고 묵직한 장화가 눈에 들어오자 얼굴이 화끈거렸다. 연대의 모든 장교들이 신고 있는 이 고무장화에는 밀가루 반죽 같은 시커먼 진흙이 덕지덕지 붙어 있었다. 외투도 마찬가지였다. 기름투성이에 길게 늘어진 술이 달린 외투 역시 흙이 묻어 있었다. 그는 한숨을 쉬었다. 지난주에 그는 특급열차가 정차해 있는 플랫폼을 거닐다가 몸매가 날씬하고 검은색 옷을 입은 아름다운 부인이 일등석 객차의 출입문 옆에 서 있는 것을 발견했다. 로마쇼프는 힐끗 보면서도 그녀의 모습을 하나도 놓치지 않았다. 오똑 솟은 콧날이 죽 뻗어 있는 코, 작지만 도톰한 입술, 물결 치듯 흘러내려 눈썹 끝을 살짝 가린 가르마를 탄 검은 머리가 모자를 쓰고 있지 않은 그녀의 모습을 더욱 매력적으로 보이게 했다. 그녀의 어깨 너머에는 밝은 색 양복을 잘 차려입은 키가 큰 젊은 남자가 로마쇼프를 보고 있었다. 그 남자는 빌헬름 황제*와 비슷한 콧수염과 교만해 보이는 얼굴을 하고 있었는데, 자세히 보면 정말 빌헬름과 닮은 듯도 했다. 부인 역시 로마쇼프를 보고 있었고, 로마쇼프는 그녀가 주의 깊게 자기를 바라보고 있다는 것을 느끼면서 여느 때처럼 생각했다. '아름다운 미녀의 시선이 젊은 장교의 균형 잡힌 몸매를 만족스럽게 훑고 있군.' 하지만 열 걸

---

* 빌헬름 황제Wilhelm II., Friedrich Wilhelm Viktor Albert von Preußen(1859~1941) : 프러시아의 황제.

결투 27

음 정도 걸어간 후 부인의 시선을 다시 한 번 만끽하기 위해 고개를 돌렸을 때, 그는 그녀와 동행인이 자신을 바라보며 웃고 있는 것을 보았다. 그 순간 로마쇼프는 지저분한 장화와 외투, 당황하고 어색한 모습, 창백한 얼굴을 한 자신의 상태를 떠올리고 쥐구멍이라도 찾고 싶은 심정이 되었다. 지난주의 일을 회상하며, 봄날 초저녁인 지금도 그는 얼굴이 화끈거리는 것을 느꼈다. '아냐, 기차역은 안 되겠어' 로마쇼프는 생각을 바꾸며 씁쓸히 중얼거렸다. '조금 더 걷다가 집에나 가야겠어……'.

4월 초라서 그런지 금세 땅거미가 짙게 깔렸다. 백양나무들과 길가의 조그마한 기와지붕 집, 드물게 지나가는 행인들의 모습은 어둠 속으로 점차 사라져갔다. 주위의 모든 사물들은 어렴풋한 윤곽만이 남았지만 그 형태를 구분할 수는 있을 만큼 선명했다. 서편에서는 저녁노을이 한창이었다. 노을은 회청색의 구름이 시뻘건 금을 품고 작열하는 분화구로 천천히 들어가 녹은 후 붉은 핏빛과 호박색 그리고 보라색으로 변한 듯했다. 화산 위로는 터키옥과 녹주석이 녹색 광채를 뿜어내는 듯, 둥그스름한 아치 같은 봄날 저녁의 하늘이 걸려 있었다.

커다란 장화를 질질 끌며 길을 따라 걸으면서 로마쇼프는 집요하게 이 아름다운 불놀이를 지켜보았다. 그는 어렸을 적부터 저녁노을 너머에는 무언가 즐겁고 비밀스러운 세계가 있을 것이라고 생각했다. 구름으로 덮여 있는 지평선 너머 저 멀리 태양 아래에는 두꺼운 구름에 가려 눈에는 보이지 않지만 황홀하고 멋진 도시가 있는 것이 틀림없었다. 그곳에는 금으로 만들어진 다리가 광채를 뿜어내고, 둥그런 선홍색 탑이 우뚝 솟아 있으며, 창문에는 보석들이 번쩍이고, 하늘에는 아름다운 색깔의 깃발들이 펄럭이고 있을 게였다. 이 동화 속 도시의 주민들의 삶은 항상 기쁨이 넘치는 아름다운 음악 선율 같고 슬픔조차도 아름다우며 매력적일 것 같았다. 그들은 꽃과 분수로 둘러싸인 아름다운 광장과 테니스 코트를 끼고 돌며 산책을 즐기고 있을 것이었다. 아마도 그들은 행복을 바란다는 것이 무엇인지 알 수 없을 것이고, 비탄, 수치, 걱정 같은 단어들은 들어본 적도 없을 것이었다.

불현듯 로마쇼프는 얼마 전에 연대장의 거친 고함으로 인해 생겼던 모욕감과 사병들 앞에서의 겸연쩍음이 떠올랐다. 오늘의 상황이 얼마 전에 있었던 일하고 너무나 똑같았다는 것과 인간적 가치를 인정받지 못하는 장교라는 신분이 그를 더욱 고통스럽게 했다.

이런 생각을 하는 것과 동시에 로마쇼프는 어렸을 때의—그에게는 여전히 유아적인 기질이 남아 있었다—신비하고 환상적인 공상이 떠올랐다. '어리석기는! 나의 삶은 내가 만들어가야 해' 로마쇼프는 깊게 숨을 들이마시고 씩씩하게 발걸음을 옮겼다. '그놈들이 뭐라고 하든, 나는 내일부터 책을 잡고 공부를 해서 아카데미에 입학하겠어. 노력이 필요해! 노력을 해야만 원하는 것을 이룰 수 있는 거야. 인내가 필요할 따름이야. 미친놈처럼 공부에 매달려서 시험에 멋지게 붙어버리는 거야. 모두가 놀라자빠지면서 이렇게 말할걸.'

'뭐 그렇게 놀랄 만할 일은 아냐. 재능 있고 성실한 젊은이가 시험에 붙는 것은 당연한 일이야. 우리는 그렇게 될 줄 알았어.'

로마쇼프는 마치 자신이 참모본부의 학식 있는 장교로서 모두가 큰 기대를 걸고 있는 사람처럼 여겨졌다. 아카데미의 금빛 칠판에 로마쇼프라는 이름이 적히고 교수들이 밝은 미래를 약속하며 아카데미에 남기를 권하지만 중대 지휘를 위해 연대로 돌아가야 한다며 사양한 후 작년의 대규모 훈련에서 보았던 참모본부의 우아하고, 겸손하고, 예절 바르고, 정중한 장교들처럼 연대로 당당하게 귀환하는 자신을 그려보기도 했다. 그는 일반 장교들의 무식한 군대 습관과 몰염치, 질펀한 술자리에서 멀어질 것이고, 지금 상황은 장래의 영광을 위해 거쳐야 하는 단계라고 생각했다.

두 개의 진영으로 나누어 가상으로 전투를 하는 대규모 훈련이 시작되었다. 슐고비치 대령은 하달된 작전명령을 이해하지 못해 허둥대고 있어서 부하들 역시 혼란에 빠져 있다. 사령부는 이미 그에게 두 번이나 전령을 보내 질책을 하였다. '이보시게, 로마쇼프 대위, 옛 우정을 생각해서라도 좀 도와주시게. 예전에 우리가 다퉜던 일을 기억하고 있진 않겠지? 헤헤헤' 어쩔 줄 몰라 하며 대령은 아양을 떨었다. 로마쇼프는 늠름하게 말을 탄 채로 멋지게 경례를 하고는 조용하고도 도도하게 대답한다. '죄송합니다, 대령님…… 이 일은 대령님이 부대를 지휘하시면서 하실 일입니다. 저의 임무는 명령을 받고 수행하는 것입니다……' 그러는 사이 사령부에서 날듯이 달려온 전령은 또 한 번의 힐책을 전달한다.

참모본부 소속 로마쇼프는 빛나는 공적을 쌓으며 승진에 승진을 거듭한다. 제강소에서 노동자들의 소요가 발생했다. 로마쇼프 중대가 긴급 투입된다. 한밤중에 여기저기서 불길이 치솟고 있는 가운데 성난 군중들 위로 돌이 날아다니고 있다. 중대 앞으로 늘씬한 체격을 지닌 멋진 대위가 성큼 나온다. 바로 로마쇼프다. '마지막으로 경고한다. 해산하지 않으면 발포하겠다.' 야유와 휘파람 소리 그리고 웃음소리가 들려오더니 돌멩이 하나가 로마쇼프의 어깨에 명중한다. 하지만 그의 용감하고 상기된 얼굴에서 평정을 잃은 모습은 보이지 않는다. 그는 존경하는 부대장이 모욕을 받은 것에 대해 분개하고 있는 병사들에게 돌아선다. '중대, 발포하라……' 요란한 사격 소리와 함께 수십 명의 사상자가 쓰러진다. 군중들은 도망치기 시작하고, 몇몇은 무릎을 꿇고 용서를 빈다. 폭동은 가라앉았다. 이제 남은 것은 용감한 로마쇼프에 대한 포상과 훈장 수여뿐이다.

전쟁이 일어난다…… 아니, 전쟁 이전에 독일에서 군 스파이로 활동하는 게 더 좋을 것 같다. 독일어를 완벽하게 익힌 후 스파이로 가는 것이다. 얼마나 용감한 일인가! 주머니에 독일 신분증 하나를 넣고 샤르만카*를 어깨에 둘러메고 단신으로 독일로 들어가는 것이다. 샤르만카는 반드시 들고 가야 한다. 도시를 돌아다니면서 바보처럼 굴며 샤르만카를 연주하여 페니히를 버는 것이다. 동시에 조용하게 요새, 공장, 병영, 수용소 상황을 살피는 것이다. 곳곳에 위험이 도사리고 있고 조국의 보호와는 멀리 떨어져 있지만 그는 드디어 귀중한 정보를 얻는다. 이제 그는 돈, 지위, 명예, 유명세를 거머쥐게 된다. 아니, 어쩌면 어느 이름 모를 참호 안에서 이른 아침 재판도 없이 총살당할 수도 있다. 자신을 동정하여 눈을 가릴 천을 준다면 땅바닥에 내동댕이치면서 이렇게 말할 것이다. '진정한 장교가 죽음을 두려워하여 눈을 가릴 것이라고 생각하느냐?' 그러면 늙은 대령이 관심을 가지고 말하겠지. '이보시오, 젊은 장교, 내 아들도 당신과 비슷한 나이요. 당신의 성과 국적만 말한다면 사형에 처하지 않겠소.' 하지만 로마쇼프는 대령의 말을 정중하게 끊는다. '대령, 소용없소. 고맙지만 사양하겠소.' 그러고 나서 그는 소총수들에게 말한다. 독일 말로 확고하게, '병사들이여, 군인으로서 청이 있소. 심장을 겨냥해주시오.' 심약한 대위가 억지로 눈물을 참으면서 하얀 손수건을 흔든다. 일제사격!

너무나 생생하고 선명한 상상이었다. 벌써부터 큰 보폭으로 재게 걸어가고 있던 로마쇼프는 공포에 빠져 부르르 떨며 그 자리에 멈춰 섰다. 그의 주먹은 경련을 일으키며 꽉 쥐어 있었고 심장은 빠르게 뛰고 있었다. 순간 창피함을 느낀 로마쇼프는 피식 웃으며 어깨를 한번 움츠린 다

---

* 휴대용 풍금.

음 어둠 속에서 다시 걷기 시작했다.

하지만 곧 상상은 급류처럼 다시 밀려오기 시작했다. 프로이센과 오스트리아 연합군과의 격렬하고 피비린내 나는 전쟁이 시작된다. 대규모의 전투, 시체, 유탄, 피, 죽음! 전쟁의 향방을 결정 짓는 전투가 시작된다. 마지막 예비대가 오고 있고 적의 배후로 돌아간 러시아 종대가 후방을 치기 위해 곧 나타날 것이다. 적의 계속되는 엄청난 공격을 어쨌든 막아내고 있어야 한다. 이때 가장 강력한 적의 공격이 시작된다. 사자처럼 용맹한 병사들은 우박처럼 총알이 쏟아지시만 꿈쩍도 하지 않는다. 역사적인 순간인 것이다! 1~2분만 버티면 승리는 러시아의 것이었다. 하지만 슐고비치 대령이 당황한다. 그는 용감하지만 이런 무시무시한 상황을 견뎌내기는 무리였다. 벌벌 떨면서 눈을 감아버린 그의 얼굴은 점점 창백해진다. 대령은 견디지 못하고 나팔수에게 퇴각을 알리라는 명령을 내린다. 나팔을 입술에 대는 순간 땀에 흠뻑 젖은 아라비아산 말을 탄 기병대 대장인 로마쇼프 대령이 날듯이 전장에 나타난다. '대령, 후퇴 명령을 내리지 마시오! 러시아의 운명이 이 전투에 달려 있소……!' 슐고비치는 벌컥 성을 내며 말한다. '대령! 이 부대의 지휘는 내가 하오. 신과 황제 앞에서 모든 책임은 내가 지겠소! 나팔수, 퇴각 나팔을 불어라!' 하지만 로마쇼프가 나팔을 이미 낚아챈 후였다. '전군, 진격! 황제와 조국이 당신들에게 달려 있다! 진격!' 우렁찬 외침과 함께 병사들은 로마쇼프를 따라 맹렬하게 앞으로 나아갔다. 희뿌연 연기 속에서 모든 것이 뒤엉켜서 사물을 분별하기 어려웠다. 적은 크게 당황해서 후퇴하기 시작했다. 적의 배후의 언덕 너머에서 우회한 아군이 창검을 번쩍이며 나타났다. '만세, 형제들이여, 이겼다……!'

자신도 모르게 팔을 흔들며 달리고 있던 로마쇼프는 갑자기 멈추어

섰다. 그의 옷 아래로 누군가의 차가운 손가락이 등, 팔, 다리와 몸통을 훑는 것 같은 느낌이 들었고 머리털은 곤두섰으며 감격에 차서 눈물이 글썽거렸다. 그는 어떻게 집까지 왔는지도 모른 채 낯익은 대문과 정원 깊숙한 곳에 있는 조그마한 곁채를 바라보면서 공상에서 깨어났다. '쳇, 한심한 생각을 했군.' 그는 한심스럽다는 듯이 머리를 숙이면서 중얼거렸다.

3

방에 들어간 로마쇼프는 외투를 입은 채 장검도 끄르지 않고 침대에 누워서 오랫동안 멍하니 천장을 바라보았다. 머리가 아프고 등이 쑤셨지만 아무런 느낌도 생각도 나지 않았다. 초조하지도 않았고 울적하지도 않았다. 그저 어둠과 무관심만이 있을 따름이었다.

창문 너머로는 초봄의 부드러우며 약간은 우울해 보이는 땅거미가 점차 사라지고 있었다. 집 한켠에서는 당번병이 쇳소리를 내며 무언가를 조용히 하고 있었다.

'거 참, 재미있군.' 로마쇼프는 생각했다. '어디서 읽었는지 기억이 나지 않지만, 인간은 단 1초라도 생각을 하지 않을 수 없다고 하는데 나는 지금 누워서 아무 생각도 하지 않았으니 말이야. 아니지. 내가 아무런 생각도 하지 않고 있다는 것을 생각했잖아. 어쨌든 무언가 머릿속에서 돌아가고 있는 것은 분명해. 내가 생각하고 있다는 것을 확인해봐야겠어⋯⋯'

로마쇼프는 자신의 머리 앞에 회색빛이 도는 지저분하고 혐오스러운 거미가 왔다 갔다 할 때까지 이 따분하고 혼란스러운 생각을 계속했다. 그는 베개에서 머리를 떼면서 소리쳤다.

"가이난……!"

무언가 굴러떨어지는 소리가 들렸다. 떨어진 것은 사모바르*가 틀림없었다. 당번병은 마치 누구에게 쫓기는 것처럼 시끄럽게 문을 여닫으며 부리나케 로마쇼프 앞에 나타났다.

"대령했습니다. 장교님!" 가이난은 당황한 목소리로 소리쳤다.

"니콜라예프 중위로부터 아무 전갈도 없었나?"

"없었습니다." 가이난은 대답했다.

로마쇼프와 가이난은 오래전부터 서로를 신뢰할 만큼 친숙했다. 하지만 문제가 형식적이고 공식적인 것일 때는 '네, 그렇습니다' '아닙니다, 그렇지 않습니다' '네, 시정하겠습니다' '잘 모르겠습니다'처럼 대열 속에서 사병들이 장교들에게 외치듯이 말하는 어투를 가이난은 자기도 모르는 사이 구사하였다. 이러한 무의식적인 습관은 신병교육 때부터 그에게 스며들었을 뿐만 아니라 평생 지속될 것이었다.

그는 체레미스**인이었고 우상 숭배자였다. 이런 가이난의 습관은 로마쇼프에게 만족감을 주었다. 장교들은 순진하면서도 우스꽝스러운 어린애 같은 놀이를 즐겨 했는데, 그들은 교육을 시킨다는 이유로 짓궂고 말도 안 되는 질문을 하곤 했다. 예를 들어, 베트킨은 손님이 집에 찾아오면 자신의 당번병인 몰다비아인에게 이렇게 묻는 것이다. '이봐, 부제스쿨, 술 창고에 샴페인이 남았나?' 그러면 부제스쿨은 아주 심각하게 대답했다. '아닙니다, 그렇지 않습니다. 장교님, 어제 마지막 병까지 모조리 마셔버렸습니다.' 에피파노프 소위는 자신도 대답하기 어려운 지적인 질문을 당번병에게 해댔다. '여보게, 현대 프랑스에서 발생한 왕정복고에 대

---

* 러시아의 차 끓이는 주전자.
** 핀란드 동부의 민족.

해서 어떤 생각을 가지고 있나?' 그러면 당번병은 지체 없이 대답했다. '네, 그렇습니다. 분명히 성공할 것입니다.' 중위 보베친스키는 당번병과 교리문답을 하곤 했는데, 당번병은 거침없이 말도 안 되는 질문에 척척 답하곤 했다. '왜, 이것이 세번째를 위해 중요하지?' '이것은 세번째에서 중요한 사항이 아닙니다.' 또는 '이것에 대해 정교는 어떤 관점을 가지고 있나?' '정교는 이것에 대해서 의견을 가지고 있지 않습니다.' 당번병은 마치 『보리스 고두노프』*의 피멘처럼 어울리지 않게 비극적 몸짓을 하며 단언해버리곤 했다. 장교들은 당번병에게 프랑스 말을 하도록 강요하기도 했다. '봉주르, 무슈 / 본 뉴이트, 무슈 / 불레 부 두 테, 무슈'** 이런 모든 일들은 근무 이외에는 할 일이 없는 지루하고 정체된 일상 속에 있는 장교들이 고안해낸 것이었다.

　로마쇼프는 가이난과 그의 종교에 대해서 자주 이야기를 나누었는데, 가이난은 자신의 종교에 대해 확실하게 이해하지 못했다. 또한 차르와 러시아에 대한 충성의 맹세를 가이난이 어떻게 하게 되었는지도 자주 화제에 오르곤 했다. 그의 충성 맹세 경위는 매우 독특했다. 맹세의 서약을 할 때, 동방정교도에겐 동방정교의 사제가, 가톨릭을 믿는 이들에겐 신부가, 유대인에겐 랍비가, 개신교도에겐 부대에 목사가 없었기 때문에 디츠 대위가, 이슬람교도에겐 베크 아가말로프 중위가 하게 되어 있었다. 하지만 가이난의 경우는 전혀 다른 방법이 취해졌는데, 연대 부관이 소금에 찍은 빵을 손을 대지 않고 칼끝에 꿰어 가이난과 종교가 같은 다른 두 사람의 입에 넣어주면 그들이 그걸 받아먹는 식이었다. 이러한 의식의 상징

---

* 푸시킨이 쓴 희곡.

** Bonjour, monsieur(안녕하십니까, 주인님) / bonne nuit, monsieur(안녕히 주무십시오, 주인님) / voulez-vous du thé, monsieur(차 한잔하시겠습니까, 주인님).

적인 의미는 이제 새 주인 밑에서 복무를 하며 빵과 소금을 먹지만 만일 믿음을 저버리면 쇠로 벌해달라는 것이었다. 가이난은 이런 독특한 의식을 자랑스러워하는 것 같았고, 자주 이것에 대해 이야기를 꺼냈다. 게다가 가이난은 이 이야기를 할 때마다 새로운 내용을 더 자세하게 첨가하였다. 결국 이야기는 우습고 황당한 상상이 되었기 때문에 매번 로마쇼프와 그의 동료들을 웃게 만들었다.

가이난은 로마쇼프가 예전부터 쭉 해오던 종교와 맹세 의식에 관한 이야기를 시작할 것이라고 생각했기 때문에 능글맞은 미소를 보였다. 하지만 로마쇼프는 축 늘어져서 말했다.

"알았어, 가봐."

"프록코트를 준비할까요, 장교님?" 가이난은 조심스럽게 말했다.

로마쇼프는 갈등했다. '그렇게 해,' '그렇게 하지 마'라는 말이 계속 머릿속에서 맴돌았다. 결국 그는 깊게 한숨을 쉬고 힘없이 대답했다.

"그럴 필요 없어, 가이난…… 뭐 하러…… 사모바르를 우선 가져오고 식당에서 저녁이나 가져오도록 해."

'오늘은 가지 않겠어.' 그는 단호했지만, 맥이 빠진 채 생각했다. '매일 가서 사람들을 지겹게 할 수는 없지, 그럼……, 아마도 내가 가면 사람들이 별로 좋아하지 않을 거야.' 니콜라예프에게 가지 않겠다는 생각은 단호하였다. 하지만 가슴속 깊은 곳에서는 지난 석 달 동안 매일 그랬고 어제도 그랬던 것처럼 오늘도 역시 니콜라예프에게 가게 될 것이라는 확신이 들어차 있었다. 매일같이 밤 12시가 되면 그는 집에서 나오면서 의지박약한 자신에 대해 부끄러워하고 성을 내며 앞으로 한두 주 내지는 영원히 그의 집에 가지 않겠다고 맹세해왔다. 하지만 숙소로 돌아와서 침대에 누워 잠이 들 때까지는 이 약속은 지켜질 것 같았지만, 밤이 지나고 나서 지겨운 하루를 간신히 보내고 저녁이 되면, 안락한 방이 있는 깨끗하고 밝은 니콜라예프의 집과 온화하고 명랑한 사람들 그리고 애교와 친절이 넘치는 아름다운 아가씨들의 달콤한 매력에 끌려가는 자신을 보게 되는 것이다.

로마쇼프는 침대에 걸터앉았다. 이미 어두워졌지만 방 안의 모습이 눈에 더 잘 들어왔다. 아, 방의 내부를 꾸미고 있는 몇 안 되는 초라한 가재도구들을 매일같이 본다는 건 얼마나 지겨운 일인가. 조그마한 책상 위에 놓여 있는 유리로 만든 장밋빛 갓이 달린 등, 퍼그를 닮은 잉크 병, 방정맞게 울리는 동그란 자명종, 침대 옆 벽에 걸려 있는 호랑이와 말을 탄채 창을 들고 있는 아랍인이 수놓인 펠트 천 양탄자, 한쪽 귀퉁이에 불안하게 서 있는 책장, 반대편 모서리의 몽환적 실루엣을 띠고 있는 첼로 케이스, 하나밖에 없는 창에 걸려 있는 짚을 엮어 관처럼 돌돌 만 커튼, 문 옆의 옷걸이를 가리고 있는 천. 모든 독신 장교와 상사들의 방 안에 있는 물건들은 첼로를 포함해서 한결같았다. 첼로는 연대 오케스트라에서 필요가 없는 악기라서 가져왔으나 장음계도 익히지 못하고 구석에 처박아놓은 후 1년이 넘은 지 오래였다.

로마쇼프는 1년 조금 더 전에 군사학교를 졸업하자마자 기쁨과 긍지를 가지고 이 조잡한 물건들을 갖추었다. 자신의 아파트, 자신의 물건, 자신의 취향대로 골라서 물건을 살 수 있는 가능성이 있다는 것은, 어제까지만 해도 동료들과 함께 학생용 책상에 앉아 있고, 대열을 지어 차를 마시러 가고 식사를 하러 갔던 스무 살의 소년에게는 큰 기쁨이었다. 이 귀한 물건들을 구입할 때에는 얼마나 많은 희망과 계획이 있었던가! 얼마나 당찬 계획을 세웠던가! 첫 두 해에는 기본적인 고전문학을 섭렵하고, 프랑스어와 독어를 체계적으로 익히고, 음악 공부를 하려고 마음먹었고,

그다음으로 아카데미 진학 준비를 할 계획이었다. 사회적 이슈와 문학과 학문을 파악하는 데 뒤처지지 않기 위해서 로마쇼프는 신문과 월간 잡지 구독을 신청했었다. 독학하기 위해 분트의 『심리학』, 루이스의 『생리학』, 스마일스의 『자조정신』 등을 구해놓기도 했다.*

이 책들은 벌써 아홉 달 동안 책장에 놓여 있었는데, 가이난은 책 먼지를 쓸어내는 것을 잊은 지 오래였고, 신문은 소포 봉투에 담겨진 채 책상 밑에 뒹굴고 있고, 잡지는 반년치 요금을 내지 않아 배달되지 않은 지 오래였다. 로마쇼프는 장교회관에서 보드카를 엄청나게 마셔댔고, 연대의 한 부인과 지저분하고 권태로운 관계를 오랫동안 지속하면서 허약하고 질투 많은 그녀의 남편을 속이고 있었다. 또한 그는 슈토스**를 자주 했고 점점 더 군 복무와 동료들 그리고 자신의 삶 자체에 대한 부담감을 강하게 느끼고 있었다.

"죄송합니다, 장교님" 하며 당번병이 부산스럽게 방 안으로 들어오면서 소리쳤다. 그는 바로 순박하고 부드러운 음색으로 말하기 시작했다. "피터슨 부인으로부터 편지가 왔다고 말씀하는 것을 잊었는데요. 답장을 꼭 보내라고 청이 있었습니다."***

로마쇼프는 인상을 찌푸린 후에, 편지봉투의 한쪽 구석에 부리에 편지를 문 채 날아가는 모습의 비둘기가 그려진, 길고 폭이 좁은 편지봉투를 찢었다.

"가이난, 불 좀 켜줘." 그는 당번병에게 명령했다.

---

  * 빌헬름 분트Wilhelm Wundt(1832~1920) : 독일의 생리학자 · 심리학자.
    조지 헨리 루이스George Henry Lewes(1817~1878) : 영국의 실증주의자.
    새뮤얼 스마일스Samuel Smiles(1816~1904) : 영국의 작가, 도덕주의자.
 ** 러시아 도박의 일종.
*** 쿠프린은 의도적으로 가이난이 구사하는 러시아어를 문법적으로 오류가 있게 표현하고 있다.

사랑스러운 나의 구레나룻 조지(로마쇼프는 눈에 익은 비스듬하게 비뚤어진 글씨체를 읽어나갔다). 네가 지난주 내내 한번도 우리 집에 오지 않아서 매일 밤 눈이 퉁퉁 불 정도로 울었을 만큼 네가 보고 싶어. 만약 네가 나를 무시해서 변절한다면 참지 않을 거라는 것만 알아둬. 한 방울의 독이 나의 고통을 영원히 종식시키겠지만 너는 영원히 수치스럽게 살게 될 거야. 오늘 저녁 7시 반에 꼭 오도록 해. 그는 오늘 전술훈련 때문에 집을 비울 거야. 내가 할 수 있는 온 정성을 다해 너에게 키스를 보내. 꼭 오도록 해. 1,000,000,000……번의 키스를 보내. 너의 라이사가.

 P. S. 저 강가에 힘있게 뿌리 내린
   버드나무의 가지를 기억하시나요.
   너는 나에게 강렬한 입맞춤을 보냈고,
   둘이서 함께 나누었지.

 P. P. S. 당신은 다음 주 토요일 저녁에 열리는 모임에 꼭 참석하셔야만 합니다. 세번째 카드릴*에 당신을 초대합니다. 이해하셨죠. R. P.

편지의 네번째 장의 가장 밑에는 다음과 같은 그림이 그려져 있었다.

여기에 키스함

---

* 4인조 무도.

편지에서 익숙한 페르시아 라일락 향수 냄새가 풍겼다. 종이의 이곳저곳에 이 향수 방울이 노란 자국을 남긴 채 말라 있었고, 향수 방울이 떨어진 곳의 글자들이 번져 있었다. 이 지겨운 냄새는 편지의 저속한 장난기, 붉은 머리칼을 지닌 작고 위선적인 얼굴과 함께 로마쇼프에게 참을 수 없는 혐오감을 느끼게 했다.

그는 정색을 하며 편지지를 잘게 찢어나갔다. 이윽고 더 이상 찢을 수 없게 되자, 이를 악물며 책상 밑으로 종잇조각을 내던졌다.

이 순간, 로마쇼프는 오래된 습관처럼 마치 제3의 인물이 바라보는 시각으로 스스로를 바라보았다. '그는 경멸이 담긴 쓸쓸한 웃음을 지었다. 동시에 그는 니콜라예프에게 갈 것이라는 것을 깨달았다. 하지만 이번 방문이 정말 마지막이 될 거야! 그는 자신을 속여보려 했다. 그는 곧 평정을 찾고 즐거워지기까지 했다.'

"가이난, 외출복을 준비하도록!"

그는 급하게 세수를 하고 새 재킷을 꺼내 입고 깨끗한 손수건에 꽃향기가 나는 향수를 뿌렸다. 그가 다 차려입고 막 나가려고 할 때, 가이난이 그를 막아섰다.

"장교님!" 가이난은 평소와 달리 부드럽고 갈증 나는 음색으로 말하더니 그 자리에서 춤을 추기 시작했다.

그는 어떤 일로 몹시 흥분하거나 당황했을 때 이렇게 춤을 추곤 했다. 양쪽 무릎을 번갈아 내밀면서 목을 쭉 편 채 어깨를 들썩였고, 늘어뜨린 손가락을 신경질적으로 꼼지락거렸다.

"왜 그러는 거야?"

"장교님, 지발 부탁드리는데요. 내게 하얀 사람을 주라."

"뭐라고? 하얀 사람이라니?"

"저기 버리라고 한 거요. 저기 저거……"

그는 난로 너머 방바닥에 있는 푸시킨의 흉상을 가리켰다. 이 반신상은 로마쇼프가 행상인에게서 얻은 것인데, '푸시킨'이라고 조각에 씌어져 있지만, 위대한 러시아 시인과는 전혀 닮지 않았고 추하게 생긴 늙은 유대인 전당포 주인 같아 보였으며, 파리 똥으로 더럽혀져 있어서, 로마쇼프는 가이난에게 그것을 내다 버리라고 일전에 명령했었다.

"왜 그게 필요하지?" 소위는 웃으며 물었다. "그래 좋아, 가지도록 해. 내겐 필요치 않아. 하지만 뭐에 쓰려고 하는 거지?"

가이난은 대답하지 않고 발을 바꾸어 디디며 섰다.

"알았어, 좋을 대로 해." 로마쇼프는 말했다. "그런데 동상이 누군지는 알아?"

가이난은 당황스러운 표정으로 웃었고 전보다 더 열심히 춤을 추었다.

"몰겠어요……" 가이난은 소매로 입을 닦았다.

"모르겠다고, 그럼 알아두도록 해. 푸시킨. 알렉산드르 세르게예비치 푸시킨. 알겠어? 따라 해봐. 알렉산드르 세르게예비치……"

"베시에프." 가이난은 힘차게 따라했다.

"베시에프? 그래 베시에프라고 해두자." 로마쇼프는 반박하지 않았다. "아무튼 난 지금 나갈 거야. 피터슨 씨네서 연락이 오면 소위님이 나가셨으며 어디로 가셨는지 모른다고 해. 알겠어? 만일 부대에서 연락이 오면 니콜라예프 중위댁으로 오도록 해. 그럼 가네, 늙은 친구……! 그리고 내 저녁을 가져다가 먹어도 돼."

로마쇼프는 대답 대신 함박웃음을 지으며 좋아하는 체레미스인의 어깨를 다정하게 토닥거렸다.

4

　밖에는 칠흑 같은 어둠이 내려앉아 있었기 때문에 로마쇼프는 장님처럼 걸어 나갔다. 커다란 장화를 신은 그의 발은 라하트-루쿰* 같은 질퍽질퍽한 진창 위를 걸어 나갔으며 발걸음마다 휘파람 소리와 과자를 씹는 것 같은 소리가 들렸다. 때때로 장화 한 짝이 진창에 빠져서 발이 빠져 버렸고, 로마쇼프는 그럴 때마다 한쪽 발로 선 채 어둠 속에서 사라진 장화를 찾으려고 나머지 발을 휘휘 저었다.

　작은 마을은 너무나 고요했고 개 짖는 소리조차도 들리지 않았다. 흰색의 낮은 집들의 창문으로부터 빛이 흘러 나와서 문설주 밑의 황갈색 땅을 비추고 있었다. 로마쇼프가 계속 길잡이 삼아 따라가고 있는 끈적거리는 담장과 포플러 나무, 진흙 창에서 뭔가 봄기운의 강한 행복감이 묻어 나는 냄새와 즐거운 분위기가 느껴졌다. 바람 역시 장난치듯 이곳저곳 거리를 누비며 봄바람처럼 불규칙적이고 단속적으로 불어댔다.

　니콜라예프 집 앞에서 소위는 결정을 내리지 못하고 잠시 멈춰 섰다. 조그만 창문은 두꺼운 갈색 커튼으로 덮여 있었으나 방 안의 고르고 환한 불빛을 감추지는 못했다. 커튼의 한쪽이 안으로 약간 말려서 좁고 긴 틈이 만들어져 있었다. 로마쇼프는 마치 방 안의 사람들에게 그의 숨소리가 들리기라도 할 것처럼 최대한 숨을 죽이고 창에 고개를 바짝 갖다 대었다.

　그는 녹색 천으로 싸여 있는 소파에 어깨를 웅크리고 구부정하게 앉아 있는 알렉산드라 페트로브나를 보았다. 자세와 몸의 움직임, 그리고

---

* 설탕에 버무린 젤리 모양의 터키 과자.

고개를 숙이고 있는 것으로 보아 그녀는 수를 놓고 있는 것이 분명했다.

갑자기 그녀는 몸을 죽 펴더니 머리를 들고 깊게 숨을 내쉬었다…… 그녀의 입술이 움직였다…… '무슨 말을 하는 거지?' 로마쇼프는 생각했다. '미소를 짓고 있네. 들리지도 않는데 창문을 통해서 말하는 사람을 바라보는 것은 참 특이한 느낌이군.'

알렉산드라의 얼굴에서 미소가 갑자기 사라지더니 이마를 찌푸렸다. 다시 입술이 움직이더니 미소를 짓는 모양이 뭔가 흥겹고 재미있는 이야기를 하는 것 같았다. 이때 그녀는 천천히, 하지만 반대한다는 듯이 고개를 저었다. '내 이야기를 하나?' 로마쇼프는 수줍게 생각했다. 이 젊은 여인으로부터 그는 조용하고 정화된 온화함을 느꼈다. 지금 바라보고 있는 그녀는 예전부터 이미 알고 있는 사랑스럽고 생생한 그림 속의 주인공처럼 보였다. "슈로치카!"* 로마쇼프는 다정하게 속삭였다.

알렉산드라 페트로브나는 갑자기 얼굴을 들어 재빠르게 창문 쪽으로 돌렸다. 로마쇼프는 그녀의 눈이 자신의 눈과 마주친 것 같은 느낌을 받았다. 가슴이 오그라들면서 서늘해질 만큼 놀란 그는 즉각 튀어나온 벽 뒤로 몸을 숨겼다. 순간, 그는 부끄러움을 느꼈다. 집에 돌아가려고 하다가 그는 용기를 내서 쪽문을 지나 부엌으로 향했다.

니콜라예프의 하인이 그의 지저분한 장화를 받아서 걸레로 닦았고, 로마쇼프는 근시인 자신의 눈에서 김이 서린 안경을 벗어 닦았다. 이때 알렉산드라 페트로브나의 청명한 음성이 들렸다.

"스테판, 지시한 것 준비됐니?"

'일부러 그러는군!' 소위는 씁쓸해하며 생각했다. '그녀는 내가 항상

---

* 알렉산드라의 애칭.

이 시각쯤에 온다는 것을 알고 있지.'

"접니다. 알렉산드라 페트로브나!" 그는 목소리를 가다듬고 문에 대고 소리쳤다.

"아! 로모츠카! 어서 들어오세요. 거기서 뭐 하고 계세요? 발로자, 로마쇼프 씨가 오셨어요."

로마쇼프는 등을 구부린 채 괜히 손을 비비며 들어갔다.

"알렉산드라 페트로브나, 제가 정말 지겹죠?"

그가 이런 말을 한 것은 허물없고 명랑하게 보이기 위한 것이었지만, 결과적으로 불편한 상태가 되었고, 무척이나 부자연스러운 느낌만 주고 말았다.

"또 쓸데없는 말씀을 하시네!" 알렉산드라 페트로브나는 소리 높여 말했다. "앉으세요, 함께 차 한잔하세요."

그녀는 그의 눈을 똑바로 주의 깊게 쳐다보며, 작지만 부드럽고 따뜻한 손으로 평소처럼 힘 있게 그의 차가운 손을 잡았다.

니콜라예프는 그들 등 뒤에 있는 책과 지도와 도면으로 가려진 책상에 앉았다. 이번 해에는 꼭 참모본부의 아카데미 입학시험을 통과해야만 했기에, 1년 내내 그는 쉼 없이 시험 준비를 해오고 있었다. 두 번 연속 시험에 떨어졌기 때문에 이번이 벌써 세번째 도전이었다.

몸을 돌리지 않은 채 펼쳐놓은 책을 보면서 니콜라예프는 손을 어깨 너머로 뻗어 로마쇼프에게 악수를 청하며 차분하고 낮은 목소리로 말했다.

"안녕하시오, 유리 알렉세이비치. 뭐 좋은 일 없나요? 슈로치카! 차를 갖다 드리구려. 제가 지금 바쁘니 용서해주십시오."

'아이구, 내가 괜히 왔군.' 로마쇼프는 씁쓸해졌다. '정말 바보 같은 짓을 했어!'

"무슨 좋은 일이 있겠습니까…… 레흐 중령 댁의 모임에서 에피판이 난리 법석을 떨었다고 하더군요. 완전히 취해서 그랬다더군요. 중대마다 그를 처벌하라고 해서 결국 에피판은 감금되었답니다."

"그래요?" 니콜라예프는 멍하니 대꾸했다. "더 얘기해주세요."

"저도 나흘 동안 벌을 받았는데…… 한마디로 말해서 오래된 이야기죠."

그의 목소리는 목에 뭔가 걸려 있는 것처럼, 왠지 부자연스러웠다. '내가 얼마나 불쌍해 보일까!' 그는 이렇게 생각했지만 내성적인 사람들이 으레 그렇듯 아무 일도 아니라고 생각하며 차분해졌다. '네가 생각하기에 불편한 경우일지 몰라도, 사실 아무도 개의치 않고 있을 거야.'

그는 빠른 동작으로 레이스를 뜨고 있는 슈로치카 옆에 앉았다. 그녀는 하는 일 없이 그냥 앉아 있을 때가 없었다. 집 안에 있는 식탁보, 작은 테이블 보, 램프의 갓, 커튼 등은 모두 그녀가 직접 뜨개질을 한 것이었다.

로마쇼프는 실톳에서 그녀의 손으로 이어진 실을 조심스럽게 잡으면서 물었다.

"지금 하시는 일이 뭡니까?"

"기퓌르 레이스*요. 도대체 몇 번을 물어보시는 거예요?"

슈로치카는 빠르지만 주의 깊게 소위를 바라보더니, 바로 레이스로 시선을 옮겼다. 하지만 곧 다시 고개를 들더니 웃음을 터뜨렸다.

"괜찮아요, 유리 알렉세이비치…… 앉아서 옷매무새만 조금 다듬으세요. 군에서 '복장 정돈!' 하면 의복을 단정하게 해야 하는 것처럼요."

로마쇼프는 한숨을 쉬고 회색 재킷의 옷깃과 비교해 더욱 희게 보이

---

* 바탕이 되는 망눈 없이 직접 여러 모양을 연결해서 단을 대는 레이스의 일종.

는 니콜라예프의 튼튼한 목을 곁눈질했다.

"블라지미르 에피므이치는 정말 운이 좋은 사람이에요. 여름이 되면 페테르부르크의 아카데미에 입학하겠군요." 로마쇼프는 말했다.

"두고 봐야죠!" 슈로치카는 남편을 향해 성마르게 말했다. "수치스럽게도 두 번이나 부대로 돌아왔죠. 이번이 마지막이라니까요."

니콜라예프는 돌아섰다. 그의 군인답고 선량하며, 콧수염으로 무성히 뒤덮인 얼굴은 벌겋다 못해 검붉어져버렸고 황소 같은 눈은 화가 치밀어 번들거렸다.

"쓸데없는 소리 하지 마, 슈로치카! 내가 말했잖아. 이번엔 꼭 붙는다고." 그는 손바닥으로 책상을 강하게 내리쳤다. "근데 당신은 앉아서 조잘대기나 하고. 내가 말했잖아······!"

"내가 말했잖아!" 아내는 남편을 놀리기 위해서 그의 흉내를 내며 작고 거무스름한 손바닥으로 무릎을 탁 쳤다. "그보다 나한테 전투 대형을 어떻게 배치하는 게 좋은지 얘기해보는 건 어때요? 당신도 아시겠지만, 내가 그보다 전술을 더 잘 알걸요." 그녀는 로마쇼프에게 능청맞게 눈짓을 하며 웃음을 터뜨렸다. "어때요, 발로자, 참모부 장교님, 어떻게 배치하는 게 좋죠?"

"바보 같은 소리 하지 마, 슈로치카." 니콜라예프는 뾰로통해서 말했다.

갑자기 그는 아내 쪽으로 의자와 함께 몸을 돌렸다. 크고 아름답지만 어딘지 좀 아둔해 보이는 그의 눈은 너무 놀라서 당황한 기색이 역력했다.

"이봐, 잠깐, 내가 전부 기억하지 못하는 건 분명해. 전투 대형이라고? 대형은 적의 화기로부터 가장 적게 병력을 잃도록 짜여야 돼, 또한 명령을 전달하기 좋아야지······ 그리고······ 잠깐만······"

"시간은 금이에요." 슈로치카가 의기양양하게 말을 가로챘다.

그녀는 마치 초등학교 1학년 여학생처럼 눈을 지그시 감고 몸을 흔들면서 빠르게 말을 하기 시작했다.

"전투 대형은 반드시 다음 조건을 충족시켜야 한다. 선회성, 기동성, 탄력성, 명령 전달의 유용성, 지역 적응성, 적 화기에 대한 방어성, 밀집과 전개의 용이성과 행군 대형으로의 전이성…… 이상!"

그녀는 눈을 뜨며 호흡을 가다듬고 나서는 잔뜩 미소 띤 밝은 얼굴을 로마쇼프 쪽으로 돌리고는 물었다.

"어때요?"

"우와, 대단한 기억력인걸!" 니콜라예프는 감탄하며 부러움에 가득 차서 자신의 노트를 뒤적거렸다.

"우리가 매일같이 함께 있다는 것을 아시잖아요." 슈로치카는 설명했다. "아마 지금 이 자리에서 시험을 봐도 난 붙을 수 있을 거예요. 중요한 것은," 그녀는 뜨개질바늘을 공중에서 휘저었다. "중요한 것은 체계예요. 제가 말하는 체계는 내 발명품이자 자랑이에요. 매일 수학과 군사학의 일정량을 공부하고, 그런데 포술은 사실 어렵더라고요. 짜증 나는 공식투성이라서요. 특히 탄도학은 정말 지겹죠. 전술규범도 일정량을 매일 공부하고요. 그리고 하루걸러 한 번씩 두 가지 언어를 공부하고요, 또 역사와 지리도 번갈아서 공부하고요."

"러시아어도요?" 로마쇼프는 정중하게 물었다.

"러시아어요? 별거 없죠. 그로트* 정자법은 이미 떼었고. 논술은 뭐가 나올지 뻔하죠. 매년 똑같은 문제거든요. '라가 라세트, 라가 벨룸'**

---

* 그로트 야코프 카를로비치 Грот Яков Карлович(1812~1893) : 언어학자, 문학사가, 아카데미 회원.
** 라틴어로 'Si vis pacem, para bellum'가 어원임. '평화를 원한다면 전쟁에 대비하라'는 뜻.

의 뜻은 무엇이냐? 아니면 오네긴*의 동시대적 특징은 무엇이냐……"

그녀는 갑자기 말할 거리가 생각난 것처럼, 소위의 손에서 실을 빼내면서, 자신이 겪고 있는 현재의 삶의 모습과 관심거리에 대해서 열정적으로 말하기 시작했다.

"난 더 이상 여기에 있을 수 없어요, 로모츠카! 이해하시겠지요! 이곳에 계속 있다는 건 점점 나락에 빠지는 거예요. 연대의 여자가 되어 군인들의 거친 파티에 다니면서 잡담이나 하고 음모를 꾸미고 일상의 쓸데없는 문제로 화를 내고…… 아아…… 부인네들과 저질스러운 무도회나 번갈아가며 열고, 카드 놀이나 하고…… 당신은 여기가 편하다고 생각하시겠지요. 하지만 이곳에 있는 모든 것이 쓸모없는 환락이라고요. 이 자수품들 모두를 내가 직접 짰어요, 이 옷도 내가 직접 고쳤지요, 지긋지긋한 저 양탄자도…… 모든 것이 쓰레기라니까요! 이해하시겠어요, 로모츠카, 내게는 진정한 사교계가 필요해요. 음악, 존경, 칭찬, 지적인 대화 상대가 있는 사교계가 필요해요. 발로자는 대단한 위업을 이루지는 못하겠지만 정직하고 용감하며 성실한 사람이에요. 그가 참모부에만 들어간다면, 내가 장담하는데, 그에게 멋진 미래를 만들어줄 수 있어요. 나는 언어구사를 잘하는 데다가, 어떤 모임이든 흔들림 없이 융화할 수 있죠. 제 안에는, 한마디로 표현하기 어렵지만, 언제 어디서나 발현되고, 또 적응할 수 있는 유연한 영혼이 있어요. 로모츠카, 나를 보세요, 세심히 한번 보란 말이에요. 그 어떤 지도에도 표시되어 있지 않은 이 역겨운 마을에서 맥없이 일생을 보낼 정도로 특징도 없고 아름답지도 않은 여자가 나란 말인가요!"

---

* 푸시킨의 작품 『예브게니 오네긴』에 등장하는 남자 주인공.

말을 끝낸 그녀는 손수건으로 얼굴을 가리고, 상처받은 자존심과 자기애가 실린 눈물을 흘렸다.

당황한 남편이 바로 그녀에게로 달려갔지만, 슈로치카는 이미 울음을 멈추고 손수건으로 눈물을 닦은 뒤였다. 눈물이 더 나오지는 않았지만 그녀의 눈은 이글거리고 있었다.

"괜찮아요, 발로자." 그녀는 남편을 밀어내며 말했다.

언제 그랬냐는 듯이 그녀는 로마쇼프를 돌아보더니 그의 손에서 실을 풀어내며 교태스럽고 변덕스러운 웃음을 지으며 물었다.

"대답해보세요, 엉뚱한 로모츠카, 내가 괜찮은 여자인가요, 아닌가요? 만일 여자가 듣고 싶은 칭찬을 하지 않는다면 그건 아주 큰 무례라는 것만 잊지 말아요!"

"슈로치카, 부끄러운 줄 알아야 돼요." 니콜라예프는 자리에 앉아서 준엄하게 말했다.

로마쇼프는 꽤나 부끄러운 미소를 짓더니, 진지하며 애잔하게 떨리는 목소리로 대답했다.

"당신은 매우 아름답습니다……!"

슈로치카는 눈을 찡그리며 고개를 흔들어서, 이마를 덮고 있던 머리카락을 올렸다.

"로오모츠카, 당신은 정말 재미있는 사람이군요!" 그녀는 아이처럼 가는 목소리로 노래 부르듯이 말했다.

얼굴이 붉어진 소위는 늘 하던 대로 속으로 생각했다. '그의 심장은 갈가리 찢기었다.'

모두 침묵했다. 슈로치카는 부지런히 뜨개질을 하였다. 블라지미르 에피모비치는 투센과 란겐쉐이트* 자습서의 문장을 독일어로 번역하여 조용하게 중얼거렸다. 텐트 모양의 누런 비단 갓으로 둘러싸인 등잔 속의 불이 타면서 나는 소리만이 들렸다. 로마쇼프는 다시 실타래를 정돈하고, 자신도 못 느끼리만치 조심스럽게 젊은 여인의 손으로부터 실을 당겼다. 로마쇼프는 슈로치카의 손이 자신의 세심한 손길에 저항하는 것 같은 느낌을 받으며 미묘하고 부드러운 쾌감을 느꼈다.

동시에 그는 안 보는 척하면서도, 사실 끈덕지게 그녀의 숙인 머리를 바라보았고, 마치 슈로치카와 내밀하고 육감적인 대화를 하는 것처럼 입술을 미세하게 움직이며 속으로 말하였다.

'정말 용감한 질문이지, 내가 괜찮은가요? 아! 너는 환상적이야! 사랑스러운 사람아! 이렇게 앉아서 너를 보고 있다는 사실이 너무 행복해! 들어봐. 네가 얼마나 아름다운지 얘기해줄게. 들어봐. 너의 얼굴은 창백한 것 같으면서도 거무스름해. 열정적인 얼굴이야. 너의 아름답고 불타는 듯한 입술은 키스를 부르지! 그늘진 눈매는…… 네가 앞을 응시할 때 흰자위는 청초한 하늘색 같고 커다란 눈동자는 푸르디푸르구나. 너의 머리카락은 검은색은 아니지만, 너에겐 집시에게만 있을 법한 무언가가 있지. 바르고 순수한 이미지를 풍기며 땋여 있는 깨끗하고 가느다란 너의 머리카락은 가만히 만져보고 싶게 하지. 너는 작고 가벼워, 아이처럼 가뿐히 너를 안을 수 있을 거야. 하지만 너는 강하면서도 유연하지. 너의 가슴은 처녀의 가슴 그대로야. 너는 한마디로 도발적인 여인이야. 왼쪽 귀 밑의 작은 점은 귀걸이를 단 것처럼 매혹적이야……!'

"장교 간의 결투에 관한 기사를 보셨나요?" 갑자기 슈로치카가 질문했다.

---

* 란겐쉐이트Gustav Langenscheidt(1832~1895)는 독일 언어학자로, 프랑스 언어학자 투셍Charles Toussaint(1813~1877)과 『신언어교육체계』를 집필하였다.

로마쇼프는 화들짝 놀라서 그녀를 보던 시선을 돌렸다.

"아니요, 읽어보진 않았는데 소문은 들었죠. 그런데 그건 왜요?"

"하긴, 당신은 아무것도 읽으려 하지 않죠. 그러다 보면, 유리 알렉세이비치, 당신의 가치는 점점 떨어질 거예요. 내 생각에는 뭔가 불합리한 요소가 있어요. 장교들 간의 결투는 꼭 필요할 뿐만 아니라 합리적인 것이라고 이해해요." 슈로치카는 뜨고 있던 것을 가슴에 꼭 대었다. "하지만 왜 그렇게 아둔한 짓을 하죠? 생각해보세요. 한 장교가 다른 장교를 모욕하고, 심각한 모독이라 생각한 장교회는 결투를 결의하죠. 하지만 그 다음부터는 바보 같은 짓거리 일색이죠. 결투 규칙이라는 것이 사형과 다를 게 뭐 있겠어요. 열다섯 보를 사이에 두고 치명상을 입을 때까지 싸우죠…… 두 사람 다 멀쩡하면 다시 발포하죠. 이건 살육 그 자체예요. 이건 정말…… 정말 뭐 하는 일인지 모르겠어요! 제가 말한 건 일부에 불과해요. 결투 장소로 부대의 모든 장교들이 모여들죠, 아마 부인들도 올 거예요. 풀숲에 숨어서 사진까지 찍어대죠. 정말 혐오스러운 일이에요, 로모츠카! 볼로자가 말하듯 당신처럼 불행한 소위, 그러니까 능욕자가 아니라 모욕까지 받은 사람은 세번째 총탄으로 배에 치명상을 입고 저녁 무렵에 고통 속에서 죽어가죠. 그에게는, 우리 미힌처럼, 노모와 누이, 늙은 아비가 있죠…… 무엇 때문에, 누구를 위하여 이런 피 튀기는 광대 짓을 해야 하는 거죠? 신문에 난 사건은 결투를 허가한 직후 최초로 발생한 일이죠. 제 말을 믿으셔야 할 거예요!" 슈로치카는 눈을 번득이며 소리쳤다. "장교간의 결투를 반대하는 감상적인 사람들 역시 경멸스러운 겁쟁이 자유주의자들이죠. 야만적 행위! 포악한 시대의 유물! 동족 살해의 비극! 이라며 떠들어대고 있죠."

"당신은 잔인하군요, 알렉산드라 페트로브나!" 로마쇼프가 끼어들었다.

"잔인하다니요, 그렇지 않아요!" 그녀는 단호하게 반박했다. "저는 자애로운 사람이에요. 저는 제 목을 간질이는 딱정벌레를 조심스럽게 떼어내면서 그 불쌍한 벌레를 아프지 않게 하려고 애쓰는 사람이란 말이에요. 로마쇼프, 이해하려고 노력해보세요, 아주 단순한 이치예요. 장교의 존재 이유는 뭐죠? 전쟁을 위해서일 거예요. 전쟁을 하기 위해 요구되는 것이 무엇이죠? 용기, 자긍심, 죽음을 두려워하지 않는 마음이죠. 평상시에 이러한 사질들이 발현될 만한 일이 뭐죠? 결투립니다. 그뿐이에요. 확실하죠. 프랑스 장교들에게 결투는 필요하지 않죠, 왜냐하면, 좀 과장해서 말하면, 프랑스인들은 명예가 뭔지 알거든요. 독일 장교들도 마찬가지예요, 그들은 태생적으로 질서와 규율이 몸에 배어 있으니까요. 하지만 우리 러시아인들은…… 프랑스, 독일인처럼 된다면 우리의 장교 사회에서 아르차콥스키 같은 카드 사기꾼이나 나잔스키 같은 주정뱅이는 더 이상 나오지 않을 거예요. 그제야 모임이나 근무 중에 생각 없는 행동이나 불쾌한 조롱이 저절로 없어질 거예요. 예를 들어 서로 욕을 해댄다든가, 서로의 머리를 향하여, 비록 정확하게 맞히려는 의도는 없지만, 유리병을 던져대는 그런 일 말이에요. 장교는 말 한마디라도 함부로 해서는 안 돼요. 장교는 단정함의 모범이 되어야 해요. 장교의 직업은 생명을 걸고 하는 일이에요."

갑자기 그녀는 말을 멈추더니 하던 일을 계속해나갔다. 다시 침묵이 흘렀다.

"슈로치카, 독일어로 경쟁자가 뭐지?" 니콜라예프가 책에서 머리를 떼며 물었다.

"경쟁자요?" 슈로치카는 가르마를 뜨개질 바늘로 긁으며 생각했다.

"전체 문장을 말해봐요."

"뭐냐면…… 잠깐만…… 우리의 외국의 적은……"

"Unser auslandischer Nebenbuhler" 슈로치카는 바로 번역했다.

"운저르." 로마쇼프는 등잔의 불을 멍하니 바라보며, 속삭이듯 따라 했다. '흥분 되는 일이 있으면,' 그는 생각했다. '그녀의 말은 마치 산탄이 은쟁반 위로 쏟아질 때 나는 소리처럼 청명하고 명쾌한 소리가 나지. 운저르라고? 정말 재미있는 단어군…… 운저르, 운저르, 운저르……'

"뭘 그렇게 중얼거리세요, 로모츠카?" 갑자기 알렉산드라 페트로브나가 정색을 하며 물었다.

"제 앞에서 혼잣말 하지 마세요."

그는 얼빠진 미소를 지었다.

"저는 혼잣말 한 게 아니고요…… 그냥 따라 해본 거예요. 운저르, 운저르. 정말 재미있는 단어예요……"

"무슨 바보 같은 말을 하는 거예요? 운저르가 뭐가 웃겨요?"

"그러니까요……" 그는 어떻게 설명해야 할지 막연했다. "만약에 어떤 한 단어를 오랫동안 반복해보면, 원래 단어의 의미가 사라지면서 뭔가 새롭게 들리거든요…… 어떻게 설명을 해야 되나……?"

"그래요, 맞아요!" 슈로치카가 즐거워하며 빠르게 말을 끊었다. "어렸을 때 많이 한 놀이지요, 하지만 요즘은 그렇게 한 적이 거의 없네요……"

"네, 네, 어릴 때 많이 했죠."

"지금도 생생해요. 저를 특히 놀라게 하던 단어도 생각나요. '아마도'이었는데요. 눈을 감고 몸을 흔들며 '아마도, 아마도……' 하고 반복하다 보면 단어의 뜻이 기억나지 않는 거예요, 전혀 생각해낼 수가 없었죠. 끝이 둘로 갈라진 적갈색의 천 조각 같았다니까요."

로마쇼프는 그녀를 다정하게 바라보았다.

"우리가 비슷한 생각을 하고 있는 것이 참 신기합니다." 그는 가만히 말했다. "운저르는 마치 길고 가는 곤충의 침처럼 기분 나쁜 뭔가로 생각되었거든요."

"운저르?" 슈로치카는 고개를 들고 실눈을 뜬 채 방 한구석을 바라보며 로마쇼프가 무슨 의미로 이야기한 건지 이해하려고 노력했다.

"아, 그렇지, 이건 뭔가 녹색 빛을 띤 날카로운 건데. 곤충, 그래, 그래, 곤충 같은 기예요. 귀뚜라미 같은 건데, 좀더 혐오스럽고 기분 나쁜 건데…… 푸, 로모츠카, 우리 참 유치하게 노네요."

"이런 것도 있죠." 로마쇼프는 비밀이라도 되는 듯이 말했다. "이것 역시 어렸을 때 더 확실했었죠. 어떤 단어 하나를 발음하면서 최대한 길게 소리를 내는 거죠. 매 음절을 최대한 늘여 발음하는 거죠. 그러다 보면 갑자기 어느 순간에 주변의 모든 것이 사라지는 묘한 느낌을 갖게 되죠. 이때가 되면 내가 말하고 있고, 살아 있고, 생각하고 있다는 놀라운 느낌이 들죠."

"오, 저도 경험해봤어요!" 슈로치카가 명랑하게 말을 받았다. "하지만 똑같지는 않아요. 참을 수 있을 때까지 숨을 멈추고 생각하는 거예요. 지금 나는 숨 쉬지 않는다, 숨 쉬지 않는다. 이렇게 숨을 계속해서 참다 보면…… 이상한 기분이 들 때가 있어요. 시간이 내 옆을 비켜가는 느낌이죠. 아니 그보다 아예 시간이 존재하지 않는 것 같죠. 말로 설명하기가 어려운 그런 느낌이죠."

로마쇼프는 매혹에 빠진 시선으로 그녀를 바라보며, 둔탁하지만 행복함이 묻어나는 조용한 목소리로 말했다. "네, 네…… 설명할 수 없죠…… 참 묘한 일이거든요…… 말로는 표현하기가 어렵죠……"

"자, 심리학자 여러분, 어떠신지 모르겠네. 저녁을 들어야 할 시간 같은데." 니콜라예프가 일어나면서 말했다.

니콜라예프는 오랫동안 앉아 있어서 그런지 발이 저리고 허리가 아팠다. 기지개를 있는 대로 켜며 팔을 치켜들고 가슴을 바짝 내밀자, 그의 크고 건장한 몸 마디마디에서 뚝뚝 하며 소리가 났다.

도자기 램프가 벽마다 걸려 환하게 밝히고 있는, 작지만 잘 꾸며진 식당에는 전채요리가 차려져 있었다. 니콜라예프는 술을 마시지 않지만 로마쇼프를 위해서 유리병에 보드카가 담겨 있었다. 늘 하던 대로 얼굴을 잔뜩 찌푸리며 슈로치카는 거침없이 물었다.

"당신은, 이 역겨운 액체 없이는 살 수 없겠죠?"

당황한 로마쇼프는 보드카를 한 모금 마시다가 사레가 들려서 재채기를 했다.

"부끄럽지도 않으신가 보죠!" 여주인은 훈계하듯 말했다. "게다가 술 마실 줄도 모르면서…… 당신이 좋아하는 나잔스키는 어쩔 수 없는 사람이라 그렇다 치고, 당신은 도대체 왜 그러시는 건가요? 젊고, 능력 있는 훌륭한 사람이 보드카 없이 식사를 할 수 없다니…… 왜 그렇지요? 나잔스키가 당신을 다 망쳐놓은 거예요."

하달된 명령서를 읽고 있던 그녀의 남편이 갑자기 말했다.

"그런데, 나잔스키는 집안 문제로 한 달 동안 휴가를 받았단 말이야. 쯧쯧! 흠뻑 취해서 살 거야. 유리 알렉세이비치, 그를 보셨겠지요? 담배도 피우던가요?"

로마쇼프는 눈썹을 찌푸렸다. "아닌 것 같은데요. 하지만 술은 마시는 것 같더군요……"

"나잔스키는 역겨워요!" 화가 난 슈로치카는 절제되고 낮은 목소리로 말했다. "내 맘대로 할 수 있다면 그를 미친 개를 잡듯이 쏴버릴 거예요. 그런 장교들은 부대의 수치예요!"

포식을 한 니콜라예프는 저녁 식사를 끝내자마자 하품을 하더니 말했다. "잠깐 눈을 붙이는 게 어떨까요? 오래된 훌륭한 소설들이 이야기하는 것처럼 잠깐 눈을 붙이는 거죠."

"좋은 생각이십니다, 블라지미르 에피므이치." 로마쇼프는, 스스로 생각해봐도 알랑거리는 말투로, 그의 말을 받았다. 식탁에서 일어나면서 그는 의기소침해져서 생각했다. '니에게 예의를 차릴 생각이 없군. 내가 왜 이 집에 기어들어 온 거지?'

그는 니콜라예프가 자기를 집에서 내쫓으면서 즐거워하는 것 같은 느낌을 받았다. 그럼에도 불구하고, 슈로치카와 작별인사를 하기 전에, 집 주인과 인사를 나누면서, 곧 부드러운 여인의 손을 잡을 수 있다는 생각에 즐거웠다. 이런 생각은 이 집을 나서기 전에 항상 하는 생각이기도 했다. 이 순간이 왔을 때, 그는 이 매혹적인 악수를 느끼느라 슈로치카가 그에게 한 말도 듣지 못했다.

"우리를 잊지 마세요. 우리 집이 항상 당신에게 기쁨이 될 거예요. 나잔스키랑 술에 취하는 것보다 우리와 함께 있는 것이 훨씬 좋을 거예요. 단지 우리는 당신에게 격식을 차리지 않는다는 것만 기억해두세요."

그는 거리에 나와서야 그녀의 말을 이해하였다.

"내게 무슨 격식이 필요하겠소." 그는 또래의 젊고 자긍심이 있는 사람들이 특히 잘 느끼는 그런 깊은 모욕감을 느끼며 속삭였다.

5

로마쇼프는 현관 계단을 걸어 내려갔다. 어둠은 더욱더 짙어졌고 날은 더 포근해져 있었다. 소위는 자신의 눈이 어둠에 익숙해질 때까지 울타리를 손으로 더듬으며 천천히 걸어갔다. 그 순간에 니콜라예프 집의 부엌문이 열리면서 걸쭉한 구정물이 버려지더니 니콜라예프의 당번병 스테판이 나타나 화난 목소리로 말하며 진창 위를 지났다.

"매일같이 들락거리는군. 도대체 뭐 하러 오는 거야, 제길……!"

또 다른 낯선 목소리가 길고 게으른 하품 소리와 섞여 소위에게 들려왔다.

"이봐, 친구, 그냥 할 일이 없어서 그런 거야. 어쨌든, 잘 있게, 스테판."

로마쇼프는 울타리에 찰싹 달라붙었다. 주위는 깜깜했지만 지독한 수치를 느낀 로마쇼프는 새빨개졌다. 그의 몸은 땀으로 흠뻑 젖었고, 수천 개의 바늘이 그의 다리와 등을 찌르는 것 같았다. '그렇군! 졸병 놈들까지 비웃다니.' 그는 절망하며 생각했다. 곧 그는 저녁 때의 장면들과 대화 내용, 주인 내외가 나눈 눈짓 등을 떠올렸고, 지겨운 손님에 대한 멸시, 조소, 염증을 표현하는 사소한 것까지 생각해냈다.

"수치야, 수치!" 소위는 미동도 하지 않고 속삭였다. "내가 이 집에 오면 참기 힘든 지경까지 다다른 거야…… 지겨운 거야. 확실히 내가 지겨운 거야!"

니콜라예프 집의 거실 등은 이미 꺼져 있었다. '벌써 침실에 들어갔군.' 로마쇼프는 생각했다. 니콜라예프 부부는 오래된 부부가 그렇듯이 스스럼없이 같은 장소에서 옷을 벗고 침대에 누워 자신에 대해서 이야기를 나누는 모습이 선명하게 그려졌다. 그녀는 속치마만 입고 거울 앞에 앉아 머리를 빗을 것이다. 졸린 블라지미르 에피모비치는 잠옷을 입은 채 침대에 앉아서 신발을 벗고 화난 목소리로 말한다. "있잖아, 슈로치카, 나는 너의 로마쇼프가 이젠 정말 지겨워. 네가 그와 이야기하는 게 놀라울 따름이야." 슈로치카는 입에 머리핀을 문 채 돌아보지도 않고 불만스러운 목소리로 거울에 비친 남편을 보며 말한다. "어떻게 나의 로마쇼프예요, 당신의 로마쇼프지……"

이러한 고통스럽고 굴욕적인 생각을 하며 괴로워하던 로마쇼프가 발걸음을 뗀 것은 5분이 지나서였다. 니콜라예프의 집을 둘러싸고 있는 긴 담장 옆을 지나면서, 나쁜 짓을 한 사람으로 오해받을 수 있을 만큼 발소리를 죽이며 진창에서 발을 조심스럽게 끌어내며 걸었다. 집으로 돌아가기는 싫었다. 창문이 하나밖에 없는 지겹고 역겨운 물건들이 가득 찬 길고 좁은 방으로 돌아가는 것은 심지어 무섭기까지 했다. '그녀는 무시해 버리자, 나잔스키에게 가는 거야,' 그는 막상 이렇게 결정하고 나니 복수의 쾌감까지 느꼈다. '그녀가 나잔스키와 만나는 것에 대해 뭐라 했지만, 쳇, 아무 상관없어! 무시하는 거야……!'

하늘을 바라보며 손을 가슴에 바짝 대고 격앙돼서 생각했다. '맹세하건대, 마지막으로 그한테 가는 거야. 더 이상 그런 모욕은 받지 않겠어. 꼭!'

그는 버릇대로 자신의 모습을 표현했다.

'그의 총명한 검은 눈은 결의와 경멸에 차 빛났다!'

하지만 그의 눈은 검은색이 아니었다. 실제로 그의 눈은 황색과 녹색이 섞인 듯한 색깔의, 평범한 눈이었다.

나잔스키는 자신의 동료인 중위 제그르즈트의 방에 세 들어 살고 있었다. 그는 나무랄 데 없이 복무를 수행했고 터키와의 전쟁에 참가했음에도 불구하고 전 러시아 군에서 가장 나이가 많은 중위였다. 뭐라고 딱 부러지게 말할 수 없는, 피하기 어려운 상황 때문에 그는 승진이 되지 않았고, 네 명의 아이를 둔 홀아비라서 48루블의 봉급으로 간신히 살아가고 있었다. 그는 큰 아파트를 빌려서 방 하나하나를 혼자 사는 장교들에게 임대하였으며, 그들의 식사를 준비했고, 닭과 칠면조를 키웠고, 미리미리 장작을 싼 값에 사두는 능력을 지니고 있었다. 그는 자신의 아이들을 직접 목욕시키고, 상비약으로 아이들이 아플 때 치료까지 직접 하였고, 아이들 내의와 바지 그리고 셔츠를 손수 만들어 입혔다. 다른 많은 장교들처럼 결혼 전에 제그르즈트 역시 여자들의 일상적인 일을 하곤 했는데 지금은 어쩔 수 없이 이 일들을 하였다. 그에 대한 나쁜 소문 중 하나는 그가 직접 만든 수공품을 몰래 내다 팔고 있다는 것이었다.

그러나 이런 사소한 집안일은 제그르즈트의 삶에 보탬이 되고 있지 않았다. 가금류들은 전염병으로 죽었고, 방은 빌리는 사람이 없어 텅 비기 일쑤였고, 하숙을 하는 장교들은 식사가 엉망이라고 불평을 해대는 것도 모자라 방세를 내지 않곤 하였다. 도시를 헤매고 있는, 여위고 덥수룩한 수염이 길게 자란 그의 망연자실한 얼굴을 1년에 한 네 번 정도 볼 수 있었는데, 돈을 빌리기 위하여 이곳저곳 땀이 날 정도로 돌아다니는 것이었다. 이럴 때마다 그는 차양이 비틀린 모자를 쓰고 다녔으며 전쟁 전에 만들어진 니콜라이 황제 시대에 유행하던 그의 외투는 마치 날개처럼 바람에 펄럭이며 날렸다.

그의 방들에서 빛이 흘러나오고 있었다. 로마쇼프는 창가로 다가갔고 제그르즈트가 있는 것을 보았다. 그는 벽에 걸린 등잔 밑에 놓여 있는 둥근 탁자에 앉아 있었다. 대머리인 데다가 주름이 많고 지저분하지만 순한 얼굴을 푹 숙인 채, 틀림없이, 소러시아산인 루바슈카*의 가슴팍을 아마 포로 된 천으로 덧대면서 꿰매고 있었다. 로마쇼프는 창문을 두드렸다.

제그르즈트는 움찔하더니 일감을 옆에 놓고 창문으로 다가왔다.

"접니다, 아담 이바노비치. 잠깐만 창문 좀 열어보세요." 로마쇼프가 말했다.

제그르즈트는 창문가로 다가와서 창문 밖으로 머리를 내밀고 말했다.

"로마쇼프 소위님이신가요? 무슨 일이시죠?"

"나잔스키가 집에 있나요?"

"있습니다. 어디 갈 데나 있나요? 오, 하느님, 당신의 나잔스키가 나를 속였답니다. 두 달 동안 그에게 식사를 제공했는데 계속해서 돈을 주겠다는 말만 하고 있답니다. 그가 이리로 이사 올 때 말썽이 될 만한 일은 피하자고 그렇게 말씀드렸는데……"

"아, 예…… 그건, 그렇지요……" 로마쇼프는 건성으로 대답하며 말을 끊었다. "그는 어떤가요? 지금 그를 볼 수 있을까요?"

"괜찮을 것 같은데요…… 방 안을 어슬렁거리고만 있답니다." 제그르즈트는 잠시 귀를 기울였다. "지금도 어슬렁거리고 있네요. 아시겠지만, 오해가 생기지 않도록 제가 그에게 명확하게 이야기했습니다만, 제때 돈을 지불한다는 조건으로……"

"죄송합니다, 아담 이바노비치, 괜찮으시다면 다음에 들도록 하겠습니다. 급한 일이 있어서요……"

그는 조금 더 걸어서 건물의 모퉁이를 지났다. 나잔스키의 방의 불은 켜져 있었고, 창문 중 하나는 활짝 열려 있었다. 재킷을 걸치지 않은 나

---

* 러시아식 상의.

잔스키는 루바슈카의 맨 위 단추를 끌러 입고는 방 안을 잰걸음으로 왔다 갔다 하고 있어서 불빛에 나타났다가 사라졌다가 하였다. 로마쇼프는 그를 불렀다.

"누구세요?" 나잔스키는 창밖으로 몸을 내밀며 조용하게 말했다. "아, 당신이군요, 게오르기 알렉세이비치. 잠시만요, 문 쪽은 어둡고 오래 걸리니 창으로 들어오시죠. 손을 주세요."

나잔스키의 방은 로마쇼프의 방보다 더 형편없었다. 창가의 벽면으로는 안으로 휘어진 좁고 낮은 침대가 놓여 있었고 그 위에는 분홍색 무명으로 된 얇은 담요가 덮여 있었다. 반대편 벽에는 아무런 장식이 없는 탁자와 두 개의 조잡한 탁자가 덩그러니 자리를 잡고 있었다. 벽의 한구석에는 나무로 된 좁은 찬장이 붙어 있었다. 침대 밑에는 기차 여행 딱지가 덕지덕지 달라붙은 황색 가죽가방이 쑤셔넣어져 있었다. 방 안에는 탁자 위에 놓인 등 말고는 더는 아무것도 없었다.

"안녕하십니까, 친애하는 로마쇼프 씨." 나잔스키는 로마쇼프의 손을 꽉 쥐고 흔들면서 상념이 깃든 아름다운 하늘색 눈으로 바라보며 말했다. "여기 침대에 앉으세요. 제가 병가를 낸 것은 들으셨지요?"

"예, 조금 전에 니콜라예프한테 들었습니다." 다시 로마쇼프는 당번병 스테판의 말을 떠올렸고 이내 얼굴을 찌푸렸다.

"아! 니콜라예프 집에 다녀오셨나요?" 나잔스키는 갑자기 흥분해서 호기심을 보이며 물었다. "그 집엔 자주 가시나요?"

그의 질문이 평범하지 않게 느껴진 로마쇼프는 자기도 모르게 태연한 척하며 거짓말을 했다.

"자주는 아닙니다만, 한 번씩 들르긴 하죠."

방 안을 이리저리 거닐던 나잔스키는 찬장 앞에서 멈추더니 문을 열었다. 찬장 안에는 보드카 병과 잘린 사과 조각이 놓여 있었다. 로마쇼프에게 등을 보인 채 그는 재빠르게 보드카를 잔에 따르더니 마셔버렸다. 로마쇼프는 그의 등이 경련을 일으키듯 움찔하는 것을 보았다.

"한잔하시겠습니까?" 나잔스키는 찬장을 가리키며 말했다. "안주가 시원치 않지만, 원하신다면 달걀부침 정도는 만들 수 있습니다. 노인네 아담한테 시키면 되니까요."

"감사합니다만, 사양하겠습니다."

나잔스키는 주머니에 손을 넣은 채 다시 방 안을 왔다 갔다 했다. 한 번 왕복을 하더니 그는 끊겼던 이야기를 다시 하기 시작했다.

"저는 이렇게 계속 방 안을 거닐면서 생각하고 있답니다. 저는 행복하답니다. 내일 부대에선 사람들이 제가 알코올중독이라고 말할 겁니다. 어느 정도는 맞지만 완전히 그런 것은 아니죠. 저는 지금 아프지도 않고 고통을 겪고 있지도 않습니다. 반대로, 지금 전 행복합니다. 평소의 제 이성과 의지는 짓눌린답니다. 이럴 때의 나는 뭔가 갈망하는 겁 많은 모습과 사려 깊고 신중함이 합쳐진 어정쩡한 상태가 되지요. 예를 들어 저는 군 복무가 싫습니다. 하지만 복무하고 있지요. 왜 복무할까요? 제길, 뭐 알 바는 아니지만요! 제가 어렸을 때부터 지금까지 사람들이 군 복무와 잘 먹고 잘 입는 것이 인생에서 가장 중요한 것이라고 했기 때문입니다. 하지만 철학은 이런 것들은 부질없는 것이고, 할 일 없는 사람들과 엄마에게 받은 유산이나 있는 사람들한테만 필요한 것이라고 말합니다. 그렇습니다, 저는 저의 영혼이 갈구하는 것은 전혀 행하지 않고 있지요, 단지 제가 생각하기에 조악하고 무의미한, 그러한 동물적인 본능에 따라 살고 있지요. 제 삶은 마치 회색빛 군인용 옷감처럼 일률적이란 말입니다. 저는 감히 사랑, 미, 인간과의 관계, 자연, 평등, 행복, 시, 신에 대해 소리 내서 이야기할 수도 없을 뿐만 아니라 생각도 못합니다. 이런 이야기를 하면 사람들은 이렇게 비웃을 겁니다. '하하하, 뭐야, 철학에 대해서 말하는 거야……! 장교가 그런 고상한 이야기를 하는 것은 정말 웃기고 되지도 않는 거라고. 철학은 정말 개똥 같은 쓸모없고 어리석은 헛소리야.'"

"하지만 철학은 인생에서 중요한 것입니다." 로마쇼프가 생각에 잠겨 말했다.

"그들이 말하는 헛소리의 시간이 저한테 다가오고 있답니다." 나잔스키는 그의 말을 듣지 않고 계속 말을 이어갔다. 그는 방 안을 거닐며 확신에 찬 몸동작을 곁들여 이야기했으나 로마쇼프에게 말한다기보다는 방구석을 보며 이야기하는 것 같았다. "다가오는 이 시간은 저의 자유의 시간입니다, 로마쇼프, 저의 영혼, 의지, 이성의 자유입니다! 그때가 되면 저의 삶은 별나 보이겠지만, 실은 내면적이고 심오한 삶이죠. 충만한 삶이란 말입니다! 내가 본 모든 것, 내가 읽고 들은 모든 것이 내 안에서 살아 숨 쉬며 깊고 심오한 의미로 재창조되는 겁니다. 내 기억은 새로운 발견의 보고가 될 것입니다. 나는 로트실트*가 되는 거죠! 환희에 넘친 나는 세상의 모든 것을 철저하게 이해하게 될 것입니다. 인간에 대해서, 만남에 대해서, 성격에 대해서, 책에 대해서, 여성에 대해서, 특히 여성과 여성의 사랑에 대해서는 더 고민하게 되겠죠…… 이따금 과거의 위대한 인물들, 순교자들, 현자와 영웅들 그리고 명언들에 대해서 생각을 할 겁니다. 저는 신을 믿지 않습니다만, 성자, 고행자, 수난자에 대해 연구하고 성서와 찬송가를 갱신할 겁니다. 저는 신학교에서 공부했고 제 기억력은

---

* 로트실트Mayer Amschel Rothschild(1744~1812) : 유대계의 국제적 금융업자. 로스차일드 은행을 창설하였다.

놀랍거든요. 저는 이런 모든 것들에 대한 것을 탐구합니다. 때때로 타인의 기쁨과 비애, 어떤 행위의 아름다움에 대해 깊게 생각하면서 이렇게 홀로 거닙니다. 어쩔 때에는 감정이 복받쳐 슬피 울 때도 있고요."

로마쇼프는 조용히 침대에서 일어나서 창틀에 등을 기대면서 걸터앉았다. 방에서 흘러나오는 빛이 창밖의 어둠을 더욱 짙게 만들며 비밀스러운 분위기를 연출해냈다. 창 아래 작은 관목의 잎들이 소리 없이 부는 따뜻한 바람에 흔들리고 있었다. 부드러운 대기 속에 넘쳐나는 봄의 향기와 정적만이 감도는 어둠 위로 흐르는 별빛, 초목이 자라나는 어머니 같은 대지에서 신비하고 기쁨이 가득한 열정이 느껴졌다.

나잔스키는 방구석의 벽을 보면서 다시 말하기 시작했다.

"이 시간만 되면 두서없이 많은 생각들이 밀려들곤 합니다. 마치 급류처럼 밀려듭니다만 너무나 선명하고 날카로운 의식이죠. 내게 떠오르는 모든 사물과 인물이 확연해서 마치 암실 속에서 그것들을 바라보고 있는 것 같죠. 이것은 마치 알코올이 신경 계통에 미치는 생리적인 현상처럼 감정을 극대화시키고 영혼을 고양시키는 것에 다름 아닙니다. 처음으로 이러한 경험을 했을 때, 나는 이것이 바로 영감이라는 거구나 하고 생각했죠. 하지만 그 안에는 창조성이 없었습니다. 심지어 계속해서 변화되는 감정이었죠. 그저 병적인 증상과 다를 게 없었습니다. 갑작스럽게 밀려오는 밀물과 같은 것이었지요. 이 밀물은 올 때마다 나의 기저를 잠식해갔죠. 그렇지만 이러한 광기는 나에게 너무나 달콤해서 이 느낌대로 천년만년 살고 싶다는 바보 같은 생각을 할 정도랍니다. 나는 행복합니다." 나잔스키는 찬장으로 다가가더니 한 잔 따라 마신 후 찬장 문을 닫았다.

로마쇼프는 거의 무의식적으로 천천히 일어나서 나잔스키처럼 행동했다.

"당신은 내가 오기 전에 무슨 생각을 하고 계셨습니까, 바실리 닐르이치 씨?" 창턱에 다시 앉으며 로마쇼프가 말했다.

나잔스키는 그가 질문을 한지도 모르고 계속 말했다.

"여인에 대한 즐거운 상상을 해봅시다." 그는 방의 한쪽 구석으로 걸어가며 큰 몸동작을 하며 소리쳤다.

"불결한 생각은 말고요, 인간은 추악한 행동을 해서는 안 됩니다. 더구나 머릿속에서 하는 추잡한 생각은 행동보다 더 불온한 것입니다. 저는 다정하고 깨끗하고 우아한 영혼을 지닌 여성에 대해서 자주 생각하곤 합니다. 그녀는 밝고 매력적인 미소, 건강하며 현명한 모성, 사랑을 위해서 죽음도 불사하는 연인이죠. 또한 모든 것을 다 알면서도 아무것도 두려워하지 않는 흰 눈처럼 순결한 혼을 가진 아름답고 도도한 여성이기도 하지요. 그러한 여인은 없습니다. 아니, 어쩌면 제가 틀렸을지도 모르겠네요. 아마도 어딘가에 그러한 여인이 있지만 당신과 내가 한번도 만나본 적이 없을 수도 있겠죠. 당신은 그러한 여인을 볼 기회가 있을지도 모르겠지만 전 아닐 겁니다."

어느새 그는 로마쇼프의 얼굴을 정면으로 바라보며 서 있었다. 하지만 꿈꾸는 듯한 눈동자와 입가를 맴도는 어색한 미소가 자신의 대화 상대자를 정면으로 바라보고 있지 않은 것처럼 보이게 만들었다. 로마쇼프에게는 나잔스키의 얼굴이 지금처럼 아름답고 밝은 적이 없었던 것 같았다. 금빛 고수머리가 그의 훤한 이마 위로 흘러 내렸고, 물결치듯 웨이브를 지닌 네모난 형태의 무성하고 붉은 턱수염과, 훌륭한 그림에나 나올 법한 목선과 이어져 있는 육중하고 우아한 머리는 어느 판화에서 로마쇼프가 본 적이 있는 그리스의 영웅이나 철학자의 모습과 닮아 있었다. 조금은 촉촉해 보이는 하늘빛을 띤 형형한 두 눈은 생기가 흘렀고 현명하면서도 온유해 보였다. 또한 알코올 때문에 얼굴이 부어올라 있었지만 경험 많아 보이는 그의 시선은 도리어 아름답고 뚜렷한 얼굴을 더욱 신선하게 보이도록 했다.

"사랑! 여인! 심오한 신비입니다! 기쁘면서도 예리한 즐거운 고통이지요!" 갑자기 나잔스키는 격정에 차 외쳤다. 흥분한 그는 머리카락을 움켜잡은 채 구석으로 걸어가다가 멈추더니 로마쇼프를 향해 돌아서서 크게 웃어젖혔다. 소위는 불안한 눈초리로 그를 바라보았다.

"한 가지 재미있던 일이 생각나는군요." 나잔스키는 사람 좋은 태도로 말하기 시작했다.

"왜 이렇게 이런저런 생각이 들쭉날쭉하는지 모르겠군요. 예전에 라잔의 '오카'라는 선착장에서 배를 기다린 적이 있었습니다. 전시라 그런지 거의 하루를 기다려야 했습니다. 이해하시겠지만 전 한 식당에 자리를 잡게 되었죠. 그 식당에 한 열여덟 살 정도 되는 여인이 눈에 띄더군요. 곰보기가 있는 못생긴 얼굴이었지만 기민해 보이는 검은 눈과 멋진 미소를 지닌, 꽤 괜찮은 여자였죠. 선착장에는 모두 세 명이 배를 기다리고 있었습니다. 그녀와 나 그리고 흰 머리의 키 작은 전신 기사였죠. 그런데 알고 보니 그 기사는 그녀의 아버지더군요. 그는 마치 늙고 잔인한 이탈리아산 사냥개처럼 붉고 흰빛을 띠는 통통한 낯짝을 지닌 위인이었죠. 그는 마치 무대 뒤를 왔다 갔다 하듯 끊임없이 들락날락하더군요. 한 2분 정도밖에 나가서 하품 한번 찍 하고서는 조끼 속의 남산만 한 배를 긁어대고 들어오곤 하더군요. 그러다 얼마 안 있어서 한숨 자러 가더라고요. 그래서 안 오나 싶으면 또 오고, 그러기를 계속했지요. 자리에 앉아서는 팔꿈치를 괴고 아무 말 없이 한참을 있었지요. 그의 딸은 조용히 앉아서 창밖을 하염없이 바라보고 있었습니다. 그러다 갑자기 창밖에서 한 청년의 노랫소리가 들려오더군요.

사랑―사랑은 무엇인가요?
사랑은 무엇인가요?
우리의 피를 끓게 만드는
천상의 느낌이지요.

그러고는 조용해졌는데 한 5분쯤 지나니까 기사의 딸이 조금 전 그 노래를 흥얼거리더군요. '사랑―사랑은 무엇인가요? 사랑은 무엇인가요?' 아마도 두 사람 모두 어느 공연에서 그 노래를 들어봤을 겁니다. 도시까지 걸어가서 보고 왔겠죠. 어느새 두 사람은 함께 노래를 부르더군요. 그 여인은 창문을 바라보다가 자신의 손을 창밖으로 내밀었고 청년은 그 손을 잡더니 손가락과 손가락을 걸고 부딪치며 장난을 쳤지요. 그렇게 그들은 하루를 보냈답니다. 당시 그 '사랑'은 점점 지겨워지더군요. 하지만 지금 너무나 생생하게 기억이 나는군요. 그들은 내가 그곳에 가기 2주 전부터 그러고 있었을지도 모르고, 제가 그곳을 떠난 후 한 달 동안 똑같은 방식으로 사랑을 나누었을지도 모르죠. 저는 나중에 그것이 행복이라는 것을 느꼈습니다. 우리의 무의미한 생보다 더 작고 좁아 보이는 그들의 가난한 삶이 더욱더 큰 빛이라는 것을 알았지요. 그런데⋯⋯ 아, 로마쇼프, 제가 무슨 말을 했었죠? 생각이 왔다 갔다 하는군요. 제가 어떤 이야기를 하다가 전신 기사에 관해 말을 했는지 모르겠군요."

나잔스키는 다시 찬장으로 다가갔다. 그러나 이번에는 술을 마시지 않고 로마쇼프에게 등을 보인 채 이마를 세차게 문지르더니 오른손으로 관자놀이를 눌렀다. 이런 그의 행동에서 불쌍하며 나약하고 왜소한 느낌이 풍겨나왔다.

"당신은 여성의 사랑, 그리고 그것의 신비와 기쁨과 깊이에 대해서 말하려고 했습니다." 로마쇼프는 대답했다.

"그래요, 사랑!" 나잔스키는 기쁜 목소리로 크게 말했다. 그는 술 한 잔을 급하게 마시고 열띤 눈으로 찬장에서 돌아서서는 옷소매로 입술을 닦아냈다.

"사랑! 누가 그것을 이해하겠습니까? 사람들은 사랑을 너저분한 구정물 같은 오페라나 그림의 주제로 사용하거나 천박한 이야기나 시의 소재로 이용하지요. 특히 우리 같은 장교들이 더하지요. 어제 디츠가 왔었답니다. 당신이 지금 앉고 있는 자리에 앉아 있다 갔지요. 그는 노래를 몇 곡 불러대고는 여자들에 관해서 이야기하더군요. 로마쇼프 씨, 만일 동물이, 예를 들어 개 같은 동물이 인간의 말을 이해해서 어제 디츠의 말을 들었다면 창피한 마음에 이 방을 박차고 나갔을 겁니다. 당신도 아시겠지만 디츠는 좋은 사람입니다. 물론 모든 사람들이 좋죠, 나쁜 사람은 이 세상에 없죠. 하지만 그는 유독 여성에 대해서 이야기할 때면 창피한 줄을 모른답니다. 단지 냉소주의자나 한량이라는 자신의 명성이 깎일까만 두려워하지요. 이런 그의 태도에는 가장된 남성의 대담함과 여성에 대한 교만한 비하가 숨어 있지요. 이런 모습은 사랑을 여성을 소유하는 것으로 생각하는 것에서 출발하는 것입니다. 더럽고 동물적이며 이기적인 생각이 녹아 있단 말입니다. 이 생각은 저열하고 음란하고 수치스러운 것입니다. 더 설명하기가 너무 어렵군요. 때문에 여자를 소유하고 나면 냉담, 증오, 불화가 밀려드는 겁니다. 사람들이 도둑질과 살인을 하려고 밤을 택하는 것처럼 사랑을 위해서 한밤중을 기다리는 것도 같은 이유에서지요. 그래서 자연은 누구에게나 복병처럼 올가미들을 숨겨놓았지요."

"그렇습니다." 조용히 그리고 슬픔에 차 로마쇼프는 말했다.

"아닙니다. 다 맞는 것은 아닙니다." 나잔스키는 크게 소리쳤다. "다 그런 것은 아닙니다. 자연의 이치는 오묘하지요. 중위 디츠의 경우는 사랑을 얻은 후에 혐오와 권태가 따르겠지만, 단테는 사랑을 얻은 후에도 매혹과 봄 같은 기쁨만이 가득할 겁니다. 제가 말하는 사랑이 육체적인 것을 의미한다고는 생각지 마십시오. 사랑은 선택받은 이들의 것입니다. 예를 들어볼까요? 모든 사람에게는 음악적 재능이 있지요. 하지만 그것은 물고기나 이등 대위 바실첸키가 가지고 있는 재능 정도지요. 진정한 음악적 재능은 베토벤 같은 인물에게만 있는 겁니다. 이것은 문학, 예술, 철학 등 어느 분야에서든 마찬가지죠. 사랑 역시, 그 나름대로의 정점이 있고, 그 정점은 오직 수백만 중의 한 사람에게나 오는 것이죠."

그는 창가로 다가가서 벽에 머리를 기댔다. 그는 깊은 생각에 잠긴 눈으로 봄날 밤의 어둠을 바라보며 강한 신념으로 인해 떨리는 목소리로 말을 이어나갔다.

"우린 섬세하고 포착하기 어려운 사랑의 매력을 정확히 알지 못하고 있습니다. 우린 저속하고 게으른 근시안적인 존재에 불과합니다. 이룰 수 없는 사랑 속에 담긴 행복과 매혹적인 고통을 당신은 아시는지요. 제가 지금보다 훨씬 젊었을 때 환상을 가진 적이 있습니다. 결코 저랑 이루어질 수 없는 그런 비범한 여인을 사랑했었습니다. 온몸과 마음을 바쳐 사랑했지요. 그녀가 하인을 두려고 한다면 그 하인으로 들어가기를 바랐지요. 1년에 한번이라도 그녀를 볼 수 있는 기회가 있을 테니까요. 그녀가 지나간 자리에 입 맞출 수 있고 그녀의 옷깃에 스칠 수 있는 기회가 평생에 한번이라도 올 테니까요."

"마음 아프게 사랑이 끝났겠군요." 로마쇼프는 침울하게 말했다.

"아, 그저 그렇게 생각하면 안 됩니다." 나잔스키는 격하게 말하고는 다시 방 안을 이리저리 뛰다시피 하며 걸어 다녔다. "아마도, 아니 어떻게 알겠소, 당신이 장차 성스러운 삶을 살게 될지. 말하자면 이런 겁니다. 당신은 놀랍고 아름다운 사랑 때문에 아프겠지만 디츠는 진행성 중풍이나 다른 추악한 질병으로 고생할 거라는 겁니다. 어느 게 더 좋겠소? 사랑하는 여인의 집 맞은편 길가의 어둠 속에서 창문을 바라보고 있는 것이 행복이라고 생각지 않습니까? 불빛을 가득 담고 있는 창문의 커튼 너머로 움직이는 그림자를 보는 것 말이오. 그림자가 사랑하는 그녀이겠지? 지금 뭘 하는 거지? 무슨 생각을 하고 있나? 그러다 불이 꺼지면 편히 잠을 자라고 사랑하는 그녀에게 말하는 것 말이오. 그런 밤이 지나고 낮이 오면 생은 이미 충만하고 기쁘다는 거요. 날이 가고 달이 가고 해가 가도 계속해서 그렇게 살다 보면 위대하고 강력한 환희가 생길 겁니다. 그녀는 당신을 모르고 당신에 대해 듣지 못하고 당신을 보지 않지만 당신은 항상 그 자리에 있는 겁니다. 그녀를 위해 모든 것을 바칠 준비를 하고 있는 겁니다. 아니, 왜 그녀만을 위해서겠소. 그녀의 변덕, 그녀의 남편, 그녀의 정부, 그녀의 강아지를 위해 생과 명예 그리고 가능한 한 모든 것을 거는 겁니다. 로마쇼프 씨, 이런 기쁨을 미남들과 잘나가는 이들은 모른답니다."

"오, 그렇습니다! 당신이 하는 말씀은 모두 훌륭합니다." 로마쇼프는 흥분해서 소리쳤다.

로마쇼프는 벌써 일어서서 나잔스키처럼 좁고 긴 방을 이리저리 걷다가 그와 부딪히면 멈추기를 반복하고 있었다.

"당신의 생각은 놀랍기 그지없습니다. 저에 관한 일화를 하나 말씀드리지요. 한 여인을 사랑했었습니다. 그녀는 이곳의 사람이 아니라……

그러니까…… 모스크바에 살았지요…… 제가 사관 후보생이었을 때입니다. 그녀는 내가 자신을 사랑하고 있다는 것을 몰랐죠. 그러던 어느 날 전 그녀가 뜨개질을 하고 있을 때, 그 옆에 앉을 기회가 있었답니다. 그게 전부였지요. 하지만 그녀는 나의 맘을 알지 못했습니다. 그래도 전 행복에 겨워 정신을 차릴 수가 없었죠."

"저도 그 느낌을 이해합니다." 나잔스키는 고개를 흔들며 미소를 지었다. "마치 전기에 감전된 듯한 그런 느낌이죠. 그렇지 않나요? 예리하면서도 부드러운 느낌이죠. 아, 인생은 얼마나 아름다운가요……!"

자신의 생각에 감동한 나잔스키는 말을 멈추었고 눈에는 눈물이 글썽거리기 시작했다. 로마쇼프 역시 비릿한 비애감을 느끼며 히스테리처럼 몸이 들썩거리는 것을 느꼈다. 이러한 감정은 나잔스키와 로마쇼프 둘 다에게 동시에 발생하였다.

"바실리 닐르이치 씨, 그저 놀랄 따름입니다." 로마쇼프는 그의 두 손을 꼭 잡으며 말했다. "당신은 정말 재능 있고 민감하면서도 깊이 있는 인격의 소유자입니다. 하지만…… 스스로를 학대하지 마십시오. 당신에게서 어떻게 저속함을 읽을 수 있겠습니까. 전……, 당신의 삶에서 당신을 옳게 평가하고 당신의 가치를 아는 여인을 만난다면…… 전 자주 이것에 대해 생각했었지요……"

나잔스키는 한참 동안을 열린 창문 밖을 쳐다보며 멈춰 서 있었다.

"여자…… 그래요! 말씀드리죠!" 그는 결심했다는 듯이 말하기 시작했다. "전 지금껏 단 한 번 정말 놀라운 여인과 만난 적이 있습니다. 그녀는 하이네의 시 같은 여인이었죠. '그녀는 사랑받을 수밖에 없는 여인이었네, 그래서 그는 그녀를 사랑했지. 그러나 그는 사랑받을 가치가 없는 사람이었네, 그래서 그녀는 그를 사랑하지 않았지.' 그녀는 내가 술을 마셨기 때문에 나를 버렸죠. 하지만 제 기억으로는 그녀가 나를 싫어했기 때문에 술을 마셨던 것 같습니다. 그녀…… 역시 이곳에 있지는 않습니다…… 오래전 일이죠. 당신도 아시겠지만, 저는 처음 3년간 복무를 하고 나서 4년 동안 휴직을 하고, 비로소 3년 전에 부대로 복귀했습니다. 그녀와 나 사이에 특별한 사건은 없었습니다. 그저 열대여섯 번 만났고 대여섯 번 친밀한 대화를 나눈 정도였죠. 하지만 이런 사소한 만남 속에서 저는 많은 의미를 찾았습니다. 아직 저는 그녀를 사랑합니다. 잠시만요, 로마쇼프 씨, 그녀가 보낸 유일한 편지 하나를 읽어드리죠. 처음이자 마지막 편지랍니다." 그는 가방 앞에 쪼그리고 앉아서 서두르지 않고 그 속에서 종이 하나를 꺼냈다. 그러는 동안에도 그는 계속해서 말을 했다.

"그녀는 자기 자신 이외에는 그 누군가를 한번도 사랑한 적이 없죠. 그녀의 심연에는 악하고 교만한 어떤 힘이 깃들어 있죠. 하지만 다른 한편으로는 다정하고 여성스럽기 그지없는 부드러운 여인이기도 하죠. 그녀 안에는 두 가지의 인격이 동시에 존재한답니다. 메마르고 이기적인 이성과 부드럽고 정열적인 감성이지요. 여기 있습니다. 읽어보시죠. 앞의 내용은 별것이 없습니다." 나잔스키는 편지의 윗부분을 얼마간 접어버렸다. "여기서부터 읽어보시죠."

로마쇼프는 갑자기 머리를 무엇인가로 한 방 맞은 기분이 들었고 온 방 안이 빙빙 도는 것 같았다. 편지는 굵으면서도 섬세한 필체로 채워져 있었는데, 이 필체는 알렉산드라 페트로브나만이 가지고 있는 것이었다. 그는 그녀로부터 식사나 카드 놀이를 하러 오라는 쪽지를 수없이 받아왔던 터라, 그녀의 독특한 필체를 한눈에 알아볼 수 있었다.

"……말하기가 너무 힘들고 어렵습니다." 그는 나잔스키가 접어서 보여준 부분부터 읽기 시작했다. "하지만 당신이 우리의 만남을 고통스럽게 끝나도록 만든 장본인입니다. 전 겁이 많고 약한 심성 때문에 거짓말을 하는 것을 죽기보다 싫어합니다. 때문에 당신에게 거짓말을 하지 않겠습니다. 전 당신을 사랑했고 여전히 사랑하고 있습니다. 그리고 제 이런 사랑의 감정이 쉽게 사라지지 않을 거라는 걸 잘 알고 있습니다. 하지만 결국 제가 그 감정을 떨쳐낼 수 있을 거라는 것도 알고 있습니다. 만일 제가 사랑의 감정을 떨쳐내지 못한다면 어떻게 될까요? 제 안에 병약한 사람을 한없이 돌보는 간호원 같은 헌신적인 힘이 넘쳐난다 할지라도 저는 그렇게 하지 않을 겁니다. 동정과 사람을 비참하게 만드는 관대함을 너무도 싫어하니까요. 더구나 당신이 저한테 그런 마음이 들게 한다는 것은 생각조차 하기 싫습니다. 또한 당신이 충성심 많은 개처럼 동정을 구걸하게 하고 싶지도 않습니다. 당신은 절대 그렇게 하지 못할 겁니다. 정직하게 생각해보십시오. 당신은 절대 그렇게 못할 겁니다. 아, 바실리 닐르이치, 당신이 그렇게 할 수 있는 사람이라면! 만일 그렇다면! 제 모든 사랑과 정성을 당신께 드릴 수 있을 텐데요. 하지만 당신은 저를 원하지 않는 것 같군요. 사랑하는 이를 위해서는 세상을 뒤집어 엎을 수도 있다 하더군요. 저는 그렇게까지는 원하지 않았답니다. 당신은 제가 원하는 작은 것조차도 들어주실 것 같지 않군요. 이제 작별을 해야겠네요. 당신의 이마에 제 입술을 가만히 대봅니다…… 마치 죽은 이에게 키스하듯이…… 당신은 저에게는 생명이 있는 분이 아니니까요. 이 편지를 없애시는 게 좋을 것 같군요. 제가 무언가를 두려워해서 그런 것은 아닙니다. 다만 이 편지가 시간이 지난 후에 당신을 우울하게 만드는 것이 두렵기 때문입니다. 한번 더 말씀드리지만……"

"다음 내용은 별로 흥미롭지 않을 것입니다." 나잔스키는 로마쇼프의 손에서 편지를 뺏으며 말했다. "이 편지는 그녀가 나에게 보낸 유일한 편지지요."

"그 후에 어떻게 됐습니까?" 로마쇼프는 힘들게 입을 뗐다.

"그 후에요? 그 후로는 다시 볼 수 없었답니다. 그녀는…… 그녀는 어디론가 멀리 갔지요, 제가 듣기로는, 뭐 별일은 아니지만, 어떤 기술자와 결혼을 했다는 것 같더군요."

"알렉산드라 페트로브나 집에 간 적이 없다는 겁니까?"

로마쇼프는 이 말을 거의 속삭이듯 내뱉었다. 하지만 두 장교는 순간적으로 몸을 부들부들 떨었고 서로의 시선을 피할 수가 없었다. 몇 초 동안의 시간이었지만 이 순간에 그들 사이에는 인간의 음험함, 위선, 가식의 장벽이 사라졌고 서로의 영혼을 읽을 수 있었다. 그들은 꼭꼭 숨기고 있었던 상대방의 비밀을 알아챌 수 있었고, 오늘 둘 사이의 대화가 매우 비극적인 어떤 의미를 가져왔다는 것을 느꼈다.

"네? 당신도?" 마침내 걷잡을 수 없는 두려움이 깃들어 휘둥그레진 눈을 하고 나잔스키가 입을 열었다. 그러나 바로 그 순간에 나잔스키는 정신을 차리고 부자연스럽게 웃었다.

"하하, 이게 무슨 오햅니까? 엉뚱한 방향으로 대화가 빗나갔군요. 제가 보여드린 편지가 씌어진 건 백 년도 더 된 일이랍니다. 편지를 쓴 여인은 저기 그러니까 자카프카지예에 산다고 하더군요…… 제가 어디까지 이야기했지요?"

"늦었군요. 그만 집에 가야 할 것 같습니다." 로마쇼프는 일어서며 말했다. 나잔스키는 그를 잡지 않았다. 그들은 무미건조하게 작별인사를 나누었으나 창피한 마음이 들었다. 로마쇼프는 편지를 쓴 이가 슈로치카라는 확신이 점점 더 강해지는 것을 느꼈다. 집으로 돌아가면서 문제의 편지에 대해서 줄곧 생각했으나 편지가 자신에게 어떤 느낌을 줬는지 도

무지 알 수 없었다. 나잔스키에 대한 질투심 같기도 했고 유감스러운 마음 같기도 했으며, 동시에 새로운 희망이 생기는 것도 같았다. 그 희망이 뭔지는 모르지만 달콤하고 유혹적인 것은 분명했다. 편지는 그에게 미래로 연결되는 비밀스럽고 신비한 실을 가져다준 것은 분명했다.

바람이 잦아들었다. 밤은 정적 속에 깊어가고 있었고 어둠은 왠지 온화하고 포근하게 느껴졌다. 비밀스러운 삶의 창조성이 잠 못 이루는 대기와 미동도 않는 수목, 대지의 향기 속에서 느껴졌다. 로마쇼프는 방향을 살피지도 않으며 걸었고, 걷는 동안 매우 강력한 힘을 지닌 어떤 존재가 자신의 얼굴로 계속해서 뜨거운 입김을 내뱉고 있는 듯한 느낌을 받았다. 그의 마음속에는 자신의 어린 시절, 다시는 돌아오지 않을 유년의 봄에 대한 애상이 맴돌고 있었고, 과거 자신의 순수하고 부드러운 모습에 대한 부러움이 생겼다.

그는 라이사 알렉산드로브나 피터슨에게서 온 메모를 펼쳤다. 그녀는 서툴고 야단스러운 문체로 교활한 속임수에 대해 이야기를 했고, 그 속임수를 모두 알고 있고, 찢겨진 여자의 마음은 처절한 복수를 부를 수도 있다고 쓰고 있었다.

"전 이제 무엇을 해야 할지 알아요!" 로마쇼프는 편지를 읽었다. "제가 당신의 치졸한 행동으로 인해 폐병에 걸려 죽지 않는다면, 두고 보세요, 당신을 응징할 겁니다. 아마 당신이 매일 밤 어디서 보내는지 아무도 모른다고 생각하시겠지요? 벽에도 귀가 있답니다. 매일 밤 당신의 발길이 어디로 향하는지 저는 잘 알고 있어요. 당신의 외모와 화술로는 거기서 아무것도 얻지 못할 뿐만 아니라 N은 당신을 강아지 새끼 쫓아내듯 쫓아낼 겁니다. 저와의 관계에 대해서도 신중을 기하셔야 할 겁니다. 모욕을 받고도 묵묵히 참아내는 여자들과 저는 다릅니다.

카프카지 가까이서 태어난
　칼을 다룰 줄 아는 여인
　　과거에는 당신의, 지금은 누구의 여인도 아닌 라이사.

　추신: 오는 토요일 모임에 반드시 오세요. 이야기할 게 있습니다. 세번째 카드릴을 당신과 함께 추겠어요. 하지만 특별한 의미가 담겨 있다고 생각지는 마세요.

R. P.

　로마쇼프는 이 앞뒤가 맞지 않고 비속한 편지로부터 몽매함과 저속함, 시골의 진창 같은 질척질척함, 그리고 조악한 수다를 느꼈다. 거의 반년간을 끌어온 사랑하지도 않는 여인과의 관계는 마치 지저분한 구정물 같이 느껴졌고 그것이 자신의 온몸을 더럽히는 느낌을 가지게 했다. 불현듯 낮의 일이 생각난 그는 의기소침해서 침대에 누웠다. 곧 잠이 왔으나 나잔스키로부터 들었던 말이 귓가에 맴돌았다. '그의 사상은 마치 사병들의 지저분한 옷처럼 저급하다.'
　잠이 든 그는 꿈을 꾸었다. 최근에 힘든 일을 겪고 나면 항상 꾸는 바로 그 꿈이었다. 그는 꿈속에서 소년이 되어 있었다. 너저분함, 우울, 단편적인 삶이 존재하지 않는 소년의 몸에서는 활기가 넘쳤고 영혼은 밝고 깨끗하며 기쁨으로 충만해 있었다. 세상 역시 밝고 깨끗하였으며 그에게 익숙한 모스크바의 한 거리는 꿈에서나 볼 수 있는 환한 빛으로 가득 차 있었다. 그러나 이 멋진 세상의 한쪽 편, 저 멀리 지평선 아래로 어둡고

악한 무엇인가가 꿈틀대고 있었다. 그곳에는 음울하고 지겨운 군 복무와 술판, 지저분한 여자관계, 우울과 고독이 숨어 있었다. 그것은 마치 무시무시한 귀신처럼 자신을 덮치기 위해서 기회를 엿보고 있었다. 순수하고 깨끗한 소년 로마쇼프는 그 어둠 속으로 나아가 흩어지는 자신의 커다란 분신을 보며 한없이 울고 있었다.

    한밤중에 잠이 깬 로마쇼프는 자신의 베개가 촉촉이 젖어 있는 것을 알았다. 그는 바로 눈물을 멈출 수가 없었다. 그의 눈물은 뺨을 따라 따뜻하지만 축축한 물길을 오랫동안 내고 있었다.

6

    몇몇 공명심이 센 출세주의자들을 제외한 대부분의 장교들은 군 복무를 강제적이고 귀찮은 부역노동쯤으로 생각하였다. 신출내기 장교들은 마치 어린 학생들처럼 지각을 할 뿐만 아니라 기회만 있으면 슬쩍 자리를 비우는 게 다반사였다. 중대장들은 보통 딸린 식구들이 많았고 집안의 자질구레한 일, 아내의 바람기, 과도한 지출과 대출로 인한 경제적 어려움을 겪으며 간신히 살아가고 있었다. 그들은 보통 빚을 돌려막으며 살았다. 때로는 중대의 돈이나 군인들 월급을, 주로 아내들의 성화를 못 이겨 빌려 쓰는 바람에, 몇 달 또는 몇 년 동안 사병들에게 월급 결제를 해주지 못하곤 했다. 어떤 중대장들은 속임수를 써가며 카드 놀이를 해서 돈을 충당하곤 했는데, 알면서도 못 본 체할 수밖에 없었다. 그렇지 않더라도 카드를 칠 때면 대부분이 곤드레만드레가 되어 있었다. 이런 식으로 장교들은 자신들의 의무에 대해서 심각하게 생각하는 사람이 없었다. 보통 상사들이 중대가 체계적으로 돌아갈 수 있게 하였다. 그들은 사무적인 일을 죄다 처리했고 중대장을 소리 없이, 하지만 확실하게 보좌해냈다. 중대장들 역시 신임장교들마냥 대충대충 군 복무를 하고 있었다. 소위들을 집결시키는 것은 폼을 잡고 싶을 때뿐이고, 드문 경우로는 권위의 맛을 아는 중대장의 완고함 때문이었다.

대대장 역시 하는 일이 없었는데, 특히 겨울에는 더 할 일이 없었다. 부대에는 연대장도 있었는데 대대장처럼 딱히 할 일이 없는 것은 마찬가지였다. 하지만 여름에는 별수 없이 대대훈련과 연대훈련을 해야만 했다. 한가한 시간에 그들은 항상 친목 모임에 가서 앉아 있거나, 『노병』이라는 잡지를 읽거나, 승진에 대해서 이야기하거나, 카드를 치거나, 젊은 장교들이 자신들을 대접할 기회를 주거나, 자신의 집에서 파티를 열거나, 나이가 찬 딸들을 시집보내기 위해서 동분서주하였다.

하지만 대규모 사열을 앞두고는 너나없이 모여서 준비를 했다. 이때만은 그동안 버린 시간을 벌충이라도 하려는 듯이 휴식을 하려고 하지도 않고 긴장하며 사열 준비를 하였다. 병사들이 기진맥진해도 아무도 상관하지 않았다. 중대장들은 신임장교들을 개 잡듯이 몰아세웠고, 신참들은 소리를 질러대느라고 목이 쉰 하사관들에게 개념 없는 욕을 거침없이 퍼부어댔다. 훈련 기간 동안은 너무 고되었기 때문에 휴일만 되면 사령관부터 일개 졸병까지 달콤한 꿈속을 헤맸다.

이번 봄에도 5월에 있을 열병식을 열심히 준비하고 있었다. 다가올 열병은 까다롭기로 유명한 군단장이 사열할 것이라는 이야기가 진즉부터 퍼져 있었다. 그는 칼리스트 전쟁*과 프로이센-프랑스 전쟁**에 의용병

---

* 1833~40년과 1872~76 사이에 있었던 스페인 부르봉 왕조 전쟁.
** 1870~71년 사이에 있었던 프랑스와 프로이센 간의 전쟁.

으로 참가하여 두 전쟁에 관한 보고와 후일 수보로프* 식 군령으로 유명해진 인물이었다. 과실을 범한 부하를 신랄하고 거칠게 질책하였기 때문에 그의 밑에 있는 장교들은 군기교육보다 그를 더 두려워했다. 그래서 그런 지 벌써 2주 동안 지독한 훈련이 있었고, 지친 장교부터 몹시 시달려 바보처럼 된 사병까지 휴일만을 손꼽아 기다리고 있었다.

하지만 로마쇼프는 가택 구금이라는 징계 때문에 이런 달콤한 휴일의 기쁨을 느낄 수가 없었다. 일찍 일어난 로마쇼프는 그렇게 하려 한 것도 아닌데 다시 잠자리에 들 수 없었다. 미적거리며 옷을 입고 언짢은 기분으로 차를 마시다가 별일도 아닌데 항상 강아지처럼 명랑하고 활동적이지만 못생긴 가이난에게 호통을 치기도 하였다. 로마쇼프는 자신의 조그만 방 안에서 단추도 다 채우지 않은 회색 재킷을 걸친 채, 침대 다리에 발을 부딪치거나 삐걱거리는 먼지 쌓인 선반에 팔꿈치를 부딪쳐가며 맴돌았다. 1년 반 만에 처음으로 그는 홀로 남게 된 것이다. 근무와 당직, 저녁 모임, 카드 놀이, 피터슨 부인과 니콜라예프 씨 댁의 파티 등으로 혼자 있을 틈이 없었던 것이다. 자유로운 시간이 없었던 것은 아니지만 그때마다 로마쇼프는 무료함을 참지 못하고 안절부절못하다가 클럽이나 독신 장교 중 누구든지 만나겠지 하며 거리로 뛰쳐나갔었고, 그 끝은 항상 술이었다. '오늘은 하루 종일 혼자 있어야 되는구나'라고 로마쇼프는 우울하게 생각했다. 그의 머릿속은 별 필요도 없고 엉뚱하기만 한 생각들로 뒤엉켜졌다.

거리에는 예배를 알리는 종소리가 울려 퍼졌다. 이중으로 된 창을 통해 봄날의 우울함이 묻어나는 종소리의 울림이 로마쇼프에게 들려왔다.

---

* 수보로프Александр Васильевич Суворов(1729~1800) : 18세기 러시아 장군.

창밖은 바로 정원이었다. 이 정원은 온통 벚나무로 덮여 있었는데, 벚나무들의 둥그스름한 흰 꽃잎은 마치 양무리 들이나 흰옷을 입고 있는 소녀들이 모여 있는 것 같았다. 벚나무 사이 이곳저곳에서 쭉 뻗은 포플러가 하늘을 향해 쭉 뻗어 있었고 오래된 밤나무도 둥근 지붕 모양을 하고 도드라져 있었다. 포플러와 밤나무는 여전히 빈 가지가 앙상해 보였지만 첫 새싹들이 얼핏 눈에 띄었다. 아침은 선명하고 촉촉했다. 나무들은 조용히 흔들리고 있었는데, 신선한 봄바람이 나뭇가지 사이를 오가며 장난을 치는 것처럼 느껴졌다.

창문 밖 오른편의 문 사이로 보이는 반대편 집의 담장을 따라 더럽고 우중충한 길이 나 있었다. 그 담장을 따라 사람들이 마른 땅을 찾아가며 천천히 걷고 있었다. '저치들은 하루 종일 시간이 있으니까 서두르지 않는군.' 로마쇼프는 그들의 발걸음을 눈으로 쫓으며 생각했다. '하루 종일 자유롭다는 거지!'

갑자기 그는 얼른 옷을 주워 입고 밖으로 뛰쳐나가고 싶은 충동이 생겼다. 어떤 모임에 가고 싶은 것은 아니었고 그저 거리로 나가서 신선한 공기를 호흡하고 싶었다. 가고 싶은 곳에 가고, 돌아보고 싶은 골목길을 돌아보고, 광장에 나가보고, 교회에 들르고 하는 단순한 일들을 아무 걱정 없이 할 수 있다는 것이 얼마나 큰 행복을 주는지를 이제야 깨달은 것처럼, 로마쇼프는 자유롭게 오간다는 것이 큰 축복이구나 하는 생각을 갑자기 하게 되었다.

로마쇼프는 어린 시절 어머니가 자신의 발을 얇은 실로 침대 다리에 묶어놓고 방 밖으로 나가지 말라고 했던 기억이 떠올랐다. 그때마다 어린 로마쇼프는 어머니가 돌아올 때까지 몇 시간이고 조용히 앉아 있었다. 비록 그의 방이 2층이라 낙수받이를 타고 밖으로 나가야 됐지만, 실을 묶지 앉았을 때 로마쇼프는 항상 밖으로 나가는 것을 좋아했다. 그런 식으로 나갈 때면 언제나 자기보다 나이 많은 형들을 위하여 집에 있는 설탕, 잼 그리고 권연을 몰래 들고서 모스크바의 끝자락까지 가 군악대 연주나 장례식을 보곤 했다. 그러나 이상하게도 실이 발에 묶이면 꼼짝할 수 없었다. 게다가 실이 끊어지기라도 할까 봐 노심초사하였다. 벌을 받을까 봐 그런 것도 아니었고 양심적이거나 참회를 했기 때문도 아니었다. 일종의 최면 상태라고 할 수 있었는데, 어른들이 풍기는 거부할 수 없는 강력한 힘에 대한 주술적 공포로서 야만인이 지닌, 샤머니즘에 대한 존경이 담긴 두려움과 비슷하였다.

'지금 다시 어린 초등학생처럼 발에 실이 묶인 채로 방에 처박혀 있군.' 로마쇼프는 방 안을 어슬렁거리면서 생각했다. '문은 열려 있고 나가고 싶으면 나갈 수 있고 하고 싶은 일이 있으면 할 수 있는데도 그저 방에 있는 꼴이라니. 내가 방 안에만 있단 말이지. 내가. 내가 말이야! 내가 방 안에만 머물러야 한다는 것은 그가 결정한 것뿐이야. 나는 동의한 적이 없어.'

"내가!" 로마쇼프는 고개를 숙이고 방 한가운데에서 걷는 모양으로 다리를 벌린 채 멈춰 섰다. "내가! 내가! 내가!" 갑자기 로마쇼프는 '내가'라는 짧은 단어를 처음으로 인식한 듯이 놀라며 소리쳤다. "누가 여기 서서 바닥을 바라보고 있는 거지? 그건 나지. 정말 이상하군! ㄴ—ㅐ— ㄱ—ㅏ—." 그는 온 신경을 다 써가며 이 단어를 천천히 발음하며 전율했다.

그는 겸연쩍고 얼빠진 미소를 지었으나 바로 긴장감을 느끼며 깊은 생각에 빠졌다. 이런 상황은 지난 5~6년 동안 반복되었는데, 보통 생각이 성숙해져가는 과정에 있는 젊은이들이 대부분 경험하게 되는 것이었다. 그는 일반적인 진리, 격언, 금언 등의 의미를 이미 기계적으로 알고 있었지만, 어느 순간 내적 또는 외적인 자극에 의해서 그 깊은 철학적 함의를 깨달을 때가 있는데, 그때마다 난생처음으로 그런 말을 듣거나 알게 된 것처럼 느껴지곤 했다. 심지어 이런 느낌을 처음으로 받아본 상황을 로마쇼프는 기억하고 있었는데, 중등 군사학교 시절, 신학 시간에 한 신부가 돌을 나르는 인부에 관한 우화를 들려줬을 때였다. 한 일꾼은 처음엔 가벼운 돌을 나르다가 이후 점점 무거운 돌을 옮겼고, 결국 마지막 돌을 움직일 수도 없었지만, 이와 반대로 다른 이는 무거운 돌부터 나르기 시작해서 모든 돌을 다 옮길 수 있었다는 내용이었다. 그때 로마쇼프는 이 단순한 우화 속에서 노련함이라는 것이 무엇인가를 깨달을 수 있었다. 비슷한 경우를 '일곱 번 재서 한번 자른다'라는 속담에서도 느꼈는데 이때도 한순간에 이 속담의 뜻인 사려, 형안, 신중함을 간파할 수가 있었다. 이 몇 단어 안 되는 문장 속에는 대대로 내려오는 삶의 지혜가 담겨 있었다. 지금 역시도 예전처럼 무엇인가 깨달음을 주는 자의식의 섬광이 자신에게 엄습해옴을 느낀 것이었다.

"내면의 내가 나야." 로마쇼프는 생각했다. "나머지는 모두 내가 아냐. 이 방, 길, 나무, 하늘, 사령관, 안드루세비치 중위, 근무, 군기, 병사들 모두 내가 아니지. 당연히 아니란 말이야. 내 손과 발." 로마쇼프는 자신의 얼굴에 손을 가까이 대며 주의 깊게 살펴보았다. "이것도 역시 내가 아냐. 내가 내 손을 꼬집는다면, 그건 나지. 손을 바라보고 손을 들고 하는 것은 나야. 이렇게 생각하는 나도 나지. 밖으로 나가고 싶어 하는 것도 나고, 이 방 안에 머무르는 것도 나야. 오, 정말 이상하면서도 놀라운 일이야. 아마도 모든 사람들에게 이런 자의식이 있겠지? 어쩌면 일부의 사람들에게만 있을 수도 있고, 나 말고 아무도 이런 자의식이 없을 수도 있지. 하지만 다 있다면? 내 앞에 서 있는 백 명의 병사에게 '우로 봐'라는 명령을 내리면 자아가 있는 병사들 하나하나는 나를 이방인으로 생각하면서도 한꺼번에 오른쪽을 바라보겠지. 하지만 나는 그들 하나하나를 구별할 수는 없지. 슐고비츠 대령 역시도 나나, 베트킨이나, 르보프나 다른 장교들을 구별하지 못하고 하나의 객체로 파악하겠지?"

문소리가 나더니 가이난이 방으로 뛰어 들어왔다. 춤을 추듯이 선 자리에서 발을 바꾸어 디디고 어깨를 움직거리면서 그는 소리쳤다.

"장교님. 매점 담당자가 더 이상 담배가 안 됩니다. 스크랴빈 중위가 담배를 더 줄 필요가 없습니다 말했습니다."

"제기랄!" 로마쇼프가 무심코 말했다. "가도 돼…… 담배 없이 어떻게 견디지……? 할 수 없지. 가도 돼, 가이난."

'내가 무슨 생각을 했더라?' 홀로 남은 로마쇼프는 스스로에게 질문했다. 연속적으로 생각하는 것에 익숙지 않은 로마쇼프는 생각의 끈을 놓치자 그 끝이 기억이 나지 않았다. '무슨 생각을 했지? 뭔가 중요한 것이었는데…… 거슬러 올라가서 생각해봐야겠군…… 감금 명령을 받아서 방에 앉아 있었고…… 거리에 사람들이 다니고 있었고…… 어렸을 때 엄마가 나를 묶었고…… 그래, 그래…… 병사들도 마찬가지고…… 슐고비치도 마찬가지고…… 그래, 기억났어…… 그러니까, 다음은……

난 방 안에 있어. 문은 열려 있어. 나가고 싶지만 나갈 수 없어. 왜 그런 거지? 내가 무슨 범죄라도 저지른 건가? 강도? 살인? 아냐. 내가 아닌 이방인과 이야기를 하다가 참지 못하고 한마디 한 것뿐이야. 나는 참았어야 하는 것일까? 왜? 그게 그렇게나 중요한 것인가? 말을 참는 것이 인생에서 중요한 일인가? 20~30년의 시간이 흐른다는 것은 영원 속에서 1초가 흐른 거나 마찬가지야. 1초! 나는 심지 길이를 줄인 램프의 불처럼 사그라지겠지. 하지만 램프의 불은 다시 붙일 수 있지. 그런데 나는 그렇지 못하지. 이 방도, 하늘도, 선반도, 부대도, 별도, 지구도, 내 손과 발도…… 없어지게 되는 거야. 내가 없어지게 되니까…… 그래, 그래…… 그렇지…… 자…… 차근차근…… 내가 없어진단 말이지. 어둠의 상태에서 누군가 나에게 생명을 불어넣고, 이제 생명이 끝이 나서 영원히 어두워지고…… 이 짧은 시간 동안 도대체 뭘 해야 하는 거지? 부동자세를 취하고 서 있으면서 행군 연습을 할 때 '어깨 총!' 하고 소리치는 일을 왜 해야 하는 거지? 나와 힘께 죽이 사라질 유령들이 필요하지도 않고 즐겁지도 않은 일을 내게 강요하고, 그것 때문에 나를 욕보이고 비하하는 것이 왜 필요한 거지? 왜 내가 망령들에게 복종하고 있어야 하는 거지?'

로마쇼프는 책상에 앉아 테이블에 팔꿈치를 대고 머리를 손으로 쥐어뜯었다. 그는 간신히 이 어렵고 집중이 되지 않는 생각을 유지하고 있었다.

'흠…… 너는 잊어버렸는가? 조국? 고향? 아버지의 무덤? 교회……? 군인의 명예와 규율? 만일 적이 쳐들어온다면 누가 너의 조국을 지키지……? 그래, 하지만 난 죽을 것이고, 그때에는 조국도 적도 명예도 존재하지 않아. 나의 의식이 존재하는 동안 그런 것들도 존재하는 거야. 그러나 조국, 명예, 제복 같은 위대한 것들이 사라지더라도 나의 존재를 범할 수는 없어. 그렇다면 나는 의무, 명예, 사랑보다 더 중요한 것인가? 나는 군 복무를 하고 있어…… 그런데 갑자기 내가 '원하지 않아!' 하고 말한다면, 아니 더 많은 나…… 군 복무를 하고 있는 수백만의 나들이…… 아니, 지구의 모든 나들이 '원하지 않아!'라고 말한다면 어떻게 될까? 당장 전쟁이 필요 없어질 테고 '이열 종대로 헤쳐 모여,' '반우향우' 같은 명령도 사라지겠지. 그렇지, 그렇지! 확실해, 확실하단 말이야!' 로마쇼프는 가슴속 깊은 곳에서 퍼져 나오는 장엄한 목소리를 들었다. '군인의 용기, 군기, 상급자에 대한 복종, 명예, 군사학. 이런 것들은 인류가 '원하지 않아!'라는 말을 하기를 원하지 않거나, 할 줄 모르거나, 감히 할 수 없기 때문에 생긴 거야.

지금까지 쌓여온 전쟁에 관한 모든 것들도 사실 별 게 아냐. 허상일 따름이야. "원하지 않아"라고 하면 그 기반이 사라지는 것일 뿐이지. 이상한 것은 이제껏 사람들이 "원하지 않아"라고 말하지 않은 것이지. 나의 자아도 역시 "먹고 싶지 않아, 숨 쉬고 싶지 않아, 보고 싶지 않아"라고 말한 적은 없지. 하지만 죽음이 전제된다면 "원하지 않아"라고 분명히 말할 수 있을 거야. 그렇다면 필연적으로 죽음과 연결된 전쟁과 타인을 죽이기 위한 최상의 방법이 담긴 전투술은 뭐지? 인류의 실수인가? 환상인가?

잠깐, 가만 있어보자…… 아무래도 내가 잘못 생각하고 있는 것 같아. "원하지 않는다!"고 하는 것은 너무나 명백하고 모든 사람이 기본적으로 사고할 수 있는 것인데, 내가 잘못 생각하고 있지 않다면 이렇게 혼돈스러울 리가 없지. 다시 한 번 생각해보자. 만일 내일 당장 이런 생각을 모든 사람, 모든 민족, 그러니까 러시아인, 독일인, 영국인, 일본인…… 등이 하게 된다면 어떻게 될까? 그러면 더 이상 전쟁은 없겠지, 물론 장교도 병사도 모두 집으로 돌아가게 되겠지. 모두 돌아가게 되면 그다음은? 슐고비치는 그러겠지. '우리의 땅과 집을 빼앗길 것이고, 우리의 논밭이 짓밟아 뭉개질 것이고, 우리의 아내와 누이들을 빼앗길 것이다.' 폭도들은? 사회주의자들은? 혁명가들은……? 아냐, 그럴 리가 없어. 틀림없이 모든 사람들이 유혈사태를 원하지 않는다고 말할 거야. 그런데 누가 무력시위와 폭력사태를 처리하지. 아무도 못하겠지. 그러면 어떻게 될까? 아니면 모든 사람이 화해하고 서로서로에게 양보하고 나누며

결투 85

용서하게 될까? 도대체 어떻게 되는 거지?'

로마쇼프는 생각에 너무 깊이 집중하느라고 가이난이 조용히 자기의 등 뒤로 와서 불쑥 자신의 어깨 너머로 손을 뻗치는 걸 눈치채지 못했다. 로마쇼프는 놀라서 몸을 떨며 소리쳤다.

"뭐야, 뭐 하는 거야, 제기랄······!"

가이난은 탁자 위에 갈색 종이로 싸인 곽을 놓았다.

"받으세요!" 그는 친근하고 부드럽게 말했다. 로마쇼프는 자신의 등 뒤에서 그가 우정 어린 미소를 짓는 것을 느꼈다.

"담배예요. 삐세요!" 로마쇼프는 담뱃갑을 쳐다보았다. 담뱃갑에는 "나팔수, 가격 3코페이카. 20개들이"라고 씌어져 있었다.

"이건 어떻게 사왔지?" 그는 놀라서 물었다. "어디서 난 거야?"

"당신이 담배가 없잖아. 그래서 내 돈으로 샀죠. 삐세요. 괜찮아요. 공짜요."

가이난은 쑥스러워하며 쏜살같이 방에서 뛰쳐나가면서 쾅 소리가 나도록 문을 닫았다. 소위가 담배를 피우기 시작하자 방 안에는 매캐한 냄새가 나기 시작했다.

'정말 좋은 친구군!' 감동받은 로마쇼프는 생각했다. '나는 그 친구한테 화를 내고, 소리치고, 저녁마다 장화를 벗기게 하는 것도 모자라 양말과 바지까지 벗기라고 시켰지. 그런데 그는 내게 얼마 남지 않은 자신의 푼돈을 털어 담배를 사다 주고는 '삐세요'라고 하다니! 이건 아니잖아······'

그는 뒷짐을 지고 다시 방 안을 왔다 갔다 하기 시작했다.

'이런 친구가 우리 중대에만도 백 명이나 있을 거야. 그들 하나하나는 자신만의 생각과 느낌, 독특한 개성과 경험 그리고 개인적인 집념과 반골 기질이 있겠지. 그런데 나는 그들에 대해서 아는 것이 하나라도 있나? 그들의 겉모습 말고는 전혀 없지. 우측 대열에 서 있는 사람만 해도 솔츠, 라보샤프카, 베데네프, 이고로프, 야신…… 평범한 사람들이지. 진심으로 그들을 대한 적이 있던가? 그들이 바라보는 나는 아무것도 아닐 테지.'

갑자기 로마쇼프에게 늦은 가을, 잔뜩 찌푸린 어느 저녁 날이 떠올랐다. 여러 장교들과 함께 보드카를 마시고 있는데 구중대의 상사 구메뉴크가 느닷없이 들어오더니 숨이 차서 헐떡이며 구중대장에게 소리쳤다. "중대장님, 신병들을 몰고 왔습니다."

말 그대로 가축을 몰듯이 데리고 온 것이었다. 그들은 비가 쏟아지고 있는 가운데 놀란 가축 떼처럼 연병장에 무리를 짓고 의심적은 눈을 치뜨고 있었다. 그들의 얼굴은 한결같이 특별해 보였다. 아마도 그들의 다양한 옷 때문에 그렇게 보였을까? '이건 자물쇠 만드는 놈이었겠군.' 로마쇼프는 신병들 옆으로 지나가면서 생각했다. '이놈은 아코디언 연주를 잘하는 익살꾼이겠군. 요놈은 글을 읽을 줄 아는 놈이긴 한데 유창한 말솜씨로 사기깨나 치겠군, 아마 어디 술집 급사 정도 했겠지.' 그들은 며칠 전에 아내와 아이들이 울부짖고 통곡하는 가운데에서도, 자신들 스스로는 울지 않기 위해서 술을 퍼마시고 이리로 끌려왔을 터였다. 하지만 1년이 지나고 나서 그들은 긴 대오를 이루며 개성이 없는 목석 같은 병사로 변해버렸다! 그들은 군대에 오고 싶어 하지 않았다. 그들이 보는 나 역시 그랬지. 이런 무시무시한 상황의 원인은 도대체 어디에 있는 것이지? 이런 운명의 시원은 어디인가? 마치 머리를 책상에 바짝 대면 처음에는 힘껏 퍼덕이며 발버둥치다가도, 부리 쪽에 선을 하나 긋고서 책상에서 떨어뜨리면, 자신은 이미 묶여 있다 생각하고 옴짝달싹도 못하면서 눈을 부릅뜬 채 공포에 떨고 있는 닭과 같은 상황이 우리들에게 부여되어 있는 것인가?

로마쇼프는 침대로 가서 벌렁 드러누웠다.

'이런 상황에서 나는 무엇을 해야만 하지?' 로마쇼프는 준엄하고 매섭게 자신에게 물었다. '무엇을 해야 하지? 군 복무를 그만두어야 하나? 하지만 뭘 하지? 내가 할 줄 아는 게 뭐지? 기숙학교, 육군유년학교를 거쳐 육군사관학교를 졸업하고 폐쇄적인 장교 생활만 한 내가…… 삶의 치열함을 내가 아는가? 프랑스 빵이 나무에서 나온다고 생각하는 기숙 여학교 학생처럼 편안한 삶을 산 내가? 그래도 그만둬볼까? 독자적인 생의 첫걸음부터 나락에 빠져 술로 세월을 보내겠지. 잠깐. 내가 알고 있는 장교 중 스스로 군 복무를 그만둔 이가 있던가? 한 명도 없지. 장교로서의 직분을 유지하려고 안간힘을 쓰고 있지. 자신들이 어디에도 쓸모가 없다는 것을 알고 있으니까. 만일 사회로 나간다면 더러운 모자를 쓰고 돌아다니면서 이러겠지. '에이 라 본테…… 러시아의 장교였던 사람입니다…… 콤프르네 부……'* 아, 어떻게 해야 하는가! 도대체 무엇을 어떻게 해야 하나!'

"죄수 양반, 죄수 양반!" 창문에서 여인의 목소리가 들려왔다.

로마쇼프는 침대에서 벌떡 일어나 창가로 달려갔다. 마당에는 슈로치카가 있었다. 그녀는 햇빛을 막기 위해 손바닥으로 눈 옆을 가리고 웃음기 먹은 얼굴을 창가에 바짝 댄 채 노래를 부르듯 말끝을 길게 늘이며 말했다. "부울쌍한 죄에수에게 저언해주우세요……"

로마쇼프는 창문 손잡이를 잡았으나 아직 창문을 달지 않은 것을 기억해내고 지체 없이 창틀을 있는 힘껏 잡아 뗐다. 창틀은 우지직하는 소

---

* 에이라 본테(ayez la bonté): 부탁드립니다만 / 콤프르네 부(comprenez vous): 이해하시겠지만.

리와 함께 떨어졌고, 석회 가루와 건조된 아교 가루가 로마쇼프의 머리 위로 떨어졌다. 부드러운 벚꽃의 향기가 신선한 공기에 섞여 방 안으로 밀려 들어왔다.

'그렇지! 이렇게 출구를 만들면 되지!' 환희와 기쁨의 목소리가 로마쇼프의 마음속에서 울려 퍼졌다.

"로모츠카! 미쳤어요! 뭐 하는 거예요?"

로마쇼프는 갈색 장갑을 낀 그녀의 작은 손등과 손바닥, 그리고 팔목에 연거푸 키스했다. 이 같은 행동을 로마쇼프는 처음 하는 거였으나 그녀는 그의 이 과감한 행동을 말리려고 하지 않았고, 그저 놀라운 마음으로 미소 지으며 바라보았다.

"알렉산드르 페트로브나! 어떻게 고마움을 표시해야 할지 모르겠군요."

"로모츠카, 도대체 뭐가 그렇게 좋으신 거예요?" 그녀는 로마쇼프를 호기심 어린 눈으로 세심하게 바라보면서 웃으며 말했다. "당신 눈이 빛나는군요. 단지 전 죄수에게 빵을 가져온 것뿐이에요. 오늘 정말 맛있는 사과파이를 만들었거든요…… 스테판, 광주리를 가져와요."

그는 사랑에 빠진 빛나는 눈빛으로 그녀를 바라보면서 여전히 그녀의 손을 내주려 하지 않았고, 그녀 역시 자신의 손을 빼려고 하지 않았다.

"아, 제가 오전 내내 어떤 생각을 했는지 당신이 아신다면…… 당신이 알게 된다면……"

"다음에요…… 저기 제 남편이 오고 있어요…… 손을 그만…… 당신 오늘 참 이상하군요! 유리 알렉세이비치. 심지어 귀엽기까지 하네요."

니콜라예프가 창문 쪽으로 다가왔다. 그는 잔뜩 찌푸린 얼굴로 대충 로마쇼프와 인사를 나눴다. "그만 가자고, 슈로치카." 그는 재촉했다. "도대체 뭐 하자는 행동이냐고. 당신 둘 다 미친 것 같군. 사령관한테 알려지면 좋을 게 없어. 그는 지금 감금령을 받았다고. 안녕히 계시오, 로마쇼프. 나중에 저희 집에 오시죠."

"저희 집에 들르세요, 유리 알렉세이비치." 슈로치카가 다시 한 번 말했다.

그녀는 창문에서 떨어지자마자 로마쇼프를 향해 돌아서서 바로 빠르게 속삭였다.

"로모츠카, 우리를 잊으면 안 돼요. 당신은 내게 있어서 친구로서 유일한 사람이에요. 그리고 한 가지 더요. 그렇게 멍청하게 저를 바라보지 마요. 그러면 다신 안 볼 테니. 그리고 부탁인데요, 멋대로 상상하지 마요. 당신은 남자가 아니니까요."

7

3시 반경에 연대 부관인 중위 페도롭스키가 찾아왔다. 그는 연대의 부인네들이 대체로 이야기하는 것처럼 키가 크고 위풍 있는 체격과 냉정한 눈빛의 소유자로서 어깨까지 닿는 짙은 수염을 기르고 있었다. 그는 과할 정도로 예의 바른 사람으로 후배 장교들한테 엄격했으며 그 누구와도 사귀지 않았지만 자신의 직분이 부대 내에서 중요한 위치에 있다고 생각했다. 그래서 그런지 대부분의 중대장들은 그에게 잘 보이기 위해서 아양을 떨었다.

방 안으로 들어오면서 그는 가늘게 눈을 뜨고 로마쇼프의 형편없는 방을 흘낏 둘러보았다. 누워 있던 로마쇼프는 재빨리 일어나 급하게 상의의 단추를 채웠다.

"연대 사령관의 명으로 왔습니다." 페도롭스키는 무미건조하게 말했다. "복장을 갖추고 저와 함께 갑시다."

"죄송합니다만…… 제가 지금…… 평상복을 입어도 됩니까? 집에서 입는 옷을 입고 있는데……"

"서두르지 마시고 프록코트를 입으십시오. 괜찮다면 앉아도 되겠습니까?"

"아, 죄송합니다. 앉으십시오. 차 한잔하시겠습니까?" 로마쇼프는 서둘렀다.

"고맙습니다만 사양하겠습니다. 조금 서두르시지요."

그는 외투와 장갑을 벗지도 않고 의자에 앉았다. 로마쇼프가 자신의 더러운 셔츠 때문에 괜히 당황해서 안절부절못하며 옷을 입고 있는 동안 그는 칼자루를 쥔 채 곧은 자세로 꼼짝 않고 굳은 얼굴로 앉아 있었다.

"왜 저를 호출하는지 혹시 아십니까?"

부관은 어깨를 올렸다 내렸다.

"이상한 질문이군요. 제가 어떻게 알 수 있습니까? 당신이 저보다야 잘 알고 있을 테지요…… 준비 됐습니까? 대검의 어깨 띠를 견장 위가 아니라 밑에 다는 게 좋을 겁니다. 아시겠지만 연대장이 위에 다는 것을 좋아하지 않는답니다. 그렇지요…… 그럼, 가보실까요."

대문 앞에는 잘 먹어서 살집이 좋고 덩치가 큰 말 한 쌍이 끄는 마차가 대기하고 있었다. 장교들은 바로 마차에 올라탔다. 로마쇼프는 배려하는 마음으로 부관이 불편하지 않게 하기 위하여 몸을 틀고 앉아 있었으나 부관은 로마쇼프의 배려를 전혀 눈치채지 못하는 것 같았다. 가는 도중에 베트킨을 만났다. 그는 부관과 인사를 나누었고 로마쇼프에게는 희한하고 우스운 몸짓을 했다. 그것은 마치 '재판 받으러 끌려가는 모양이군' 하고 말하는 것 같았다. 그리고 몇 명의 장교들을 더 마주쳤는데, 어떤 이는 주의 깊게 그를 바라보았고, 또 다른 어떤 이는 놀란 것 같았고, 일부는 조롱하듯 그를 쳐다보았다. 그들의 시선은 로마쇼프를 더욱 위축되게 만들었다. 연대장 슐고비치는 로마쇼프를 바로 만나주지 않았다. 그의 집무실에 누군가가 먼저 와 있었기 때문이었다. 로마쇼프는 어쩔 수 없이 사과 냄새와 나프탈렌 냄새, 래커를 갓 칠한 가구 냄새, 부유한 독일 가정의 옷이나 물건에서 나는 그리 나쁘지 않은 향이 섞인 냄새가 나는 슐고비치의 방문 앞에서 기다려야 했다. 문 앞에서 로마쇼프는 벽에 걸린 큰 거울에 비친 자신의 모습을 쳐다보았다. 매우 창백하며 조금은 기괴하고 못생겨 보이는 얼굴 아래로 너무 낡아서 남루한 코트와 구겨질 대로 구겨진 견장이 거울에 비쳐지고 있었다.

구령을 하는 듯한 낮은 저음의 탁한 음성이 집무실에서 흘러 나왔다. 말뜻을 알아들을 수 있을 정도로 명확한 소리는 아니었으나 음색으로 짐작하건대 누군가에게 몹시 질책을 하고 있는 게 분명했다. 한 5분 정도 슐고비치는 말을 이어갔다. 이후 슐고비치는 침묵하고 누군가의 간청하는 듯한 떨리는 애달픈 목소리가 들리자마자 바로 분노와 경멸을 담은 오만한 목소리가 명확하게 들려왔다.

"당신은 지금 저를 기만하고 있는 겁니까? 아이들과 아내라고요? 당신의 아이들이 도대체 어떻다는 겁니까? 아이를 낳기 전에 어떻게 먹여 살릴까부터 생각했어야죠. 이제 와서 '잘못했습니다. 대장님. 당신에게는 아무 문제가 없을 겁니다. 대장님.' 이러면 어떡하자는 겁니까. 제가 당신을 재판에 회부하지 않는다면 직무유기란 말입니다. 아시겠습니까? 뭐라고요? 조용히 하십시오. 실수가 아니라 범죄라니까요. 당신이 있을 곳은 연대가 아닙니다. 어딘지는 잘 알고 계시겠죠? 뭐요?"

다시 인간적인 당당함이라고는 전혀 없는 소심하고 나약한 간청하는 목소리가 들렸다. '이건 도대체 뭐야?' 로마쇼프는 거울 앞에 서서 몹시 창백한 자신의 얼굴을 바라보며 심장이 가쁘게 고동치는 것을 느꼈다. '이런, 정말 큰일 났군!'

애처로운 목소리가 한참 동안 들리다가 다시 사령관의 저음이 들렸으나 아까와는 다르게 평온하고 침착한 음색이었다. 슐고비치는 조금 전에 소리를 치면서 자신의 권위를 충분히 세운 게 분명했고, 그와 동시에 분노가 조금은 가라앉은 모양이었다.

끊어졌다 이어졌다 하며 말소리가 계속 들려왔다.

"좋습니다. 이번이 마지막이라는 것을 기억해두십시오, 아시겠습니까? 만약 당신이 또 취해 있다는 소리를 듣게 되면…… 뭐라고요? 알겠소, 알겠소. 당신의 약속을 믿겠소. 당신의 중대를 일주일 후에 직접 내가 검열하도록 하겠소. 그러기 전에 내가 몇 가지 충고를 하겠소. 우선 사병들과의 돈 거래 등 부채를 정리하시오. 그것도 당장 내일까지 말이오. 뭐라고요? 그게 나랑 무슨 상관이오. 땅을 파서라도…… 어쨌든 이제 가도 됩니다. 안녕히 가시오."

누군가 방 안에서 부스럭거리더니 장화 부딪치는 소리를 내면서 발끝으로 걸으며 살금살금 출입문 쪽으로 다가오는 소리가 들리는가 싶더니 곧 근엄한 사령관의 목소리가 그를 멈추게 했다.

"잠깐 이리로 와, 마귀할멈 같으니라고…… 아마 유대인에게 가겠지? 그렇지? 어음을 써대겠지? 이그, 이 멍청한 놈아, 도대체 너란 놈은…… 하나, 둘…… 하나 둘, 셋, 넷…… 300. 더 이상은 안 돼. 돈이 생기면 갚으라고. 정말, 당신이 한 짓을 알겠소, 장교?" 목소리를 높여 연대장은 말했다. "다시는 이런 짓을 하지 마시오. 이건 아주 저열한 짓이오! 오직 검열만 생각하란 말이오. 정말 지긋지긋하군. 자 이제 가시오."

당황한 기색이 역력한 키가 작은 대위 스베토비도프가 복도로 나왔다. 그의 오른손은 주머니 속에 있는 뻣뻣한 종이돈을 불안하게 만지작거리고 있었다. 로마쇼프를 보자 그는 잔걸음으로 빠르게 다가와 어색하게 웃더니 땀이 나서 축축한 손을 내밀어 로마쇼프와 악수를 나눴다. 불안해 보이는 그의 눈동자는 방에서 나눈 대화를 로마쇼프가 들었는지 못 들었는지 파악하기 위해 바쁘게 움직였다.

"지독하군! 호랑이 같아!" 머리로 사무실을 가리키며 아랑곳하지 않는다는 듯이 그는 속삭이며 말했다. "하지만 별거 아냐!" 스베토비도프는 빠르게 성호를 그었다. "자네도 괜찮을 거야. 잘될 거야. 걱정 말게."

"본―다―렌―코―!" 연대 사령관의 쩌렁쩌렁한 목소리가 복도를 뒤흔들어놓았다. 그는 절대 벨을 사용하지 않고 자신의 커다란 목소리로 사람을 부르곤 했다. "본다렌코! 기다리는 사람이 더 있지? 데리고 와."

"그럼 난 가보겠소, 소위. 좋은 시간이 되길 바라오." 스베토비도프는 억지웃음을 지어 보이며 속삭였다.

당번병이 복도로 나왔다. 그는 전형적인 사령관 당번병으로서 가르마를 탄 머리와 흰 실장갑을 낀 단정하지만 불손해 보이는 얼굴의 소유자였다. 그는 정중한 음색이지만 건방진 말투로 눈을 찌푸린 채 소위를 똑바로 보며 말했다.

"사령관 님께서 들어오시라고 합니다."

그는 집무실 문을 열고 로마쇼프가 들어갈 수 있도록 옆으로 비켜섰다. 로마쇼프는 방 안으로 들어갔다.

슐고비치 대령은 출입문 왼편 구석에 있는 책상에 앉아 있었다. 그는 회색의 군복 재킷을 입고 있었다. 재킷 밑으로 광채가 날 것 같은 흰 셔츠가 눈에 띄었다. 살이 많고 붉은 손은 나무로 된 의자 팔걸이에 놓여 있었다. 짧고 희끗희끗한 머리와 삼각 수염이 자리 잡고 있는 큼지막한 노안은 엄격하고 냉정하게 보였고 시선은 적의에 불타는 듯했다. 소위가 경례를 하자 대령은 가벼운 목례를 했다. 로마쇼프는 그가 십자가와 반달 모양의 은 귀걸이를 하고 있는 것을 보았다. '이 귀걸이는 처음 보는 건데.'

"좋지 않소." 배 속에서 울려 나오는 베이스 톤으로 사령관은 입을 열고는 한참 동안 말을 잇지 않았다. "창피한 줄 알아야 할 겁니다." 목소리를 높여 그는 다시 입을 떼었다. "불과 며칠 전까지 잘 복무하더니 꼬리가 싹 나오는 이유가 뭡니까? 전 당신에게 불만이 아주 많습니다. 도대체 왜 그랬는지 이유나 들어봅시다. 연대 사령관이 훈계를 하는데 기껏 소위보 하나가 엉뚱한 행동을 한 이유 말입니다. 무례의 극치입니다!" 대령이 귀청이 떨어질 정도로 소리를 크게 지르자 로마쇼프는 벌벌 떨었다. "개념 없는 방자한 행동입니다."

로마쇼프는 알 수 없는 어떤 힘이 대령의 눈을 정면으로 바라볼 수 없도록 강요한다는 느낌을 받으면서 참담한 심정으로 눈을 내리깔았다. '도대체 나의 자아는 어디에 있는 거야!' 불현듯 이런 생각이 조소하듯 로마쇼프의 뇌리를 스쳐 지나갔다. '너는 부동자세로 서서 잠자코 있어야 하는 것뿐이야.'

"어떤 경로를 통해 내가 아는지는 말할 수 없지만 당신이 술을 꽤나 마신다는 것을 나는 잘 알고 있습니다. 이건 아주 안 좋은 상황입니다. 이제 갓 학교를 졸업한 풋내기 하나가 신발 제조 견습공마냥 술을 퍼먹다니. 내게 숨길 수 있는 일은 아무것도 없다는 것을 아셔야 합니다. 당신이 미처 생각도 못한 것까지 나는 죄다 알고 있습니다. 만일 방종한 생활을 계속하고 싶다면, 그건 당신의 자유입니다. 하지만 마지막으로 당신께

경고하겠습니다. 내 말을 명심하는 게 좋을 겁니다. 대개 다 그렇듯이, 처음에는 한잔만 하자고 시작했다가 결국에는 어느 담장 밑에서 객사하는 것이 술꾼들입니다. 이 사실을 꼭 기억해두는 게 좋을 겁니다. 그리고 한 가지 더 말하자면, 내가 참을성이 꽤 있는 편임에도 불구하고 천사도 어느 순간엔 참지 못하고 폭발할지 모른다는 겁니다. 나를 시험하려 들지 않는 게 좋을 겁니다. 당신이 장교 사회의 한 일원입니다만 언제든지 그곳에서 축출당할 수 있다는 것을 잊지 마십시오."

'나는 한마디도 못하고 꼼짝 않고 서 있기만 하는군.' 로마쇼프는 대령의 귀걸이를 끈덕지게 바라보며 우울하게 생각했다. '하지만 나는 장교 사회를 높이 평가하고 있지 않으며, 당장이라도 떠날 수 있다고 말해야 하는 게 아닌가? 확 말을 해버릴까? 내가 할 수 있을까?'

로마쇼프의 심장은 다시 고동치기 시작했다. 그의 입술이 약하게 움직이기까지 했으나 침만 한번 삼키고는 여전히 부동자세를 취하고 있었다.

"그러니까 당신의 행실을 보자면……" 슐고비치는 엄하게 말을 이어갔다. "작년만 해도 복무를 시작한 지 1년도 안 됐는데 당신은 휴가를 신청했습니다. 편지를 한 통 보여주면서 어머니가 아프다고 하면서 말입니다. 나는, 이해할지 모르겠지만, 도대체 당신이 장교라는 사실을 믿을 수가 없었습니다. 당신이 어머니가 아프다고 했으니까 어머니라고 해둡시다. 세상에는 별의별 일이 다 있으니까요. 그러나 한 사람을 허락하면 또 다른 사람을 허락해야 하고, 이해하시겠습니까……"

로마쇼프는 처음에는 어렴풋했으나 점점 더 오른 다리 무릎 쪽이 심하게 떨리는 것을 느꼈고, 무릎의 떨림이 심해지자 몸 전체가 떨리는 것을 느꼈다. 대령이 로마쇼프가 떠는 것이 자신의 위엄 때문이라고 생각할 것이라는 사실은 소위를 더욱 불안하고 불쾌하게 만들었다. 하지만 대령이 어머니에 대해 이야기를 꺼내자마자 머리끝으로 피가 몰리면서 순식간에 떨림이 없어졌다. 그는 눈을 들어 대령의 양미간을 증오에 차서 뚫어져라 쳐다보았다. 그의 표정은 당장이라도 둘 사이의 신분을 망각하고 무슨 일이든지 벌일 태세였다. 방 안이 갑자기 커튼을 쳐버린 듯이 깜깜해지는 것 같았다. 사령관의 준엄한 목소리도 들리지 않았다. 아무런 생각도 느낌도 없어지고 지금 당장 돌이킬 수 없는 엄청난 일을 벌일 것이라는 확신만이 들었다. '지금 나는 그를 친다'라는 말이 로마쇼프의 귓가를 맴돌았다. 로마쇼프는 살이 찐 노인의 뺨과 귀걸이를 천천히 바라보았다.

바로 그때, 로마쇼프는 마치 꿈속에서 보는 것처럼 슐고비치의 눈에 어린 놀람과 공포, 불안을 보았다. 그 순간 분노에 가득 차서 터질 듯한 로마쇼프의 야성은 갑자기 눈 녹듯이 녹아버렸다. 로마쇼프는 놀라서 잠을 막 깬 듯 깊은 한숨을 내쉬었다. 다시 자신을 둘러싼 환경이 눈에 선명히 들어왔다. 슐고비치는 뜻밖에도 의자를 가리키며 친절하게 말을 했다.

"당신은 참 예민한 사람이군요…… 앉으시오, 당신을 화나게 한 모양이군요. 젊은이들은 다 그렇다니까. 나를 무슨 짐승 보듯 하는군요. 늙은이가 아무 생각 없이 소리친다고 해서 꼭 싸울 것같이 굴다니. 나는," 대령의 목소리는 따뜻하지만 떨리는 모습이 역력했다. "나는 당신들 젊은이들을 친자식처럼 사랑합니다. 내가 그렇다고 생각하지 않는 것은 아니겠죠? 이런, 이런, 나를 이해하지 못하는군요. 내가 선을 넘어 열을 좀 냈다고 늙은이한테 화를 내면 되겠소? 젊은이들이란. 자, 이제 그만 화해하고 악수나 한번 합시다. 그리고 식사나 같이하는 게 어떻습니까?"

로마쇼프는 말없이 대령의 크고 포동포동하고 차가운 손을 쥐었다. 모욕감은 사라졌지만 마음이 가벼워진 것은 아니었다. 오늘 오전에 이런저런 중요한 생각을 한 뒤로 그는 자신이 사랑받지 못해 버려진 가여운 어린 학생 같다는 생각을 하게 되었고, 왠지 모를 부끄러움을 느꼈다. 그래서인지 대령 뒤를 따라가면서 그는 습관대로 자신의 모습을 묘사했다. '우울한 생각이 그의 이마의 주름을 더욱 깊게 하였다.'

슐고비치는 자식이 없었다. 살이 쪄 목이 없어 보이고 턱이 접히는 뚱뚱하고 덩치가 큰 그의 아내가 식탁으로 나와 앉았다. 코안경을 걸치고 있는 시선이 오만해 보임에도 불구하고 그녀의 얼굴은 눈동자 대신에 건포도를 눌러 붙여놓은 밀가루 반죽을 급하게 구워 내놓은 것 같았고, 그래서인지 아둔해 보였다. 그녀 뒤를 따라 빌꿈치가 부딪치는 소리를 내며 연로하고 가는귀가 먹었지만 여전히 원기완성하고 독살스러워 보이는 고압적인 노파인 대령의 어머니가 힘겹게 걸어왔다. 안경 너머로 로마쇼프를 위아래로 훑어보면서, 노파는 마치 뼛조각처럼 앙상한 작고 주름투성이인 손을 소위의 입술 쪽으로 내밀었다. 그러고는 마치 식당에 자신의 아들과 자기 외에는 아무도 없는 것 같은 말투로 대령에게 물었다.

"이 사람이 누구지? 기억이 안 나는데."

슐고비치는 확성기처럼 손을 말아 쥐고 노파의 귀에 대고 소리쳤다.

"로마쇼프 소위예요, 어머니. 훌륭한 젊은 장교랍니다. 육군학교 출신이죠…… 아 그렇지!" 갑자기 무엇이 생각난 듯이 말을 이었다. "소위는 펜젠스키 출신 아니던가요?"

"네, 그렇습니다. 대령님. 펜젠스키 출신입니다."

"그래, 맞아…… 이제 생각이 나는군. 우리는 동향이군요. 나로프차스키 현이지 아마도?"

"네, 그렇습니다."

"우리는 인사르스키 현이 고향이지, 어머니." 대령은 다시 손을 말아 쥐고 말했다. "로마쇼프 소위는 우리와 같은 펜젠스키 출신이에요……

나로프차스키 현 있지요…… 고향 사람이라고요……!"

"오!" 노파는 알았다는 듯이 눈썹을 꿈틀거렸다. "그러니까…… 당신은…… 세르게이 페트로비치 쉬스킨의 아들이군요?"

"아니에요, 어머니. 소위의 성은 쉬스킨이 아니라 로마쇼프예요."

"그래, 그래…… 난 페트로비치는 잘 몰라…… 그저 소문으로만 들었지. 하지만 표트르 페트로비치는 자주 만났지. 우리 집에서 가까운 곳에 살았거든. 아주 좋은 사람이었지…… 당신이 자랑할 만한 분이지."

"허, 찌르레기마냥 조잘대기 시작하시는구먼." 대령은 작은 소리로 말했다. "앉으시오, 소위…… 페도롭스키!" 그는 문을 향해 소리쳤다. "일은 그만하시고 보드카 한잔하러 오시게……!"

식당으로 부관이 서둘러서 들어왔다. 일반적으로 모든 연대에서 부관이 사령관과 함께 식사하는 것이 관례처럼 되어 있었다. 박차 부딪치는 소리를 가볍게 내면서 부관은 전채 요리가 놓인 이탈리아산 마졸리카 식탁에 앉았다. 그는 보드카를 한 잔 따르고는 천천히 마신 다음에 전채 요리를 먹기 시작했다. 로마쇼프는 그에 대한 부러움을 느끼면서 동시에 약간의 존경심까지 들었다.

"보드카 한잔하시겠소?" 슐고비치는 물었다.

"감사합니다만 괜찮습니다. 왠지 술을 먹고 싶지 않습니다." 로마쇼프는 대답하고 기침을 했다.

"훌륭합니다. 앞으로도 그러기를 바랍니다."

식사는 기름지고 맛이 좋았다. 자식이 없는 대령 부부는 잘 먹는 것에 집착하고 있는 듯했다. 향기로운 수프와 죽을 곁들인 도미 요리, 오리고기와 아스파라거스가 차례대로 나왔다. 적포도주와 백포도주 그리고 꽤 비싼 마데이라산 포도주가 식탁에 놓여 있었다. 얼마 전에 화를 내서 식

욕이 생겼는지 대령은 음식을 맛있게 먹었는데, 그의 먹는 모습을 바라보는 것만으로도 유쾌해질 정도였다. 그는 계속해서 농담을 하며 식사를 했다. 아스파라거스가 식탁에 나왔을 때 대령은 냅킨을 셔츠의 앞가슴 쪽에 쑤셔넣고는 즐거워하며 말했다.

"내가 황제라면 매일같이 아스파라거스를 먹을 텐데."

이 말을 하기 전에 대령은 물고기 요리가 나오자 로마쇼프에게 근엄한 어조로 말했다.

"소위! 이제 나이프는 한쪽으로 치워놓는 게 좋습니다. 생선 요리와 커틀릿은 포크로 먹는 겁니다. 장교라면 식사 예절을 알고 있어야 합니다. 언제 기품 있는 식사에 초대받을지 모르기 때문입니다. 기억해두십시오." 로마쇼프는 식사 내내 마음이 불편했고, 오랫동안 가정적인 환경과 안락한 식탁의 예절과는 먼 식사를 해와서인지, 손을 어디다 둬야 할지 몰라 식탁 밑에서 식탁보의 술 장식만 만지작거리며 비비 꼬고 있었다. 또한 줄곧 한 가지 생각 때문에 마음이 편하지 못했다. '내가 이런 혐오스러운 식사를 거부하지 못하는 것은 소심함과 비겁함의 소산일 수밖에 없지. 지금 일어나서 인사를 하고 나가볼까? 자기들 맘대로 생각하라지. 대령이 날 잡아먹기라도 하겠냐고. 내 영혼과 의지를 빼앗을 수는 없을 테니까. 나가볼까?' 하지만 심장이 고동치면서 흥분이 되다가도 곧 자신이 그러지 못하리라는 것을 느끼며 침울해졌다.

커피를 마실 수 있게 된 시간은 벌써 저녁 무렵이었다. 사그라지는 태양의 빛은 창문을 통해서 식당 안의 벽지와 식탁보, 크리스털 식기와 식사를 하고 있는 이들의 얼굴을 비추이며 구릿빛으로 반짝였다. 이 같은 저녁 무렵의 풍광은 사람들을 침묵시키는 묘한 마력을 지니고 있었다.

"내가 소위였을 때." 슐고비치가 침묵을 깼다. "여단장이셨던 분이

포파노프 장군이셨지. 소년병 출신이었던 것 같긴 하지만 아주 좋은 분이셨지. 북을 아주 좋아하셔서, 북 치는 병사를 자주 보러 가서는 '이봐, 애잔한 곡 한번 연주해봐'라고 말하곤 했지. 게다가 손님들이 찾아와도 어김없이 11시면 잠자리에 들었지. 잠자리에 들기 전에 그는 손님들에게 이렇게 말했지. '자, 많이들 드십시오. 술도 좀더 드시면서 즐거운 시간을 보내십시오. 저는 넵튠*의 품으로 갈 시간입니다.' 그러면 사람들이 '모르페우스**의 품을 말씀하시는 겁니까, 각하?'라고 물었고, 장군은 '아, 그들은 매한가지랍니다. 어차피 광물학에서는 그게 그거니까요'라고 답하곤 했지."

"자, 그럼 저도 이만." 슐고비치는 냅킨을 식탁에 내려놓으며 말했다. "넵튠의 품으로 가야겠군요. 장교 여러분들도 이제 자유롭게 하십시오."

장교들은 일어나서 차렷 자세를 했다.

'쓴웃음이 그의 얇은 입술에 어렸다.' 로마쇼프는 생각했다. 이런 생각을 하는 동안 그의 얼굴은 처연하고 창백한 모습으로, 꽤나 일그러진 모습이었다.

로마쇼프는 낯선 적진에서 길을 잃은 사람처럼 외롭고 슬픈 느낌 속에서 집으로 돌아갔다. 서쪽 하늘에는 회청색의 먹구름 사이로 노을이 붉게 물들고 있었다. 다시금 로마쇼프의 눈에는 저 노을 너머에 있는 아름답고 우아하고 행복한 사람들이 살고 있는 환상의 도시가 보이는 듯했다.

거리는 금방 어두워졌다. 도로를 따라 유대인 아이들이 소리를 내며 뛰어다니고 있었다. 즐겁고 자극적인 여자의 웃음소리가 어느 집에선가 문틈으로 새어 나왔다. 로마쇼프의 침울한 마음속에 과거의 존재하지도

---

* 해왕성을 말한다.
** 그리스신화에 나오는 꿈의 신.

않았던 것 같은 애잔한 행복의 느낌이 떠올랐고, 동시에 다가올 사랑의 달콤하지만 어렴풋한 예감이 희망처럼 움직거렸다……

집으로 돌아와서 로마쇼프는 가이난이 어두컴컴한 자기 방에서 푸시킨 흉상 앞에 앉아 있는 걸 찾아냈다. 위대한 시인은 온통 기름칠이 되어 있었으며, 촛불이 윤기가 흐르는 그의 콧등과 두툼한 입술, 그리고 힘줄이 많은 목을 비추고 있었다. 가이난은 침대로 쓰고 있는 세 발 달린 판자때기 위에 터키 식으로 앉은 채 몸을 앞뒤로 흔들며 노래하듯이 단조롭고 지루한 말을 중얼거리고 있었다.

"가이난!" 로마쇼프는 소리 내어 그를 불렀다.

당번병은 깜짝 놀라 침대에서 뛰어 내려와 부동자세를 취했다. 그의 얼굴에는 놀라서 당황한 기운이 역력히 나타났다.

"알라?" 로마쇼프는 다정하게 물었다.

수염 없는 소년 같은 체레미스인의 입이 미소와 함께 헤벌어졌다. 입술 사이로 그의 새하얀 치아가 촛불에 반짝였다.

"네, 장교님!"

"자, 자, 자, 앉아, 앉아." 로마쇼프는 당번병의 어깨를 부드럽게 두드리며 말했다. "괜찮아, 가이난, 너한테는 너의 알라가 있고 나한테는 나의 알라가 있는 거니까. 모든 사람에게 저마다의 알라가 있는 거야."

'영예로운 가이난.' 로마쇼프는 자신의 방으로 가며 생각했다. '하지만 나는 그에게 악수를 청하지 못하지. 그래, 못한다고. 제길! 오늘부터라도 혼자서 옷을 입고 벗어야겠어. 돼지 같은 추잡한 놈이나 남에게 이런 일을 하도록 강요하는 거라고.'

이날 저녁 로마쇼프는 아무런 모임에도 가지 않고 두꺼운 공책을 꺼내 밤늦게까지 글을 썼다. 이것은 로마쇼프의 세번째 중편으로 '마지막 숙명의 데뷔'라는 제목의 글이 되었다. 소위는 자신의 문학적 작업을 부끄러워했고 아무에게도 자신의 글쓰기를 알린 적이 없었다.

8

얼마 전부터 철길 너머의 목장이라고 부르는 크지 않은 부지에 연대를 위한 병영을 짓고 있었기 때문에, 공사가 끝날 때까지 연대 병력은 민간 아파트에 분산되어 지내고 있었다. 장교모임은 ㄱ자형으로 된 1층짜리의 작은 건물에서 이루어졌다. 건물의 긴 면은 무도 홀과 응접실로 사용되었고 작은 면은 식당과 부엌 그리고 부대를 방문하는 장교들의 숙소로 이용되었다. 건물의 길고 짧은 두 부분은 마디처럼 되어 있는 길고 복잡한 복도처럼 연결되어 있었다. 각 마디는 문으로 구분이 되어 있었고 각각 카페, 당구장, 카드를 치기 위한 방, 대기실, 여자 휴게실 등으로 쓰였다. 식당을 제외한 모든 방은 환기를 시킬 수가 없었기 때문에 눅눅하고 칙칙했으며, 오래된 양탄자에서 나는 냄새까지 더해져 방 안은 사람이 지내기에 적당하지 않았다.

로마쇼프는 9시에 모임에 도착했다. 대여섯 명의 독신 장교들이 이미 와 있었지만 부인들은 아직 도착하지 않았다. 일반적으로 무도회에 일찍 오는 것이 품위 없는 행동이라고 여겨졌기 때문에 부인들은 무도회에 오는 시간을 두고 묘한 경쟁을 하고 있었다. 악사들은 이미 자리를 잡고 앉아 있었는데, 그들이 있는 곳과 무도회장은 커다란 유리로 구분이 되어 있었다. 창문 사이의 벽마다 붙어 있는 촛대에서 초가 밝게 빛나고 있었고 천장에는 크리스털로 된 샹들리에가 매달려 있었다. 벽을 따라 놓여 있는 빈풍의 의자와 레이스 달린 커튼 그리고 하얀 벽지가 발린 커다란 방은 환한 조명 때문에 유난히 텅 비어 보였다.

당구장에는 두 명의 보병대대 부관인 베크 아가말로프 중위와 올리자르 백작이라고 불리는 올리자르 중위가 맥주 내기 당구를 하고 있었다. 포마드를 바른 단정한 머리의 올리자르는 키가 크고 마른 데다 수염을 깎아 멋을 부린 주름이 많은 얼굴 때문에 애늙은이처럼 보였다. 그는 계속해서 당구에 관한 농담을 하느라 정신이 없었다. 베크 아가말로프는 내기에 계속 져서 화가 나 있었다. 그들의 내기를 창문턱에 앉아서 이등대위 레쉔코가 보고 있었다. 그는 마흔다섯쯤 되는 우울한 인물로서 애처롭게 보이는 데에는 일가견이 있었다. 그의 온몸은 어두운 우수가 뒤엉겨 있는 듯했다. 그의 빨간 코는 고추의 꼬투리처럼 길고 두툼한 게 축 처져 있었다. 가느다란 갈색의 두 갈래 수염은 턱까지 늘어져 있었고, 양미간부터 난 눈썹은 관자놀이까지 이어져서 천생 울보처럼 보이게 만들었다. 낡은 코트는 축 처진 어깨와 움푹한 새가슴을 덮고 있었는데 너무 커서 그런지 옷걸이에 걸려 있는 것처럼 보였다. 레쉔코는 술을 마시지도 카드를 치지도 않았고, 심지어 담배에도 손을 대지 않았다. 하지만 신기하게도 카드를 칠 때나 당구를 칠 때 그가 나타나는 것이 사람들에게 즐거움을 주었는데 특히 호화로운 식탁이 차려져 있을 때는 더했다. 오랜 시간 동안 그는 한마디 말도 하지 않은 채, 그저 자리를 지키면서 앉아 있기만 했다. 사람들은 이런 모습에 익숙해져 있었고, 그가 모임에 없으면 왠지 카드놀이나 파티 모두 제대로 되어가는 것 같지 않았다.

로마쇼프는 장교들과 인사를 하고 이미 로마쇼프가 앉도록 몸을 옆으로 움직거리고 나서 장교들이 당구치는 것을 우울하고 헌신적인 강아지 같은 눈으로 바라보고 있는 레쉔코 옆에 앉았다.

"마리야 빅토로브나는 안녕하십니까?" 가는귀가 먹어 이해가 늦은 사람들에게 이야기하는 것처럼 대부분의 사람들은 레쉔코에게 거리낌 없이 그리고 매우 크게 말을 했는데 로마쇼프도 마찬가지로 입을 열었다.

"고맙습니다." 깊은 숨을 내쉬면서 레쉔코는 말했다. "좀 예민하긴 하지만…… 기후가 그렇긴 하지만요."

"왜 부인과 같이 오지 않으셨죠? 오늘 마리야 빅토로브나는 안 오실 건가 보죠?"

"아닙니다. 올 겁니다. 2인승 마차라 자리가 좁아서요. 라이사 알렉산드로브나와 마차를 타고 올 겁니다. 그리고 제 장화가 지저분해서 자기네 드레스를 버리고 말 거라고 하면서 따로 오겠다고 하더군요."

"당구공을 포켓에서 꺼내, 베크! 실수했어, 자네." 올리자르가 소리쳤다.

"너 먼저 공을 쳐. 그다음에 공을 꺼낼게." 베크 아가말로프는 심술궂게 대답했다.

레쉔코는 수염 끝을 입에 물고는 잘근잘근 씹어댔다.

"유리 알렉세이비치, 한 가지 청이 있습니다." 그는 말을 더듬으며 애원조로 말했다. "오늘 당신이 춤 순서를 정하는 게 맞지요?"

"네, 재수 없게 그렇게 됐습니다. 일방적으로 시키더군요. 연대 부관 주위를 맴돌며 이야기를 해보려고 했지만 어쩔 수 없더군요. 병가를 낼까도 생각했다니까요. 당최 부관들과 말이 통해야지요. 아마 '의사 소견서를 가져오시오'라고 할 게 분명하거든요."

"그래서 말인데요." 레쉔코는 가련한 어조로 말했다. "제 아내가 너무 오랫동안 기다리지 않고 춤을 출 기회를 만들어주세요. 인간적으로 부탁드립니다."

"마리야 빅토로브나 부인 말씀인가요?"

"네, 그렇습니다. 부탁입니다."

"노란 공을 저쪽 구멍으로 넣겠네." 베크 아가말로프는 말했다. "그것도 아주 정확하게 넣어주지."

그는 키가 작았기 때문에 당구대에 배를 대고 몸을 쭉 펴서 공을 쳐야만 했다. 너무 긴장해서인지 얼굴이 붉어지고 양미간에 힘줄이 솟아올랐다.

"조상이 원망스럽겠구먼!" 올리자르는 베크를 놀려댔다. "나 같으면 안 친다, 안 쳐."

아가말로프의 당구채는 픽 소리를 내며 당구공의 윗부분에서 미끄러졌고, 공은 아예 움직이지 않았다.

"미스!" 올리자르는 즐겁게 소리치고는 캉캉 춤을 추기 시작했다. "잠자다가 코를 고는 소리가 나는군, 픽 하고."

아가말로프는 당구채로 바닥을 냅다 내리쳤다.

"한 번만 더 말장난하면 더 안 치겠네." 베크는 눈을 부라리며 소리쳤다.

"열 내지 말게 친구, 건강에 안 좋네. 자, 이번에 내 차롈세."

부인들의 옷을 받아 관리하는 일을 하는 현관 근무병 중의 하나가 로마쇼프에게 다가왔다.

"장교님, 무도장으로 오시랍니다."

무도장에는 방금 온 것으로 보이는 세 명의 노부인들이 서성거리고 있었다. 그중에서 가장 나이 많은 안나 이바노브나 미구노바가 사교계에서 보통 그러듯, 엄격하고 점잔 빼는 말투로 말끝을 늘이면서 로마쇼프에게 말했다.

"로마쇼프 소위, 아무 거나 듣기 좋은 음악을 연주하게끔 이야기해주시죠."

"알겠습니다." 로마쇼프는 목례를 하고 악사들이 있는 곳으로 갔다. "지세르만." 그는 악단장에게 소리쳤다. "괜찮은 음악 하나 연주하게."

「황제를 위한 삶」의 서곡이 요란하게 울려 퍼지기 시작하자, 촛불이 박자에 맞춰서 흔들거렸다.

부인들이 점점 많아지기 시작했다. 로마쇼프는 1년 전만 해도 무도회장 관리라는 자신의 직분 때문에 모든 부인들을 일일이 맞으면서 무도회가 시작되기를 기다리는 순간을 즐겼다. 모자, 목도리, 모피 외투를 맡기고 음악 소리와 함께 춤이 시작되기를 기다리며 즐거워하는 부인들에게서 그는 신비한 매력을 느꼈었다. 여인들의 웃음, 수다 소리와 함께 현관은 밖에서 묻어 들어온 영하의 찬 공기, 향수 냄새, 분 냄새, 염소 가죽으로 만든 장갑에서 나는 냄새, 그리고 아름답게 치장한 여인들의 그윽한 향으로 가득 찼고, 그녀들이 거울 앞에서 재빠르게 자신들의 머리를 빗어 내리는 모습 역시 너무나 사랑스러웠다. 그들의 치마에서 나는 사각사각하는 소리는 또 어땠는가! 마치 음악처럼 감미로웠고, 부채를 쥐고 있는 작은 손은 애교스럽기 그지없었다.

하지만 지금 로마쇼프에게는 이런 것들이 아무런 느낌도 주지 못했다. 그는 자신이 느낀 여러 가지 즐거운 매력들의 대부분이 천박한 프랑스 소설에서 묘사된 것으로서 마치 구스타프와 아르만이 러시아 대사관 무도회에 온 것과 별반 차이가 없다는 것을 알게 되었다. 게다가 연대 부인들의 화려한 옷은 특별한 파티가 있을 때마다 수선된 것으로서, 매년 같은 것이고, 장갑은 벤진으로 매번 닦아놓는다는 것을 알게 되었다. 모자의 장식 깃털과 숄, 커다란 인조 보석 등에 집착하는 부인들의 모습은 부자연스러워 보일 뿐만 아니라 우습기까지 했다. 이런 모양새는 그들이 취향 없이, 괜히 겉치레에만 치중한다는 것을 알게 하는 것이었다. 또한 부인들은 화장품을 짙게 발랐는데, 제대로 사용할 줄을 몰라서, 어떤 이들의 얼굴은 마치 마귀 할멈처럼 푸르스름한 색으로 뒤덮여 있었다. 그중에서도 가장 로마쇼프가 견디기 어려운 것은 무도회가 끝날 때마다 알고 싶지 않은 모든 비밀을 알게 된다는 것이었다. 예를 들어, 누구누구가 아주 어렵게 살고 있다든가, 누구는 농간 피우는 데 선수라든가 하는 등의 각종 유언비어와 누구누구는 누구누구와 철천지원수라든가, 어느 사교 모임에서 누구누구가 애들 장난치듯 카드 놀이를 했다든가 등의 시시껄렁한 것들이었다.

탈리만 대위와 그의 아내가 도착했다. 둘 다 키가 크고 살집이 좋았다. 탈리만 부인은 나긋나긋하고 뚱뚱한 금발이었고, 대위는 거무스름한 얼굴이 산적 같았고, 계속해서 기침을 해댔는데, 그래서 그런지 목이 잠겨 있었다. 로마쇼프는 그가 자신에게 무슨 말을 할지 짐작하고 있었는데, 아니나 다를까 그는 쉰 목소리로 말했다.

"카드를 치고 있는 사람들이 있나요?"

"아직입니다. 모두 식당에 계십니다."

"아직이라고? 소네츠카, 나는⋯⋯ 그러니까, 식당에 가볼게. 잡지 『노병』이나 좀 보려고. 로마쇼프 소위, 지금 카드릴*이 한창인가 본데, 내 아내가 춤을 출 수 있도록 해주시게."

이어서 르카체프 가족이 현관으로 들어왔다. 귀엽고 툭하면 웃는 갓 부화한 병아리 새끼들 같은 아가씨들과 그들의 어머니였다. 이 여인은 작

---

* 4인조 무도.

고 생기 넘치는 사람이었는데 40년 동안 지치지 않고 춤을 추면서 계속 아이를 낳아대서, 재담꾼 아르차콥스키가 '춤을 쉬는 동안 아이를 낳았다'라고 이야기를 할 정도였다.

아가씨들은 앵앵거리는 소리로 웃고 재잘대며 로마쇼프에게 달려들어 서로 먼저 말하기 시작했다.

"저희 집에 왜 안 들르세요?"

"악당, 악당, 악당!"

"정말, 안 좋아, 안 좋아."

"악당, 악당!"

"첫번째 카드릴에 저하고 함께 춤을 춰요."

"아가씨들……! 아가씨들……!"

로마쇼프는 사방으로 정중하게 인사하며 말했다.

이때 현관에 있는 거울에 비친 마르고 두툼한 입술을 지닌 라이사 알렉산드로브나 피터슨이 그의 눈에 띄었다. 그녀는 모자 위에 흰 스카프를 매고 있었다. 로마쇼프는 마치 어린아이처럼 급하게 응접실로 뛰어 들어갔다. 로마쇼프는 자신의 정부의 작은 눈 속에서 뭔가 매섭고 독살스러운 악의를 느꼈기 때문에, 매우 짧은 순간이었고 라이사가 자신을 보지 못했을 거라는 생각이 들었지만 왠지 불안해졌다.

로마쇼프는 식당으로 갔다. 벌써 많은 사람들이 모여 있었다. 방수포로 덮인 긴 식탁은 앉을자리가 보이지 않았다. 담배 연기가 온 방 안에 가득했다. 부엌 쪽에서 기름 냄새가 흘러 나왔다. 두세 무리의 장교들은 이미 술판을 벌이고 있었다. 어떤 이들은 신문을 읽고 있었다. 사람들의 말소리, 음식을 자르는 나이프 소리, 당구공 부딪치는 소리, 부엌문 여닫히는 소리가 한데 섞여 어수선하고 소란스러웠다. 현관에서 들어오는 사람들의 발길을 따라 한기가 흘러 들어왔다.

로마쇼프는 중위 보벤친스키에게 다가갔다. 담배 연기 때문에 눈을 찌푸린 그는 식탁 옆에 서서 손을 주머니에 넣은 채로 앞뒤로 몸을 흔들고 있었다. 로마쇼프는 그의 팔을 건드렸다.

"무슨 일입니까?" 중위는 한 손을 주머니에서 빼고 돌아섰다. 멋들어지게 꼬인 기다란 붉은 수염이 돋보이는 그는 여전히 눈을 찌푸리며 로마쇼프를 쳐다보았다. "아, 당신이군요. 반갑습니다……"

자신이 짧고 멋진 근위병이라 생각하는 보벤친스키는 늘상 너무 꾸며서 부자연스러운 억양으로 말을 했다. 그는 자신이 고매한 사상을 지닌 인물이라고 생각했는데, 특히 그는 여성과 말에 관해서는 모르는 게 없고 춤 솜씨 역시 따라올 자가 없는 아주 우아한 상류 계층의 일원이라고 자신하고 있었다. 게다가 그는 이제 스물넷의 나이밖에 안 됐지만 세상 경험을 겪을 대로 겪어 벌써 인생에 환멸을 느꼈다고 생각했다. 그래서인지 그는 항상 어깨를 위로 올린 채 축 처진 모습으로 다녔고, 형편없는 프랑스어를 구사하며 말할 때마다 지치고 무관심한 듯이 행동했다.

"표트르 파제에비치, 오늘 저 대신에 무도회 관리를 해주시면 안 되겠습니까?" 로마쇼프는 부탁했다.

"메, 몬 아미!" 보벤친스키는 어깨와 눈썹을 올렸다. "하지만, 친구." 그는 러시아어로 번역했다. "이유가 뭡니까? 푸르쿠라? 당신이 나한테 그런 청을 하시다니……? 놀라울 따름입니다……!"

"제발 부탁입니다."

"잠깐…… 첫째, 막무가내로는 안 됩니다. 도대체 왜 그러십니까?"

"진심으로 부탁드리는 겁니다. 표트르 파제에비치…… 제가 머리와 목이 아파서요…… 도저히 할 수 없을 것 같아서 그럽니다."

로마쇼프는 오랫동안 부탁했으나 들어줄 기미가 안 보이자 아부를 해보기로 결심했다.

"부대에서 당신만큼 우아하고 다양하게 무도회를 이끌 사람이 누가 있겠습니까? 게다가 어떤 부인이 특별히 여쭤보라고 하기도 했고요······"

"부인이라고요······?" 보베친스키는 관심 없다는 표정을 지었다. "부인이라고요? 제가 한창때는······" 그는 비애와 좌절감을 맛본 얼굴을 하며 크게 웃었다. "여자란 말입니다. 하하하······ 수수께끼죠. 좋소······ 청을 받아들이겠습니다."

여전히 비장한 얼굴로 말을 이었다.

"그런데, 혹시 3루블 정도 없습니까?"

"없는데요······" 로마쇼프는 한숨을 쉬며 말했다.

"그럼 1루블이라도."

"음······"

"안 좋은 상황이군요. 할 수 없지요. 그렇다면 보드카나 한잔하러 갑시다."

"네? 제가 지금 돈이 없는데요."

"그래요? 불쌍한 사람 같으니라고······ 어쨌든 가봅시다." 보베친스키는 관대한 표정을 지으며 말했다. "제가 한잔 사지요."

그사이 식당 내의 화제는 열기를 더해가 모두들 관심을 기울이고 있었다. 화제는 얼마 전에 있었던 장교끼리의 결투에 관한 것이었는데 의견이 갈라져 있었다. 아르차콥스키 중위가 대화를 주도하고 있었다. 그는 꽤 음흉한 사람으로서 거의 사기꾼 수준이었다. 그에 관해 도는 소문 중하나는, 그가 연대에 입대하기 전 예비부대에 있으면서 우체국 감독관으로 일을 했는데, 그곳에서 한 마부를 주먹으로 쳐 살해한 혐의로 재판을 받은 전력이 있다는 것이었다.

"근위대에서 있었던 결투는 훌륭했습니다." 아르차콥스키가 거칠게 말했다. "근데 우리는…… 어쨌든 좋아, 난 독신이지…… 내가 바실리 바실리치 립스키하고 술을 먹다가 취해서 그의 귀싸대기를 갈겼다고 치자고. 이럴 땐 어떻게 해야 하지? 만약 그가 나와 결투를 하고 싶지 않다면 부대에서 나가면 돼. 그럼 그의 아이들은 뭘 먹고사냐고? 그가 결투에 나오고, 내가 그의 배에 구멍을 내버리게 되면, 마찬가지로 그의 자식들은 먹고살 수 없지. 난센스일 따름이야."

"잠깐만…… 내가 이야기 좀 하지." 얼근하게 취한 늙은 중령 레흐가 한 손에는 술잔을 들고 다른 손은 허공을 저으며 말을 끊었다. "에, 또…… 군복의 명예가 뭔지 아나……? 그러니까, 명예라는 게 뭐냐면…… 1862년 템류스키 연대에서 있었던 일인데 말이야……"

"그 얘기라면 끝까지 듣지 않는 게 날 것 같군요." 거침없이 아르차콥스키는 말을 끊었다. "차라리 옛날이야기를 해주시죠."

"자네…… 허…… 건방지군. 아직 어린 사람이…… 내가 무슨 말을 하려고 하냐면……"

"오로지 피로써 모욕을 씻을 수 있습니다." 한껏 멋을 낸 목소리로 보베친스키 중위가 어깨를 들썩이며 끼어들었다.

"에, 또…… 우리 부대에 솔루하라는 소위가 있었는데……" 레흐가 계속 말을 이어가려고 했다.

이때 식탁으로 1중대의 중대장인 대위 오사치가 다가오며 말했다.

"결투에 관한 이야기를 하시나 보군요. 재미있는 이야기지요." 그의 우렁찬 저음의 목소리는 좌중을 잠잠하게 만들었다. "레흐 중령님, 별고 없으신지요? 여러분들도 안녕하십니까?"

"로도스의 콜로서스* 아닌가." 레흐는 그를 반갑게 맞으며 말했다. "이리 와서 내 옆에 앉게나. 보드카 한잔하겠나?"

"물론입니다." 아주 낮은 베이스의 음색으로 오사치는 대답했다.

이 장교를 볼 때마다 로마쇼프는 공포와 호기심의 감정이 뒤섞인 것 같은 묘한 긴장감이 생겼다. 오사치는 슐고비치 대령처럼 연대뿐만 아니라 사단 내에서도 유명했다. 그의 유명세는 독특한 목소리와 커다란 키, 그리고 엄청난 괴력 덕분이었다. 그는 또한 제식훈련을 잘 시키기로 유명했다. 때문에 그는 한 중대에서 다른 중대로 옮겨 다니며 제식훈련을 시켰는데, 아무리 풀어질 대로 풀어져서 오합지졸 같은 부대라도 반년만 지나면 기계처럼 완벽한 대열을 이루게 만들었다. 게다가 그의 매력과 위세가 대단하였기 때문에 동료들과의 싸움은 물론 말다툼 같은 사소한 일도 아주 특별한 경우를 제외하고는 거의 없었다. 로마쇼프는, 그의 조각같이 아름답지만 어딘지 모르게 음울한 얼굴에서, 검푸른 머리색 때문에 더 부각되는 창백함과 무시무시한 짐승에게서나 느껴지는 무자비한 긴장감을 느꼈다. 로마쇼프는 자주 그를 먼발치에서 지켜보았는데, 그때마다 그가 분노에 휩싸여 있는 것 같아 보여, 두려운 나머지 두 손을 움켜쥐곤 했다. 지금도 로마쇼프는 그가 조용하게 자리에 앉는 동안 눈길을 뗄 수가 없었다.

오사치는 보드카 한 잔을 죽 들이켜고 빨간 무 조각을 바삭바삭 소리를 내며 씹어 먹고는 무심하게 말했다.

"자, 그럼, 우리 모임에서 내린 결론이 뭔가요?"

"에, 또…… 그러니까 내가 얘기하도록 하지…… 내가 템류스키 연

---

* 아폴로 신(神)의 거상, 세계 7대 불가사의의 하나로 로도스 항구에 있었음.

대에 있을 때 생긴 일인데…… 폰 준이라는 중위가 있었는데 사람들은 그를 '팥죽'이라고 불렀지. 그가 어느 날 어떤 모임에서……"

이때 40대의 뚱뚱한 립스키 이등 대위가 말을 끊었다. 그는 오랫동안 군 생활을 했음에도 불구하고 부대 내에서 마치 어릿광대처럼 행동을 했을 뿐만 아니라 응석받이 어린아이처럼 말을 했다.

"잠시만 제가 짧게 한말씀 드리겠습니다. 여기에 계신 아르차콥스키 중위는 결투가 별 게 아니라고 했습니다. 보베친스키 중위는 피로써 문제를 해결해야 한다고 주장하셨습니다. 오사치 중령님은 계속해서 자신이 겪은 일을 말씀하시려고 했지만 아직 마치지 못하셨습니다. 그리고 우리 대화가 시작될 때 미힌 소위가 조용하게 자신의 소신을 피력하셨지만, 목소리가 워낙 작고 부끄러움을 많이 타서 좌중의 사람들이 알아듣지 못했습니다."

작고 폐가 안 좋은 데다가 마마 자국이 있고 주근깨투성이인 젊은 소위 미힌은 놀란 기색이 역력하더니 곧 눈물을 흘릴 것 같은 표정을 지었다.

"여러분, 저는 단지…… 아마 잘못 생각하고 있을지도 모르지만." 미힌은 수염이 없어 맨질맨질한 얼굴을 문지르며 우물우물 말하기 시작했다. "제 생각으로는, 그러니까, 예를 들자면…… 여러 가지 상황이 있을 수 있다고 봅니다. 결투가 꼭 필요할 때라면 당연히 나서야 할 겁니다. 하지만…… 저…… 그러니까…… 가장 훌륭한 명예는…… 용서하는 게 아닐까요…… 그 밖에 또 다른 해결법이 뭐가 있는지는 저도 잘 모르겠네요."

"이바노비치는 데카당스시구먼." 아르차콥스키는 그에게 손가락질하며 말했다. "가서 엄마 젖이나 더 빠는 게 낫겠구먼."

"에, 또…… 이보시게들, 내가 하던 말을 마저 하면 안 되겠습니까?"

그러나 오사치가 힘있게 이야기를 하기 시작했다.

"결투는 죽음으로 끝이 나야만 합니다. 그렇지 않다면 애들 장난밖에는 안 됩니다. 양보, 관용, 이런 건 한마디로 결투에서는 코미디입니다. 50보의 거리에서 한 발씩 쏘는 결투 방법은 말도 안 됩니다. 신문에서 읽은 프랑스 식 결투도 마찬가지입니다. 결투한답시고 모여서 총을 쏘고 나더니 신문에 결투 결과를 냈더군요. '결투는 다행스럽게도 무사히 끝났다. 두 결투자는 서로에게 총을 쏘았으나 적중시키지는 못했다. 하지만 그들은 자신들의 탁월한 용기를 증명했다. 이후 아침 식사 시간에 만난 과거의 두 적대자는 우정 어린 악수를 나누었다.' 너무 어이가 없는 결투가 아니고 뭐겠습니까. 이런 결투는 우리에게 좋은 본보기가 될 수 없습니다."

오사치의 말이 끝나자마자 여러 사람이 이야기하기 시작했다. 레흐 역시 자신이 하던 말을 끝맺고 싶어서 다시 입을 떼었다.

"그러니까, 에, 또…… 씩씩한 장교 여러분들, 내 말을 한번 들어보시지요……"

하지만 삼삼오오씩 이야기에 열중하느라 아무도 그의 말에 주의를 기울이지 않았기 때문에 자기 말을 들어줄 사람을 찾으려고 이 사람 저 사람을 쳐다보기 시작했다. 그는 애처로운 눈초리로 자신의 큰 머리를 이쪽저쪽으로 돌리다가 로마쇼프의 눈과 마주쳤다. 로마쇼프는 여러 번 반복해서 말을 시작했는데, 아무도 들어주지 않았을 때 비수처럼 돌아오는 창피함이 어떤 건지 잘 알고 있었기 때문에 중령의 시선을 일부러 피할 수는 없었다. 중령은 자신의 말을 들으려고 하는 게 너무 기쁜 나머지 로마쇼프의 손목을 잡고 자기 옆에 앉혔다.

"에, 또…… 자네라도 내 이야기를 좀 들어주게나." 레흐는 우울하게 말했다. "자, 일단 한잔하지…… 이들은 모두 내 형제 같은 친구들이지만, 모두 어쩔 수 없는 놈들이지." 중령은 손가락으로 한창 이야기에 몰두하고 있는 장교들을 일일이 가리키며 말했다. "험, 험, 험. 젊은이들이라 경험이 부족하지. 그러니까 내가 어떤 얘기를 하려고 하느냐면……"

한 손엔 술잔을 들고 다른 손은 합창단을 지휘하듯 손을 흔들며 논리에 맞지 않는 비유와 인용 등으로 결코 끝날 것 같지 않은 이야기를 시작했다. 그가 이야기한 일화는 아주 옛날에 일어났던 결투에 관한 것이었다. 한 장교가 다른 장교에게 미국식 결투를 신청했는데 1루블짜리 지폐에 있는 숫자가 홀수인지 짝수인지에 따라 쏘는 순서를 정하기로 하였다. 그런데 한 장교가 속임수를 썼다. "에, 또…… 네가 한 장은 짝수고 한 장은 홀수인 지폐 두 장을 붙였군…… 그래서 둘이 돈을 당겼는데…… 한 사람이 말하기를……"

그러나 이번에도 어김없이 자신의 이야기를 끝내지 못했다. 식당 문가에 라이사 알렉산드로브나 피터슨이 다가왔기 때문이었다. 그녀는 식당 안으로 들어오지는 않고 문턱에 서서, 버릇 없고 사랑스러운 소녀가 말하는 것처럼 명랑하고 애교 섞인 목소리로 소리쳤다.

"신사 여러분, 지금 뭐 하시는 겁니까? 부인들이 벌써 와서 기다리고 있는데 여기서 술이나 마시고 계시다니요. 우린 춤을 추고 싶다고요."

두세 명의 장교가 무도회장으로 가기 위해서 일어섰으나 대부분은 피터슨의 아양에 반응을 보이지 않고 계속해서 담배를 피우거나 이야기에 열중했다. 하지만 레흐는 종종걸음으로 그녀에게 다가가서 두 손을 십자로 포개느라 가슴에 보드카를 질질 흘리면서 감동에 겨운 표정으로 소리 높여 말했다.

"아름다우십니다. 어떻게 이런 아름다움이 존재할 수 있습니까? 소, 손에…… 입 맞추게 해주십시오……"

"유리 알렉세이비치." 피터슨은 다시 재잘댔다. "오늘 무도회를 이끄실 분이 당신인가 보군요. 좋아요, 어서 가시죠."

"부인, 죄송합니다. 제 잘못입니다!" 보베친스키는 마치 즐겁게 춤을 추듯이 스텝을 밟고 몸과 팔을 움직이며 그녀에게 다가와서 말했다. "자, 손을 주시죠. 장교 여러분, 모두 무도장으로 가시죠. 자 어서요."

그는 피터슨과 팔짱을 끼고 고개를 바짝 쳐든 채 나가더니 금방 그의 목소리가 들려왔다.

"자, 숙녀 여러분, 왈츠를 즐기시죠. 왈츠를 연주하게!"

"죄송합니다, 중령님. 무도장으로 가봐야 할 것 같습니다." 로마쇼프가 말했다.

"어허, 자네." 머리를 숙이고 상심한 표정으로 레흐가 말했다. "자네도 다른 장교들이랑 똑같군…… 에, 또…… 잠깐, 잠깐만…… 자네 몰트카에 대해서 들어봤나? 그 위대한 전략가이자 침묵수행 교도인 몰트카 원수 말일세……"

"중령님, 전 이만……"

"참 성미가 급하군그래…… 잠깐이면 된다네, 아주 짧은 이야기거든…… 그러니까 그는 여기저기 장교 모임에 다니면서 식사할 때마다 식탁 위에 금이 잔뜩 든 주머니를 올려놓았다네. 누구든지 한번이라도 아주 의미 있는 말을 하는 장교에게 이 주머니를 주려고 작정했거든. 그런데 그가 190세까지 살다가 죽었지만 주머니는 여전히 아무에게도 주지 못했지. 무슨 말인지 이해했나? 자, 이젠 가보게. 어서 가보라니까…… 어서……"

9

　홀에는 귀가 멍멍할 정도로 소리가 큰 왈츠 음악에 맞추어 두 쌍이 춤추고 있었다. 보베친스키가 미동 없는 석상처럼 태연하게 춤을 추고 있는 키 큰 탈만의 주위에서 날갯짓하듯 팔을 벌리고 종종걸음 치고 있었다. 키가 큰 아르차콥스키는 붉은 장밋빛 볼을 지닌 키가 작은 르의카체바의 가르마를 쳐다보면서 빙글빙글 돌리고 있었다. 그는 보통 아이들과 춤을 출 때 그러는 것처럼 스텝도 밟지 않고 적당히 되는대로 발을 옮겼다. 나머지 열다섯 명의 부인들은 춤을 못 추고 있는 것이 별일 아니라는 듯한 표정을 지은 채 벽을 따라 죽 앉아 있었다. 연대의 무도회는 남자 춤 상대가 항상 부인들보다 네 배 정도 적었다. 그래서인지 파티의 시작은 지루한 편이었다.
　무도회에서 부인들을 대신해 특별한 자긍심을 내세우는 피터슨 부인은 균형 잡히고 늘씬한 체격의 올리자르와 함께 춤추기 시작했다. 한 손은 올리자르의 왼쪽 허벅지에 대고, 그의 어깨 위에 얹은 다른 한 손에는 자신의 턱을 기대고 고개를 뒤로 젖힌 채 지친 듯한 표정으로 춤을 추는 피터슨의 모습은 어딘지 모르게 부자연스러운 느낌을 주었다. 춤을 끝내고 피터슨은 여자 화장실 문 옆에 서 있는 로마쇼프와 가까운 의자에 일부러 앉았다. 그녀는 자신 앞에서 고개를 숙이고 인사하는 올리자르를 쳐다보며 급하게 부채질을 하고는 노래하듯이 말했다.
　"왜 이렇게 항상 후덥지근한지 모르겠어요. 도대체 왜 그럴까요?"
　올리자르는 박차 소리를 내며 차렷 자세를 하고는 가볍게 목례를 한 후 손으로 콧수염을 쭉 한번 만지고는 말했다.

"부인, 마르트인 자데카 부인도 가만히 있는데 그렇게 더우십니까?"

이런 말을 한 이유는 피터슨이 말할 때 어깨를 살짝 드러낸 평범한 부인복을 입은 마르트인 자데카 부인이 그의 눈에 들어왔기 때문인데, 그녀는 남들과 다르게 아주 깊게 숨을 내쉬곤 했다.

"항상 저는 열이 높아요!" 라이사는 자신의 말 속에 특별한 의미가 숨어 있다는 듯 미소를 지으며 말을 했다. "저는 지금 아주 위험한 열병에 시달리고 있답니다……!"

올리자르는 잠시 껄껄 웃었다. 로마쇼프는 곁눈질로 피터슨을 바라보며 혐오감을 느꼈다. '정말 역겹군!' 그는 과거 그녀와의 육체적 관계를 떠올리고는 몇 달 동안 목욕 한번 하지 않고 내의도 갈아입지 않은 것과 같은 기분을 느꼈다.

"그렇게 웃지 마세요, 백작님. 제 어머니가 그리스 여자란 걸 아시나요?"

'말하는 꼬락서니하고는.' 로마쇼프는 생각했다. '내가 이제껏 왜 이런 거북함을 느끼지 않았던 거지? 만성 코감기 환자나 콧속에 혹이 난 사람처럼 말하는군! 젱 엉마강 그리승여자엥용.'

이때 피터슨은 고개를 로마쇼프 쪽으로 돌리고는 눈을 가늘게 뜨고 쳐다보았다.

로마쇼프는 버릇대로 자신의 모습을 묘사했다. '그의 얼굴은 마스크를 쓰고 있는 것처럼 속을 알 수 없었다.'

"안녕하세요, 유리 알렉세이비치! 저랑 인사도 나누지 않으시려나 봐요?" 라이사 알렉산드로브나는 노래하듯 말했다.

로마쇼프는 그녀에게 다가갔다. 그녀는 매서운 눈초리로 로마쇼프를 바라보면서 그의 손을 세게 잡고는 말했다.

"세번째 카드릴을 함께 추자고 하셔서 비워놨는데 기억하고 계시겠죠? 혹시 잊으셨나요?"

로마쇼프는 정중하게 인사했다.

"사람이 왜 그러세요." 그녀는 얼굴을 찌푸리며 말했다. "'안산테, 마담'* 이렇게 말씀하셔야 하는 거 아닌가요? (로마쇼프에게는 '아드샤테, 바담' 처럼 들렸다) 올리자르 백작님, 안 그런가요?"

"아닙니다…… 기억하고 있습니다." 로마쇼프는 우물쭈물하며 중얼거렸다. "큰 영광입니다."

보베친스키는 파티를 흥겹게 만들어가지 못했다. 그는 자신에게는 귀찮은 일이지만 다른 이들에게는 중요한 의무인 파티의 진행을, 삶에 환멸을 느낀 것 같은 피곤한 모습으로 진행해나갔다. 그러나 세번째 카드릴이 시작되기 전에 힘이 나는 것 같았다. 그는 스케이트를 타듯 매끄럽고 빠른 걸음걸이로 홀을 돌아다니며 크게 소리쳤다.

"자, 어서 나오세요. 남성 여러분, 부인들을 초대하세요!"

로마쇼프와 라이사 알렉산드로브나는 악사들이 위치한 곳과 가까운 곳에 자리를 잡았다. 옆에는 미힌과 키가 그의 어깨에 간신히 다다르는 레쉔코의 아내가 있었다. 세번째 카드릴에는 많은 쌍들이 나왔기 때문에 홀이 가득 메워졌다.

'잘 이야기를 해서 끝을 내야만 돼.' 커다란 북소리와 째지는 금속성 소리 때문에 귀가 멍멍한 로마쇼프는 생각했다. '이제 지긋지긋해! —그의 얼굴엔 확고한 결심이 드러났다.'

연대 파티를 이끄는 지휘자들은 예전부터 재미있는 장난을 치는 것이

---

* "프랑스어로 Enchante madame"라고 했는데, "정말 기쁩니다, 부인"이라는 뜻이다.

상례화되어 있었다. 보통 세번째 카드릴이 시작되면 우연히 실수를 한 척 하여 춤 상대를 헷갈리게 해서 한바탕 소동과 웃음을 일으키면 되는 것이 었다. 그래서 보베친스키는 첫번째 춤 상대가 아닌 두번째 춤 상대와 갑자기 춤을 추기 시작했고 홀로 남아 어리둥절하고 있는 두번째 춤 상대가 자신의 짝을 찾도록 만들었다.

"부인, 죄송합니다. 제가 실수를 했습니다. 당신의 짝이 저기 있군요. 저리로 가시죠."

라이사 알렉산드로브나는 이런 소동이 일어나고 있는 동안 마치 즐거운 대화를 나누고 있는 것처럼 미소를 지으면서 표독스럽게 말했다.

"당신은 저를 이렇게 막 대하면 안 돼요. 알겠어요? 나는 어린아이가 아니라고요. 정상적인 사람이라면 그런 식으로 행동하지 않거든요. 그럼요."

"우리 화는 내지 말기로 하죠, 라이사 알렉산드로브나." 로마쇼프는 조용하지만 강하게 말했다.

"화를 내는 것도 아까워요. 난 단지 경멸스러워 말하는 거예요. 하지만 나를 조롱하는 것은 참을 수 없어요. 왜 제 편지에 답장하지 않았죠?"

"당신의 편지를 받지 못했습니다. 맹세하죠."

"흥! 나를 속이려고 하는군요. 당신이 어디를 드나드는지는 정확하게 모르지만…… 조심해야 될걸요……"

"남자분들, 앞으로! 자, 원을 그리며 도세요! 이제 왼쪽으로! 왼쪽으로요! 잘 좀 따라해주세요." 보베친스키는 너무 빨리 원을 그리는 사람들에게 결사적으로 소리쳤다.

"전 그 난쟁이 같은 여자가 하는 짓 모두를 알고 있어요." 라이사는 로마쇼프가 자신의 앞으로 다시 돌아섰을 때 말을 이었다. "그녀는 자기 도취에 빠져서는 더 이상 안 될 거예요. 그녀가 공금이나 횡령하는 속물의 딸이라는 건……"

"나의 지인들을 그런 식으로 말하지 마십시오." 로마쇼프는 냉엄하게 말했다.

그러자 피터슨은 슈로치카에 대해서 욕설을 퍼부어댔다. 그녀는 억지로 미소 짓고 있던 것도 잊고 코감기 걸린 목소리로 음악 소리보다 더 크게 떠들어댔다. 로마쇼프는 자신의 무력함으로 인한 망연자실한 감정과 슈로치카가 받는 모욕 때문에 눈물이 날 지경이었다. 하지만 그녀의 말을 전부 다 들을 수는 없었는데 시끄러운 음악 소리 때문이기도 했지만 주위 사람들이 자신들에게 주의를 기울이기 시작했기 때문이었다.

"그래요, 그녀의 애비가 공금을 유용하다 들켰다고요. 그녀는 콧대를 세울 만한 자격이 없다고요." 피터슨은 소리쳤다. "그녀에게 전하세요. 그녀는 아무것도 아니라고요. 그녀에 대해서 모르는 게 없다고요."

"제발 부탁입니다." 로마쇼프는 겨우 말했다.

"제가 어떤 사람인지 당신과 그녀는 알게 될 거예요. 3년이나 아카데미에 들어가지 못하고 끓은 그 천치 같은 니콜라예프가 다 알게 할 거예요. 하긴, 자기 코밑에서 일어나는 것도 모르는 사람이 어디를 들어갈 수 있겠어요. 하지만 그녀가 누구와 놀아나는지 전부 알게 만들고……"

"자, 이제 마주르카입니다. 산보하듯이 경쾌하게!" 보베친스키는 홀을 따라서 마치 날아다니는 천사마냥 뛰어다니며 소리쳤다.

사람들이 발을 구르며 춤을 추자 마룻바닥이 쿵쿵 울리기 시작했고, 마주르카 음악 소리에 따라 샹들리에의 장식품이 흔들리는 소리와 커튼의 레이스 부딪치는 소리가 났다.

"어째서 우린 조용하고 평화롭게 헤어질 수 없는 겁니까?" 로마쇼프는 물었다. 그는 이 여인이 자신에게 혐오감을 줄 뿐만 아니라 꺼림칙하고 극복하기 힘든 공포를 주고 있다는 것을 느꼈다. "당신은 이제 절 사랑하지 않지 않습니까…… 좋은 친구로 헤어지는 게 어떤가요?"

"호, 이제 입에 발린 말로 넘어가보려고요? 걱정하지 마시죠, 내 귀여운 친구, 나는 버림받는 사람이 아니에요. 내가 원할 때 차버리는 사람이라고요. 하지만 아직 당신의 비열함이 절 충분히 놀라게 하지 않았거든요……"

"이제 그만 끝냅시다." 성급한 목소리로 이를 악물며 로마쇼프는 말했다.

"5분간 휴식입니다. 남성 분들은 부인들이 계속해서 즐거울 수 있도록 신경을 써주세요." 보베친스키가 소리쳤다.

"내가 원할 때 끝내지요. 당신은 나를 속였어요. 나는 당신을 위해서 모든 걸 희생했어요, 당신을 위해서 정숙한 여인이 줄 수 있는 모든 것을 줬단 말이에요…… 난 나의 이상적이고 멋진 남편의 눈을 제대로 볼 수가 없어요. 당신 때문에 나는 아내와 어머니의 의무를 저버렸단 말이에요. 아, 어째서 정숙한 아내로서 남지 못했지."

"그……, 그렇다고…… 칩시다!"

로마쇼프는 웃음을 참을 수가 없었다. 연대로 오는 거의 모든 신입 장교들과 일으킨 그녀의 스캔들을 모르는 사람이 없었기 때문이었다. 또한 자신의 남편을 '경멸스러운 인간' '바보' '항상 개념 없는 일을 만드는 천치'라며 편지나 대화 속에서 떠들어대던 것이 생각나서였기도 하였다.

"옳아, 이제 뻔뻔스럽게 웃기까지! 좋아요!" 라이사는 발끈해서 소리쳤다. "어디, 두고 보자고요! 난 당신을 용서하지 않겠어요. 절대로! 당신이 왜 그토록 비열하고 지저분하게 내 곁을 떠나려고 하는지 난 알고 있어요. 당신이 꾸미는 대로는 절대 되지 않을 거예요, 절대로! 당신은 나를 더 이상 사랑하지 않는다고 정직하게 말하는 대신에 나를 여자로서, 아니 암컷으로서만 이용했어요."

"좋습니다. 솔직하게 이야기합시다." 로마쇼프는 점점 더 창백해졌고 입술을 깨물며 분노를 억눌렀다. "당신이 우리의 관계를 원한 겁니다. 전 당신을 사랑하지 않습니다."

"아, 정말 치욕스럽군요."

"과거에도 당신을 사랑한 적은 없었습니다. 당신 역시도 나를 사랑한 적은 없고요. 우리는 지저분하고 가식적이고 혐오스러운 놀이를 한 것에 불과합니다. 난 당신이 뭘 원했는지 잘 알고 있습니다, 라이사 알렉산드로브나. 당신은 다정한 사랑과 정 같은 것이 필요한 사람이 아닙니다. 이런 가치들을 중요하게 여기는 사람이 아니니까요. 왜냐하면." 갑자기 로마쇼프는 나잔스키의 말을 떠올렸다. "사랑은 오로지 선택된 우아한 성정을 가진 사람만이 할 수 있는 것이니까요."

"하, 그럼 당신은 선택된 기품 있는 사람이란 말이죠?"

다시 음악 소리가 울려 퍼지기 시작했다. 로마쇼프는 무도회장으로 쇳소리를 거침없이 쏟아내는 트롬본의 번쩍거림이 너무나 싫었다. 흐리멍덩한 눈을 부릅뜬 채 볼을 부풀리며 트롬본을 부느라 퍼레진 얼굴을 한 악사의 모습도 미워 보였다.

"말꼬리 잡으며 이야기하지 맙시다. 물론 나도 진정한 사랑을 할 만한 사람은 아닐 겁니다. 하지만 그 이야기를 하자는 게 아닙니다. 내가 이야기하려는 것은 당신의 좁은 사고와 관점에서 당신에게 필요한 것은 주변 사람들이 당신을 어떻게 바라보는가가 중요한 거라는 겁니다. 사람들이 파티에서 우리를 보고 있을 때, 왜 당신이 나에게 친밀하게 구는지, 왜 나에게 다정다감한 시선을 보내는지, 왜 절대적이고 은밀한 억양으로 나에게 이야기하는지를 내가 모를 것이라고 생각하시겠죠. 당신은 다른 사람들의 시선을 즐기는 겁니다. 사람들이 봐주지 않는다면 아무 의미가 없으니까요. 당신은 나의 사랑이 필요한 게 아니라 사람들의 시선이 필요한 겁니다."

"그런 것을 원했다면 더 훌륭하고 멋진 분과 관계를 만들었을 겁니다." 피터슨은 오만한 표정으로 반박했다.

"그런 말을 한다고 내가 기분 나쁠 거라 생각하지 마십시오. 다시 말씀드리겠습니다. 당신이 필요한 것은 노예, 즉 당신의 절대적 영향력 안에 있는 노예란 말입니다. 하지만 시간이 갈수록 당신의 노예들이 점점 사라졌고, 마지막 남은 당신의 숭배자를 잃지 않으려고, 당신은 가족에 대한 의무와 성스러운 부부관계를 들먹이는 것뿐입니다."

"흥, 이렇게 끝나지는 않을 거예요. 당신은 앞으로도 제 이름을 들어야만 할 겁니다." 라이사는 표독스럽게 여운을 남기며 속삭였다.

이러는 동안 라이사의 남편, 피터슨 대위가 춤추는 이들을 피해가며 그들에게 다가왔다. 그는 머리가 벗겨진 여위고 병약한 사람으로서 부드럽고 촉촉한 눈매를 지니고 있었다. 하지만 그의 검은 눈동자 속에는 증오의 불꽃이 타오르고 있었다. 사람들은 그가 아내를 미치도록 사랑하고 있기 때문에, 아내의 남자들과도 거짓되나마 관계를 유지하려고 애쓰고 있다고 수군댔다. 하지만 결국 그는 온갖 방법으로 아내의 남자들을 중상모략해서, 자신의 아내를 떠나가도록 만드는 것으로도 유명했다.

"춤은 안 추나 보지, 라에츠카? 안녕하십니까, 친애하는 로마쇼프 씨. 그동안 안 보이시던데요. 당신이 우리를 방문해주지 않아서 걱정하고 있었습니다."

"아…… 네…… 할 일이 좀 많아서……." 로마쇼프는 얼버무렸다.

"네, 꽤 바쁘다고 들었습니다." 피터슨 대위는 쳇소리를 내며 웃었다. 대위는 웃으면서 뭔가 알아내려는 듯한 눈초리로 자신의 아내와 로마쇼프의 얼굴을 번갈아가며 쳐다보았다.

"두 사람이 다투시는 것 같던데요. 뭐 언짢은 일이라도 있는 건가요?"

로마쇼프는 마르고 거무죽죽한 데다가 주름까지 많은 피터슨 대위의 목을 바라보며 잠자코 있었다. 하지만 라이사는 거짓말을 할 때면 늘 그러듯이 뻔뻔스럽게 말을 했다.

"유리 알렉세이비치가 너무 철학적인 말씀만 하시네요. 춤은 멍청하고 우스운 짓이라면서, 시간만 낭비하는 일이라고 하잖아요."

"춤을 추시기도 하면서 그런 말씀을 하시는군요." 피터슨 대위는 후덕한 척 말을 했다. "이제 계속 춤을 추시죠. 더는 방해하지 않겠습니다."

그가 멀어지자 라이사는 비통한 척하며 말을 했다.

"이런 특별하고 순수한 분을 속이다니…… 누굴 위해서 그랬지. 아, 남편이 안다면, 그가 알기라도 한다면……"

"더 흥겹게 춤을 춰보세요!" 보베친스키가 소리쳤다.

오랫동안 춤을 춰 달아오른 육체들과 마룻바닥에서 올라온 먼지들로 홀은 답답했다. 이미 많은 사람들이 춤을 추고 있었기 때문에 공간이 부족했고 서로서로 몸이 부딪칠 정도가 되었다.

"완전히 배우로군!" 로마쇼프는 라이사에게 속삭였다. "당신의 연기는 우스울 뿐만 아니라 처량하군요."

"당신, 술 취한 거 아닌가요?" 라이사는 소설 속의 여주인공이 악당을 머리부터 발끝까지 훑어보는 것처럼 로마쇼프를 쳐다보며 성마르게 쏘아붙였다.

"취하다니요, 도대체 당신은 왜 나를 속이려고 합니까?" 로마쇼프는 성난 목소리로 말했다. "당신이 이러는 이유는 내가 당신 곁을 떠나지 못하게 하려고 하는 것 아닙니까? 만일 당신이 나를 사랑해서 이런 행동을 한다면, 아니 일말의 느낌이라도 있어서 이러는 거라면 내가 모를 리 없습니다. 당신은 그저 무례함과 허영에서 나온 행동을 하는 거란 말입니다. 당신은 정말 사랑 하나 없이 즐기기 위하여 서로를 소유하는 것이 얼마나 추악한 행동인가를 모르신단 말입니까? 이런 행동은 물욕보다 더 나쁜 겁니다. 난 이 무의미하고 용서받기 어려운 음탕함을 생각하면 너무나 부끄럽습니다."

이마에 식은땀이 송골송골 맺힌 로마쇼프는 생기 없는 눈으로 멍하니 춤을 추는 사람들을 바라보았다. 바로 앞으로 자신의 춤 상대는 쳐다보지도 않고, 어깨의 흔들림 하나 없는 거구의 탈만 부인이 뾰로통한 얼굴로 춤을 추며 지나갔고, 그녀를 따라 에피파노프가 염소처럼 껑충거리며 따라가고 있었다. 그 옆으로 하얗고 앙증맞은 가느다란 목을 드러낸 자그마한 르의카체바가 발그스름한 얼굴로 눈을 반짝거리며 춤을 추고 있는 것이 보였다. 올리자르는 컴퍼스 같은 얇고 쭉 뻗은 다리로 스텝을 밟으며 춤에 몰두해 있었다. 이런 광경을 지켜보는 로마쇼프는 두통을 느꼈고 소리 내어 울고 싶어졌다. 화가 머리끝까지 치민 라이사는 백지장 같은 얼굴을 하고 연극에서나 들을 법한 비아냥거리는 과장된 말투로 이야기했다.

"훌륭하십니다! 육군 장교가 마치 요셉처럼 구는군요."

"네, 그렇습니다. 마치……" 로마쇼프는 얼굴을 붉혔다. "제가 이런 말을 할 자격이 있다는 건 아닙니다. 하지만 나의 잃어버린 청결함과 육체적인 순수함에 대해 애통한 생각을 할 수는 있습니다. 우리 둘은 쓰레기통에 빠져 허우적대고 있는 꼴입니다. 이제 나는 정말 정결한 사랑을 결코 할 수 없을 겁니다. 이런 모든 원인은 당신에게 있습니다. 바로 당신에게! 당신은 나보다 더 나이도 많고 경험도 많지 않습니까? 당신은 사랑이 무엇인지 충분히 알 만큼 경험이 많은 사람이지 않습니까?"

피터슨 부인은 신경질적으로 자리를 박차고 일어섰다.

"그만해요!" 그녀는 연극 대사를 읊듯 말했다. "당신은 바라는 것을 얻었다고요. 당신을 증오해요! 이 순간부터 다시는 우리를 찾아오지 않길 바랍니다. 이런 지저분한 악당이라는 것도 모르고 가족처럼 생각하고 보살펴줬다니. 남편에게 사실대로 털어놓을 수 없는 것이 한이군요. 성스러운 나의 남편에게 모든 것을 이야기하는 것은 치명적인 상처를 주는 일이거든요. 하지만 기억해두세요, 그는 모욕을 받은 가엾은 여인을 위해 어떤 일이라도 할 수 있다는 것을."

눈을 찡그린 로마쇼프는 분노로 일그러진 커다랗고 쭈글쭈글한 그녀의 입을 안경 너머로 고통스럽게 쳐다보았다. 지긋지긋한 트롬본 소리가 일정한 간격으로 들렸고 북의 울림은 로마쇼프의 머릿속에서도 울리는 것 같았다. 라이사의 말은 이해하기 어려울 정도로 시끄러운 음악 사이사이에 들렸고 북소리처럼 자신의 뇌를 뒤흔들어놓는 것 같았다. 라이사는 탁 소리를 내며 부채를 접었다.

"흥, 비열한 사기꾼!" 그녀는 신경질적으로 내뱉고는 홀을 지나 여자 휴게실로 갔다.

모든 것이 끝났지만 추악한 짐을 벗은 것 같지 않고 마음이 여전히 무거웠다. 로마쇼프는 저 가련한 여인에게 모든 죄를 뒤집어씌운 자신이 너무나 비겁하고 비열하게 느껴졌다. 휴게실에서 분노와 당혹감으로 망연자실한 채 눈이 벌겋게 충혈되도록 울고 있을 그녀가 눈앞에 선했다.

'나는 몰락한다.' 자신에 대한 혐오감과 우울함이 그를 휘감았다. '인생은 무엇인가! 회색빛의 너저분한 것…… 타락한 관계, 알코올, 우울,

단조로운 일상, 한순간이라도 순수한 기쁨과 생명이 있는가! 책, 음악, 학문 같은 것들은 도대체 어디에 있는가?'

그는 식당으로 향했다. 오사치와 중대 동료인 베트킨이 완전히 취해서 자신을 대주교라고 확신하고 있는 레흐 중령을 부축해서 밖으로 나가고 있었다. 오사치가 심각한 얼굴을 하고 최하위 성직자 같은 말투로 이야기했다.

"축복해주십시오, 대주교님. 예배시간입니다."

무도회가 끝나갈 시간이 되어 갈수록 식당은 점점 더 소란스러워졌다. 테이블에 한쪽 끝과 다른 쪽 끝에 앉은 사람들이 서로를 겨우 알아볼 수 있을 정도로 식당 안은 담배 연기로 가득 차 있었다. 한편에서는 노래를 불렀고 다른 한편에서는 한 무리가 모여 약방의 감초처럼 빠지지 않는 음담패설을 하며 좋아하고 있었다.

"신사 여러분…… 제가 한마디 하겠습니다!" 아르차콥스키가 소리쳤다. "어느 날 한 병사가 어떤 소러시아인의 민가에서 숙영을 하게 되었는데, 이 소러시아인에게는 예쁘장한 마누라가 있었습니다. 그래서 병사는 이 여자를 어떻게 하면……"

이야기가 거의 끝나갈 무렵 바실리 바실리비치 립스키가 자기 차례를 마저 기다리지 못하고 끼어들었다.

"자자, 내가 아는 이야기가 하나 있는데 한번 들어들 보시라고요."

그의 이야기 역시도 다음 사람이 말을 가로채서 끝을 낼 수 없었다.

"별 얘기 아니구먼, 내가 알고 있는 일화는 오데사에서 일어난 건데……"

대부분의 이야기들은 항상 그랬던 것처럼 저속하고 선정적이고 유머가 없었다. 레흐 중령을 마차에 태우고 돌아온 베트킨이 로마쇼프에게 앉기를 권했다.

"앉으시게. 한잔 마시자고. 난 오늘 유대인마냥 부자야. 어제 꽤 땄거든…… 오늘도 수입 좀 잡아야지."

로마쇼프는 자신의 비애와 인생에 대한 혐오를 쏟아내고 싶었다. 연거푸 술잔을 비우고 나서 그는 베트킨을 쳐다보며 떨리는 목소리지만 다정한 어조로 말하기 시작했다.

"있잖아, 파벨 파블르이치, 우리 모두는 다른 삶이 있다는 것을 잊고 지내고 있어. 어딘가에, 이딘지는 확실히 모르지만, 전혀 다른 사람들이 기쁨으로 충만한 완전한 생을 즐기고 있단 말이지. 하지만 다른 어떤 곳에서는 우리처럼 서로 싸우고 괴로워하며 살고 있지."

"그렇지, 그게 인생이라고 말할 수 있는 거야." 파벨 파블르이치는 시답잖게 대답했다. "자연 철학자나 활동주의자*들이 그런 소리들을 하지. 그런데 네가 말한 것은 활동주의자들의 생각인가?"

"우리는 어떻게 살고 있나!" 로마쇼프는 흥분했다. "오늘 술을 퍼먹고 내일 낮엔 하나, 둘, 좌향좌, 우향우 하고 소리치고 저녁이 되면 또 퍼마시고, 그다음 날이면 중대에 가서 소리 지르고…… 모든 삶이 다 이런 식일까? 내 말은 '모든 삶'이 다 그러냐는 말일세."

베트킨은 흐릿한 눈동자로 필름을 보듯 로마쇼프를 쳐다보며, 딸꾹질을 한 번 하고서는 가늘지만 울리는 목소리로 노래를 부르기 시작했다.

고요함 속에서 살죠,
숲 속에서 살죠,

---

* 경험비판론과 유사한 윤리론으로, 물질적 정신적 현상이 다양한 에너지 간의 상호작용의 결과라고 본다.

자유롭게 내 맘대로……

"이봐, 뭘 걱정이야, 건강이나 조심하라고."

나의 온 마음을 다하여
프리로츠카를 사랑했네.

"카드나 치러 가자고, 로마쇼프, 10루블짜리 지폐 몇 장 빌려주지."
'누가 이해하겠어. 나를 알아주는 사람이 하나도 없다니.' 로마쇼프는 슬펐다. 그 순간 고통과 달콤함이 교차하는 묘한 느낌과 더불어 강하고 자신만만하고 아름다운 슈로치카가 떠올랐다.

그는 아무런 느낌 없이 카드 놀이를 하기도 하고 구경도 하면서 새벽녘까지 모임에 남았다. 한번은 다른 한쪽에서 두 명의 수염도 안 난 소위 두 명과 카드를 치고 있던 아르차콥스키가 서툰 솜씨로 두 장의 카드를 한꺼번에 자기 쪽으로 보내는 게 로마쇼프의 눈에 띄었다. 그는 끼어들어서 뭐라고 할까 하다가 금세 마음을 바꾸었다. '뭔 상관이야. 말한다고 변하는 게 있겠어.'

베트킨은 5분 만에 많은 돈을 잃고 입을 떡 벌린 채 의자에 앉아 잠을 잤다. 로마쇼프 옆에서는 레쉔코가 카드 놀이를 지켜보고 있었는데, 한자리에 앉아 몇 시간씩 우울한 얼굴을 한 채 그러고 있다는 것이 도통 이해가 가지 않았다. 날이 밝아왔다. 거의 다 타버린 양초가 길쭉한 황색 불꽃을 만들면서 흔들거렸다. 카드를 치고 있는 장교들의 얼굴은 창백해져 있었고 매우 피곤해 보였다. 로마쇼프는 여전히 카드와 은화 더미와 지폐들을 뚫어지게 쳐다보았다. 그의 무겁고 혼미한 머릿속에는 오직 한

가지 생각, 즉 자신의 타락과 지겹고 단조로운 삶의 불결함에 관한 생각만이 맴돌았다.

10

아름답지만 여전히 쌀쌀한 기운이 느껴지는 완연한 봄날 아침이었다. 벚꽃이 흐드러지게 피어 있었다.

로마쇼프는 여태껏 아침잠을 이겨내는 데 익숙지 못했기 때문에 여느 때와 마찬가지로 지각을 했고 창피하고 불안한 마음으로 중대원들이 훈련하고 있는 연병장에 들어섰다. 이런 기분은 항상 그를 침울하게 했고 중대장 슬리바는 그런 로마쇼프의 기분을 건드리는 데 도가 터 있었다. 그는 과거 군대의 잔인한 구습의 기념비로서 알려져 있을 정도로 엄한 규율을 내세우는 인물이었다. 그에 관한 이야기는 진기하다 못해 믿을 수 없을 정도였다. 그에게 있어 군 복무 규율을 위반하는 모든 것은 한마디로 난센스였고 존재할 수 없는 것이었다. 혹독한 군 생활을 보내면서 그는 단 한 줄의 글도 읽지 않는 것으로도 유명했는데, 심지어 잡지 『상이군인』의 공식적인 부분도 보지 않았다. 또한 모든 취미생활, 예를 들어 춤이나 연극 관람 같은 것은 완전히 무시하였다. 사병들이 쓰는 말을 사용할 법도 한데, 그는 전혀 저속하고 나쁜 표현을 입에 담는 일도 없었다. 어느 기막힌 봄날 밤에 있었던 일은 유명하다. 슬리바가 창문 옆에 앉아서 중대에 관한 보고서를 확인하고 있는데 창문 근처에 있는 나무에서 꾀꼬리가 울었다. 한참 동안을 새의 울음소리를 듣더니 갑자기 당번병한테 소리쳤다.

"자하르추크! 저 새를 돌로 쫓아버려. 일하는 데 방해가 되잖아……."
이 생기 없고 피곤해 보이는 인물은 병사들에게 매우 엄격했다. 그는 하사관이 사병을 구타하는 일은 금하면서도, 본인은 사병이 피가 나도록 또는 자신 앞에서 무릎을 꿇을 정도로 체벌하곤 했다. 대신에 사병들이 필요한 일은 꼼꼼히 살피는 편이었다. 시골에서 사병들에게 부치는 돈은 지체 없이 건네줬고 매일같이 사병들의 배식을 직접 관리하였다. 다섯 개 중대에서 단 한 중대의 사병들만이 그의 중대 사병들보다 더 배부르게 먹을 정도였다.

그러나 젊은 장교들에게는 거리낌 없이 신랄하게 그의 타고난 소러시아식 유머가 섞인 말투로 꾸짖거나 야유했다. 예를 들어 훈련 도중 초급 장교 하나가 지쳐서 발을 못 맞추면 '이런 제기랄, 장교 하나만 맞고 모두 다 발이 틀리잖아!'라고 말을 더듬으며 소리치곤 했다. 때로 전 중대원한테 훈계를 할 경우에는 '장교들과 상사들만 제외하고'라는 말을 끝에 함으로써 비아냥거리곤 했다.

하지만 그가 특히 빳빳하게 구는 경우는 젊은 장교들이 지각을 할 때였고, 로마쇼프가 다른 어느 장교보다도 더 자주 단골로 걸렸다. 예를 들어, 멀리서 로마쇼프가 보이면, 그를 향해 차렷 자세로 중대원을 세워놓고 슬리바 자신도 꼼짝 않고 서 있는 것이다. 그렇게 되면 로마쇼프는 자기 자리를 못 찾는 체스 판의 말처럼 우왕좌왕 하면서 창피를 당할 수밖에 없는 것이었다. 또는 중대원이 모두 들을 수 있을 정도의 큰 소리로 아주 정중하게 '소위님, 훈련을 계속해도 될까요?' 하거나, 애정 어린 목소리로 잠은 잘 잤는지, 나쁜 꿈은 꾸지 않았는지를 큰 소리로 물어보는 것이었다. 이런 조롱을 한 뒤에 슬리바 대위는 로마쇼프를 한쪽 편에 세워놓은 채 도끼 눈을 뜨고 잔소리를 해대었다.

'에이, 별수 있나.' 중대로 다가가면서 로마쇼프는 침울하게 생각했다. '여기나 저기나 매한가지인걸 뭐. 어차피 내 인생은 끝났어.'

중대장, 베트킨 중위, 르보프 그리고 상사는 연병장의 중앙에 서 있다가 걸어오고 있는 로마쇼프를 동시에 돌아보았다. 병사들도 로마쇼프를 향해 고개를 돌렸다. 로마쇼프는 자신에게 집중된 시선으로 당황하여 부자연스럽게 걷고 있는 자신의 모습을 생각하자 더욱 기분이 나빠졌다.

'근데, 내가 이렇게 치욕적으로 생각할 필요가 있나?' 대부분의 내성적인 사람들이 그러하듯 로마쇼프도 마음속으로 자신을 달래보려고 했다. '나만 신경을 쓰고 있지, 다른 사람들에겐 아무 일도 아니잖아. 르보프가 지각해서 걸어오고 있고 내가 대열 속에서 그를 바라보고 있다고 생각해보자. 나한테 무슨 생각이 들겠냐고. 르보프는 그저 르보프일 따름이잖아…… 그래 별거 아니야.' 이렇게 생각을 정리하자 마음이 푸근해졌다. '그렇지 않다고 해도, 지금의 이 기분이 한 달을 갈 거야, 일주일을 갈 거야. 기껏해봐야 오늘만 지나면 다 잊힐 일이잖아. 인생이란 그렇게 다 잊어버리고 사는 거잖아.'

여느 때와 달리 슬리바는 로마쇼프에게 관심을 보이지도 않을뿐더러 한마디 농담도 건네지 않았다. 로마쇼프가 경례를 하러 멈춰 섰을 때, 중대장은 다섯 개의 차가운 소시지를 닮은 힘없는 손가락을 악수를 하기 위해 내밀면서 말했다.

"소위, 당신은 고참 초급장교가 오기 5분 전, 중대장이 오기 10분 전에 먼저 와 있어야 한다는 것을 잊지 마시길 바랍니다."

"죄송합니다, 대위님." 로마쇼프는 대답했다.

"꿈속에서 옷을 만들어봐야 아무 소용없습니다. 자기 소대로 가시죠."

중대는 소대별로 나뉘어 연병장 여기저기로 흩어져 있었다. 각 소대는 아침 체조를 시작했다. 병사들은 한 보 간격으로 열을 짓고 서서 몸을 자유롭게 움직이기 위해 군복의 단추를 풀었다. 로마쇼프의 소대원인 하사 보브이레프가 다가오는 소위에게 눈인사를 하고서는 아래턱을 내밀면서 우렁찬 목소리로 지휘를 했다.

"쪼그려 뛰기를 실시한다. 두 손은 허벅지에!"

그러고는 숨을 한번 들이마시더니 노래를 부르듯 저음의 목소리로 소리쳤다.

"시이이이작!"

"하나!" 병사들은 한목소리로 크게 외치면서 쪼그려 앉았다. 보브이레프도 쪼그려 앉으면서 대열을 강인한 시선으로 둘러보았다.

소대의 작고 경박한 상병 세로쉬탄이 수탉의 찢어지는 울음 같은 목소리로 갑자기 소리치며 말했다.

"양팔과 발을 맞춰서 뛰란 말이다. 하나둘, 하나둘!" 그러자 열 명의 젊은 목소리가 힘차게 '핫, 핫, 핫, 핫' 하며 외쳤다.

"뭐야." 세로쉬탄이 날카롭게 소리쳤다. "라프쉰! 뭐 하는 거야? 소리가 그거밖에 안 나오냐? '헤, 헤, 헤'가 뭐야. 정확하게 동작을 하면서 우렁차게 구령을 넣으란 말이다."

체조가 끝나자 하사관들은 자신들의 소대를 연병장의 사방 구석에 있는 체조 도구들 쪽으로 이동시켰다. 강하고 민첩하며 체조를 썩 잘하는 상사 르보프는 하늘색 내의만 남기고 외투와 군복을 모두 벗어버리고는 제일 먼저 평행봉에 달려들었다. 그는 평행봉의 끝을 잡고 앞뒤로 세 번 정도 흔들고는 몸을 둥글게 말아 하늘로 발이 향하게 했다. 이어서 바로 그는 고양이처럼 경쾌하고 탄력 있게 아치를 그리며 땅에 착지했다.

"르보프 상사! 또 까부는군!" 슬리바 대위는 화난 척하며 소리쳤다.

사병 출신의 장교인 슬리바는 마음 깊은 곳에 상사에 대한 정이 있었다. "사병들에게 필요한 것만 보여주도록 하게. 여긴 광대놀음 하는 데가 아니란 말이다."

"알겠습니다. 대위님!" 르보프는 명랑하게 힘껏 대답했다. "알지만 그렇게는 못합니다." 르보프는 로마쇼프에게 윙크하며 작은 목소리로 말했다.

4중대는 경사진 사다리에서 훈련하고 있었다. 병사들이 차례차례로 사다리에 매달려 위로 올라가고 있었다. 샤포발렌코 하사가 주의를 환기시키며 소리치고 있었다.

"얼굴을 들고 발엔 힘을 줘라!"

차례는 대열의 맨 끝에 있던 중대 내의 웃음거리인 홀레브니코프까지 이르렀다. 로마쇼프는 가만히 그를 보고 있노라면 어떻게 해서 이런 불쌍하고 가여운 인간이 군대에 오게 됐는지 놀라울 따름이었다. 로마쇼프는 마치 태어날 때부터 그런 것처럼 공포에 물든 흐리멍덩한 그의 눈을 볼 때마다 마음 한편에서 연민과 양심의 가책을 느꼈다. 홀레브니코프는 마치 교수형을 당한 사람마냥 꼴사납게 사다리에 매달렸다.

"올라가란 말이다, 이 바보 같은 놈아, 올라가라고!" 하사는 소리쳤다. "위로 올라가라니까!"

사다리에 달린 끈을 잡고 홀레브니코프는 용을 써보았다. 그러나 다리만 바들바들 떨렸고 끈에 매달려 맥없이 좌우로 흔들리기만 하더니 바닥으로 떨어지고 말았다.

"이런, 훈련을 하겠다는 거야, 말겠다는 거야." 하사는 호통을 쳤다. "너 하나 때문에 중대 꼴이 말이 아니란 말이다. 가만두지 않겠어."

"샤포발렌코, 구타는 용납 못 한다!" 로마쇼프가 역정을 내며 소리쳤다. "절대 구타는 안 된다!" 하사한테 달려가 그의 어깨를 잡으며 소리쳤다. 샤포발렌코는 바로 서서 경례를 했다. 당황한 그의 눈은 사병들처럼 떨리는가 싶더니, 이내 약간의 조소 어린 눈빛이 되었다.

"네, 장교님. 알겠습니다. 하지만 한 가지만 말씀드리겠습니다. 이놈은 도대체 대책이 서지가 않습니다."

흘레브니코프는 구부정한 모습으로 옆에 서 있었다. 그는 멍청히 장교를 바라보면서 손등으로 코에 묻은 흙을 털어내고 있었다. 무익한 동정심이 생기는 것을 느끼며 로마쇼프는 몸을 돌려 3중대로 돌아갔다.

체조훈련이 끝나고 10분간의 휴식 시간이 주어졌을 때 장교들은 연병장의 중앙에 모였다. 장교들은 5월에 있을 열병식에 관해 이야기했다.

"어디에 지뢰밭이 있을지 모릅니다!" 두 팔을 크게 벌리고 생기 없는 눈을 크게 뜨며 슬리바가 말했다. "그러니까 예전에는 장군들마다 독특한 개성이 있었습니다. 공병단 출신인 중장 르보비치 군단장이 생각나는군요. 그가 우리 군단에 있을 때 우리는 참호 파는 일만 했습니다. 규정도 행군연습도 죄다 필요 없었죠. 참호는 종류별로 다 파봤지요. 여름엔 땅을 파고 겨울엔 눈구덩이를 파고. 전 부대원이 진흙으로 온몸이 뒤덮인 채 다녔지요. 10중대장인 알레니코프는 두 시간 만에 호를 파내서 안나 훈장에 추천되기도 했을 정도랍니다."

"대단하군요!" 르보프가 한마디 했다.

"다음으로 생각나는 건, 이건 파벨 파블르이치도 기억하겠군요. 아라곤스키 장군이 계실 때는 사격훈련만 했었지요."

"그럼요. 아파나시 키릴리치, 그때 사격 이론 외웠던 걸 기억하세요?" 베트킨이 말했다. "궤적, 사정편차…… 휴, 지금 아무것도 기억나지 않네요. 사병들에게 총구를 보라고 해놓고서는 '그게 총신 축이라는 거다'라고 말하곤 했죠. 기억나십니까? 아파나시 키릴리치?"

"어떻게 잊어먹겠습니까? 우리 부대가 사격 잘한다고 외국 신문에도 났었지요. 하지만 사기를 좀 쳤지요. 사격 잘하는 병사를 이 부대 저 부대로 대여했으니까요. 한번은 사격훈련이 끝났는데 표적에 발사된 총알보다 다섯 발이 더 들어가 있었지."

"슬리사레프 장군 때 체조하시던 것도 생각나시죠?"

"생각나고말고요. 그건 체조라기보다는 발레였지요. 만일 예전의 그 장군들이 여전히 있다면······, 생각만 해도 끔찍하군요. 하지만 지금 우리 상황하고 비교하면 아무것도 아니라는 겁니다. 예전에는 무엇을 중점으로 둬야 할지를 알았는데, 지금은 모른다는 겁니다. 병사들한테 도대체 무엇을 가르쳐야 할지······"

"네, 그렇습니다." 베트킨이 동감하며 말했다.

"'이봐, 멈춰봐. 도대체 군기가 빠졌군. 누군가 중대장을 도와줄 거라 생각지 않는 게 좋을걸세' 하며 잔소리나 퍼붓지."

"교활한 늙은이라니까요." 베트킨이 말했다. "K연대에서는 무슨 짓을 했는지 아세요? 한 중대를 커다란 웅덩이로 끌고 가서는 중대장에게 누우라고 명령을 하더랍니다. 중대장이 우물쭈물하자 다시 명령을 하더랍니다. '누워!' 중대원들은 자신들이 잘못 들었나 하면서 어쩔 줄 몰라 했답니다. 하지만 장군은 병사들 앞에서 여전히 중대장에게 '중대를 어떻게 이끄는 것이야! 나약한 응석받이로 만들 건가! 지금 웅덩이에 눕는 것이 두렵다면 적의 포격 속에서 어떻게 참호 속으로 기어들어가겠냐 말이다. 넌 군인이 아니라 여편네 같구나'라며 다그쳤답니다."

"그렇게 해서 뭘 얻겠다는 건지. 사병들 앞에서 장교를 모욕 주고서는 기강에 대해서 이야기한다는 게 말이 되냐고. 그런 식으로 해서 기강이 어떻게 섭니까? 장교는 하나의 인격체로서 인간이란 말입니다. 하지만 예전에는 인격이란 게 없었지, 개 패듯 사병들을 팼으니까."

"병사들을 때리는 것은 올바르지 않습니다." 이제껏 잠잠하던 로마쇼프가 탁한 목소리로 입을 뗐다. "자신을 방어할 수 없는 사람들을 때리는 것은 있을 수 없는 일입니다. 아예 때릴 생각을 해서도 안 됩니다."

슬리바는 아랫입술을 삐죽 내밀고 경멸이 가득한 눈초리로 로마쇼프를 위아래로 훑어보았다.

"뭐라 하는 거야?" 슬리바는 비꼬는 투로 말을 했다.

로마쇼프는 창백해졌다. 그의 가슴과 배는 차가웠으나 심장만은 박동치기 시작했다.

"그러니까 좋지 않다는 겁니다…… 다시 말하면…… 그러니까." 매끄럽지는 않았지만 집요하게 로마쇼프는 말을 이었다.

"더 말씀해보시지요." 슬리바는 가는 목소리로 말했다. "아주 감상적인 분과 우리가 함께 있군요. 1년이 넘어도 당신이 연대에서 쫓겨나지 않는다면 아주 멋진 분이 되겠군요. 적어도 나보단 말입니다."

로마쇼프는 혐오스럽게 그를 쳐다보며 속삭이듯 말했다.

"만일 당신이 병사들을 구타한다면 연대장에게 신고하겠습니다."

"뭐라?" 슬리바는 성나서 소리쳤지만 바로 그 기세를 꺾었다. "더 이상 쓸데없는 이야기는 그만둡시다." 그는 사무조로 말했다. "소위, 당신은 25년간 국가에 봉사한 늙은 장교를 가르치기에는 아직 너무 젊습니다. 각자 중대로 돌아가시오." 말이 떨어지자마자 슬리바는 장교들에게 등을 돌렸다.

"왜 그의 말에 끼어든 거요?" 로마쇼프와 나란히 걸어가며 베트킨이 말을 걸었다. "슬리바는 만만한 사람이 아니오. 내가 그를 아는 만큼 당신은 모를 거요. 그는 일부러 당신에게 감당하기 어려운 말을 마구 지껄인 겁니다. 하지만 당신이 반박하면, 당신을 영창에도 보낼 수 있는 사람이란 말입니다."

"파벨 파블르이치, 이건 복무가 아니라 광신자들의 행동이란 말입니다." 분노와 모욕으로 눈가를 적시며 로마쇼프는 이야기했다. "이 늙어빠진 사람 가죽을 뒤집어 쓴 짐승 같은 놈들이 우리를 가지고 노는 거란 말입니다. 그들이 우리 젊은 장교들을 무례하고 교양 없는 군인처럼 저속하고 무모한 행동을 하게끔 유도하는 거란 말입니다."

"그래 물론이지." 베트킨은 별 생각 없이 대꾸하고 하품을 했다.

로마쇼프는 흥분해서 계속 자신의 생각을 말했다.

"도대체 누구한테 이 규율과 함성과 고함 소리가 필요하단 말입니까? 내가 장교가 되면서 이런 상황이 기다릴 줄은 몰랐습니다. 내가 이 부대로 처음으로 왔을 때를 결코 잊을 수 없습니다. 연대에 온 지 사흘 정도 되었을 때 아르차콥스키가 나를 닦아세우더군요. 나는 파티에서 그를 그냥 중위라고 불렀지요. 왜냐하면 그도 나를 소위라고 불렀거든요. 그런데 옆에 앉아서 같이 맥주를 마시다가 갑자기 소리치더군요. '첫째, 나는 중위가 아니라 중위님이다. 둘째, 상관한테 이야기할 때는 일어서서 하십시오.' 그렇게 나는 모욕 받은 채로 그 앞에 서 있었습니다. 아니, 아무 말도 말아 주십시오. 파벨 파블르이치. 이젠 정말 지긋지긋하고 역겹습니다……!"

11

중대의 교육장에서는 교범교육이 한창이었다. 걸상을 ㅁ자 모양으로 연결하고 3소대원들이 앉아 있었다. 이 사각형의 안에서 세로쉬탄 상병이 왔다 갔다 하였다. 바로 옆에 같은 모양으로 된 교육장에서는 하사관인 샤포발렌코가 마찬가지로 왔다 갔다 하고 있었다.

"본다렌코!" 세로쉬탄이 쩌렁쩌렁한 목소리로 불렀다.

본다렌코는 마치 태엽이 달린 인형처럼 바닥을 두 발로 힘껏 굴러 소리를 내며 일어섰다.

"본다렌코, 네가 만약 총을 들고 대열에 서 있을 때 사령관이 와서 '네 손에 있는 게 뭐지?'라고 물어본다면 어떻게 대답해야 하지?"

"무슨 총 말씀인가요? 권총이요? 소총이요?" 본다렌코는 질문했다.

"헛소리 하는구나. 네가 권총을 들 수 있는 신분이냐? 내가 말하는 건 속사용 소구경 보병 베르단 선조 2호총이다. 따라 해봐, 이 개자식아!"

본다렌코는 예전에 외운 대로 빠르게 반복했다.

"앉아!" 세로쉬탄은 명령했다. "그럼 그 총의 용도는 뭐지?라고 물으면 어떻게 대답해야 하지? 이번엔……" 그는 후임병들을 매서운 눈으로 둘러보았다. "쉐브추크!"

쉐브추크는 무뚝뚝한 표정으로 일어서서 굵은 목소리로 대답했다. 그는 너무 천천히 말해서 문장 속에서 한 구가 끝날 때마다 한참을 쉬는 것처럼 들렸다.

"저에게 준 이유는…… 평시에는 총을 다루는 훈련을 하고…… 전시에는 내부와 외부의 적으로부터……" 그는 잠시 숨을 돌리며 코를 킁킁거리더니 힘없이 덧붙였다. "왕실과 조국을 지키기 위해서입니다."

"그렇지. 잘 알고 있군. 하지만 너무 꾸물거리는군. 군인은 독수리처럼 민첩해야 한다. 앉아라. 이번에는 오베츠킨이 대답한다. 누가 우리의 외부의 적이지?"

쾌활한 아룰 출신의 오베츠킨은 점원 출신답게 유달리 상냥한 목소리에 스스로 만족하면서 빠르게 대답했다.

"외부의 적이란 우리와 전쟁을 할 수 있는 나라들을 말합니다. 프랑스인, 독일인, 이탈리아인, 터키인, 유럽인, 인도……"

"됐다." 세로쉬탄이 말을 끊었다. "교범에는 거기까지는 기록되어 있지 않다. 앉아라. 오베츠킨. 다음은…… 아르히포프! 내—부—의 적은 누구지?"

세로쉬탄은 내부라는 말을 특히 강조해서 발음하면서 의미심장한 눈으로 지원병인 마르쿠손을 쳐다보았다. 굼뜨고 마마 자국이 있는 아르히포프는 교육장의 창을 바라보며 대답을 하지 않고 버티었다. 그는 유능하고 영리하고 민첩한 청년이었지만 교육시간에는 바보처럼 굴기가 일쑤였다. 시골생활의 단순하고 명확한 면만 바라보는 데 익숙해진 그의 건강한 지식은 군의 교범이라 불리는 것과 어울리지 않는 게 분명했다. 그래서 그는 가장 단순한 사항도 이해할 수 없었고 외울 수도 없었다. 이런 그의 모습은 중대장의 화를 돋우는 요인이 되곤 했다.

"내가 얼마나 더 기다려야 하지?" 슬슬 세로쉬탄은 성나기 시작했다.

"내부의 적은…… 내부의……"

"모르겠나?" 세로쉬탄은 아르히포프 앞으로 다가가서, 중대장을 흘끗 한번 보고, 고개를 숙인 채 무서운 표정을 지었다. "내부의 적은 법을 위반하는 모든 세력을 말한다. 예를 들면……" 그때 오베츠킨의 알랑거리는 눈빛과 부딪혔다. "오베츠킨, 너라도 대답해봐라."

오베츠킨은 벌떡 일어나서 즐겁게 소리쳤다.

"폭도, 대학생, 말 도둑, 유대인, 폴란드인!"

샤포발렌코도 자기의 소대원과 교범교육을 하고 있었다. 그는 가느다란 목소리로 손에 쥐고 있는 교범에 나온 질문들을 병사들에게 물어보고 있었다.

"솔츠, 초병이 뭐지?"

리투아니아인인 솔츠는 열심히 대답했다.

"초병은 건드려서는 안 됩니다."

"그래, 그리고?"

"초병은 무기를 들고 지정된 위치에 배치된 병사입니다."

"그렇다. 솔츠, 열심히 하려는 게 눈에 보이는군. 네가 초병이 되면 어떤 일을 해야 하지?"

"졸지 말고, 담배 피우지 않고, 선물이나 물건을 받아서는 안 됩니다."

"경례는?"

"오고가는 장교님들한테 경례를 해야 합니다."

"좋다. 앉게."

샤포발렌코는 아까부터 실실 웃고 있는 지원병인 포킨을 지목해서 불렀다.

"포킨! 누가 그따위로 일어서나? 상관이 부르면 용수철처럼 튀어 올라야 한다. 군기가 뭐냐?"

대학 배지를 가슴에 달은 지원병인 포킨은 예의 바른 자세로 샤포발렌코 앞에 섰으나 그의 눈은 조소가 가득 차 있었다.

"군기는 성스러운 군대의 기로서……"

"헛소리 마라!" 샤포발렌코가 화난 표정으로 교범을 손바닥으로 두드리며 말했다.

"정확하게 말씀드린 것 같습니다." 포킨은 침착하게 말했다.

"뭐야?! 상관이 아니라면 아닌 거다."

"교범을 직접 보십시오."

"난 하사관이다. 고로 내가 교범은 너보다 잘 안다. 왜 지원병들은 거들먹거리는 거지? 군기가 뭐냔 말이다?"

"샤포발렌코, 그만둬라." 로마쇼프가 끼어들었다.

"알겠습니다. 장교님!" 샤포발렌코는 몸을 펴며 대답했다. "단지 한 가지만 말씀드리겠습니다. 이 지원병이 너무 멋대로 굴어서 말입니다."

"그래, 그래, 알았다고. 수업이나 계속하게."

"네, 알겠습니다. 홀레브니코프! 누가 우리 부대의 사령관이신가?"

홀레브니코프는 당황한 눈으로 하사를 쳐다보았다. 그는 까마귀처럼 쉬쉬 소리만 내었다.

"제대로 말해봐라!" 하사는 매섭게 소리쳤다.

"그의 이름은……"

"그래, 그의 이름은…… 다음엔 뭐냐고?"

로마쇼프는 짐짓 외면을 하고 샤포발렌코가 목소리를 죽여 말하는 것을 들었다.

"교육이 끝나면 네 구겨진 얼굴을 다려주마."

이때 로마쇼프가 샤포발렌코 쪽으로 돌아서자, 그는 원래대로 크고 평범한 목소리로 말했다.

"그의 이름…… 다음엔 뭐지. 말을 해보라고."

"그의 이름은……" 잔뜩 겁을 먹은 홀레브니코프는 말을 잇지 못했다.

"아!" 이를 악물며 샤포발렌코가 작은 목소리로 말했다. "도대체 너란 놈은 어떻게 해야 하냐? 아무리 패도 정신을 못 차리니. 넌 혹만 없지 영락없이 미련한 낙타 새끼 같구나. 점심 후에 나에게 와라. 개인적으로 가르쳐주마. 그레첸코! 우리 부대의 사령관이 누구지?"

'오늘도 내일도 그다음 날도 마찬가지겠지. 내 삶은 이렇게 끝나는 건가?' 로마쇼프는 이 소대 저 소대로 왔다 갔다 하면서 생각했다. '모든 걸 버리고 나갈까?…… 정말 우울하구나…….'

교범교육이 끝나고 사격훈련이 시작됐다. 일부는 영점 사격연습을 하였고, 나머지는 표적사격을 실시하였다. 2소대의 르보프 상사는 온 연병장에 울려 퍼질 정도의 큰 소리로 구령을 했다.

"엎드려! 사격 준비! 발사!"

공이 소리가 났다. 르보프는 한껏 뽐내는 목소리로 다시 외쳤다.

"사격 준비!"

슬리바는 소대 사이를 이리저리 다니면서 사병들의 사격 자세에 대해 한마디씩 하였다.

"배를 집어넣어라! 꼭 임신한 노파 같구나! 총은 그렇게 쥐는 게 아니다. 초를 들고 있는 사제 같구나. 카르타쇼프, 입은 왜 벌리고 있나? 죽이라도 먹고 싶은 거냐?"

사격훈련 후에 병사들은 총을 모아서 세워놓고 그 옆에 누워 휴식을 취했다. 청명하고 따뜻한 날씨였다. 길 양편으로 늘어서 있는 포플러 냄새가 대기 중에 퍼져 있었다. 베트킨이 로마쇼프에게 다가왔다.

"신경 쓰지 마시게, 유리 알렉세이비치." 그는 로마쇼프의 팔을 잡으며 말을 건넸다. "일과가 끝나고 파티에 가서 술 한잔해버리고 다 잊어버리세."

"전 정말 답답합니다." 로마쇼프는 우울하게 대답했다.

"즐거운 일이 뭐 있겠소." 베트킨이 말했다. "하지만 그래서 뭐 하겠습니까? 훈련은 할 수밖에 없어요. 갑자기 전쟁이 날지 누가 알겠소?"

"전쟁이라고요?" 로마쇼프는 축 처져서 말했다. "왜 전쟁이 날까요?

전쟁은 인류의 실수와 혼동 그리고 광기에서 오는 게 아닐까요? 정말로 사람을 죽이는 게 정당한 일일까요?"

"또 철학자 같은 소리를 하는군요. 갑자기 독일 놈들이 우리한테 쳐들어오면 어떡할 거요? 누가 러시아를 지켜내냐 말이오?"

"나도 모르겠습니다. 파벨 파블르이치." 애처로운 목소리로 로마쇼프는 이야기했다. "하지만 북아메리카 전쟁이라든가, 이탈리아 독립전쟁, 어쩔 수 없는 필요한 상황에서는 농부건 양치기건 모두 싸워야겠지요…… 그렇지만……"

"미국 놈들은…… 하지만 그건 별로 중요한 일이 아닙니다. 그런 식으로 생각하신다면 군 복무를 그만두는 게 좋지 않을까요? 하지만 한 가지만 물어봅시다. 우리가 장교 일을 버리면 뭘 할 수 있죠? 우리는 우향우, 좌향좌밖에 모르지 않소. 그 밖에 우리가 할 수 있는 것은 때가 됐을 때 명예롭게 죽는 것이오. 자, 철학자 양반. 딴생각 말고 이따가 술이나 한잔하러 갑시다."

"그러시죠." 로마쇼프는 건성으로 대답했다. "아무리 생각해도, 이렇게 시간을 보내는 것은 정말 못할 짓입니다. 하지만 당신이 말씀하신 대로, 이렇게 생각하면 복무를 그만두는 게 낫겠지요."

둘은 이런저런 이야기를 나누면서 연병장을 왔다 갔다 하다가 4소대 앞에서 멈춰 섰다. 병사들은 총 더미 옆에서 눕거나 앉아 있었다. 몇몇 병사들은 1년 내내 먹는 똑같은 사병용 빵을 씹고 있었다.

로마쇼프는 누군가 홀레브니코프에게 말을 거는 소리를 들었다.

"홀레브니코프, 홀레브니코프."

"응?" 홀레브니코프는 대답했다.

"군에 오기 전에 뭔 일을 했나?"

"이런저런 일을 했지." 졸린 목소리로 흘레브니코프는 대답했다.

"계집애 꽁무니 쫓아다니는 일 말인가?"

"땅도 파고 가축도 몰고 그랬지."

"왜 자꾸 물어봐?" 고창 병사인 쉬프네프가 끼어들었다. "이런저런 일을 했다지 않나. 계집애 젖꼭지나 빨았겠지."

로마쇼프는 흘레브니코프의 회색빛이 나는 칙칙한 얼굴을 바라보자 다시금 안쓰러운 마음이 생겼다.

"총을 들어라!" 이때 연병장 중앙에 있던 슬리바가 크게 소리쳤다. "장교들도 제자리로!"

병사들이 각자의 총을 가져가느라 총검끼리 부딪히는 소리가 요란하게 났다. 병사들은 군복을 가다듬고 대열을 갖추기 시작했다.

"좌우로 정렬!" 슬리바는 명령했다. "어깨 총!"

"하나, 둘!" 병사들은 구령을 외치며 총을 어깨에 걸쳤다.

슬리바는 천천히 대열 주위를 거닐며 병사들의 자세를 일일이 지적했다.

"세워 총!"

"하나, 둘!"

슬리바는 다시 병사들 하나하나를 살피며 바른 자세를 취하도록 했다.

병사들은 소대별로 나뉘어서 집총훈련을 시작했다. 로마쇼프는 마치 로봇처럼 병사들 앞에서 시범을 보였다. 시범을 보이는 그의 뇌리 속에는 베트킨의 '이렇게 생각하면 복무를 그만두는 게 낫겠지요'라는 말이 계속해서 맴돌았다. 절도 있는 방향 전환, 소총 조작, 열병의 화려함, 전술 교육을 위해 7년의 청춘을 보낸 지금, 앞으로 남은 인생뿐만 아니라 지난 삶도 보다 가치 있고 지혜로운 일에 썼어야 한다는 생각에 이르자, 지금 하고 있는 일이 너무나 무의미하며 하찮고 부자연스럽게 느껴졌다.

일과가 끝나고 로마쇼프는 베트킨과 함께 모임에 가서 보드카를 무리하게 마셔댔다. 로마쇼프는 무척 취했다. 그는 베트킨의 볼에 입을 맞추기도 하고 그의 어깨에 기대서 펑펑 울기도 하면서 인생의 무상함과 자신을 아무도 이해해주지 않음을 한탄하며 떠들어댔다. 또한 한 여성이 자신을 사랑해주지 않는다고 불평하면서 그녀가 누구인지는 아무도 모를 거라고 중얼댔다. 베트킨도 연신 술잔을 비웠고 이따금 동정 섞인 깔보는 듯한 말투로 한마디씩 했다.

"로마쇼프, 자넨 술을 제대로 마실 줄 모르는군. 겨우 한잔하고는 축 늘어지다니 말이야."

한마디씩 하면서 그는 갑자기 주먹으로 책상을 치고는 무섭게 소리치곤 했다.

"죽으라는 명령이 떨어지면 죽는 거야!"

"그래, 죽자고." 로마쇼프는 힘없이 말했다. "죽는 거? 아무것도 아니지…… 내 영혼은 이미 탈진 상태라고……"

로마쇼프는 어떻게 집에 갔는지 누가 침대에 자신을 눕혔는지 전혀 기억이 나지 않았다. 단지 셀 수 없이 많은 불꽃이 흩뿌려져 있는 짙푸른 안개 속에서 헤매었던 느낌만이 있었다. 안개는 위아래로 흔들리면서 자신의 몸을 요동치게 했고, 이 흔들림은 그로 하여금 구역질이 나게 했다. 머리통이 어마어마하게 부풀어 오르는 느낌과 함께 누군가가 끈덕지게 자신에게 소리쳐댔다.

"하나……! 둘……!"

12

　4월 23일은 무척이나 분주하고 이상한 날이었다. 오전 9시경 로마쇼프가 아직 침대에 누워 있을 때 알렉산드라 페트로브나의 편지를 가지고 니콜라예프의 당번병인 스테판이 찾아왔다.
　'귀여운 로모츠카.' 편지는 이렇게 시작되었다. '당신이 우리의 명명일이 오늘이라는 것을 잊었다는 것을 미리 알았다면 이렇게 놀라지는 않았을 겁니다. 그래서 당신에게 상기시켜드리는 겁니다. 아무튼 오늘 무슨 일이 있더라도 꼭 뵙고 싶군요. 다만 점심시간에 오지는 마세요, 5시쯤에 오도록 하세요. 두베츠나야로 소풍을 가도록 해요.'
　편지를 읽는 내내 로마쇼프는 손이 떨렸다. 벌써 일주일이나 사랑스럽고 귀엽고 다정한 슈로치카의 얼굴과 그녀의 매력을 느껴보지 못했던 것이다. '오늘!' 그는 무척이나 기뻐서 속으로 외쳤다.
　"가이난, 씻을 준비를 해라!" 로마쇼프는 침대에서 뛰어내리면서 크게 소리쳤다.
　가이난이 들어왔다.
　"장교님, 편지를 가지고 온 당번병이 답장을 보내실 건지 알고 싶어합니다."
　"그래?" 로마쇼프는 눈을 둥그렇게 뜨고 쪼그려 앉아 생각했다. "흠…… 스테판에게 차를 줘야 되는데 차가 없군." 그는 혹시나 하는 눈으로 가이난을 쳐다보았다.
　가이난은 밝게 웃으며 말했다.
　"저한테 차가 있겠습니까……? 장교님도 없고 저도 없고. 인생 뭐 있습니까. 다 그런 거지요."

갑자기 어두컴컴한 봄날 저녁과 진창, 그가 의지하며 걷던 울타리와 함께 스테판의 무심한 목소리가 떠오르며 당시의 창피한 마음이 생각났다. '매일같이 들락거리는군······' 스테판에게 심부름 값으로 뭔가 주지 않으면 보나마나 투덜대며 돌아다닐 텐데. 로마쇼프는 통증이 올 정도로 강하게 얼굴을 손으로 비벼댔다.

"가이난." 그는 문밖에서 들리지 않도록 작은 소리로 말했다. "스테판에게 로마쇼프 장교가 저녁에 꼭 차를 준다고 말해라. 알겠지."

근래에 로마쇼프는 금전적으로 궁했다. 신용까지 떨어져서 외상 거래도 거의 되지 않는 형편이었다. 식당, 장교할인매장에서는 완전히 거래를 할 수 없었기 때문에 파티나 쫓아다니며 보드카 한잔 못 먹고 식사를 해결해야 할 정도였다. 이런 형편인지라 차는 물론 설탕도 떨어진 지 오래였다. 단지 우연한 기회에 얻은 쓰디쓴 커피만이 남아 있었다. 로마쇼프는 아침마다 설탕도 없이 이 커피를 타서 용감하게 마셨다. 마시다 남은 커피는 상관을 잘못 만난 가이난의 몫이었다.

로마쇼프는 검은 빛깔을 띤 걸쭉하고 쓴 물을 홀짝홀짝 마시면서 얼굴을 잔뜩 찡그리며 자신이 처한 상황을 생각했다. '음······ 우선 선물 없이는 갈 수 없다는 것이지. 초콜릿 세트나 장갑이면 될까? 근데, 그녀의 손 치수를 모르는 게 문제군. 초콜릿? 향수가 더 좋을 것 같군. 이곳에서 파는 초콜릿은 형편없거든. 부채······!? 아냐, 향수가 낫지. 에스 부케라는 향수를 그녀가 좋아하거든. 피크닉에도 돈이 들어가야겠지. 마차를 빌리는 데 한 5루블은 들 테고. 스테판에게 차를 주려면 1루블. 이런, 한 10루블 정도는 있어야 한단 말이군.'

그는 돈을 구할 수 있는 모든 방법을 생각하기 시작했다. 봉급? 하지만 바로 어제 그는 '계산 확인. 소위 로마쇼프'라고 씌어져 있는 통지서에 사인했다. 그의 모든 봉급은 돈을 빌려준 사람들에게 정확하게 배분되고 있었기 때문에 땡전 한 푼 받을 수 없었다. 가불? 그는 한 30회가량 가불을 신청했었지만 한번도 성공한 적이 없었다. 출납계원은 이등대위 도로쉔코였다. 그는 음울하면서도 냉엄한 사내였는데, 특히 낭비벽이 심한 소위들에게는 더욱 준엄하게 굴었다. 터키와의 전쟁 때 그는 부상을 당했는데 어처구니없게도(퇴각시 부상을 당한 것이 아니라 자기 소대에게 진격을 명령하려는 찰나에 부상을 당했다) 발뒤꿈치였다. 부상당한 자리와 상황의 특이성 때문에 계속해서 놀림감이 되어버린 낙관적이던 젊은 소위는 신경질적이고 흥분을 잘하는 히포콘드리아 환자로 변해버렸다. 도로쉔코가 돈을 당겨줄 리는 만무했다.

'다른 방법이 있을 거야!' 로마쇼프는 생각했다. '우선 장교들을 하나하나 살펴보도록 하자. 우리 중대부터 하나씩. 일중대의 오사치?' 그의 매우 아름다운 얼굴과 서늘한 야수의 눈빛이 떠올랐다. '다른 사람이면 몰라도 그는 아냐. 절대 아냐. 이중대의 탈만은 어떨까? 온화한 사람이지만 그 역시 소위들한테까지 돈을 빌릴 정도로 여기저기 손을 벌리고 다니지.'

로마쇼프는 한참 생각했다. 말도 안 되는 어린애 같은 생각이 잠시 떠올랐다. 사령관에게 돈을 빌리면 어떨까 하는 생각이었다. '아마, 처음엔 기가 막혀 한마디도 못하다가 몸을 부르르 떨고는 대포를 발사하듯 큰 소리로 말하겠지. 뭐라고? 조용히 해! 나흘간 영창이다!'

로마쇼프는 소리 내어 웃었다. '뭔가 좋은 방법이 있을 거야. 아침을 기분 좋게 시작했는데 오늘 하루 일진이 나쁠 리 없어.' 그 방법이 손에 잡히지 않았지만 마음속 어딘가에서 금방이라도 튀어나올 것 같은 느낌이었다. '듀베르누아 대위한테 청해볼까? 하지만 그는 인색한 데다가 날 좋아

하지 않아'

로마쇼프는 1중대부터 16중대까지의 모든 중대장을 꼽아보았으나 별 방법이 없어 보이자 젊은 장교들까지 일일이 헤아려보았다. 여전히 좋은 수가 생길 것이라는 희망을 버리지는 않았으나 점점 불안해졌다. 그러다가 이름 하나가 떠올랐다. '라팔스키 중령!'

"라팔스키. 괜히 골머리를 앓다니. 가이난! 외출복을 준비해라, 어서!"

4대대의 사령관인 라팔스키 중령은 괴상한 홀아비였다. 연대에서 그는 부덤 사령관으로 통했으며, 별명은 브렘 대령이었다. 그는 공식적인 부활절 모임이나 신년모임에만 참석하고 일체 동료들과 만나지 않았다. 게다가 그는 업무에 대한 질책을 수시로 받았다. 그는 자신의 모든 생, 모든 애정, 한번도 해보지 못한 열정적 사랑, 복무를 위한 의무감 등을 자신의 사랑스러운 애완동물—새, 물고기, 네발 달린 각종 동물—에게 쏟아부었다. 부인들은 자신들에 대한 그의 무관심을 내색하지는 않으나 무척 기분 나빠하면서, 라팔스키 같은 인간을 도대체 이해할 수 없다고 하며 '어떻게 그런 짐승들하고 살 수 있는지! 게다가, 어휴, 웬 냄새가 그리 나는지. 정말!'이라고 한마디씩 했다.

그는 돈만 생기면 자신의 동물을 위해서 써야 했기 때문에 정작 자신을 위해서는 최소한의 지출만 했다. 도대체 언제부터 입었는지 모를 정도로 낡은 외투와 제복을 입고 다녔고, 대강 아무 데나 누워 잠을 청했으며, 15중대의 급식으로 식사를 해결하였다. 하지만 동료들, 특히 젊은 장교들이 돈을 빌리려고 하면 거절하는 경우는 별로 없었다. 돈을 빌린 이들이 이자를 붙여서 돈을 갚아야 하는 게 당연하겠지만, 그는 그렇게 돈을 돌려받는 것은 웃긴 일이라고 생각했고, 이런 그를 보고 사람들은 또 괴짜 브렘 대령이라고 불렀다.

한량 소위들, 예를 들어 르보프 같은 이는 동물들을 보러 왔다고 하며, 먼저 이 늙은 홀아비의 마음을 사로잡고는 돈을 빌리는 것이다. '이반 안토느이치, 새롭게 식구가 된 동물이 없나요? 있으면 보여주십시오. 당신이 동물들에 이야기할 때면 정말 즐겁다니까요⋯⋯'

로마쇼프도 가끔 그에게 들렀지만 특별한 목적을 가지고 간 적은 아직 없었다. 로마쇼프가 라팔스키를 방문하는 이유는 정말로 특별하고 귀여운 동물들을 보는 즐거움이 있었기 때문이었다. 그가 아직 생도였던 모스크바 시절에도 극장보다 서커스를 보러 더 많이 다녔고, 그보다 더 자주 동물원을 찾곤 했다. 어렸을 때 그는 성 버나르드 견을 가지는 게 꿈이었고, 현재는 대대의 부관이 되는 것이 소망인데, 그 이유는 자신의 말을 가질 수 있기 때문이었다. 하지만 어렸을 때의 소망은 가난 때문에 이루어질 수 없었고, 현재의 소망은 가능성이 전혀 보이지 않았다.

로마쇼프는 밖으로 나왔다. 따뜻한 봄 공기가 그의 뺨을 어루만져주었다. 비가 온 뒤에 땅이 마른 지 얼마 안 돼서인지, 지면은 탄력이 있었다. 담장 너머의 마하레브 벚꽃과 연보랏빛 라일락의 가지들이 탐스럽게 퍼져 있었다. 갑자기 하늘을 나는 것 같은 신비한 기분이 들었다. 주위를 둘러보니 거리에는 아무도 없었다. 그는 주머니에서 슈로치카의 편지를 꺼내 다시 한 번 읽어 본 후 그녀의 사인 부분에 힘차게 키스했다.

"하늘과 나무!" 그는 물기 어린 눈을 들어 하늘을 보며 속삭였다.

라팔스키는 녹색의 울타리가 높이 쳐진 집에 살고 있었다. 대문에는 '개 조심'이라고 씌어진 경고문이 붙어 있었다. 로마쇼프는 초인종을 눌렀다. 문을 열고 덥수룩한 수염을 한 게을러 보이는 당번병이 졸린 눈을 하고 나왔다.

"장교님 계신가?"

"들어가셔도 됩니다."

"먼저 말씀드려보게."

"괜찮습니다. 그냥 들어가시죠." 당번병은 넓적다리를 긁으며 말했다.

로마쇼프는 현관으로 이어진 벽돌 길을 따라 걸어갔다. 귀를 짧게 자른 회색빛 맹견 두 마리가 한쪽 구석에서 튀어나왔다. 한 마리가 유독 크게 짖어댔지만, 짖어대는 투로 봐서 반갑게 맞이하는 것이 분명했다. 로마쇼프가 손으로 그 개를 쓰다듬어주자, 오른쪽 왼쪽으로 앞발을 구르더니 더 크게 짖어댔다. 다른 한 마리는 소위의 뒤를 졸졸 쫓아오며 외투 끝자락의 냄새를 맡았다. 마당의 한쪽 구석에는 당나귀 한 마리가 따스한 봄빛을 받아 기분이 좋은지 눈을 반쯤 감은 채 졸고 있었다. 그 옆으로는 암탉과 수탉, 오리와 중국 거위들이 노닐었다. 아프리카산 뿔닭은 목청껏 홰를 쳐댔고, 커다란 칠면조 한 마리가 날개를 있는 대로 펴고 조그만 크기의 칠면조 무리 주위를 천천히 돌고 있었다. 구유 옆으로는 요크셔산의 큼지막한 돼지가 옆으로 누워 있는 게 보였다.

스웨덴산 가죽 재킷을 입은 브렘 대령은 문을 등지고 창문 옆에 서 있어서 로마쇼프가 들어오는 것을 느끼지 못했다. 그는 어항 속으로 손을 집어넣고 무언가 하고 있었다. 로마쇼프가 두어 번 기침을 해서 주위를 환기시키려고 할 때, 브렘은 여위어서 더 길어 보이는 데다 수염이 덥수룩한 안경 쓴 얼굴을 돌렸다.

"로마쇼프 소위! 언제 오셨나요. 이리로 오시죠." 라팔스키는 반갑게 맞이했다. "물고기를 좀 만지느라 손이 젖어서 악수는 못하겠군요. 차 한 잔하시겠습니까?"

"감사합니다만, 이미 마셨습니다. 대령님, 제가 온 이유는······"

"들으셨는지 모르겠네요. 부대가 다른 도시로 이동한다는 소리가 있더군요." 방금 전에 하다 만 이야기를 이어서 하는 것 같은 투로 라팔스키는 말했다. "그래서 전 요즘 고민에 싸여 있습니다. 생각해보십시오, 제가 기르는 물고기를 어떻게 이동시킵니까? 아마도 반은 옮기다가 죽을 겁니다. 어항도 마찬가지입니다. 보시다시피 3미터나 되는 어항도 있습니다. 어떻게 옮깁니까? 아, 그렇지." 그는 다른 이야기를 불쑥 하기 시작했다. "제가 세바스토폴에서 어떤 어항을 본 줄 아십니까? 이 방만 한 크기인데 바닷물을 채우더군요. 서서 보고 있노라면 물고기들이 움직이는 게 정말 잘 보이지요. 철갑상어, 상어, 홍어, 달강어 등등이 노는데 정말 보기 좋더군요. 그리고 한 3미터나 되는 물개도 있는데, 화살 모양의 꼬리 하며…… 대단합디다. 두어 시간 동안 그 앞을 떠나지 못했다니까요. 왜 웃으십니까?"

"죄송합니다…… 대령님 어깨에 생쥐 한 마리가 있는 것이 보여서……"

"아, 이놈, 도대체 어딜 갔다가 온 거니." 마치 생쥐가 찍찍거리는 것처럼 가느다란 목소리로 그는 말을 했다. 빨간 눈을 가진 작고 하얀 생쥐는 그의 수염과 입 주위에서 몸을 비벼댔다.

"어떻게 동물들이 당신을 알아볼까요?" 로마쇼프가 말했다.

"어떻게……, 알더군요." 고개를 흔들며 라팔스키는 한숨을 쉬었다. "바로 거기에 문제가 있습니다. 사람들은 동물을 모르거든요. 사람들은 개를 훈련시키고, 말을 어느 정도 길들이고, 고양이를 기르고 하지만, 정작 이 동물들에 대해서 알려는 노력은 전혀 하지 않거든요. 어떤 동물학자는 끼적끼적 말도 안 되는 낡아빠진 글을 평생 써내려가고, 사람들은 이런 글을 과대평가해서 칭송하지요. 어처구니가 없다니까요. 한번 개에 대해서 생각해보자고요. 개는 우리 곁에 항상 붙어 있는, 생각이 깊고 영리한 동물인데, 이런 개들의 심리에 대해서 제대로 평가하는 학자가 하나도 없단 말입니다."

"혹시 제대로 된 저서가 있는데 우리가 모르고 있는 것은 아닐까요?" 로마쇼프는 조심스럽게 자신의 의견을 내놓았다.

"저서요? 흠, 물론 역작들이 있습니다. 제 서가를 보셔도 알겠지만," 라팔스키는 벽을 따라 서 있는 책장을 가리키며 말했다. "대단한 책들이 꽤 있습니다. 엄청난 지식의 보고이죠. 하지만 제가 원하는 것은 다른 겁니다. 그런 훌륭한 책을 쓴 학자들 중 그 누구도 개나 고양이를 하루라도 제대로 관찰하며 글을 쓴 사람은 없다는 겁니다. 개가 무슨 생각을 하는지, 어떻게 꾀를 부리는지, 무슨 일을 좋아하고 싫어하는지 가만히 한번 지켜보십시오. 서커스의 광대들이 동물들을 데리고 쇼를 하는 것을 생각해보십시오. 놀랍지 않습니까? 무엇인가에 완전히 매료되었을 때를 상상해보세요. 키예프의 호텔에서 바로 그런 느낌이 들었답니다. 한 광대가 동물들과 쇼를 하더군요. 학자가 아니라 광대가요. 이런 것을 많은 경험과 지력이 있는 진중한 자연과학자가 한다면 어떤 결과가 나올까요? 개의 영리함과 온순한 성격 같은 것은 정말 인간을 놀라게 합니다. 동물의 세계는 정말 흥미롭지요. 당신은 어떻게 생각하는지 모르지만 전 개가 자신들의 언어가 있다고 확신합니다."

"왜 학자들이 이제까지 당신이 말한 내용에 대해 연구를 하지 않았을까요?" 로마쇼프는 물었다. "제가 보기에 정말 명확한데요."

라팔스키는 냉소적으로 웃음을 터뜨렸다.

"헤, 헤, 헤, 바로 그 이유 때문입니다. 너무나 명백하기 때문이죠. 학자에게 개는 척추동물이고 포유류이고 개과의 한 종일 뿐입니다. 모두 맞는 말이죠. 하지만 마치 아이에게 다가가듯 인간처럼 사유할 수 있는 존재라고 여기고 그들이 개에게 다가갈까요? 절대 아니죠. 그들은 개에게 영혼이 있다고 생각지 않는 촌로랑 다를 게 없단 말입니다."

그는 말을 멈추더니 식식거리며 어항 바닥에 붙어 있는 구타페르카로 만든 파이프를 만지작거리기 시작했다. 로마쇼프는 용기를 내었다.

"이반 안토노비치, 저기 부탁이 있습니다……"

"돈 얘깁니까?"

"네, 송구스럽게도 그렇습니다. 10루블 정도 필요합니다. 바로 갚지는 못하겠지만, 꼭……"

이반 안토노비치는 물에서 손을 빼고는 수건으로 닦았다.

"10루블이라면 빌려드리지요. 더는 안 되지만 10루블이라면 괜찮습니다. 뭔가 바보 같은 짓을 하셨나 보군요. 그냥 농담한 겁니다. 저쪽으로 가십시다."

그는 방 대여섯 개를 지나서 로마쇼프를 데리고 갔다. 방에는 가구나 커튼 같은 게 전혀 없었다. 방마다 작은 야생동물들에게서 맡을 수 있는 냄새가 풍겼고 바닥은 미끌미끌한 것들로 온통 더럽혀져 있었다. 방의 구석구석에는 나무 그루터기나 바닥이 없는 통 같은 것으로 동물들을 위한 잠자리가 만들어져 있었다. 방 두 개에는 가지가 무성한 나무가 각각 한 그루씩 있었다. 하나는 새들을 위한 것이었고 다른 하나는 담비와 다람쥐를 위한 것이었는데, 나무마다 일부러 구멍을 뚫어놓거나 둥지가 달려 있었다. 이런 저런 동물들을 위한 보금자리에서 세심한 배려와 사랑, 그리고 관심이 느껴졌다.

"이놈을 한번 보세요." 라팔스키는 가시철사로 된 울타리가 둘러쳐져 있는 개집만 한 우리를 가리켰다. 우리에 뚫려 있는 컵 바닥만 한 크기의 구멍에서 두 개의 검고 선명한 눈동자가 번득이고 있었다. "이놈은 어떻게 생각하면 세상에서 가장 흉포한 맹수일 겁니다. 이놈은 족제비라고 하죠. 아마 당신은 이놈이 사자나 표범 앞에서는 그저 유순한 송아지 정도라고 생각하겠죠. 근데 그게 그렇지 않습니다. 사자는 배가 차면 남은 고기를 들개들이 먹어치워도 신경도 안 쓴답니다. 하지만 이놈이 닭장에 한 번 들어가면 닭은 한 마리도 안 남는다고 보시면 됩니다. 그야말로 뼛조각 하나 안 남지요. 게다가 이놈은 절대 길들여지지 않는답니다. 허, 정말 대단한 놈이지요."

그는 울타리 안으로 손을 집어넣었다. 그러자 바로 작은 문에서 성이 잔뜩 난 몸집이 작은 족제비가 이빨을 드러내며 튀어 나왔다. 족제비는 으르렁거리며 몸을 나타냈다 숨겼다 하며 빠르게 움직였다.

"어떤 놈인지 보셨지요. 거의 1년을 이놈에게 먹이를 주었는데도 이런답니다."

로마쇼프가 보기에 중령이 자신의 청을 완전히 잊은 것 같았다. 그는 로마쇼프를 자신이 사랑하는 동물들의 우리마다 데리고 다니면서 동물들의 성격, 습관 등에 대해서 아주 즐거워하며 세세하게 이야기해주었다. 사실 이 정도 종류의 동물들(흰쥐, 토끼, 기니아픽, 고슴도치, 타르바간, 유리상자 속에 든 여러 종류의 독사, 도마뱀, 두 마리의 긴꼬리원숭이, 오스트리아산 검은 토끼, 희귀한 앙골라 고양이)이 모여 있다면 시골에서는 대단한 일이었다.

"이놈, 참 멋지지 않습니까?" 라팔스키는 고양이를 가리키며 말했다. "정말 매력덩어리죠, 하지만 이놈을 존경하지는 않습니다. 멍청하거든요. 일반적인 고양이보다 더 멍청하거든요. 아, 생각난 게 있습니다." 갑자기 그는 반색하며 말했다. "사람들이 얼마나 애완동물에게 무심한지를 보여주는 증거 말입니다. 우리가 고양이에 대해서 뭘 압니까? 말은? 소는? 돼지는? 제가 말한 동물 중 어느 것이 가장 영리한지 아십니까? 바로 돼지입니다. 웃지 마십시오." 하지만 로마쇼프는 웃을 마음이 없었다. "진짜 돼지만큼 영리한 동물은 없습니다. 작년에 제가 기르는 멧돼지가 무슨 짓을 했는지 한번 들어보십시오. 설탕 공장에서 제조하다 남은 찌꺼기들을 저희 집에 가져다주곤 했습니다. 그 찌꺼기들을 채소밭에 비료로 쓰거나 돼지에게 주었죠. 근데 이 돼지가, 찌꺼기를 줄 때까지 기다리기가 어려웠던 거지요. 찌꺼기를 가져온 사람이 우리 집의 당번병을 보러 자리를 비웠을 때, 이 돼지가 이빨로 뚜껑을 따버린 겁니다. 짐작하셨겠지만 찌꺼기가 흘러내렸고 이놈은 더없이 즐거웠죠. 멧돼지가 그렇게 했다는 것을 알고는 그다음 찌꺼기가 왔을 때에는 밭이랑 속에 통을 묻어놓았답니다. 아무튼 돼지는 정말 영리한 동물입니다. 그리고 이건 비밀인데," 라팔스키는 한쪽 눈을 찡그리면서 애매한 표정을 지었다. "지금 돼지에 관한 짧은 글을 쓰고 있습니다…… 혼자만 아시고 아무한테도 말하지 마세요. 대러시아 군의 중령이 돼지에 관한 글을 쓴다면 이상하게들 생각할 테니까요. 지금 저는 요크산 돼지도 기르고 있답니다. 보시겠습니까? 정원에는 돼지 말고도 새끼 너구리도 있습니다…… 가보시겠습니까?"

"죄송합니다, 이반 안토노비치, 가보고 싶은데 시간이 많지 않군요." 라팔스키는 이마를 쳤다.

"아 참, 그렇지. 죄송합니다. 늙은이가 말이 많았습니다. 자, 자, 이리로 갑시다."

그들은 가구가 거의 없는 조그만 방으로 들어섰다. 그 방에 있는 것은 단지 군용침대 하나와 조그만 책상과 의자가 전부였다. 라팔스키는 책상 서랍을 열고 돈을 꺼냈다.

"도와주게 돼서 매우 기쁩니다. 뭐 큰 도움은 안 되겠지만 그래도 마음이 좋군요. 시간 나실 때 또 오시죠. 이런저런 이야기나 나눕시다."

거리로 나오자마자 로마쇼프는 베트킨과 맞닥뜨렸다. 그의 수염은 헝클어져 있었고 멋을 내려고 삐뚜름하게 쓴 군모는 납작하게 찌그러져 있었다.

"오! 햄릿 왕자!" 베트킨이 즐거워하며 소리쳤다. "어디서 오셔서 어디로 가십니까? 왜 이렇게 환하십니까? 마치 명명일을 맞으신 것처럼 말입니다."

"사실 오늘이 제 명명일입니다." 로마쇼프는 미소를 지었다.

"그래요? 생각해보니 틀림없군요. 오늘이 게오르기와 알렉산드르의 날이니까요. 축하합니다. 진한 포옹으로 제 축하하는 마음을 표현해도 될까요?"

그들은 바로 그 자리에서 포옹을 했다.

"어쨌거나 어디든 파티에 가서 축하해야 하지 않을까요? 우리의 좋은 친구 아르차콥스키가 항상 말하듯이 한잔 걸치면서요." 베트킨이 제안했다.

"그럴 수 없습니다, 파벨 파블르이치. 가야 할 곳이 있어서요. 그건 그렇고, 오늘은 카드 놀이가 일찍 끝났나 봅니다."

"하하!" 베트킨은 자랑스럽다는 듯이 턱을 위로 쳐들며 말했다. "재정부 장관도 배 아플 만한 건수를 하나 오늘 터뜨렸지 뭡니까."

"어떤 건수입니까?"

베트킨이 터뜨린 한 건은 별거 아니었지만 그런대로 괜찮은 것이었다. 이 건수에 동참한 이는 연대 재봉사 하임이었다. 그는 베트킨에게 줄 제복 한 벌을 주문 받고 제작 중이었는데, 오늘 베트킨이 받은 것은 제복이 아니라 현찰 30루블이었던 것이다.

"우리 둘은 오늘 게임에 모두 만족했습니다." 베트킨은 즐겁게 이야기했다. "유대인 재봉사는 제복을 만든 것처럼 하고, 그 비용으로 보급부대에서 45루블을 받을 것이니까 문제가 없고, 나도 30루블을 챙겼으니까 좋지 않습니까? 괜찮은 거래 아닙니까?"

"괜찮네요!" 로마쇼프는 동의했다. "저도 생각해봐야겠군요. 아무튼 다음에 보시지요. 파벨 파벨르이치. 안녕히 가세요."

그들은 헤어졌다. 그러나 금방 베트킨이 로마쇼프를 불렀다. 로마쇼프는 뒤돌아보았다.

"동물원은 둘러보셨나요?" 베트킨이 손가락으로 라팔스키의 집을 가리키며 능청맞게 물었다. 로마쇼프는 고개를 끄덕이고는 확신에 찬 어조로 말했다.

"브렘 대령은 정말 좋은 분입니다."

"여부가 있겠습니까!" 베트킨은 동의하며 한마디 더했다. "하지만 온전한 정신은 아니죠."

13

5시쯤 니콜라예프의 집에 가까이 온 로마쇼프는 아침나절의 유쾌한 확신이 엷어지고 무언가 불안한 마음이 짙어지고 있다는 느낌을 받았다. 이러한 불안감은 지금 바로 생긴 것이 아니라, 언젠지 모르지만 과거에 생긴 것 같았다. 과거의 어떤 시점인지 모르지만 그때부터 서서히 자라난 것이 분명했다. 이러한 종류의 불안감과 유사한 느낌을 어렸을 때도 받은 적이 있었다. 그 당시 경험에 비추어 볼 때 이러한 마음을 치유할 수 있는 유일한 방법은 불안의 원인을 찾는 것이었다. 어릴 적 어느 날 하루 종일 불안해서 힘든 적이 있었는데, 그날 저녁이나 돼서야 그 이유를 불현듯 깨달았다. 그날 낮에 철로를 건너다가 갑작스러운 기차의 기적 소리 때문에 놀랐는데, 하루 종일 왜 답답한지 모르다가 낮에 놀랐었던 기억을 되살리고 마음이 평안해졌고, 심지어는 유쾌해지기까지 했었다.

그는 서둘러 과거의 기억을 하나하나 역순으로 되돌려보았다. '스비제르스키 상점; 향수; 마차 대절; 시계를 맞추기 위해서 우체국을 들른 일; 상쾌한 아침; 스테판…… 스테판 때문인가? 그럴 리가 없었다. 스테판에게 따로 줄 돈을 챙겨놨기 때문이다. 그럼 이 불안한 기분은 뭐 때문이지? 도대체 모르겠군.'

니콜라예프 집의 담벼락 옆으로 이미 말 두 필이 이끄는 석 대의 마차가 대기하고 있었고 두 명의 당번병이 안장이 얹힌 말 두 마리의 고삐를 쥐고 있었다. 한 마리는 갈색의 말로서 올리자르가 구입한 말이었고, 다른 한 마리는 베크 아가말로프가 타는 암말로서 성난 듯한 눈동자를 지닌 매끈한 말이었다.

'맞아, 편지!' 갑자기 로마쇼프의 뇌리에 스치는 것이 있었다. '무슨 일이 있더라도'라는 구절이 이탤릭체로 되어 있었어. 왜 그랬을까? 니콜라예프가 나한테 화난 일이 있나? 질투인가? 무슨 소문이라도 난 것이 아닐까? 마지막으로 그를 봤을 때 나를 대하는 태도가 좀 이상했던 것 같아. 그래, 그냥 돌아가는 게 낫겠어.'

"그냥 가도록 해!" 그는 마부에게 소리쳤다.

바로 그때 니콜라예프의 집 문이 열리는 것을 그는 전혀 보지도 듣지도 못했으나 이내 달콤하고 격정적인 심장의 고동소리를 듣고 누군가 문을 열고 나온 것을 눈치챘다.

"로모츠카! 어디 가는 거예요?" 뒤쪽에서 알렉산드라 페트로브나의 경쾌하고 명랑한 목소리가 들려왔다.

그는 마차를 멈추게 하고 마차에서 뛰어내렸다. 슈로치카는 문가에 서 있었다. 그녀는 꽃이 아름답게 달려 있는 띠를 매고 있었고 눈부시게 하얀 원피스를 입고 있었다. 머리에는 띠에 달려 있는 꽃과 같은 것이 꽂혀 있었다. 그녀는 슈로치카가 분명히 맞았지만 이상하게도 마치 처음 보는 여인 같았다. 그만큼 그녀는 빛이 났고 신선하였다.

로마쇼프가 축하인사를 주절대는 동안 그녀는 그의 손을 꼭 쥔 채 집 안으로 부드럽게 인도했다. 그러는 동안 그녀는 소리를 죽여 이야기를 했다.

"와주셔서 고마워요, 로모츠카. 당신이 오지 않을까 봐 걱정했답니다. 제발 오늘은 주위 상황에 민감하게 반응하지 말고 즐겁고 편안하게 행동해주세요. 조금만 기분이 상해도 축 처지는 모습은 정말 보기 싫거든요. 그럴 때면 꼭 풀 죽은 강아지같이 보여요."

"알렉산드라 페트로브나…… 오늘 받은 당신의 편지가 저를 혼란스럽게 만들었습니다. 거기 이런 구절이 있던데……"

"그런 이야기는 그만두세요!" 그녀는 그의 두 팔을 꼭 잡고 두 눈을 바라보았다. 그녀의 시선은 로마쇼프에게 전혀 새로운 느낌으로 다가왔다. 그녀의 눈길은 애무처럼 부드러우면서도 알 수 없는 긴장과 불안이 섞여 있었다. 그녀의 짙푸른 눈동자 너머로부터 가려진 영혼의 언어로 이야기하는 이해하기 어려운 말들이 쏟아져 나오는 것 같았다. "제발, 오늘만큼은 아무런 생각도 하지 말아주세요. 오늘 당신이 오는지 안 오는지 계속 지켜봤던 내 모습으로는 만족하실 수 없나요? 전 당신이 겁쟁이라는 것을 알아요. 그렇게 저를 쳐다보지 마세요!"

그녀는 고개를 흔들며 웃음을 터뜨렸다.

"좋아요…… 로모츠카, 오늘도 당신은 제 손에 키스를 하지 않네요.

그렇죠. 이제야 제대로 하는군요. 이제 안으로 들어가요. 잊지 마세요." 빠르게 속삭이며 그녀는 말을 이었다. "오늘은 우리의 날이란 걸요. 여왕 알렉산드라와 그의 기사 게오르기의 날이란 말이에요. 아셨죠? 자, 자, 들어가세요."

"이것을 받아주세요…… 조그만 선물입니다……"

"이게 뭐예요? 향수? 이런 바보 같은 짓을 하시다니요! 아니, 아니, 농담한 거예요. 정말 고마워요. 로모츠카. 발로자!" 그녀는 거실로 들어서면서 큰 소리로 기침없이 말했다. "여기 피크닉을 갈 동반자가 한 분 더 오셨습니다. 게다가 명명일도 맞으셨고요." 어디론가 떠나기 전에 으레 그렇듯이 거실은 부산하고 소란스러웠다. 자욱한 담배 연기는 창으로부터 들어온 봄볕과 만나 파란 구름을 만들어내고 있었다. 거실의 중앙에는 일고여덟 명의 장교가 신나게 이야기하고 있었다. 그들 중 목이 쉬었지만 가장 큰 소리로 계속 기침을 해대면서 떠드는 이는 탈만이었다. 그 외에도 오사치 대위, 늘 붙어 다니는 올리자르와 베크 아가말로프 부관, 쥐가 생각나는 얼굴의, 작지만 민첩한 중위 안드루세비치, 그리고 바로 알아볼 수 없는 장교들 몇몇이 있었다. 잔뜩 분을 칠한 얼굴에 장식을 주렁주렁 달아놓은 것이 마치 커다란 인형 같은 소피아 파블로브나 탈만은 미힌 소위의 여자 형제 두 명과 소파에 앉아 이야기를 나누고 있었다. 미힌의 여자 형제 두 명은 자신들이 직접 만들어서 그런지 눈에 띄지는 않았지만 녹색 리본이 달린 무난한 드레스를 입고 있었다. 두 아가씨 모두 장밋빛 뺨에 검은 머리와 검은 눈 그리고 주근깨를 지녔다. 또한 하얗고 덧니가 있는 치아는 그녀들을 더욱 매력적으로 보이게 했다. 둘 다 모두 명랑했고, 서로가 서로를 닮았으며, 동시에 미힌과도 비슷한 이미지를 풍겼다. 중위 안드루세비치의 아내도 초대를 받아 와 있었다. 그녀는 하얀 얼굴의 통통한 여인이었는데, 좀 멍청하고 경박한 편이었으며 저질스럽고 추잡한 농담을 좋아했다. 발음이 정확하지 않지만 꽤나 수다 떨기를 좋아하는 르의카체바 부인도 자리를 잡고 있었다.

항상 그렇듯이 장교 부인들은 남자들과 일정한 거리를 떨어져서 한자리에 모여 있었다. 부인들 근처의 소파에는 아무 거리낌 없이 몸을 쭉 펴고 눕다시피 앉아 있는 이등 대위 디츠가 보였다. 그는 독일식 캐리커처에서 자주 보이는 프러시아 장교들과 얼굴이나 몸매가 닮았는데 뭔가 지저분한 스캔들 때문에 근위대에서 보병연대로 이동배치 되었다는 이야기가 돌고 있었다. 그는 남자들과의 관계에서 이상한 자신감을 가지고 있었고 부인들에게는 뻔뻔하고 불손한 태도를 유지했다. 그는 판이 제법 큰 카드 게임을 자주 열었는데, 장교들의 모임이 아니라 일반 시민들 모임이나 관리, 또는 근처의 폴란드 지주들의 파티에서만 게임을 하였다. 사람들은 그를 좋아하지 않았고 심지어 약간은 두려워하는 편이었다. 대부분의 사람들은 그가 언젠가 추잡한 사고를 칠 것이라고 믿고 있었다. 현재 그는 늙은 여단장의 젊은 아내와 그렇고 그런 사이라고 소문이 나 있었다. 또한 탈만 부인과 매우 가까운 사이일거라는 것도 잘 알려진 이야기였다. 때문에 탈만 부인을 위해서 그를 손님으로 초대하는 것이 일종의 연대 내 불문율처럼 되어 있었다.

"반갑습니다. 어서 오십시오." 니콜라예프가 로마쇼프를 맞으며 말했다. "오전에 피로그*를 드시러 오셨으면 좋았을 텐데 말입니다."

그는 자상한 미소로 밝게 이야기했다. 하지만 그의 목소리와 눈빛에 얼마 전부터 느껴온 소원함이 있는 걸 로마쇼프는 눈치챌 수 있었다.

---

* 러시아 식 만두.

'그는 나를 좋아하지 않는군.' 로마쇼프는 속으로 생각했다. '왜 그런 거지? 화가 났나? 질투인가? 이제 내가 지겨운가?'

"그게…… 저희 중대가 지금 무기 검열을 받고 있어서요." 로마쇼프는 거짓말을 했다. "검열 준비를 하느라 휴일에도 쉬지 못할 정도로 바쁘다 보니…… 아무튼 피크닉을 갈 줄 전혀 몰랐는데, 가신다고 연락이 와서 짬을 내서 왔습니다. 하지만 직무를 놔두고 오려니 부끄럽군요."

니콜라예프는 환하게 미소를 지으며 무례하다는 기분이 들 정도로 로마쇼프의 어깨를 두드렸다.

"무슨 말씀을 하십니까? 사람이 많으면 많을수록 즐거운 법입니다. 중국식 축제를 보면 알 수 있죠. 다만 마차의 자리가 문제군요. 뭐, 좁지만 끼여 앉으면 될 겁니다."

"마차를 한 대 가지고 왔습니다." 로마쇼프는 니콜라예프의 손에서 어깨를 슬쩍 빼내며 말했다. "자리가 좁다면 제가 가지고 온 마차를 이용하시면 될 것 같습니다."

로마쇼프는 주위를 둘러보았고 슈로치카와 눈길이 마주쳤다. '고마워요, 귀염둥이!' 그녀의 따뜻하면서도 주의 깊은 시선이 그에게 이렇게 말하는 것 같았다. '오늘 그녀의 모습은 너무나 아름답구나!' 로마쇼프는 생각했다.

"아, 잘됐군요." 니콜라예프는 시계를 쳐다보았다. "손님 여러분." 그는 문듯이 말했다. "이제 가시는 게 어떨까요?"

"고양이 바시카가 앵무새 꼬리를 물어 새장에서 끌어낼 때, 앵무새가 그러죠, '간다', '간다'라고." 올리자르가 큰 소리로 농담을 했다.

모두가 올리자르의 농담을 듣고서는 큰 소리로 웃었다. 부인들은 곧 모자와 양산을 찾아 들었고 장갑을 끼었다. 기관지염을 앓고 있는 탈만은 따뜻한 숄을 챙기라며 큰 소리로 말했다. 이래저래 부산한 모습이었다.

이 와중에 미힌이 로마쇼프를 한쪽 구석으로 끌고 오더니 말했다.

"유리 알렉세이비치, 청이 하나 있습니다. 제 누이들과 함께 마차를 타주세요. 그렇지 않으면 디츠랑 같이 타게 될 텐데, 그건 정말 싫거든요. 제발 부탁입니다. 디츠는 항상 추잡한 이야기를 하는 통에 제 누이들이 당황해서 그만 울지도 몰라요. 저야 폭력을 싫어하지만, 언젠가 그놈 면상을 날리게 될 것 같습니다……"

로마쇼프는 슈로치카와 한마차를 타고 싶었지만 원체 마음에 드는 사람이 간절히 바라는 깨끗하고 맑은 시선을 보내고 있는 데는 통 거절을 할 수가 없었다.

한참 동안 사람들이 마차에 타느라고 수선을 떨었다. 로마쇼프는 미힌의 누이들과 함께 마차에 올랐다. 마차들 틈새에서 예의 축 처진 모습으로 이등대위 레쉔코가 우왕좌왕하고 있었다. 아무도 그와 함께 마차를 타고 싶어 하지 않았고 로마쇼프는 미처 눈치를 채지 못했기 때문이었다. 로마쇼프는 이등대위에게 함께 마차에 타자고 말했다. 그는 순종적이고 선한 강아지 같은 눈빛으로 소위를 쳐다보고는 한숨을 쉬며 마차에 올라탔다.

드디어 모두 마차에 탔다. 어느 마찬지 모르지만 앞쪽의 한 마차에서 올리자르가 소가극의 한 소절을 소리 높여 부르는 소리가 들렸다.

우편마차에 빨리 탑시다,
어서어서 마차에 올라탑시다.

"속보로 진군!" 우레와 같은 목소리로 오사치가 명령을 내렸다.

마차들이 움직이기 시작했다.

14

피크닉은 들뜨고 어수선했다. 마차들은 3베르스타* 정도를 달려 두베츠나야에 도착했다. 휘장이 쳐진 듯 긴 비탈로 되어 있는 이 숲의 아래 지대로 맑고 좁은 계곡이 숲을 돌아 나가고 있었다. 백여 년 이상 자란 우람한 참나무들이 드문드문 숲에 펴져 있었고, 그 주위로 관목이 촘촘하게 자리 잡고 있었다. 여기저기에 새순이 돋아난 풀들이 보기에 좋았다. 사모바르와 음식 바구니를 가지고 먼저 출발했던 당번병들이 기다리고 있었다.

바닥에 천을 깔았고 그 위에 자리를 잡고 앉기 시작했다. 부인들이 음식을 접시에 담아냈고 남자들은 다소 과장된 친절을 보이며 여자들을 도왔다. 올리자르는 천 하나를 앞치마처럼 매고 다른 천 하나로는 요리사의 모자처럼 만들어 머리에 쓰고는 자신이 장교클럽에서 파견 나온 주방장 루키츠라고 하며 우스갯소리를 했다. 오랫동안 부인들이 자신의 추종자 옆에 자리를 잡기 위해 우왕좌왕했다. 약간은 불편했지만 서로 기대다시피 하면서 앉게 되었고, 이런 상황이 새로웠기에 모두들 즐거워했다. 레쉔코는 멋을 부리며 '우리는 마치 그리스, 로마인들처럼 누워버렸군요'라고 말했지만 왠지 뭔가 모르게 모자라 보이는 말이 되어버렸다.

슈로치카는 탈만과 로마쇼프의 사이에 앉았다. 그녀는 눈에 뜨일 정도로 즐거워하는 것 같았고 엄청나게 말을 많이 해댔다. 이전에 로마쇼프

---

* 1베르스타는 1.067킬로미터 정도.

는 그녀가 이렇게 아름다웠는지 몰랐다. 그녀에게서 뭔가 열병 같은 감정이 표면으로 분출되는 것을 느낄 수 있었다. 가끔 그녀는 말없이 1초도 안 될 것 같은 시간 동안 로마쇼프를 돌아보곤 했는데, 비록 짧은 시간이었지만 그는 그녀의 시선 속에서 뜨겁게 끌어당기는 어떤 힘을 느낄 수 있었다.

갑자기 오사치가 자리에서 일어나서 무릎을 꿇고는 손에 들고 있던 잔을 칼로 두들겼다. 모두들 조용해지자 낮고 굵직한 목소리로 말하기 시작했다.

"신사 숙녀 여러분…… 오늘 명명일을 맞은 우리의 아름다운 부인을 위하여 축배를 드십시다. 항상 행복이 넘치고 또한 장군 부인이 되기를 바라마지않습니다."

그는 술잔을 높이 치켜들고 목청껏 소리쳤다.

"만세!"

이 사자의 포효 같은 소리는 나무 사이를 휘돌며 온 숲에 쩌렁쩌렁 울려 퍼졌다. 오사치 옆에 앉아 있던 안드루세비치는 귀청이 떨어져 나간 듯한 행동을 하며 나자빠지는 시늉을 했다. 모두들 만세를 외쳤다. 남자들은 슈로치카와 잔을 부딪치기 위하여 그녀에게 다가갔다. 로마쇼프는 맨 마지막에 건배를 하려고 일부러 머뭇거렸고 슈로치카는 그것을 알아차렸다. 그녀는 조용히 미소 지으며 로마쇼프에게 백포도주가 든 자신의 잔을 내밀었다. 이 순간 그녀의 눈은 더욱 커졌고 눈동자는 짙어졌다. 그녀의 입술은 어떤 단어를 이야기하는 것 같았으나 약간 움직였을 뿐 알아들을 수는 없었다. 그러나 바로 돌아앉더니 탈만과 웃으며 이야기를 하기 시작했다. '그녀가 무슨 말을 한 거지?' 로마쇼프는 생각했다. '도대체 무슨 말일까?' 로마쇼프는 궁금했고 이것이 그를 불안하게 했다. 그는 입 주위를 사람들이 눈치채지 않게 가리고 슈로치카가 한 것처럼 입술을 움직여 보았다. 하지만 전혀 무슨 말인지 감이 잡히지 않았다. '내 사랑?' '사랑해요?' '로모츠카?' 이도 저도 아닌 것 같았다. 그저 슈로치카가 한 말은 세 음절이라는 것밖에는 답이 나오지 않았다.

다음으로 니콜라예프의 건강과 참모부에서의 성공, 아카데미의 합격을 바라는 건배가 이어졌다.

이후 슈로치카의 제안으로 명명일을 맞은 로마쇼프를 축하하는 건배를 하였는데 앞서의 두 건배보다는 한층 시들했다. 이후 피크닉에 온 모든 신사숙녀를 위해, 연대의 모든 부인들을 위해, 앞으로의 연대의 발전을 위해, 그리고 러시아 군의 승리를 위해 건배했다.

이미 꽤나 취한 탈만이 일어서서 큰 소리로 건배를 제안했다.

"여러분, 우리가 사랑하고 존경하는 황제, 우리의 마지막 피 한 방울까지 바칠 수 있는 황제, 그를 위하여 잔을 듭시다!"

배에 힘이 빠졌는지 마지막 단어를 이야기하며 탈만의 목소리는 피리 소리처럼 가느다랗게 변했다. 갑자기 누런 자위 위에 떠 있는, 집시 도둑들에게서 흔한 검은색의 눈동자가 힘없이 깜박이더니 눈물이 그의 거무스름한 뺨 위로 흘러내렸다.

"국가, 국가를 부릅시다!" 작고 통통한 안드루세비치가 열광적으로 제안했다.

모두들 일어섰다. 장교들은 거수경례를 했다. 잘 맞지는 않아도 벅찬 감정으로 부르는 노랫소리가 울려 퍼졌다. 이등대위 레쉔코는 어느 누구보다도 크게, 어느 누구보다도 박자를 맞추지 못하고, 어느 누구보다도 감정을 잡으며 노래를 불렀다.

모두들 무척 술을 많이 마셨는데, 늘 그렇듯이 연대 사람들은 서로서로를 방문하거나, 모임이 있거나, 회식이 있을 때면 이런 식으로 퍼부어 대곤 했다. 사람들이 동시에 지껄여댔기 때문에, 어느 한 사람의 목소리를 구분하기가 불가능할 정도였다. 백포도주를 많이 마셔 얼굴이 불그스름해진 슈로치카의 눈동자는 더욱 짙어졌으며 입술은 촉촉해졌다. 갑자기 그녀는 로마쇼프에게 가까이 몸을 기울이고는 말하기 시작했다.

"이런 식의 소풍은 정말 싫어요. 뭔가 너저분한 것 같거든요. 물론 남편이 떠나기 전이라 사람들을 초대할 필요가 있었지만요. 차라리 우리 집 정원에서 파티를 할걸 그랬어요. 알다시피 우리 집 정원은 정말 고풍스럽고 멋지거든요. 어쨌든 오늘 정말 기분이 좋네요. 진짜, 진짜 행복한 날이에요. 내가 왜 이렇게 행복한지, 이유를 알아요. 하지만 나중에 말씀드릴게요. 아니, 아니, 말씀드릴 게 없어요."

아름다운 눈꺼풀이 반쯤 감긴 그녀의 얼굴에는 매력적이면서도 참기 힘든 유혹의 느낌이 깃들어 있었다. 그녀의 모습은 눈부셨으며 어렴풋이나마 그녀가 가진 내밀한 열정적 동요를 감지할 수 있었다. 그는 달콤한 전율이 팔과 다리를 지나 가슴으로 스며드는 것을 가만히 느꼈다.

"오늘 당신의 모습은 예전과 달라 보입니다. 무슨 일이라도?" 그는 작은 목소리로 속삭이듯 물었다.

그녀는 순진하고 얌전한 태도로 다급히 대답했다.

"아니, 아무 일도 없어요. 정말이에요. 저 푸른 하늘 색깔을 보세요. 저 하늘처럼 제 기분은 너무나 상쾌하군요. 포도주를 좀더 따라주세요. 로모츠카, 내 귀여운 아이……"

다른 한편에서는 많은 사람들이 곧 일어날 거라고 생각되는 독일과의 전쟁에 대해 이야기를 시작하였다. 소리를 치며 동시에 몇 사람이 떠들어 댔기 때문에 제대로 대화가 되지 않았다. 갑자기 화가 난 오사치가 단호하고 우렁찬 목소리로 말하기 시작했다. 무척 취해 있어서 그런지 그의 아름다운 얼굴은 창백했고 커다랗고 검은 눈은 탁해져 있었다.

"말도 안 됩니다!" 그는 흥분해서 소리쳤다. "세상의 모든 것이 엉터리란 말입니다. 전쟁은 변질되었습니다. 아니, 모든 게 다 퇴락했습니다. 애들은 바보로 태어나고 여자들은 몸이 굽고 남자들은 유약해졌단 말입니다. '어머, 피! 너무 무서워서 기절할 것 같아요!'" 그는 콧소리를 섞어가며 말했다. "이렇게 모든 것이 변한 이유는 잔인하고 가차 없는 진정한 전쟁의 시대가 지나갔기 때문입니다. 요즘 전쟁이 전쟁입니까? 적과 15베르스타나 떨어져서 총을 쏴대다가, 집으로 돌아가게 되면 영웅 대접을 받으니. 이런 전쟁에서 어떻게 진정한 용기를 발휘할 수 있겠습니까? 포로로 잡혀도 마찬가지입니다. '이런, 이런, 불쌍한 친구. 담배 한 대 피우려나? 아니면 차라도? 너무 춥지는 않나? 잠자리는 어때?' 이런 전쟁이 어디 있습니까?" 오사치는 고개를 숙이고 마치 황소가 달려들 것 같은 기세로 으르렁거렸다. "중세 시대의 전쟁이 진정한 전쟁이지요. 한밤의 기습. 불타는 도시. 사흘 동안 병사들에게 약탈을 허용하는 겁니다. 피가 튀고 여기저기 불이 납니다. 포도주 통은 바닥이 드러나고 거리는 온통 피와 포도주로 적셔지는 겁니다. 폐허 속의 축제만큼 즐거운 일이 있을까요? 울부짖는 아름다운 여인들이 벌거벗겨지고 머리채를 잡힌 채 이리저리 끌려다닙니다. 동정과 연민이란 단어는 없겠죠. 용자들이 전리품을 챙기는 것일 뿐입니다."

"용자요? 당신은 별 관계가 없어 보이는군요." 소피아 파블로브나 탈만이 농을 던졌다.

"밤마다 집들이 불타고, 교수대에 매달린 검은 몸뚱이는 바람에 흔들리고, 그 위로 까마귀들이 맴돕니다. 교수대 아래에선 모닥불을 펴놓고 승리자들이 주연을 벌입니다. 포로는 필요치 않습니다. 승자들은 포로에게 신경을 쓸 여유가 없단 말입니다. 오호!" 오사치는 경탄의 외침을 내뱉었다. "이 얼마나 멋지고 용감한 시대입니까? 전투도 마찬가집니다. 가슴과 가슴을 맞대고 수시간 동안 맹렬하게 미친 듯이 싸웁니다. 그들의 전투술은 아름답기 그지없습니다. 그들의 가공할 만한 힘은 놀라울 따름이죠. 여러분!" 그는 벌떡 일어서서 몸을 쭉 펴더니 격정에 찬 목소리로 소리쳤다. "여러분은 사관학교에서 현대의 인도적인 전쟁에 관한 얄팍한 지식을 얻으셨을 겁니다. 하지만 나는 술을 마시겠습니다. 아무도 나의 생각에 동조하지 않더라도 나는 과거의 경쾌하고 잔혹한, 피가 튀는 전쟁을 위하여 마시겠습니다."

평소에 말이 없던 사람이 황홀경에 빠져 열정적으로 말하는 것을 듣던 모든 이들은 호기심 반 두려움 반으로 그를 쳐다보았다. 그때 베크 아가말로프가 갑자기 일어섰다. 그가 너무 빨리 그리고 급작스럽게 일어났기 때문에 부인들 중 한 명이 놀라서 소리를 칠 정도였다. 그는 눈을 부릅뜨고 앙다문 허연 치아를 으르렁거리듯이 드러냈다. 그는 씩씩거리기만 하고 제대로 말을 하지 못했다.

"오, 오······! 그러니까······ 그러니까, 이해할 수 있습니다! 아!" 그는 오사치의 손을 꽉 쥔 채 흔들어댔다. "나약한 인간들, 불쌍한 인간들은 다 뒈져야 합니다. 모두 다!"

그는 평소에는 감추고 있었던 자신의 핏속에 끓고 있던 야수적인 본성을 어떻게든 드러내야만 했다. 벌겋게 충혈된 눈으로 주위를 한번 둘러보더니, 갑자기 칼집에서 칼을 뽑고는 미친 듯이 관목을 후려쳐댔다. 가지와 나뭇잎이 앉아 있는 사람들에게 흩뿌려졌다.

"베크, 미쳤어요!" 부인들이 소리쳤다.

베크 아가말로프는 곧 냉정을 찾고 자리에 앉았다. 그는 자신의 갑작스러운 광란의 발작 때문에 난처한 것처럼 보였다. 하지만 실제로는 너무 흥분해서 씩씩대다 보니 그의 콧구멍은 부풀어 올라 있었고, 화가 나서 치뜬 보기 흉한 눈으로 불손하게 주위를 둘러보았다.

로마쇼프는 오사치가 한 말을 듣는 둥 마는 둥 듣고 있었다. 그는 꿈같기도 하고 지구상에 없는 음료를 마시고 달콤하게 취한 것 같기도 한 그런 이상한 기분을 느꼈다. 마치 따뜻하고 부드러운 거미줄이 천천히 자신의 몸을 감싸면서 간질이는 것 같은 느낌이었다. 그의 손은 슈로치카의 손과 자주 닿았는데, 마치 의도적으로 손을 닿게 하는 것이 아니라는 듯이, 두 남녀는 서로를 쳐다보지 않았다. 로마쇼프는 정말 꿈에 빠졌다. 오사치와 베크 아가말로프의 목소리가 저 멀리 안개가 자욱한 환상의 공간에서 들려오는 것 같았다. 그들의 목소리가 또렷이 들렸지만 도무지 이해할 수 없었다.

'오사치…… 그는 잔혹한 사람이지, 그는 나를 좋아하지 않아.' 로마쇼프는 생각했다. 그러나 지금 로마쇼프가 생각하는 오사치는 과거의 오사치가 아닌 새롭고 무시무시한 인물로서, 마치 활동사진의 영상에 투영되고 있는 것 같았다. '그의 아내는 작고 마르고 항상 아기를 배고 있는 불쌍한 여인이지…… 오사치는 그녀와 함께 외출을 하려고 하지 않지…… 그의 부대의 병사 하나가 작년에 목을 맸지…… 오사치…… 그래…… 오사치는 어떤 사람인가? 이젠 베크가 소리치는군…… 그가 누구더라? 내가 아는 사람인가? 맞아, 아는 사람이야, 그런데 왜 이렇게 낯설까? 내 옆에 앉아 있는 사람은 누구지……? 누굴까? 그에게서 솟아나는 환희에 난 취하고 있어. 형언할 수 없는 기쁨……! 내 앞에 니콜라예프가 앉아 있군. 불만이 꽉 찼는걸. 한마디도 않고 있잖아. 힐끔힐끔 내

쪽을 바라보고 있어. 흠, 그냥 신경 쓰지 말자고, 화가 났든 말든. 오, 황홀한 기쁨!'

점점 어두워졌다. 바닥에 어둠이 천천히 깔리고 있었다. 작은 미힌이 갑자기 큰 소리로 말했다.

"여러분, 이곳이 제비꽃 계곡이라 불리거든요. 꽃을 따러 가는 게 어떨까요?"

"늦었습니다." 누군가 말했다. "이젠 한 송이도 찾아낼 수 없을 겁니다."

"지금 뭘 찾는 것보다 잃어버리기가 더 쉬울 거요." 디츠가 비루한 웃음을 터뜨리며 말했다.

"그럼 모닥불이라도 피우죠." 안드루세비치가 제안했다.

사람들은 나뭇가지와 작년에 떨어져 마른 잎을 잔뜩 끌어 모아놓고 불을 지폈다. 불기둥이 하늘로 올랐다. 낮을 밝히던 빛의 잔재가 불을 지핌과 동시에 숲에서 나온 어둠에 자리를 양보했다. 적자색의 불티가 참나무의 윗부분에서 처연하게 흩날렸다. 나무들이 빨간 석양 아래에서 살짝 몸을 움직여 암흑 속으로 사라지고 있었다.

모두 일어났다. 당번병들은 유리 그릇에 초를 불붙여 놓았다. 장교들은 어린 학생들처럼 장난을 쳤다. 올리자르는 미힌과 씨름을 했는데 놀랍게도 체구가 작고 굼뜬 미힌이 두 번이나 연달아 건장한 올리자르를 땅바닥에 내동댕이쳤다. 사람들은 모닥불을 뛰어 넘는 장난을 쳤다. 안드루세비치는 파리가 유리창에 부딪치는 모습과 노련한 새가 나무 뒤에 숨은 닭을 사냥하는 모습을 몸으로 표현했고, 톱질하는 소리와 칼을 숫돌에 갈 때 나는 소리를 냈다. 그는 이렇게 몸과 입으로 상황과 사물의 소리를 표현하는 데 일가견이 있었다. 디츠도 빈 병들로 저글링을 민첩하게 해냈다.

"여러분, 제가 여러분께 놀라운 마술을 선 보이겠습니다." 탈만이 소리쳤다. "제 마술은 기적이나 요술이 아니고 신속한 손놀림이니 잘 보아주십시오. 자, 보시다시피 제 손에는 아무것도 없습니다. 하나, 둘, 셋…… 얍……!" 그는 빠르게, 사람들의 웃음소리와 함께, 주머니에서 새 카드 두 벌을 꺼내서 뜯었다.

"한 판 어떠십니까?" 그는 제안했다. "상쾌한 공기 속에서 말입니다."

오사치, 니콜라예프, 안드루세비치가 카드 놀이를 하기 위해서 앉았다. 레쉔코는 깊게 한숨을 쉬고 그들 뒤에 자리를 잡았다. 니콜라예프는 처음에 뭐가 불만스러운지 카드 놀이를 하지 않겠다고 버티다가 결국 권유에 못 이기고 참가했다. 카드 놀이를 하면서 그는 여러 차례 불안한 모습으로 슈로치카를 찾으려고 뒤를 돌아보았다. 하지만 모닥불의 빛 때문에 그녀를 알아보기가 어려웠다. 때문에 돌아볼 때마다 더 잘 보기 위하여 눈을 찌푸렸고, 그 바람에 그의 얼굴은 잔뜩 구겨져버려서 흉한 인상이 되곤 했다.

나머지 사람들은 모닥불 주변으로 뿔뿔이 흩어졌다. 사람들은 처음에는 술래잡기를 시작했으나 디츠가 미힌의 큰 누이를 잡은 후에 바로 놀이가 끝나 버렸다. 왜냐하면 그녀가 얼굴이 뻘게지며 눈물을 흘리더니 단호하게 더 이상 술래잡기를 하지 않겠다고 선언했기 때문이다. 그녀는 말을 하는 동안 분노와 모욕 때문에 목소리가 떨렸고, 왜 그런지 사람들이 이유를 물어도 아무런 대답을 해주지 않았다.

로마쇼프는 좁은 오솔길을 따라 숲 속 깊숙이 걸어 들어갔다. 그는 무엇 때문에 자신이 이렇게 숲 속으로 들어가는지 알 수 없었지만 왠지 모를 달콤한 느낌이 그를 계속 숲 속으로 걸어 들어가게 했다. 그는 멈춰 섰다. 뒤편에서 나뭇가지 부딪히는 소리와 빠른 발걸음과 함께 치마 밑단이 바닥에 끌리는 소리가 들렸기 때문이다. 슈로치카가 빠르게 그에게 다가오고 있었다. 로마쇼프는 그녀를 향해 걸었고, 아무 말없이 그녀를 안았다. 슈로치카는 빨리 걸었기 때문에 숨을 몰아쉬었다. 그녀의 따뜻한 숨결이 로마쇼프의 볼과 입술을 자극했다. 로마쇼프는 자신의 품에 안긴 슈로치카의 심장이 가쁘게 뛰는 것을 느낄 수 있었다.

"앉아요." 슈로치카가 말했다.

그녀는 풀밭에 앉아 흐트러진 머리카락을 손으로 정리했다. 로마쇼프는 그녀의 발치에 누워서 단아한 목선과 턱을 바라보았다.

갑자기 슈로치카가 나지막하고 떨리는 목소리로 물었다.

"로모츠카, 괜찮으시죠?"

"괜찮습니다." 그는 대답했으나, 곧 오늘 하루의 일들이 머리에 떠오르면서 밝게 이야기했다. "괜찮은 정도가 아닙니다. 정말 좋습니다. 더 이상 좋을 수가 없습니다. 그건 그렇고 오늘 당신은 어떻게 그렇게 아름다우십니까?"

"제가요?"

그녀는 머리를 숙여 로마쇼프의 눈을 쳐다보았다. 슈로치카의 얼굴은 로마쇼프의 눈동자에 가득 찼다.

"당신은 아주 특별한 분입니다. 당신처럼 아름다운 여인을 본 적이 없습니다. 당신에게서 노랫소리와 빛이 흘러나오는 것 같습니다. 당신에게는 제가 이해할 수 없는 신비한 그 무언가가 있습니다. 그런데…… 화내지 마십시오, 알렉산드라 페트로브나…… 사람들이 당신을 찾으면 어떡하죠?"

그녀는 조용히 웃었다. 그녀의 낮고 부드러운 웃음소리는 로마쇼프에게 엄청난 기쁨을 선사했다.

"사랑스러운 로모츠카! 사랑스럽고 정다운 겁쟁이 로모츠카. 오늘은 우리 둘만의 날이라고 제가 말했잖아요. 오늘은 우리에 대해서만 생각하기로 해요. 제가 오늘 이렇게 용감해진 이유를 아시나요? 오늘 저는 당신에게 빠져버렸거든요. 하지만 내일 이후로도 제가 당신을 계속해서 사랑할 거라고 생각지는 마세요."

로마쇼프는 그녀를 안으려고 손을 뻗었다.

"알렉산드라 페트로브나…… 슈로치카…… 사샤!" 그는 애원하듯 그녀의 이름을 불렀다.

"저를 슈로치카라고 부르지 마세요. 나르게 부르는 건 괜찮지만 슈로치카라고 부르는 건 싫어요. 그래, 맞아요." 갑자기 그녀는 무엇인가 생각났다는 듯이 말하기 시작했다. "유리라는 애칭 말고 본 이름이 게오르기죠? 게오르기가 훨씬 더 좋아요. '게―오―르―기.'" 그녀는 천천히 로마쇼프의 이름을 한 자씩 발음했다. "게오르기라고 부르니까 더욱 품위가 느껴져요."

"오, 사랑스러운 이여!" 로마쇼프는 열정적으로 말했다.

"잠시만요…… 정말 중요한 이야기가 있어요. 어제 꿈속에서 당신을 보았어요. 정말 아름다운 꿈이었어요. 당신과 제가 어떤, 평범해 보이지 않는 방에서 왈츠를 추었던 거 같아요. 아, 그 방의 모습이 자세하게 생각나요. 양탄자가 많이 깔려 있고, 하나밖에 없는 등이 빨간 불빛을 내고 있고, 새 피아노가 눈에 띄고, 창에는 빨간 커튼이 드리워져 있고, 아무튼 모든 게 빨간색이었어요. 어디선가 음악 소리가 들려오는데, 악단은 보이지 않았고요. 당신과 나는 음악에 맞추어 춤을 추었죠…… 그런 달콤하고도 친밀한 감정은 꿈에서나 느낄 수 있을 거예요. 우리는 빠르게 원을 그리며 맴돌았죠. 하지만 우리의 발은 땅에 닿아 있지 않고 공중에 떠 있는 상태로 돌고 있었답니다. 그렇게 아주 오랫동안 춤을 추었고, 말로 표현할 수 없을 정도로 황홀했답니다. 로모츠카, 당신도 꿈속에서 날 아본 적이 있나요?"

로마쇼프는 바로 대답할 수 없었다. 그는 이 유혹적이고 마법 같은 이야기 속에 푹 빠져 있었기 때문이었다. 그녀의 꿈 이야기뿐만 아니라 이 봄날 저녁의 어둠과 주위에 조용히 둘러서 있는 나무들, 새하얀 드레스를 입고 있는 사랑스러운 여인과 함께 매우 가까이 있다는 사실이 그를 꿈꾸게 하고 있었다. 이러한 매혹적인 상황에서 깨어나기 위해 로마쇼프는 정신을 차려야만 했다.

"그럼요, 날아봤지요." 그는 가까스로 대답했다. "하지만 나이를 먹을수록 점점 낮게 날게 되더군요. 어렸을 때는 집 꼭대기를 마음대로 날았죠. 위에서 보는 사람들은 정말 우스꽝스러웠답니다. 마치 사람들이 물구나무서서 다니는 것처럼 보였거든요. 사람들이 나를 잡으려고 마루 닦는 솔을 휘저어댔지만 소용없었죠. 이제는 꿈속에서 날지는 못하고 점프나 하는 정도죠." 로마쇼프는 한숨 쉬며 말했다. "힘껏 땅을 박차고 돋아봐야 1아르신*도 못 되는 높이를 오를 뿐이죠."

슈로치카는 바닥에 엎드리듯 몸을 숙여 팔꿈치를 땅바닥에 대고 손으로 얼굴을 받쳤다. 그녀는 생각에 빠진 듯 잠자코 있다가 다시 입을 열었다.

"꿈을 꾸고 난 오늘 아침에 당신이 보고 싶지 뭐예요. 정말 보고 싶었어요. 만일 당신이 오지 않았다면 어떻게 했을지 저도 잘 모르겠어요. 어쩌면 당신을 찾아갔을 거예요. 그래서 5시 이전에 오지 말라고 편지에 쓴 거예요. 제 자신이 불안했거든요. 로모츠카, 절 이해하시겠죠?"

로마쇼프의 얼굴로부터 반 아르신도 안 되는 거리에 그녀의 두 다리

---

* 구러시아의 척도 단위. 1아르신은 71.12센티미터.

가 포개져 있었다. 낮은 단화를 신은 그녀의 날씬한 다리를 화살촉 같은 하얀 무늬가 새겨진 검은 스타킹이 감싸고 있었다. 갑자기 귓전에서 윙윙 소리가 나며 정신이 아득해진 로마쇼프는 이 탄력 있고 차가운 다리에 입을 갖다 대었다.

"로모츠카…… 안 돼요." 축 처진 나지막한 목소리가 들렸다.

그는 고개를 들었다. 다시금 이 순간이 그에게는 놀랍고 비밀스러운 숲 이야기 같았다. 정적이 흐르는 어둠 속에서 풀과 묵묵히 서서 세심하게 무언가 들으려는 듯 움직이지 않는 나무들을 거느린 숲이 약간의 경사를 이루며 위로 펼쳐져 있고, 숲이 끝나는 저 멀리 언덕 위로 노을이 걸쳐져 있었다. 바로 이 어둠 속에서 흐리게 보이는 나무들 사이에, 그리고 좋은 냄새가 나는 풀밭 위에 숲의 요정처럼 신비하고 아름다운 순백의 여인이 누워 있는 것이다.

로마쇼프는 그녀에게 더 가까이 다가갔다. 그녀의 얼굴에서 어렴풋한 빛이 흘러나오는 것 같았다. 그녀의 눈은 잘 보이지 않았다. 눈 대신에 두 개의 커다란 구멍이 놓여 있는 것처럼 느껴졌다. 하지만 그것들이 자신을 바라보고 있다는 것을 로마쇼프는 알 수 있었다.

"아름다운 동화 같군요!" 로마쇼프는 조용히 속삭였다.

"네, 그래요, 동화예요……"

그는 그녀의 드레스에 입 맞추었다. 그리고 그녀의 작고 따뜻한 손바닥에 얼굴을 가만히 대며 가쁜 숨을 몰아쉬고 간신히 말을 했다.

"사샤…… 당신을 사랑합니다…… 사랑합니다……"

고개를 다시 든 로마쇼프는 그녀의 눈을 똑바로 볼 수 있었다. 그녀의 커다랗고 검은 눈은 커졌다 작아졌다 하였고, 이에 따라 그녀의 얼굴 역시 어둠 속에서 변하는 것을 느낄 수 있었다. 그는 자신의 바싹 마른 입술을 그녀의 입술로 가져갔다. 그녀는 고개를 돌리면서 천천히 속삭였다.
"안 돼요, 안 돼…… 내 사랑, 안 돼요……"
"나의 여인…… 난 행복해요……! 너를 사랑해……" 로마쇼프는 잠꼬대를 하듯 행복에 겨워하며 말했다. "널 사랑해. 이 밤의 정적 속에 우리 말고 아무도 없어. 나의 행복, 난 널 사랑해!"
그러나 그녀는 숨을 가쁘게 쉬며 바닥에 완전히 누워서 계속해서 속삭였다. "안 돼요, 안 돼" 그녀는 겨우 힘을 모아 입을 열었다.
"로모츠카, 왜 이렇게 약한 모습을 보이세요. 당신에게 내가 끌리고 있다는 것을 숨기지는 않겠어요. 당신의 여러 가지 모습이 좋아요. 당신의 순수함과 부드러움 그리고 서툰 모습까지도. 당신을 사랑한다고 말할 순 없지만 항상 당신을 생각하고 있어요. 꿈에서도 당신을 보고…… 느낀답니다. 당신이 하는 행동이 나를 마음 졸이게 해요. 왜 이렇게 초라하게 구시는 거죠? 초라함은 경멸로 이어져요. 이러시면 당신을 존경할 수 없어요. 당신이 강한 사람이라면……" 그녀는 로마쇼프의 모자를 벗기고는 그의 부드러운 머리카락을 쓰다듬었다. "당신이 큰 인물이 돼서 높은 지위를 가진다면……"
"난 그렇게 될 수 있어요." 로마쇼프가 당차게 말했다. "다만 나의 여자가 되어주오. 자 이리로. 나의 삶은 모두……"
"당신이 그렇게 되리라는 것을 믿어요. 하지만 당신은 아무런 노력을 하지 않고 있어요. 당신에게 조금이라도 노력이 보였다면, 난 당신을 따랐을 거예요. 아, 로모츠카, 내 멋쟁이 친구. 신은 인간을 하나로 만들었다가, 왜 그런지 몰라도, 둘로 나누어버렸다는군요. 그래서 갈라진 둘은 오랫동안 서로를 찾고 있지만, 여전히 찾지 못하고 있답니다. 틀림없이 우리 둘은 갈라진 한 쌍일 거예요. 우리는 공통점이 많잖아요. 좋아하는 것도, 싫어하는 것도, 생각도, 꿈도, 바라는 것도. 우리는 한마디 말없이 눈빛만으로도, 마치 한마음처럼 서로를 이해할 수 있잖아요. 그렇기 때문에 이렇게 당신을 거부하는 거예요. 아, 저에게 이런 상황이 두번째로 일어나는군요."

"무슨 말인지 알고 있습니다."

"그가 말하던가요?" 슈로치카가 급히 물었다.

"아니요, 우연히 알게 됐습니다."

그들은 침묵했다. 하늘에는 녹색의 작은 점 같은 별들이 가물거렸다. 숲의 오른쪽 편에서 웃음소리와 말소리, 누군가의 노랫소리가 어렴풋이 들려왔다. 옅은 어둠에 가려진 다른 편 숲은 조용하고 숭고한 정적에 싸여 있었다. 모닥불이 바로 보이지는 않았지만, 이따금 가장 가까운 참나무의 꼭대기 너머로 멀리서 번쩍이는 번갯불의 섬광 같은 붉은빛이 순간적으로 나타났다 사라지곤 했다. 슈로치카는 로마쇼프의 머리와 얼굴을 쓰다듬었다. 로마쇼프가 입술로 그녀의 손을 비비자, 그녀는 손바닥으로 그의 입술을 지그시 어루만져주었다.

"난 남편을 사랑하지 않아요." 그녀는 천천히 생각을 다듬으며 말하였다. "그는 천박하고 둔감하며 품위가 없어요. 아, 이런 말 하는 게 부끄럽지만요, 우리 여성들은 우리에게 자행되는 첫 폭압을 결코 잊지 못한답니다. 게다가 남편은 무척 질투가 심한 사람이죠. 그는 아직까지 그 못난 나잔스키를 가지고 나를 괴롭히고 있어요. 별 사소한 일들을 샅샅이 캐어내서 온갖 억측을 하고서는, 참…… 혐오스러운 질문을 한다니까요, 세상에! 그저 결백하고 어린애들 장난 같은 로맨스였는데도 말이에요! 그런데도 남편은 나잔스키의 이름만 들어도 광폭해져요."

말을 하는 그녀의 목소리는 계속해서 떨렸고, 로마쇼프의 머리를 쓰다듬고 있는 그녀의 손도 마찬가지로 떨렸다.

"추워요?" 로마쇼프가 물었다.

"아니, 괜찮아요. 좋아요." 그녀는 얌전하게 대답했다.

그러나 그녀는 갑자기 자신의 정열을 억제하기 힘든 듯 흥분하여 소리쳤다.

"아아, 내 사랑, 너와 함께 있으면 정말 행복해!"

말이 끝나자 그는 그녀의 가느다란 손가락을 살며시 어루만지며 소심한 억양으로 말하기 시작했다.

"내게 말해줘요…… 부탁이에요. 남편을 사랑하지 않는다고 말하면서…… 어째서 함께 살고 있는 거죠……?"

그녀는 벌떡 일어나 앉고는 잠에서 막 깬 듯이 신경질적으로 이마와 뺨을 손바닥으로 쓰다듬었다.

"늦었네요. 돌아가요. 게다가 사람들이 찾을 거예요." 그녀는 갑자기 지금까지와 전혀 다른 차분한 목소리로 말했다.

풀밭에서 일어난 두 사람은 말없이 마주 보고 섰으나 눈길은 피한 채 서로의 숨결을 느꼈다.

"안녕!" 그녀는 갑자기 쉿소리를 내듯 소리쳤다. "안녕, 나의 행복, 나의 너무도 짧은 행복이여!"

그녀는 그의 목을 감아 안고서는 뜨겁고 촉촉한 입술을 그의 다문 입술에 비비면서 욕망이 가득 담긴 신음 소리와 함께 온몸을 그에게 내던지며 부둥켜안았다. 로마쇼프는 자신을 둘러싸고 있는 주변의 참나무 줄기들이 모두 한편으로 기울고, 땅이 공중으로 떠오르며, 시간이 멈춘 것만 같았다.

잠시 후 그녀는 그에게서 떨어지기 위해 힘을 쓰며 강한 어조로 말했다.

결투 183

"안녕. 이제 그만해요. 돌아가요."

로마쇼프는 그녀의 발밑에 쓰러져 엎드리다시피 하며, 그녀의 발을 안고는 오랫동안 무릎에 정열적으로 키스했다.

"사샤, 사쉔카!" 그는 불분명한 발음으로 얼이 빠져 말했다. "왜 너는 내게 모든 것을 주려고 하지 않는 거지? 어째서? 나를 받아줘, 제발……!"

"돌아가요, 돌아가요." 그녀는 서두르며 말했다. "어서 일어나요, 게오르기 알렉세이비치. 우리가 없는 것을 알고 찾을 거예요. 어서 가자니까요!"

그들은 목소리가 들려오는 방향으로 걸어갔다. 로마쇼프는 발이 휘청거리고 떨렸으며 관자놀이가 지끈거렸다. 그는 비틀거리며 걸어갔다.

"나는 기만하고 싶지 않아요." 슈로치카는 숨을 헐떡이며 급하게 말했다. "더구나, 나는 속일 줄 몰라요, 비겁해지고 싶지 않거든요. 기만 속에는 항상 비겁함이 숨겨져 있죠. 진실을 말할게요. 나는 한번도 남편을 속인 적이 없어요. 내가 그를 영원히 떠나기 전까지 그를 속이지 않을 거예요. 그래도 그의 애무와 키스는 너무나 끔찍하고 혐오스러워요. 들어보세요, 나는 이제야 비로소, 아니 이전부터, 당신을 생각하고, 당신의 입술을 떠올렸을 때, 사랑하는 사람에게 내 모든 것을 주는 것이 얼마나 큰 즐거움이고 행복인지를 깨달았어요. 하지만 비겁해지고 싶진 않아요. 몰래 도둑질하는 것처럼 행동하고 싶진 않아요. 게다가…… 잠깐 내게 고개를 숙여봐요, 귀에다 얘기할 수 있게요. 그러니까, 부끄럽네요…… 그러니까 아기를 가지는 게 싫어요. 푸, 정말 궁상맞아요! 위관 장교의 처, 48루블의 봉급, 여섯 명의 아이들, 기저귀, 궁색함…… 아, 생각만 해도 지긋지긋해요!"

로마쇼프는 어쩔 줄 몰라 그녀를 쳐다보았다.

"하지만 당신에겐 남편이⋯⋯ 이건 피할 수 없는 현실인데." 그는 우물쭈물하며 말했다.

슈로치카는 큰 소리로 웃기 시작했다. 이 웃음 속에는 본능적으로 불쾌한 것이 내재되어 있었기에 로마쇼프의 영혼은 서늘한 기운을 느꼈다.

"로모츠카⋯⋯ 어머, 어머, 당신 참 바아보오 같아요!" 그녀는 로마쇼프에게 익숙한 그 가느다랗고 아이 같은 목소리로 말했다. "정말 당신은 이 점을 이해 못한다는 건가요? 아니, 진실을 말해줘요, 정말 이해 못하나요?"

그는 당황하며 어깨를 들썩였다. 그는 자신의 순진함이 겸연쩍어졌다.

"미안합니다⋯⋯ 하지만 고백을 해야만 합니다⋯⋯ 솔직히 말씀드리면⋯⋯"

"하느님이 당신과 함께하시기를 바라요, 이제 그만해요. 로모츠카, 정말 당신은 순수하고 착하군요! 아마도 당신이 더 성숙해지면, 제 말을 떠올리실 거예요. 남편하고 할 수 있는 일과 사랑하는 사람과 할 수 있는 일이 따로 있다는 것을 말이에요. 어휴, 이제 더 이상 이 문제를 생각지 마세요. 이것은 혐오스러운 일이에요. 하지만 어찌할 도리가 없는 일이기도 하죠."

그들은 소풍 장소로 거의 돌아왔다. 나무들 뒤로 불빛이 어른거렸다. 모닥불을 가리고 있는 옹이가 많은 나무줄기는 마치 철로 주조해낸 것처럼 보였고, 줄기 옆으로 빨간 불빛이 오락가락 희미하게 빛났다.

"만일, 내가 성취해낸다면?" 로마쇼프는 물었다. "만일 내가 당신 남편이 원하는 그 자리나, 더 높은 자리에 오른다면? 그땐?"

그녀는 볼을 그의 어깨에 바짝 붙여 대고 성급하게 대답했다.

"그땐, 돼요. 네, 네, 네⋯⋯"

그들은 풀밭으로 나왔다. 모닥불과 그 주변에 둘러 앉아 있는 사람들의 작고 검은 형체가 보였다.

"로모츠카, 이게 마지막이에요." 알렉산드라 페트로브나는 서둘러서, 그러나 매우 불안한 목소리로 말했다. "오늘 밤을 망치고 싶지 않아 말하지 않았어요. 이제 더 이상 저희 집에 오지 마세요."

그는 놀라고 망연자실하여 멈춰 섰다.

"도대체 어째서? 오 사샤……!"

"가요, 가요…… 누가 그랬는지 모르지만 남편에게 익명의 편지가 계속 날아오고 있어요. 남편이 내게 편지를 보여주지는 않았지만 은근히 운을 띄웠어요. 나와 당신에 대한 추잡하고 무례한 악담을 늘어놓았나 봐요. 아무튼, 제발 우리 집에 오지 않도록 하세요."

"사샤!" 로마쇼프는 그녀에게 손을 내밀며, 간청하듯 신음 소리를 내면서 말했다.

"아아, 정말 괴로운 일이에요. 나의 어여쁘고 소중하고 다정한 로모츠카! 하지만 어쩔 수 없어요. 그가 당신에게 이 문제를 꺼내 말하게 될까 봐 걱정돼요…… 제발, 좀 참아보세요. 약속해주세요."

"좋습니다." 로마쇼프는 슬픈 목소리로 토해내듯 말했다.

"자, 그럼 됐어요. 이제 헤어져요. 내 가여운 연인! 손을 줘봐요. 자, 이제 내 손이 아프도록 아주 세게 쥐어보세요. 그렇게…… 아……! 이제 가세요. 안녕, 내 사랑!"

모닥불까지 다다르기 전에 그들은 헤어졌다. 슈로치카는 곧장 위를 향해 나아갔고, 로마쇼프는 아래로 내려가 강을 따라 돌아서 갔다. 카드놀이는 아직 끝나지 않았지만, 두 사람이 없다는 것을 모두가 눈치 채고 있었다. 더구나 디츠는 모닥불로 다가오는 로마쇼프를 너무도 무례하게 쳐다보며 부자연스럽고 추잡하게 헛기침을 해대어서, 로마쇼프는 그에게 훨훨 타고 있는 장작을 냅다 집어던지고 싶은 마음이 들었다.

그때 로마쇼프는 니콜라예프가 카드를 치다 일어나 슈로치카를 한쪽 구석으로 데리고 가더니 거친 몸짓과 화가 난 얼굴로 한참 동안 그녀와 이야기를 나누는 것을 보았다. 그러다 갑자기 그녀가 몸을 곧추세우고는 분노와 경멸이 섞인 뭐라 말하기 어려운 표정으로 그에게 몇 마디를 내뱉었다. 그러자 덩치가 크고 힘 좋은 이 사나이는 순종하듯 어깨를 움츠리고는, 적의를 숨긴 채 순종하는 듯 보이는 야생동물마냥 그녀로부터 물러나버렸다.

피크닉은 곧 마무리되었다. 밤은 더 쌀쌀해졌고 강으로부터 습기가 밀려왔다. 명랑했던 분위기는 소진되었고 모두들 하품을 참지 못할 정도로 피곤하고 따분해져서 뿔뿔이 흩어졌다. 로마쇼프는 피크닉을 올 때와 마찬가지로 미힌가 아가씨들과 함께 마차를 탔고, 돌아가는 길 내내 아무 말도 하지 않았다. 그의 머릿속엔 미동 없이 서 있던 검푸른 나무들과, 어슴푸레한 산, 그 위로 펼쳐진 피처럼 붉디붉은 저녁노을, 그리고 향기로운 풀밭에 누워 있는 여인의 희뿌연 형체만이 맴돌았다. 그럼에도 그는 마음속 깊은 곳에 자리하고 있는 고통스러운 애수를 느끼며 이따금 자신이 매우 애절하다고 생각했다. '그의 아름다운 얼굴은 비탄의 구름에 싸여버렸다.'

15

5월 1일, 연대는 도시로부터 2베르스타 떨어져 위치한, 철길에서 멀지 않은, 매년 숙영하는 장소인 야영지로 이동했다. 규정에 따라 젊은 장교들은 야영훈련 기간 동안 자신의 중대가 숙영하는 장소 근처에 있는 임시 숙사에서 지내야만 했다. 그러나 6중대의 장교 숙사가 심하게 낡아 붕괴될 위험이 있으나 수리에 필요한 예산을 확보하지 못하여, 부득이 로마쇼프는 도시의 아파트에 머물러야 했다. 별수 없이 로마쇼프는 하루에 네 번씩 야영지와 도시를 쓸데없이 오가야만 했다. 오전 훈련을 하고 점심식사를 하기 위해 도시로 왔다가, 다시 야영지로 가서 저녁 훈련을 하고 도시로 돌아와야 했기 때문이다. 이런 상황이 로마쇼프를 예민하고 지치게 만들었다. 야영훈련을 한 지 보름 만에 그는 여위고 까칠해졌으며, 눈은 움푹 들어갔다.

훈련은 장교와 병사 모두에게 쉽지 않았다. 5월 검열 때문에 쉴 새 없이 계속해서 훈련을 해야만 했다. 중대장들은 연병장에서 두세 시간 더 중대원들을 보충 훈련시키며 괴롭혔다. 훈련 도중에는 중대와 소대 가리지 않고, 사방에서 따귀 맞는 소리가 끊임없이 들려왔다. 로마쇼프가 있는 곳으로부터 한 2백 걸음은 족히 되는 꽤 떨어진 곳에서, 그는 몹시 화가 난 중대장이 좌로부터 우로 중대원들 모두의 따귀를 차례대로 갈기는 것을 자주 보았다. 처음엔 팔을 휘두를 때 아무 소리가 나지 않는 듯하다가, 1초도 채 안 되어 철썩하고 따귀 맞는 소리가 울렸고, 이런 상황이 계속 반복되었다. 매우 무시무시하고 혐오스러운 광경이었다. 하사관들은 교범교육 중 하찮은 실수를 하거나 행진 중 발을 제대로 맞추지 못한 졸병들을 무자비하게 구타했다. 그들은 피가 나고, 이빨이 부러지고, 고막이 나가고, 땅에 쓰러질 때까지 사병들을 팼다. 어느 누구도 불평을 하지 않았다. 그저 기괴하고 흉포한 악몽에 휩싸여 있는 듯이, 연대 병력 모두가 알 수 없는 최면에 빠져 있어 보였다. 이런 모든 상황이 찌는 듯한 날씨를 더욱 무겁게 만들었다. 더구나 금년 5월은 예년보다 무더웠다.

  모두들 신경이 극도로 날카로워져 있었다. 장교들의 점심과 저녁 식사 시간 동안 터무니없는 논쟁, 그리고 근거 없는 모욕과 다툼이 더욱 빈번하게 발생했다. 병사들은 빼빼 말라갔고, 바보처럼 멍해졌다. 드물게 주어지는 짧은 휴식 시간에도 텐트에서 농담이나 웃음소리가 전혀 들리지 않았다. 이 와중에도 점호가 끝나고 난 밤마다 그들은 명랑해지도록 강요받았다. 그들은 빙 둘러앉아서, 무관심하고 냉담한 얼굴을 한 채, 큰 소리로 군가를 불러야 했다.

    러씨야 병사들에겐
    총알도 뽁탄도 두렵지 않네.
    그것들은 우리와 친하니,
    우리에겐 별것 아니네.

  군가가 끝나면 아코디언으로 춤곡이 연주되었고, 상사는 이때마다 명령했다.

  "그레고라쉬, 스크보르초프, 원을 만들어라! 춤을 춰, 이 개자식들아……! 놀아보라니까!"

  병사들은 춤을 추었으나, 노래를 할 때와 마찬가지로 그들은 목석처럼 죽은 듯 보였고, 꼭 금방이라도 울 것만 같아 보였다.

  오로지 5중대만이 편하고 자유로웠다. 5중대는 다른 중대보다 한 시간 더 늦게 훈련을 하러 나왔을 뿐만 아니라, 한 시간 더 빨리 훈련을 끝냈다. 5중대의 병사들은, 꼭 선별된 사람들처럼, 잘 먹어 살집이 있는 데다가 매우 기민하였다. 그들이 상관들을 바라볼 때의 표정은 의식이 또렷이 살아 있어 보일 뿐만 아니라 매우 대담하게 보였다. 심지어 그들이 입고 있는 군복은 몸에 꼭 맞아서 다른 중대의 병사들보다 한결 멋스러워 보였다. 5중대의 지휘자는 스텔콥스키 대위였는데, 다분히 기인이었다. 그는 독신자였고, 어디서 생기는지는 모르지만 매달 약 200루블의 돈을 받고 있었기 때문에 연대 내에서는 제법 부유한 축에 들었다. 그는 비교적 독립적인 성격인지라 무뚝뚝하고 교제를 싫어했다. 그래서 그런지 그는 동료들과 일정한 거리를 두고 있었지만, 그래도 방탕한 생활을 하였다. 그는 젊은 하녀들, 그것도 대부분 미성년인 평민 여자애들을 꾀어 집에 데려다 놓곤, 한 달 정도 지나면 선심이라도 쓰듯 돈을 줘서 돌려보내곤 하였다. 그는 이런 생활을 마치 무슨 규칙이라도 된다는 듯이 매년 지속하고 있었다. 그의 중대에서는 특별히 서로 다정하게 구는 것도 아닌데 싸움도 욕지거리도 없었다. 그럼에도 5중대는 역시 그 외관적 근사함이나 노련한 솜씨 덕에 웬만한 근위대에게도 뒤지지 않을 정도였다. 그는 엄청나게 참을성이 강하고, 냉정하며, 매우 끈기 있는 인물이었으며, 하사관들이 이런 자신의 특성을 따라하게 하는 기술까지 있었다. 다른 중대에선 구타와 체벌뿐 아니라, 있는 대로 고함을 쳐대며 일주일간 난리법석을 해야 이뤄낼 수 있는 것도 그는 가뿐하게 하루면 끝내버렸다. 그는 말을 많이 하지 않는 데다가 언성을 높이는 일도 자주 없었지만, 일단 그가 입을 열면 병사들은 꼼짝도 못했다. 동료 장교들은 그에게 적의를 품고 있었으나, 병사들은, 아마도 전 러시아 군에서 사병들에게 사랑을 받는 유일한 장교라도 되는 듯이, 그를 진심으로 사랑했다.

드디어 군단장 명령에 따라 사열이 실시되는 5월 15일이 왔다. 이날 5중대를 제외한 모든 중대의 하사관들은 병사들을 새벽 4시에 기상시켰다. 따뜻한 기온임에도 불구하고 충분히 수면을 취하지 못해 연신 하품을 해대는 병사들은 삼베로 만든 셔츠 속에서 몸을 떨었다. 구름 한 점 없는 장밋빛 여명이 깃든 상쾌한 아침과 달리 병사들의 얼굴은 음울하고 씻지 않아 번들거려서 초라해 보였다.

  6시에 중대장들이 나타났다. 전 연대 병력의 집합은 10시로 예정되어 있었으나, 스텔콥스키를 뺀, 다른 모든 중대장들은 사열 전에 병사들에게 충분한 수면 시간을 주어 쉬게 할 생각을 하지 못했다. 쉬게 하기는커녕, 이날 아침부터 중대장들은 군 교범과 사격 규칙 등을 사병들의 머리에 쑤셔넣으려고 안달복달 열심이었다. 욕지거리가 난무했고, 평소보다 주먹질과 가슴팍을 밀치는 행동이 더욱 빈번했다.

  9시에 모든 중대가 야영지에서 한 5백 걸음 정도 떨어진 연병장에 집결했다. 얼룩덜룩한 색깔의 기를 묶은 소총을 들고 있는 16개의 중대는 이미 반 베르스타나 길게 똑바로 늘어서 있었다. 오늘의 주인공 중 하나인 중대의 열을 맞추는 업무를 맡은 중위 코바코는, 말을 타고 늘어선 열을 왔다 갔다 하며 줄을 맞추기 위하여 하도 고래고래 소리 지르며 뛰어다녀서, 얼굴이 벌겋게 상기되었고 온몸이 온통 땀에 젖어 있었다. 허리춤에 찬 그의 검이 말의 늑골을 찔러대는 통에, 나이가 든 탓에 얼굴은 메밀을 뿌려놓은 것 같고 오른쪽 눈은 백내장이 낀 이 비쩍 마른 백마는 짧은 꼬리를 발작적으로 흔들어댔고, 흥하게 비척거리며 뛰면서 마치 총소리와 같은 소리를 단속적으로 내고 있었다. 오늘 중위 코바코의 어깨에 많은 것이 달려 있었다. 그의 지휘에 따라 16개 중대가 실에 꿴 듯 똑바로 정렬된 상태가 되어야 했기 때문이다.

  10시 10분 전에 5중대가 야영지에서 나왔다. 백 명의 중대원들은 정확하고 보폭이 넓은 빠른 걸음으로 지축을 울리며 연대 앞을 지나갔다.

절도 있고 씩씩한 모습이 마치 엄선된 정예병사와 같은 그들은 모두 차양 없는 모자를 오른쪽 귀 쪽으로 비스듬히 푹 눌러쓰고 있었으며, 깨끗하게 세면을 한 얼굴은 생기가 넘쳤다. 헐렁헐렁한 바지를 입은 마르고 작은 체격의 스텔콥스키 대위는 눈을 가늘게 뜨고, 대열의 오른편으로부터 다섯 발자국쯤 떨어져 중대원의 걸음과 전혀 보조를 맞추지 않으며, 신바람이 난 듯 고개를 왼편 오른편으로 흔들면서 대열의 정렬 상태를 점검하며 걸어갔다. 새벽부터 다른 장교들처럼 신경이 곤두서서 연병장에 나와 있던 대대장 레흐 중령은 늦게 나타난 스텔콥스키에게 달려들어 불호령을 내렸다. 하지만 스텔콥스키는 냉담하게 시계를 꺼내 들어 보고는 무시하듯 건조하게 대답했다.

"10시까지 모이라는 명령을 받았습니다. 지금은 10시 3분 전입니다. 쓸데없이 병사들을 괴롭힐 필요는 없다고 생각합니다."

"아무 말도 하지 말란 말이요오오!" 레흐는 자신이 타고 있는 말을 제어하며 손을 흔들면서 소리쳤다. "에, 그러니까 상관이 업무에 관한 지적을 할 때는 잠자코 들으란 말이오……!"

하지만 레흐는 자신이 정당하지 않다는 것을 바로 깨달았기 때문에, 배낭을 열어 점검하고 있는 8중대의 장교들에게 핏대를 올려 소리치며 다가갔다.

"이게 뭐 하는 짓들입니까! 에, 장이라도 여는 겁니까? 잡동사니라도 팔 생각이오? 사냥 가기 전에 개에게 사료라도 주려고 하는 겁니까? 미리미리 점검하지 않고 뭐 하는 겁니까? 배낭을 빨리 메도록!"

10시 15분이 돼서야 모든 중대의 오와 열이 맞추어졌다. 대열을 정돈하는 일은 장시간 엄청나게 주의를 요하는 힘든 과정이었다. 중대와 중대 사이의 줄을 맞추기 위해 박아놓은 조그만 말뚝과 말뚝 사이에 기다란 끈이 팽팽하게 연결되어 있었다. 대열이 제대로 이루어지게 하기 위해서, 첫 열에 서 있는 병사들은 모두 수학적 정확함으로 신발의 맨 앞부리가 줄에 닿도록 해야만 했다. 하지만 이것으로 충분하지 않았다. 쭉 늘어진 신발의 앞부리에 맞추어 소총의 개머리판을 일렬로 맞추고, 병사들의 몸의 기울어짐도 한결같아야 할 필요가 있었다. 때문에 각 중대장들은 발끈하며 소리쳐댔다. "이바노프, 상체를 앞으로 내밀란 말이야! 부르첸코, 오른쪽 어깨를 내려라! 왼발을 뒤로! 좀더!"

10시 30분에 연대장이 도착했다. 그는, 잘생기고 우람하며 네 발은 모두 무릎까지 백색이고 몸통엔 온통 흑색 반점이 있는 밤색 말을 타고 있었다. 슐고비치 대령이 말을 타고 있는 모습은, 너무 짧은 등자에 발을 건 보병 방식임에도 불구하고, 위풍당당한 위용을 그대로 드러내고 있었다. 그는 연대를 향해 한없는 열정을 드러내는 척하며, 크게 소리 질렀다.

"훌륭하다, 제구우우운들!"

로마쇼프는 자신의 4소대원 중의 한 명인 허약한 어린아이의 체격을 가진 흘레브니코프를 떠올리자 터져 나오는 실소를 참기가 어려웠다. '그렇고말고, 멋진 제군들이고말고!'

영접 음악을 연주하는 연대 군악대의 선율에 맞추어 군기들이 차례로 올라갔다. 길고 지루한 기다림이 시작되었다. 군단장이 도착하게 될 기차역까지 신호수들이 일정한 간격을 두고 늘어서 있었다. 사령관이 도착했음을 미리 전달받기 위해 세워놓은 것이었다. 일부러 몇 번 군단장이 도착한 것처럼 신호를 내기도 하였다. 그때마다 병사들은 서둘러 끈이 묶인 말뚝을 뽑아내고, 대열을 정비하고 나서 부동자세로 군단장을 기다렸다. 그렇게 몇 분이 지나고 나면, 병사들에게 자기의 자리를 떠나지 않는 선에서 자유롭게 서 있도록 허락해주었다. 대열의 3백 보 정도 앞에는 열병식을 보기 위해 모인 부인들의 옷, 우산 그리고 모자들이 다양하고 선명한 색의 혼합을 만들고 있었다. 이 화사하고 축제 분위기가 나는 무리에 슈로치카가 없다는 것을 로마쇼프는 잘 알고 있었지만, 그곳을 바라볼 때마다 그는 가슴 부위에 아련한 통증을 느꼈고, 이상하게도 이유 없이 흥분되어 깊게 숨을 들이마시곤 했다.

갑자기, 마치 바람처럼, 짧고 겁먹은 듯한 한마디가 급하게 퍼져 나갔다. '온다, 온다!' 즉시 바로 그 순간이 도래했음을 모두가 직감했다. 새벽부터 혹사낭하고 시달려 불안해진 병사들은, 명령을 받지 않았음에도 안달하며 스스로 오와 열을 맞추고, 의복을 정돈하고, 불안하게 기침을 해댔다.

"부대, 차려엇!" 슐고비치가 명령했다.

오른편으로 눈동자를 돌린 로마쇼프는 연병장 저쪽 끝에서 일단의 기마 무리가 자욱한 황색 먼지를 일으키며 대열로 빠르게 다가오는 것을 보았다. 슐고비치는 엄중하고 영감에 찬 표정을 지으며, 부대의 대열의 중심에서 필요보다 적어도 네 배 이상의 거리를 두며 물러섰다. 한껏 중후한 위엄을 드러내며 자신의 은빛 콧수염을 위로 치켜 올리고는, 부동 자세를 취하고 있는 연대 병력을 기쁨에 넘치는 듯하면서도 위협적이며 필사적인 눈초리로 휘 둘러보고는 연병장을 휘감을 듯한 목소리를 질질 끌며 내었다.

"여언대, 받들어어어어……"

그는 수백의 병사들 위에 군림하는 쾌감을 더욱 오래 느끼기 위해 일부러 긴 공백을 두다가, 갑자기 얼굴이 빨개지고 목에 핏대가 설 정도로 온 힘을 다하여 가슴에서 울려 나오는 큰 소리로 외쳤다.

"총!"

하나, 둘! 소총의 멜빵 부분을 손으로 튕기듯 치는 소리와 벨트와 총이 부딪히는 소리가 울려 퍼졌다. 대열의 우익으로부터 날카롭지만 경쾌하고 시원한 환영곡이 연주되는 소리가 들려왔다. 마치 웃고 까부는 장난꾸러기 아이들이 한덩어리가 되어 뛰어다니고 있는 것처럼 플루트와 클라리넷이 밝은 음색을 냈으며, 장엄한 승리를 알리는 듯한 나팔이 소리 높여 노래를 불렀고, 북의 둔탁한 음이 나팔 소리를 더욱 재촉하는 듯하였고, 그 뒤를 따라 중후한 트롬본 소리가 서두르지 않으며 둔탁하지만 차분한 비로드 빛의 소리를 냈다. 정거장에서 기차가 길고 높다란 청량한 기적 소리를 냈고, 이 새롭고 부드러운 소리는 오케스트라의 장엄한 음향과 섞이며 멋진 조화를 이루어냈다. 활력과 용력 넘치는 파동이 로마쇼프를 휘감자, 그는 가볍고 유쾌한 기분을 느끼며 한껏 고양됐다. 감동과 환희에 찬 그는, 예전에 느끼지 못했던, 무더운 남청빛 하늘, 창공에서 휘도는 금빛 태양, 저 멀리 들판의 부드러운 풀잎을 인식하면서, 하나의 비밀스러운 의지로 연결되어 질서정연하게 꿈쩍도 않고 버티고 있는 이 거대한 무리의 일원이라는 생각을 하며 긍지를 느끼고, 스스로를 젊고 민첩하고 강하다 생각했다.

슐고비치는 검을 얼굴에 바짝 대고 둔중한 구보로 장군을 향해 나아갔다. 경쾌한 군가 사이로 차분하고 낭랑한 목소리가 들려왔다.

"반갑다, 1중대!"

병사들은 일제히 큰 목소리로 소리 높여 답했다. 다시 정거장에서 기차의 기적 소리가 울렸다. 이번에는 짧고 단속적인 것이 도전적으로 들렸다. 차례로 각 중대와 인사를 나누며 군단장은 천천히 대열을 지나갔다. 이윽고 로마쇼프는, 가슴과 비대한 허리를 감싸고 있는 여름 제복을 입은, 살이 쪄 부풀어 오른 그의 몸, 병사들을 바라보고 있는 커다랗고 네

모진 얼굴, 회색빛의 빼어나게 생긴 말 위에 얹혀 있는 장군의, 이니셜이 빨간색으로 새겨진 멋들어진 안장, 상아로 만든 마구의 가슴걸이, 윤이 나게 왁스 칠을 한 단화를 신은 작은 발을 확실하게 알아볼 수 있었다.

"반갑다, 6중대!"

로마쇼프 주위의 병사들은 하도 소리를 질러대어 녹초가 된 터라 과장되게 소리를 냈다. 장군은 자신만만하고 태연하게 말 위에 앉아 있었다. 핏발이 섰지만 선한 눈을 지닌 말은 우아하게 목을 앞으로 구부린 채, 재갈 물린 입에서 마식마식 소리를 내고, 하얀 침을 흘리면서 춤을 추듯 빠르고 유연하게 발걸음을 떼며 걸었다. '그의 관자놀이의 머리카락은 하얗지만, 수염은 검은 것을 보니 염색한 것이 틀림없군.' 로마쇼프의 뇌리에 순간적으로 이런 생각이 스쳐 지나갔다.

군단장은 금테 안경 너머로 자신을 뚫어져라 쳐다보고 있는 모든 장병들의 눈을 자신의 검고 생기 있으며 영리해 보이지만 시큰둥한 듯한 눈으로 주의 깊게 응시했다. 군단장은 로마쇼프의 앞에 이르자 군모의 차양에 손을 댔다. 로마쇼프는 칼자루를 통증이 올 정도로 꽉 쥔 채, 다리 근육에 온 신경을 집중하며 차렷 자세를 했다. 충심 어린 행복한 환희가 그의 팔과 다리, 그리고 온몸으로 서늘하게 퍼졌다. 군단장의 얼굴을 끈덕지게 바라보며 로마쇼프는 순진한 어린 시절의 버릇대로 자신의 상황을 묘사했다. '장군의 만족스러운 두 눈은 여위었지만 잘 빠진 체격의 젊은 소위에게 머물렀다.'

군단장은 그렇게 차례대로 모든 중대를 돌면서 사열했다. 그의 뒤를 무질서하지만 현란한 모습으로, 멋진 말을 탄 15명 정도의 참모부 수행 장교들이 뒤따랐다. 로마쇼프는 장군을 바라볼 때처럼 충심 어린 눈으로 그들을 바라보았지만, 그들 중 소위를 눈여겨보는 사람은 아무도 없었다.

이런 사열과 군악, 그리고 육군 하급 장교들의 흥분 따위는 이미 그들에게 낯선 것이 아니었고 이젠 지겹기까지 한 것이었다. 로마쇼프도 까닭 모를 질투와 악감정과 함께, 이 거만한 사람들은 어떤 특별하게 화려하고 닿을 수 없는 그런 지고한 삶을 살고 있다는 느낌이 들었다.

저편에서 누군가 군악을 멈추라는 신호를 보냈다. 군단장은 속보로 대열의 좌익에서 우익까지 내달렸고, 그 뒤를 따라 열을 지어 그의 수행 장교들이 늘어섰다. 슐고비치 대령은 1중대로 달려갔다. 자신의 밤색 말의 고삐를 잡아당기면서, 그는 비만한 상체를 뒤로 한껏 젖히며, 화재가 나서 외쳐대는 소방 사령처럼, 놀라서 부자연스러운 소리를 쉰 목소리로 세차게 질렀다.

"오사치 대위! 부대를 이동하시오! 실시!"

연대장과 오사치는 사열훈련을 하면서 늘 목소리 크기 경쟁을 해왔다. 이참에는 아예 16중대까지 오사치의 잔뜩 멋을 부린 쇳소리 나는 목소리가 들려왔다.

"중대, 어깨 총! 좌우로 정렬! 앞으로 가!"

그의 중대원들은 장기간 계속되는 훈련을 통해 행군시 발을 높이 쳐들었다가 쭉 뻗으며 힘차게 땅을 짚는 매우 특별하고 확실한 걸음걸이를 습득했다. 이것은 매우 인상 깊었고 타 중대장들에게 선망의 대상이 되었다.

그런데 일 중대는 그만 50걸음째에서 실수를 하고 말았고, 군단장의 성난 외침을 들어야 했다.

"도대체 뭐 하는 겁니까? 행군을 멈추시오. 멈추란 말이요! 중대장은 내게 오시오. 도대체 뭘 보여주는 겁니까? 장례 행렬이라도 되는 겁니까? 아니면 촛불 행렬인가요? 조립식 병정들입니까? 아니면 세 박자로 행군 연습을 한 겁니까? 대위, 지금은 병사들이 25년간 복무하는 니콜라이 시대가 아니란 말입니다. 당신의 발레 무용단을 위해 얼마나 더 시간을 허비해야 하는 겁니까? 시간은 금이란 말입니다!"

키가 큰 오사치는 군단장 앞에서 부동자세로 음울하게 칼끝을 축 늘어뜨린 채 서 있었다. 장군은 잠시 말을 멈춘 후, 서글프고 조소를 띤 어조로 차분하게 말했다.

"아마도 교련으로 병사들을 혹사시킨 것 아닙니까? 허허, 당신은 적당히 할 줄 몰랐나 봅니다. 저기…… 젊은 병사의 성이 뭡니까?"

장군은 손가락으로 우익의 두번째 열에 있는 병사를 지목했다.

"이그나티 미하일로프입니다, 각하." 목관악기의 베이스 톤으로 무미건조하게 오사치는 대답했다.

"좋소. 그에 대해 아는 게 있습니까? 총각인가요? 아니면 결혼했나요? 아이는 있습니까? 고향 마을에 안 좋은 일이라도 있는 게 아닙니까? 큰 불행이 있지는 않나요? 부족한 게 있는지 알아보셨나요?"

"모르겠습니다, 각하. 100명이나 되다 보니. 일일이 기억하기 어렵습니다."

"기억하기 어렵다고요!" 장군은 씁쓸하게 말했다. "이런 말도 안 되는 소리를 할 수 있다니, 여러분! 성서에도 씌어져 있습니다. 영혼을 짓누르지 말라고요. 그런데 장교는 도대체 뭡니까? 이 성스럽고 평범한 사병이 전시에는 당신을 진심으로 보호해주고, 포화 속에서 당신을 어깨에 메고 구출해내며, 엄동설한에 구멍 뚫린 외투로 당신을 덮어줄 사람일 텐데, 당신은 아무것도 모른다고 말하다니."

순간적으로 말고삐를 신경질적으로 잡아채며, 화가 난 장군은 오사치 머리 너머에 있던 연대장에게 소리쳤다.

"대령, 이 중대를 들어가게 하시오. 더 이상 안 보도록 하겠습니다.

어서 당장 눈앞에서 치우시오! 인형극입니까! 종이로 만든 어릿광대입니까! 주철로 만든 머리랑 다를 게 없지 않소!"

이때부터 연대의 사열은 엉망이 되었다. 지치고 공포에 질린 병사들, 하사관들의 개념 없는 잔혹함, 고루하고 구태의연하며 태만한 장교들의 직무에 대한 태도 등이, 사열에서 당연한 귀결이지만, 치욕적으로 드러나고 만 것이었다. 2중대원들은 '주기도문'을 몰랐고, 3중대는 장교들이 대열을 산개시키는 시점을 놓쳤으며, 4중대에서는 한 병사가 총기 조작을 제대로 하지 못했다. 보다 더 심각했던 것은 모든 중대가 준비를 해왔고, 그 중요성을 알고 있었으면서도, 갑작스러운 기병대의 공격에 대한 대처 방법을 전혀 숙지하지 못하고 있었다는 것이다. 이 대처 방법은 다른 사람도 아닌 바로 군단장에 의해 고안되어 실제 훈련으로 도입된 것으로서, 대형의 빠른 변경을 위한 사령관의 임기응변과 판단력, 그리고 통솔력이 요구되고 있었다. 그런데도 이 훈련에 5중대를 제외하고 모든 중대가 실패하고 말았다.

장군은 중대를 둘러볼 때마다, 모든 장교와 하사관들을 대열에서 떨어지게 한 후, 사병들에게 만족스럽게 생활하고 있는지, 지위에 맞게 대접을 받고 있는지, 불만이나 요구사항은 없는지 물어보았다. 그러나 병사들은 한결같이 '모든 것에 만족합니다'라고 큰 소리로 외쳤다. 1중대 병사들에게 장군이 질문하는 동안, 로마쇼프는 자신의 뒤에서 상사 르인다가 카랑카랑하고 위협적인 목소리로 말하는 것을 들었다.

"누구든지 불만을 제기해봐! 내가 다음에 똑같은 불만을 만들어줄 테니까!"

이런 와중에도 5중대는 훌륭하게 자신의 역량을 드러냈다. 대담하고 생기 넘치는 5중대 병사들은 편안하고 자유로운 분위기에서 경쾌하고 씩씩하며 활력 넘치게 훈련을 했기 때문에, 사열은 무시무시한 시험이라기보다는 즐겁고 재미있는 놀이와 같았다. 장군은 여전히 얼굴을 찡그리고 있었지만, 5중대원들에게는 '훌륭하다, 제군들'이라며 칭찬을 했고, 이런 칭찬은 이번 사열에서 처음 있는 것이었다.

기병대의 공격에도 스텔콥스키는 군단장을 감복시켰다. 장군은 갑자기 '기병대가 우측 8백 보 전방에 출현했다'라고 빠르게 오른편을 가리키며 말했고, 스텔콥스키는 일각의 지체도 없이 차분하게 중대의 행군을 멈추게 하고는, 전속력으로 말을 타고 질주하여 오는 상상 속의 적 기병을 향하여 중대를 돌린 후, 2열 횡대로 중대원을 재빨리 밀집시키고 나서 일렬의 병사들은 무릎 쏴 자세를 취하게 하고, 두번째 열은 서서 쏴 자세를 취하게 한 상태에서 전방을 조준하게 한 후, 두세 번의 일제사격을 명령하고는, 마지막으로 '세워 총'이라고 명령했다.

"훌륭하다, 제군들! 제군들의 노고를 치하한다!" 장군은 칭찬했다.

이런저런 질문을 받고 중대는 다시 원래대로 정렬했다. 하지만 장군은 중대를 그냥 보내지 않았다. 대열 사이를 천천히 지나가면서 장군은 탐색이라도 하는 듯 흥미롭게 병사들의 얼굴을 뚫어져라 살펴보았다. 희미하지만 만족스러운 미소가 안경에 가려진 두툼한 눈꺼풀 아래 현명해 보이는 눈동자에 어리었다. 그는 갑자기 말을 멈추더니 뒤로 돌아가 참모장에게 말했다.

"대령, 이 병사들의 얼굴을 한번 보시게! 대위, 당신 병사들에게 고기만두라도 먹인 겁니까? 이봐, 거기 얼굴 큰 친구." 장군은 턱으로 한 병사를 가리켰다. "자네 이름이 코발이었던가?"

"그렇지 않습니다, 각하. 미하일 보리추크입니다!" 병사는 어린아이처럼 만족한 미소를 즐겁게 지으며 크게 대답했다.

"뭐라고, 난 자네가 코발*이라고 생각했을 뿐이야. 내가 실수했군." 장군은 농담을 했다. "할 수 없지. 내가 틀렸나 보군……" 그는 냉소적이지만 밝은 목소리로 말을 덧붙였다.

병사는 바보스럽지만 유쾌한 미소를 지으며 얼굴이 빨개졌다.

"아닙니다, 각하!" 이번에 그는 더욱 크게 소리쳤다. "저는 예전에 제가 살던 마을에서 대장장이 일을 했습니다. 예전에 저는 코발이었습니다."

"하, 이것 보게!" 장군은 다정하게 고개를 끄덕였다. 그는 자신이 병사들에 대해서 많이 알고 있다는 점이 자랑스러웠다. "대위, 이 병사는 어떤가? 훌륭한 병사인가?"

"매우 훌륭한 병사입니다. 저희 중대원들은 한결같이 훌륭합니다." 스텔콥스키는 항상 그렇듯이 자신만만한 억양으로 대답했다.

장군의 눈썹이 화난 듯이 떨렸으나 입술은 미소를 짓고 있었다. 이런 그의 모습은 전체적으로 온화한 노인의 자상함이 묻어났다.

"음, 좋소, 대위, 그런데…… 벌점 같은 것이 혹시 있소?"

"전혀 없습니다, 각하. 5년째 단 한 번도 없었습니다."

장군은 안장에 앉은 채 무겁게 몸을 숙여 스텔콥스키에게 단추가 풀린 흰 장갑을 낀 통통한 손을 내밀었다.

"매우 고맙소. 대위." 그는 떨리는 목소리로 말했고, 눈에는 눈물이 그렁거려 반짝였다. 그는 많은 괴짜 장군들이 그런 것처럼 가끔씩 눈물을 보이곤 했다. "고맙소, 늙은이의 마음을 달래주는구려. 감사하오, 용사들!" 그는 힘차게 5중대원들에게 소리쳤다.

스텔콥스키에게 받은 좋은 인상 덕에 6중대의 사열은 비교적 순탄했

---

* 러시아어로 '대장장이'란 뜻이 있다.

다. 장군은 칭찬도 비난도 하지 않았다. 그러나 6중대의 병사들은 나무틀에 짚으로 엮어 만든 허수아비를 총검으로 찌르는 동작을 제대로 하지 못했다.

"그렇게 하는 게 아냐. 그렇게 하는 게 아니라고!" 군단장은 말 위에서 몸을 바르르 떨며 열을 내며 소리쳤다. "완전히 틀렸다! 제군들, 잘 듣도록. 총검을 심장의 중심부에 꽂아 넣어야 한다. 빵을 구우려고 화덕에 밀가루를 넣는 게 아니라 적을 찌르는 것이다……"

뒤이어 다른 중대들도 연달아 엉망으로 사열을 받았다. 군단장은 이제 화를 낼 힘도 남아 있지 않은지, 이따금 장군 특유의 신랄한 비평만을 하면서, 등을 구부린 채 지루한 표정을 지으며 묵묵히 말 위에 앉아 있었다. 그는 15~16중대의 사열 모습을 거의 보지 않으며, 지루하다는 듯 손을 내저으며 혐오스럽다는 듯이 말했다.

"이건 무슨, 얼간이들 장난도 아니고……"

이제 분열행진만이 남았다. 연대는 촘촘하게 반개중대(半個中隊)로 오와 열을 밀집시켰다. 행진선이 우익을 따라 펼쳐졌다. 지독한 폭염의 날씨였다. 모두 무더위로 기진맥진하였고, 좁은 공간에 밀집해 있는 탓에 신발 냄새, 담배 냄새, 오랫동안 씻지 않아 몸에서 나는 냄새, 위에서 소화된 흑빵 냄새 등이 뒤섞여 매우 불쾌한 공기를 만들었기 때문에 병사들은 더욱 지쳐버렸다.

하지만 분열행진을 앞두고 연대병력 모두 힘을 냈다. 장교들은 병사들에게 "제군들, 군단장 앞을 씩씩하게 지나가도록 하기 바란다. 자신에게 오점을 남기지 않길 바란다"며 거의 간청하듯 말했다. 상관의 부하에 대한 이런 태도는 뭔가 아첨과 불안, 그리고 죄스러움이 숨어 있는 것이었다. 군단장처럼 엄청난 고위 인사의 분노는 장교와 병사들 모두에게 한

결같은 압박이었기 때문에, 그들 모두 같은 차원에서 놀라고 어리둥절한 불쌍한 군상이 되어버린 것이다.

"연대, 차려어어엇…… 군악대, 제자리로!" 멀리서 슐고비치의 명령이 들려왔다.

1,500명의 병사들은 순간적으로 불만스러운 외마디를 재빨리 내뱉었지만, 바로 온몸을 신경질적으로 쭉 펴며 똑바로 서고는 꼼작도 않으며 침묵했다.

슐고비치는 보이지 않았다. 다시 그의 쩌렁쩌렁한 목소리가 들렸다.

"연대, 어깨에에에에 총!"

네 명의 대대장은 말 머리를 자신의 대대병력으로 향하고, 긴장한 채 연대장의 눈을 뚫어져라 쳐다보며 제각각 명령을 내렸다.

"대대, 어깨에에……"

연대 병력의 한참 정면 앞에서 장검이 번쩍 빛나더니 밑으로 내려왔다. 이것은 동시에 명령을 내리기 위한 신호였고, 네 명의 대대장들은 함께 소리쳤다.

"총!"

연대는 둔중한 파찰음과 함께 무질서하게 총을 어깨로 올렸다. 어디선가 총검의 철컥거리는 소리가 들려왔다.

이 순간 슐고비치는 발음을 과장되게 길게 끌면서 장중하고 준엄하며 즐거운 어조로 온 힘을 다하여 큰 소리로 명령을 내렸다.

"부우운—여얼 해애앵—지인!"

그러자 16명의 중대장들은 뭔가 어울리지 않고 부자연스러운 목소리로 제각각 소리 질렀다.

"분열행진!"

대열의 맨 뒤쪽 어디에선가 굼뜬 중대장 하나가 다른 중대장이 명령한 이후 혀가 꼬이고 부끄러운 목소리로 소리쳤으나 명령을 다 내리지도 못하고 중단되어버렸다.

"분열……"

"반개중대 대형으로!" 슐고비치가 외쳤다.

"반개중대 대형으로!" 바로 중대장들이 명령을 내렸다.

"야앙파알가안격으로 버얼려어!" 슐고비치가 높은 목소리로 외쳤다.

"앙팔간격으로 벌려!"

"우우로 저엉렬!"

"우로 정렬!" 한꺼번에 많은 목소리가 메아리가 들려오듯 반복했다. 슐고비치는 2~3초 정도를 기다리고는 찢어지는 목소리를 냈다.

"제1반개중대, 행진!"

오사치가 낮고 굵은 목소리로 명령하는 소리가 밀집된 대열 사이로 땅에 낮게 깔리면서 불분명하게 들려왔다.

"이일 반개중대. 우로 정렬. 앞으로오오 갓!"

연대 고수(鼓手)들이 앞쪽에서 일제히 북을 치기 시작했다.

후방에서 보면 기울어진 총검의 숲이 곧바른 긴 선에서부터 분리되면서 일정하게 흔들려 보였다.

"제2반개중대, 앞으로 갓!" 로마쇼프는 여성의 높은 음색과 비슷한 아르차콥스키의 목소리를 들었다.

두번째 총검의 숲은 출발하면서 갈팡질팡했다. 북소리는 점점 무디고 약해졌고 점점 밑으로 처져서 땅속으로라도 들어갈 것 같더니, 갑자기 군악대의 아름답고 활달하며 예리한 음악의 물결이 북소리를 눌러버리며 쏟아지듯 울려 퍼졌다. 연대가(聯隊歌)는 북소리의 박자를 눌러버렸고, 전 연대는 곧 원기를 회복하며 긴장했다. 병사들은 고개를 높이 쳐들고 몸을 더욱 곧추 폈다. 병사들의 회색빛으로 지쳐 보이는 얼굴은 환해졌다.

반개중대는 연이어 행진을 시작했고, 매 진군 시마다 연대 행진곡은 더욱 강하고 즐겁고 자극적으로 고조되었다. 1대대의 마지막 반개중대가 행진을 시작했다. 레호 중령은 올리자르와 보조를 맞추며 뼈가 앙상한 흑마를 타고 앞으로 나아갔다. 두 사람은 손에 쥔 검을 얼굴까지 들어 올려 경례했다. 차분하고, 언제나 그렇듯 태평한 스텔콥스키의 명령이 들렸다. 총검 위로 기치가 높게 휘날렸다. 덩치가 크고 늙은 원숭이처럼 긴 팔을 지녔으며, 허리가 굽고 푸석푸석한 얼굴의 슬리바 대위는 생기 없고 튀어나온 눈으로 대열을 휘둘러보며 앞으로 나아갔다.

"제1반개중대, 앞으로 가!"

로마쇼프는 자신의 반개중대의 허리 부분으로 가볍고 당당하게 걸어 나아갔다. 그는 뭔가 행복하고 자랑스러운 마음이 들었다. 맨 앞줄의 얼굴들을 그는 빠르게 훑어보았다. '늙은 검투사는 자신의 베테랑 병사들을 매의 눈으로 둘러보았다.' 그가 노래를 부르듯, 씩씩하게 명령을 내리는 바로 그 순간에, 이 같은 미사구가 그의 뇌리를 스치고 지나갔다.

"제2반개주웅대 앞으로······"

'하나, 둘!' 로마쇼프는 속으로 셈을 세며 군홧발의 앞부리로 박자를 맞추었다. '왼발에 구령을 넣어야 한다. 왼발, 오른발.' 기분 좋은 얼굴을 하고 머리를 뒤로 젖히며 그는 높고 낭랑한 테너의 목소리로 명령했다.

"갓!"

그는 마치 용수철처럼 한 발로 몸을 돌리며 채 뒤로 몸을 다 틀지도 않은 상태에서, 2톤 낮은 음성으로 외쳤다.

"우우로 나라안히!"

찰나의 미가 그를 도취시켰다. 순간적으로 그는 군가의 선율이 강렬하고 찬란한 빛의 파동이 되어 자신을 뒤덮는 느낌과 구릿빛 환호의 외침이 하늘과 태양으로부터 퍼져 나오는 느낌을 받았다. 얼마 전 슈로치카와 만났을 때 느꼈던 그 달콤한 한기의 전율이 온몸을 휘돌며 피부를 서늘하게 만들었고 머리털을 곤두서게 했다.

5중대가 장군의 칭찬에 화답하기 위하여 일제히 음악에 맞추어 소리쳤다. 로마쇼프는 행진곡이 인간의 육체로부터 벗어나 자유를 얻어 기쁘다는 듯이 더욱 크고 즐겁게 울려 퍼지는 것처럼 들렸다. 이제 소위는 확실하게 자신의 우측 전방에서 회색 말을 타고 있는 육중한 장군의 모습과 그 뒤에 부동자세로 서 있는 수행원들, 그리고 한낮의 눈부심 속에서 동화에나 나올 듯한 형형색색의 드레스를 입고 있는 부인들을 볼 수 있었다. 왼편에는 군악대의 금빛 나팔이 반짝반짝 빛나고 있었다. 로마쇼프는 장군과 군악대 사이에 기쁨과 공포를 넘나드는 보이지 않는 마법의 실이 연결되어 있는 것처럼 느꼈다.

제1반개중대는 이미 이 선에 접어들었다.

"훌륭하다, 제군들!" 군단장의 만족스러운 목소리가 들려왔다. "와아아아!" 병사들이 행복한 목소리로 높게 화답했다. 더욱 힘차게 음악 소리가 울려 퍼졌다. 로마쇼프는 장군에게 감동하여 '오, 대단하신 분이야, 정말 대단해!'라고 생각했다.

이제 로마쇼프는 혼자였다. 발이 지면에 거의 닿지 않아 보일 정도로 경쾌하고 탄력 있게 로마쇼프는 비밀의 선에 다가갔다. 그는 머리를 한껏 뒤로 젖힌 채 자신만만하고 도전적으로 왼편을 향해 머리를 돌렸다. 그는 온몸이 가볍고 자유로워지는 느낌을 받았고, 갑자기 날 수 있는 능력을 가지게 된 것 같았다. 그는 자신이 온 세상의 중심이자 환호의 대상이라

느끼며, 무지갯빛의 황홀경 속에서 중얼거렸다. '저기를 보세요. 저기를 보세요. 로마쇼프가 다가오고 있어요.' '부인들의 눈동자는 황홀감으로 반짝였다.' 하나, 둘, 왼발! '반개중대를 이끌며 아름다운 젊은 소위가 우아한 걸음걸이로 나아가고 있었다.' 왼발, 오른발! '슐고비치 대령, 당신 부대에는 로마쇼프만이 눈에 띄는군요. 로마쇼프를 내 부관으로 삼았으면 좋겠군요.' 왼발······

로마쇼프는 마법의 실을 막 가로질렀다. 음악은 격렬하고 장엄하게 활활 불타오르듯 울려 퍼졌다. '이제 곧 군단장의 격려의 목소리가 들리겠지'라고 생각하자 로마쇼프의 가슴은 축제의 환희로 충만했다. 군단장의 목소리가 들려왔고, 슐고비치의 목소리, 그리고 누군가의 목소리가 들렸다. '장군이 틀림없이 격려를 했을 텐데, 어째서 병사들이 화답하지 않는 거지? 뒤에서 누군가가 소리치는 것 같은데······ 무슨 일이지?'

로마쇼프는 뒤를 돌아보았고 아연실색했다. 그가 이끌던 반개중대는 반듯하고 정연하게 두 줄로 따라오는 것이 아니라, 마치 양 떼의 무리처럼 무질서하게 사방팔방으로 구부러져 떼를 지어 따라오고 있었기 때문이었다. 격정적 환희와 공상에 도취한 소위가 한 걸음씩 옮길 때마다, 중앙에서 오른쪽으로 점점 움직이다가 결국 대열의 우익까지 가서 온통 뒤죽박죽이 되어버렸기 때문이다. 이 모든 상황을 로마쇼프는 한순간에 파악했을 뿐만 아니라, 흘레브니코프가 대열에서 20보 정도 떨어져서 혼자, 그것도 장군 바로 눈 앞에서 절뚝거리며 걷고 있는 것을 보았다. 게다가 그는 걷다가 넘어졌고, 무거운 군장을 멘 탓에 등이 잔뜩 휘어서, 한 손으로 소총의 몸통 부분을 쥐고 다른 손으로는 코를 힘없이 문지르면서 네 발로 뛰다시피 하며 흙먼지 속에서 자신의 반개중대를 쫓아갔다.

로마쇼프는 5월의 빛나는 한낮이 한순간에 컴컴해지고, 자신의 어깨를 모래 산을 닮은 낯선 죽음의 무게가 짓누르고 있으며, 군악은 생기를 잃어 공허하게 들리는 것 같았다. 로마쇼프는 자신 역시도 작고 약하고 추하며, 축 늘어져 꼬인 다리를 질질 끌며 무겁게 움쩍거리고 있다고 느꼈다.

그에게 연대 부관이 빠른 속도로 말을 타고 달려왔다. 페도롭스키는 화가 나서 얼굴이 벌거니 잔뜩 찡그린 채 아래턱을 덜덜 떨고 있었다. 그는 분노로 씩씩거렸을 뿐만 아니라 급하게 달려오느라 숨을 헐떡였다. 게다가 이미 그는 달려오면서부터 숨을 헐떡거리며 고래고래 소리 지르고 있었다.

"소위…… 로마쇼프…… 연대 사령관의 명령으로…… 엄한 질책으로…… 7일 동안…… 영창에…… 사단 본부로…… 추태, 추악한 일이며…… 전 연대가…… 게다가……! 미꾸라지 한 마리!"

로마쇼프는 대답도 하지 않았을 뿐만 아니라, 부관을 향해 고개도 돌리지 않았다. 당연히 부관은 호통을 칠 권리가 있다! 하지만 병사들은 부관이 로마쇼프에게 소리치는 것을 모두 듣게 되었다. '그래, 들으라고 해, 그래도 싸, 그럼.' 로마쇼프는 처절한 자괴감을 느꼈다. '내 인생은 이제 끝났어. 나는 자살하겠어. 내 명예는 이제 영원히 끝났어. 모든 게, 모든 게 끝났어. 나는 어이없는 미꾸라지 한 마리일 뿐이야. 내 얼굴은 파리하고 추해, 정말 흉측한 몰골이라고, 세상에서 가장 혐오스러운 얼굴일 테지. 모든 게 끝이야! 병사들이 내 등 뒤에서 서로를 팔꿈치로 쿡쿡 찌르며 나를 조롱하겠지. 나를 불쌍히 여기지는 않을까? 아냐, 반드시, 나는 자살해버리겠어!'

각 반개중대는 군단장 앞을 지나 왼쪽으로 방향을 틀어 처음 출발했던 장소로 차례대로 돌아갔다. 돌아온 반개중대는 다시 중대별로 대열을 갖추었다. 후미부가 행진을 마치고 돌아와 대열을 갖추기 전까지 병사들은 편히쉬어 자세로 대기하고 있었고, 장교들은 몸도 풀고 담배도 피우기 위해서 한자리에 모였다. 오직 로마쇼프만이 자신이 이끄는 반개중대의 우익의 중앙에 가만히 서 있었다. 그는 자신의 검의 끝으로 발 옆의 땅을 쑤시고 있었다. 그는 잔뜩 숙이고 있던 고개를 들고 주위를 둘러보지는 않았지만, 사방에서 조소와 경멸의 눈초리가 관심 있게 자신을 바라보고 있다는 것을 느꼈다.

슬리바 대위는 로마쇼프를 쳐다보지도 않고 지나가며, 화를 억누르려고 이빨을 앙다문 채 마치 혼잣말을 하는 것처럼 쉰 목소리로 중얼거렸다.

"다, 다른 중대로의 전임에 관한 상신을 오, 오늘 내로 올리시오."

이어서 베트킨이 다가왔다. 로마쇼프는 그의 말갛고 선한 눈동자와 축 처진 입술에서, 기차에 치여 짓눌린 개를 바라볼 때 사람들에게 나타나는 것과 유사한 혐오와 동정이 섞인 감정을 읽었다. 그 순간 로마쇼프 자신도 지독한 혐오감을 느끼며, 의미 없고 생기 잃은 미소를 지었다.

"가서 담배나 피우자고, 유리 알렉세이비치." 베트킨이 말했다.

그는 쯧쯧 소리를 내며 머리를 흔들더니 유감스럽다는 듯이 한마디를 내뱉었다.

"이그, 이 사람아……!"

로마쇼프는 턱이 떨리더니 목구멍이 조여오는 느낌을 받았다. 겨우 오열을 참아내며, 그는 창피를 당한 아이처럼 목이 메어 대답했다.

"아니…… 그냥 여기…… 피우고 싶지 않아……"

베트킨은 다른 곳으로 가버렸다. '슬리바를 잡아 면상을 후려치겠어.' 이런 생각이 아무 이유 없이 로마쇼프의 뇌리를 스쳤다. '아니면 군단장에게 가서 이렇게 말할까? 이 늙은이, 창피하지도 않냐? 병사들이 장난

감도 아니고, 왜 이렇게 괴롭히는 거야. 그들이 쉴 수 있게 놔주지그래, 너 때문에 2주 동안 병사들은 두들겨 맞고 있어.'

그러나 곧 그는 자신이 잘 빠진 체격의 멋진 소위라는 생각, 부인들의 감탄, 그리고 장군의 만족스러운 표정을 상상했던 것이 떠오르자, 무척이나 창피해져서, 얼굴뿐만 아니라 가슴과 등까지 순식간에 빨개져버렸다.

'넌 우습고 혐오스러운 구제불능이야! 오늘 넌 반드시 자살하는 게 마땅해!' 그는 속으로 이렇게 외쳤다.

사열은 끝나갔다. 중대들은 몇 차례 더 군단장 앞에서 분열행진을 했다. 처음엔 중대별로 도보로, 다음은 구보로, 이어서 밀집종대 대형으로 거총을 한 채 분열행진을 했다. 장군은 기분이 좀 나아졌는지 병사들에게 몇 번 칭찬을 했다. 벌써 4시가 다 되어가고 있었다. 드디어 모든 행진은 끝났고 병사들에게 쉬어 명령이 내려졌다. 참모본부의 나팔수가 '장교 집합' 명령을 울렸다.

"장교들은 군단장 앞으로!"

대열 사이로 명령이 울려 퍼졌다.

장교들은 대열에서 나와 군단장을 둥그렇게 빈틈 하나 없이 둘러쌌다. 말 위에 올라타 있는 장군은 등이 구부정한 게 몹시 지쳐 매우 피곤해 보였으나, 그의 영리해 보이고 툭 튀어나온 가늘게 뜬 눈은 금테 안경 너머를 날카롭게 조소하듯 둘러보았다.

"짧게 말하겠습니다." 그는 위엄 있게 말을 끊어가며 이야기를 시작했다. "병사들은 욕하지 않겠습니다. 잘못은 장교들에게 있습니다. 마부가 시원찮으면 말을 몰 수 없는 것입니다. 당신들의 마음속에 병사들에 대한 배려가 없다는 것을 느꼈습니다. '다른 사람을 위해서 자신의 영혼을 바치면 복이 있다'라는 것을 명심해야 합니다. 그런데 여러분들은 사열을 받을 때 상관에게 잘 보이려면 어떻게 해야 하나라는 생각밖엔 없습니다. 짐마차의 말처럼 사병들을 굴리기만 한 겁니다. 장교들은 마치 군복을 입은 하급 사제처럼, 하나같이 게을러터지고 조악한 모습입니다. 게다가, 이 점에 대해선 보고서에 쓸 예정입니다만, 6중댄가, 7중대의 한 소위보가 평형을 깨며 대열을 엉망으로 만들었습니다. 창피한 일입니다! 3박자 행진을 원하는 게 아니라, 눈짐작과 평온함을 우선하는 게 행진입니다."

'내 얘기군!' 로마쇼프는 괴로워하며 생각했다. 더구나 그는 모든 사람들이 동시에 자신을 바라보고 있는 것처럼 느꼈다. 하지만 아무도 움직이지 않았다. 모든 장교들은 장군의 얼굴에서 눈을 떼지 않고, 아무 말 없이 침울한 표정을 한 채, 꿈쩍도 하지 않고 서 있을 뿐이었다.

"5중대장에게는 특별한 감사를 드립니다!" 군단장은 계속 말을 이었다. "어디에 있습니까? 아, 여기 있군요!" 장군은 몇 번 연극을 하듯 두 손으로 군모를 머리 위로 들어 올려, 혹처럼 튀어나온 단단해 보이는 벗겨진 두개골을 보이며, 스텔콥스키에게 몸을 숙였다. "한 번 더 감사를 드리며 기쁜 마음으로 당신과 악수를 하고 싶습니다. 만일 신께서 내 지휘하에 있는 군단에서 당신과 함께 전투를 하게 허락해주신다면, 가장 어려운 임무를 당신에게 맡길 것입니다." 장군은 눈을 깜박거리며 눈물을 글썽글썽한 채 말을 이었다. "자, 여러분, 이제 안녕히 가십시오. 이제 여러분은 자유입니다. 다음번에 만나기를 기대하겠습니다. 하지만 다른 모습으로 만나기를 고대합니다. 말이 나갈 수 있도록 길을 내주시기 바랍니다."

"각하." 슐고비치가 앞으로 나섰다. "장교들을 대표해서 만찬을 함께 해주시기를 감히 부탁드립니다. 우리는······"

"아니, 그럴 이유까지는 없을 것 같습니다!" 장군은 슐고비치의 말을 매정하게 끊었다. "매우 감사합니다만, 례도홉스키 백작의 초대를 이미 받았습니다."

장교들이 도열한 널찍한 길을 지나 장군은 연대 병력에게 말을 몰아 다가갔다. 사병들은 명령을 받지 않았음에도 몸을 부르르 떨더니, 차렷 자세를 하고 입을 다물었다.

"수고했다, 제군들!" 장군은 또박또박 상냥한 목소리로 소리쳤다. "이틀 동안의 휴식을 주겠다." 그는 한 옥타브 올려 냉랑한 목소리로 명령했다. "야영지를 향하여, 뛰어갓! 만세!"

장군의 이 한마디가 연대 병력 전체를 떠밀기라도 한 듯 보였다. 1,500명의 병사들이 사방에서 귀가 멍멍해질 정도로 기쁨의 환성을 질러대며, 지축이 흔들려 울릴 만큼 발을 굴러댔다.

로마쇼프는 무리를 지어 도시로 돌아가는 장교들로부터 떨어져서 야영지를 지나 돌아가는 길로 방향을 잡았다. 그는 자신을 연대로부터 버림받은 이방인이자, 세상 사람들에게 받아들여지지 않는 인간이며, 성인이라고도 할 수 없는 안타깝고 결함 많은 못난 어린애라고 느꼈다.

그가 자신의 중대의 숙소 뒤편에 도달했을 때, 누군가의 쥐어 짜내는 듯하지만, 몹시 화가 난 외침이 주의를 끌었다. 그는 발길을 멈췄고, 천막들 사이로 새어 나오는 희미한 빛 아래에서 키가 작고 홍안(紅顔)인 단단한 졸중체형*의 상사 르인다가 미친 듯이 쌍욕을 해대며 흘레브니코프의 얼굴을 주먹으로 패고 있는 것을 보았다. 흘레브니코프의 흐리멍덩한

---

* 졸중풍에 걸리기 쉬운 체형. 비만형으로 목이 짧고 얼굴이 붉으며 어깨와 가슴팍이 넓고 근육의 발육도 좋은 체형이다.

얼굴은 어쩔 줄 몰라 했고, 아무런 생각이 없어 보이는 눈은 극도의 공포로 질려 있었다. 그의 애처로운 머리는 맞을 때마다 이리저리 흔들렸고, 턱에선 퍽퍽 소리가 났다.

로마쇼프는 뛰다시피 하며 서둘러 지나가버렸다. 그에게는 훌레브니코프를 편들 만한 힘이 남아 있지 않았다. 동시에 그는 오늘 겪은 자신의 상황이 이 학대와 고통을 받고 있는 가련한 사병의 운명과 묘하게 얽여 있다는 것에서 느껴지는 괴로움을 맛보았다. 정말 그들은 사람들에게 혐오감을 불러일으키는 똑같은 병을 앓고 있는 두 명의 병신과 다를 바 없었다. 이런 생각이 로마쇼프에게 지독한 창피와 혐오감을 불러일으키면서도, 뭔가 깊은 진리가 담긴 인간적 비범함을 느끼게 했다.

16

숙영지로부터 도시까지 이어지는 길은 하나밖에 없었는데, 이 길로 가다 보면 철로를 건너야 하는 지점에 가파르고 깊은 골짜기가 있었다. 로마쇼프는 하도 밟아서 단단하게 굳어진 거의 수직의 좁은 오솔길을 빠르게 달려 내려간 뒤, 반대편의 가파른 비탈길을 힘들게 올라갔다. 로마쇼프는 골짜기의 중간쯤 올라갔을 때, 여름 제복 위에 외투를 걸친 사람이 골짜기의 꼭대기에 서 있는 것을 알았다. 로마쇼프는 눈을 가늘게 뜨고 잠시 동안 위를 바라본 뒤, 외투를 걸치고 있는 사람이 니콜라예프라는 것을 알아챘다.

'지금부터 정말 좋지 않은 일이 생길 것 같군!' 로마쇼프는 생각했다. 그는 불안한 예감 때문에 가슴이 답답해지는 통증을 느꼈다. 하지만 그는 위로 올라갈 수밖에 없었다.

두 장교는 거의 닷새 동안 서로 만나지 못했으나, 그들은 서로 인사를 나누지 않았다. 하지만 로마쇼프는 이 점에 대해 전혀 특이함을 찾지 못했을 뿐만 아니라, 오히려 오늘 별다른 일이 일어나지 않았던 것처럼 느꼈다. 심지어 그들은 군모의 차양에 손을 갖다 대는 간단한 인사도 건네지 않았다.

"여기서 당신을 일부러 기다리고 있었습니다, 유리 알렉세이비치." 로마쇼프의 어깨 너머 멀리 있는 숙영지를 바라보며 니콜라예프가 말했다.

"무슨 일이신지요, 블라지미르 에피모비치." 로마쇼프는 허물 없는 체하며 대답했으나, 목소리는 떨리고 있었다. 그는 허리를 숙여 갈색의 마른 풀을 쥐어뜯어 입에 물고 얼빠진 표정으로 씹어댔다. 그와 동시에 그는 니콜라예프의 외투 단추에 비친 좁고 작은 머리와 짧은 두 다리, 그리고 옆구리가 부풀어 올라 명확한 형태가 없는 자신의 모습을 주의 깊게 바라보았다.

"오랫동안 당신을 붙들어둘 생각은 없습니다. 단지 두 마디만 하겠습니다." 니콜라예프는 말했다.

그는 성미가 급하고 화가 잔뜩 난 사람이 자신을 억제하기로 하고, 점잖게 말하기 위하여 억지로 발음을 부드럽게 하는 것처럼 말했다. 하지만 서로의 눈을 피하며 대화를 하기 때문인지 점점 상황이 어색해지자, 로마쇼프는 물어보듯 제안했다.

"걸어가시며 말씀을 나눌까요?"

행인들이 다녀 길이 난 구불구불한 오솔길은 커다란 사탕무 밭을 가로지르고 있었다. 저 멀리 도시의 작은 하얀 집들과 빨간 기와지붕이 보였다. 두 장교는 서로 부딪치지 않게 나란히 걸어가면서, 잎이 무성하고 바삭바삭 소리를 내는 파란 풀을 밟았다. 드디어 니콜라예프가 소리를 내며 숨을 크게 쉬고는 어렵게 입을 열었다.

"우선 질문을 드려야 할 것 같군요. 당신은 내 아내인…… 알렉산드라 페트로브나에 대한 합당한 존경심을 가지고 계신 게 맞는지요?"

"이해를 못하겠군요, 블라지미르 에피모비치…… " 로마쇼프가 반박했다. "저도, 제 입장에서, 질문을 해야 할 것 같군요……"

"제 말을 먼저 들어주시죠!" 니콜라예프가 흥분했다. "차례대로 질문을 하지요. 우선 제가 먼저, 그리고 당신이. 그러지 않고선 대화를 제대로 나눌 수가 없을 것 같군요. 돌려 말하지 말고 솔직히 말하도록 합시다. 우선 제 질문에 답해주십시오. 그녀에 대해 사람들이 말하는 이야기에 대해 아시고 계신지요? 그러니까, 말하자면…… 제기랄!…… 그녀의 평판이라고요? 아니, 그게 아니고, 제 말을 중간에 끊지 말아주십시오…… 당신이 우리 집에서 매우 절친한 사람으로, 마치 친척처럼 즐겁게 지내왔으며, 저나 제 아내에게서 나쁜 점이라곤 전혀 보지 않았다는 점을 부정하지 않게 되기를 기대합니다."

로마쇼프는 발을 헛디디며 비틀거리며 넘어질 뻔했기 때문에 창피해하며 중얼거리듯 말했다.

"전 항상 당신과 알렉산드라 페트로브나에게 감사한 마음을 가지고 있다는 것을 믿어주세요……"

"아, 그런 말이 아니라, 전혀 다른 문제란 말입니다. 고맙다는 말을 들으려고 이러는 게 아닙니다." 니콜라예프는 화를 냈다. "제가 말하려고 하는 것은 제 아내에 관한 추잡한 거짓 소문에 대해서입니다. 그러니까 그 소문이란……" 니콜라예프는 자주 숨을 몰아쉬었고 얼굴을 손수건으로 연신 닦아댔다. "그러니까, 당신이 이 소문에 관련되어 있단 말입니다. 우리는, 저와 제 아내 말입니다, 거의 매일 비열하고 야비한 익명의 편지를 받고 있습니다. 그 편지들을 보여드리진 않겠습니다…… 편지를 보는 것조차도 싫으니까요. 그 편지에 뭐라고 씌어져 있는가 하면……"
니콜라예프는 잠시 주저했다. "좋소, 젠장!…… 당신이 알렉산드라 페트로브나의 정부라고 씌어져 있고…… 이런 추잡한 일이……! 게다가…… 둘이서 매일같이 밀회를 가지고 있으며, 이 사실을 연대의 모든 사람이 알고 있다고 씌어져 있단 말입니다. 혐오스럽군요!"

그는 표독스럽게 이를 갈고는 침을 세게 뱉었다.

"누가 그 편지를 썼는지 압니다." 로마쇼프는 얼굴을 다른 쪽으로 돌리며 조용히 말했다.

"안다고요?"

니콜라예프는 걸음을 멈추고 로마쇼프의 소매를 거칠게 잡았다. 갑작스러운 분노의 폭발이 그의 의식적 절제를 깨뜨려버린 것이었다. 그의 눈은 황소처럼 팽창했고, 얼굴은 핏빛이 되었으며, 떨리는 입술의 가장자리엔 진득한 타액이 흘러나왔다. 그는 몸을 앞으로 숙여, 로마쇼프의 얼굴에 자신의 얼굴을 바짝 들이댄 채, 격노하여 소리쳤다.

"그 사실을 알면서도 모른 척하고 있었단 말이오! 당신이 조금이라도 올바른 사람이라면 그 무뢰한의 입을 틀어막았어야 합니다. 알겠냐 말이오…… 이 바람둥이 돈주앙! 당신이 정직한 사람이라면, 당연히……"

얼굴이 새파래진 로마쇼프는 증오의 눈길로 니콜라예프를 뚫어져라 쳐다보았다. 그의 팔다리는 갑자기 천근만근처럼 느껴졌고, 머리는 텅 빈 느낌이 들 정도로 가벼워졌으며, 심장이 철렁 내려앉아 병적으로 크게 뛰어서 온몸을 부들부들 떨게 했다.

"제 앞에서 소리를 치지 말았으면 좋겠군요." 로마쇼프는 느리고 둔탁한 목소리로 발음했다. "좀더 예의 바르게 말씀해주시죠. 제 앞에서 큰 소리치는 것을 용납할 수 없군요."

"나는 당신에게 소리친 적이 없소." 더 무례하게 말했지만, 어조를 낮추며 니콜라예프가 반박했다. "내게 그럴 만한 권리가 있지만 그렇게 하지 않고 있는 것뿐이고, 다만 당신을 납득시키려고 할 따름입니다. 지금까지 우리의 관계로만 봐도 내게 그럴 권리가 있습니다. 만일 당신이 알렉산드라 페트로브나의 이름에 오점을 남기려 하지 않는다면, 작금의 비방을 막아야만 합니다."

"좋습니다, 내가 할 수 있는 모든 것을 하겠습니다." 로마쇼프가 무뚝뚝하게 대답했다.

그는 돌아서서 오솔길을 걸어갔다. 니콜라예프는 곧 그를 따라잡았다.

"그리고…… 제발 화내지만 마십시오……" 니콜라예프는 조금 당황스러워하며 부드럽게 말했다. "일단 이야기를 꺼냈으니 마무리를 하는 게 좋을 듯한데…… 어떻습니까?"

"그래요?" 로마쇼프는 질문하는 투로 대답했다.

"우리, 그러니까 저하고 제 아내하고, 당신에게 각별한 애정을 가지고 있다는 것은 아실 겁니다. 하지만 이제 이런 상황 속에선 어쩔 수 없이…… 이 추악한 소도시에서 소문보다 더 무서운 것이 없다는 것을 당신도 아시겠지요!"

"좋습니다." 로마쇼프가 침울하게 대답했다. "더는 당신 집에 가지 않겠습니다. 당신도 이걸 원하시는 거겠죠? 아무튼 좋습니다. 하지만 더 이상 당신 댁에 찾아가지 않겠다는 결정은 제가 한 겁니다. 며칠 전에 알렉산드라 페트로브나에게 책을 돌려드리느라 한 5분 동안 갔던 게 마지막이 될 거라는 점을 분명히 해두겠습니다."

"네…… 그렇다면……" 니콜라예프는 당황하여 불분명하게 말을 끌다가 입을 다물었다.

이 무렵 두 장교는 오솔길을 벗어나 대로로 들어섰다. 도시까지는 이제 3백 보 정도 남았고, 더 이상 새로운 이야기를 할 만한 거리가 아니었기에, 두 사람은 아무 말없이, 서로를 쳐다보지도 않고 나란히 걷기만 했다. 멈추어 설 건지 뒤로 돌아갈 것인지 결정할 수 없었다. 상황은 점점 더 부자연스럽고 긴장됐다.

이윽고 도시 초입에 늘어선 건물들 아래에 대기하고 있던 마차가 눈에 띄었다. 니콜라예프는 마부를 불렀다.

"네…… 그렇다면……" 니콜라예프는 로마쇼프를 바라보며 조금 전처럼 어물거렸다. "그럼, 안녕히 가십시오, 유리 알렉세이비치."

그들은 악수를 나누지 않고 모자의 차양에 손만 대는 인사를 나누고 헤어졌다. 하지만 먼지 속에서 멀어져가는 니콜라예프의 하얗고 단단한 뒤통수를 보았을 때, 로마쇼프는 갑자기 세상과 유리되어 혼자가 돼서, 생의 가장 중요한 관계와 단절된 듯한 기분을 느꼈다.

그는 천천히 집으로 돌아갔다. 가이난은 이를 드러내며 반갑고 다정하게 마당에서 그를 맞이하였다. 가이난은 소위의 외투를 벗겨 받아들면서 연신 싱글벙글했고, 항상 그랬던 것처럼 춤을 추듯 발을 놀려댔다.

"밥 드셨나?" 그는 정 깊고 허물 없는 태도로 물었다. "아마, 배 고프지? 지금 장교회관 가서 식사를 가져올게."

"썩 꺼지지 못해!" 로마쇼프는 째지는 소리로 그에게 소리쳤다. "꺼져, 어서 꺼져, 그리고 내 방에 얼씬도 하지 마. 누가 찾거든 집에 없다고 하고. 황제가 와도 없다고 해."

그는 침대에 누워 이빨이 베개 끝에 걸릴 정도로 얼굴을 베개에 파묻었다. 그의 눈은 이글거렸고, 찌르는 듯 따끔따끔한 통증을 느낌과 동시에 목이 메이며 울고 싶었다. 그는 뜨거우면서도 달콤한 눈물과 오랫동안 서럽게 울어 마음을 가볍게 만드는 통곡을 갈망했다. 그래서 그는 여러 차례 오늘 있었던 모욕적이고 창피한 사건의 느낌을 일부러 집중적으로 과장하여 생각하면서, 자신이 능욕당하고 불행한 데다가 연약하고 방기된 불쌍한 사람이라는 점을 부각하여, 한껏 울 수 있는 분위기를 조성하려 했다. 하지만 눈물은 나오지 않았다.

그리고 희한한 일이 일어났다. 로마쇼프는 전혀 잤다는 생각을 하지 못했고, 심지어는 단 1초도 졸지 않았으며, 그저 아무 생각 없이 순간적으로 눈을 감고 누워 있을 뿐이었다. 우울한 기분으로 잠을 이룰 수가 없다고 느꼈을 뿐이었다. 그런데 방이 캄캄해져 있었다. 정신적 마비라는 이해가 되지 않는 상황 속에서 다섯 시간 이상이 흘러가버린 것이었다.

그는 뭔가 먹고 싶어졌다. 그는 검을 허리춤에 차고, 외투를 어깨에 걸치고서는 장교회관으로 향했다. 장교회관은 2백 보 정도 떨어진 곳에 위치하고 있어 그리 멀지 않았으며, 로마쇼프는 그곳에 갈 때 항상 대로를 통하여 다니지 않고, 공터와 울타리 그리고 낮은 담벼락이 연이어 있는 뒷길로 가곤 했다.

식당, 당구장 그리고 부엌은 불이 환하게 밝혀져 있어서 장교회관의 더럽고 온갖 잡동사니가 쌓여 있는 마당은 더욱 어두운 게 검은 잉크를 쏟아놓은 것 같았다. 창문은 죄다 활짝 열려 있었다. 말소리, 웃음소리, 노랫소리, 당구 치는 소리가 들려왔다.

로마쇼프는 뒷문으로 들어서다가 식당에서 들려오는 슬리바 대위의 화가 나고 조소 어린 목소리를 듣고는 우뚝 멈춰 섰다. 창문이 두 걸음 정도 떨어져 있었기 때문에 로마쇼프는 조심스럽게 창문 안을 들여다보았

결투 219

고, 새우등처럼 구부러진 중대장의 등을 볼 수 있었다.

"모, 모든 중대가 하, 한 사람처럼 거, 걷고 있는데, 핫! 핫! 핫!" 수영하듯 펼친 손바닥을 위아래로 흔들며 슬리바가 말했다. "그런데 한 얼간이가 웃음거리로 만들었단 말이지." 그는 막연하고 분주하게 집게손가락으로 위쪽을 여러 번 가리켰다. "나는 겨, 격식도 안 차리고 지, 직접 말했지. 여, 여보시게, 다, 다른 중대로 가시게. 그, 그보다 더 나은 건 여, 연대를 떠나는 것이오. 장교가 당신에게 가당키나 하오? 그랬더니, 뭐, 뭐라고 감탄사를 내뱉었냐면……"

로마쇼프는 눈을 감고 몸을 웅크렸다. 그가 지금 몸을 움직이면, 식당에 앉아 있던 모든 사람들이 눈치채고 창밖으로 얼굴을 내밀 것만 같았다. 그렇게 그는 1~2분 정도 가만히 있었다. 그리고 그는 가능한 한 조용하게 숨을 쉬며, 몸을 잔뜩 움츠려 머리를 어깨에 처박고는 벽면을 따라 벽의 끝까지 발끝으로 종종걸음을 쳐 대문까지 간 후, 달빛이 비치는 길을 가로질러 뛰어, 울타리 밑에 드리워진 그림자 속으로 몸을 숨겼다.

이날 저녁 로마쇼프는 자기가 어떤 길을 가고 있는지도 모른 채, 그늘진 곳만 골라 오래도록 도시를 헤매고 다녔다. 그는 달빛 아래 녹색 양철지붕이 어지럽게 반짝이고, 차가운 광채가 선명하게 흘러서 하얗게 보이는 니콜라예프의 집 앞에서 멈춰 섰다. 거리는 사람이 살지 않는 낯선 곳처럼 느껴질 정도로 고요한 것이 죽음과도 같았다. 집과 담장으로부터 드리워진 그늘은 도로를 정확하게 반으로 잘라놓았다. 도로의 반쪽은 칠흑처럼 어두웠고, 나머지 반은 반질반질한 둥근 조약돌에 기름을 발라놓은 듯 반짝였다.

두꺼운 짙은 붉은색 커튼 너머로 램프의 불이 커다랗고 따뜻한 점처럼 빛나고 있었다. '내 사랑아, 너는 내가 얼마나 슬프고, 고통받고 있는

지, 그리고 너를 얼마나 사랑하는지를 정녕 느낄 수 없니!' 로마쇼프는 울먹이는 표정으로 두 손을 가슴에 꼭 대고는 속삭였다.

갑자기 로마쇼프는 벽을 사이에 두고 있지만 슈로치카가 자신의 말을 듣고 이해할 수 있게 해야 한다는 생각이 들었다. 그래서 그는 손톱 밑이 아플 정도로 주먹을 세게 쥐고, 경련이 일 정도로 턱을 꽉 다문 채, 차가운 개미가 온몸을 휘젓고 다니는 기분을 느끼며, 자신의 의지를 팽팽하게 일구어 정신을 집중시켰다.

'창을 바라봐…… 커튼으로 다가가. 소파에서 일어나 커튼으로 다가가. 쳐다봐, 쳐다봐, 쳐다봐. 내가 너에게 명령하고 있어, 어서 창문 쪽으로 걸어가.'

커튼은 꿈쩍도 하지 않았다. '너는 내 말을 듣지 못하는구나!' 로마쇼프는 호되게 질책하듯 속삭였다. '너는 조용하고 차분하며 우아하게 램프 곁에서 그와 함께 앉아 있겠지. 아, 이럴 수가, 나는 지독히도 불행하구나!'

그는 크게 한숨을 쉬고, 고개를 떨어뜨린 채 지친 발걸음으로 허둥지둥 걸어갔다.

그는 나잔스키의 아파트를 지나치게 되었다. 나잔스키의 아파트는 불이 꺼져 있었다. 그 순간 로마쇼프는 불 꺼진 방의 창가에서 뭔가 흰 물체가 잠깐 아른거렸다는 느낌을 받았으나 왠지 무섭게 느껴져서 나잔스키를 소리 내어 부를 수 없었다.

며칠 뒤 로마쇼프는 먼 옛날에 꾼, 절대 잊을 수 없는 꿈처럼 이날의 몽환적인 산책을 떠올렸다. 그 자신도 어떻게 자신이 유대인 묘지 근처에서 정신이 들었는지 설명할 수 없었다. 희고 낮은 벽에 둘러싸여 있는 조용하고 비밀스러운 묘지는 도시 외곽에 위치하고 있었고 산을 올라가야만 했다. 깊은 잠에 빠진 말간 풀 사이로 알몸을 드러낸 똑같은 모양의 냉담한 돌들이 가느다란 그림자를 한결같이 드리우며 애처롭게 솟아올라 있었다. 고독이라는 단순한 장엄함이 침묵과 엄격함으로 묘지 위를 감싸고 있었다.

그러고 나서 그는 자신이 도시의 또 다른 반대편에 있다는 것을 깨달았다. 어쩌면 이것은 꿈속에서 벌어진 일일지도 모른다. 그는 부크 강*을 가로지르는 길고 평탄하게 잘 다듬어져 반짝거리는 둑의 중간에 서 있었다. 잠이 든 강물은 그의 발밑에서 느릿느릿 출렁거리며, 철썩철썩 하는 경쾌한 소리를 내고 있었고, 달은 흔들거리는 강의 표면에서 기다란 기둥을 만들며 비쳤고, 수백만의 은빛 물고기들이 좁은 물에서 벗어나 어둡고 고요하며 황량한 멀고 먼 해변으로 떠나며 물속에서 헤엄치고 있는 것 같았다. 그리고 로마쇼프는 자기가 거닐었던 모든 거리와 도시 외곽에서, 하얗게 활짝 핀 아카시아 꽃향기가 달콤하고 부드럽게 자신을 위안하며 따라다녔던 것을 기억했다.

이날 밤 로마쇼프는 이상한 고독감을 느꼈는데, 그것은 서글프기도 하고, 무섭기도 하고, 사소한 것 같기도 하고, 아이들의 우스꽝스러운 장난 같기도 한 그런 느낌이었다. 게다가 그는 자신이 하룻저녁에 전 재산을 날린 풋내기 도박사일 뿐이며, 좋지 않은 일은 전혀 없었을 뿐만 아니라, 심지어 장군 앞에서 멋지게 행진을 해내 칭찬을 받았고, 장교회관의 밝은 식당에서 동료들과 함께 유쾌하게 웃으며 적포도주를 마시고 있다는 유혹적인 상상을 계속해서 했다. 그러나 매번 이 공상은 페도롭스키의 호통과 중대장의 독설 그리고 니콜라예프와의 대화가 떠올라 중단되었고, 로마쇼프는 이내 자신이 불행하고 모욕당한 인간이라고 생각했다.

* 우크라이나, 벨라루스, 폴란드를 흐르는 강으로서 총길이는 772킬로미터이며, 유역 면적은 39,420제곱킬로미터이다.

비밀스러운 내면의 본능이 로마쇼프를 오늘 낮에 니콜라예프와 헤어졌던 장소로 이끌었다. 그때 로마쇼프는 자살에 대해 생각했으나, 결단을 내린 것도 아니었고, 그렇다고 두렵지도 않았을 뿐만 아니라, 뭔가 무의식 속에 숨겨진 달콤한 자부심까지 느꼈다. 늘 그렇듯이 이 그칠 줄 모르는 환상은 생생한 한 폭의 그림처럼 한껏 채색되어 가장 공포스러운 순간까지 치달았다.

'가이난이 로마쇼프의 방에서 뛰쳐나왔다. 그의 얼굴은 공포로 일그러져 있었다. 하얗게 질린 얼굴로 온몸을 부들부들 떨며 그는 사람들로 가득한 장교식당으로 뛰어 들어갔다. 그의 갑작스러운 출현으로 사람들은 얼떨결에 자리에서 일어났다. '장교님…… 소위가…… 자살했습니다……!' 가이난이 힘들게 말했다. 모두가 공황에 빠졌다. 모든 사람들의 얼굴이 창백해졌다. 그들의 눈에는 공포의 빛이 역력했다. '누가 자살했다고? 어디서? 어떤 소위가?' '여러분, 이 병사는 로마쇼프의 당번병입니다!' 누군가 가이난을 알아보았다. '체르미스인이죠.' 모두가 장교 아파트로 달려갔고, 어떤 사람들은 모자를 쓰지도 않은 채였다. 로마쇼프는 침대에 누워 있었다. 바닥에 핏물이 고여 있었고, 그 속에 스미스 웨손 일반형 모델 권총이 뒹굴고 있었다…… 조그만 방을 가득 채운 장교들 사이를 연대 의사인 즈노이코가 간신히 비집고 들어왔다. '관자놀이를 관통했군요!' 사람들의 침묵을 깨고 즈노이코가 말했다. '사망했습니다.' 누군가 낮은 목소리로 말했다. '여러분, 탈모를 부탁드립니다!' 많은 장교들이 성호를 그었다. 베트킨은 연필로 씌어진 메모를 책상에서 발견하고 큰 소리로 읽었다. '모두들 안녕히 계세요, 자진하여 죽음을 택합니다. 인생은 고통스럽고 슬픈 것이군요! 제 어머니에게 저의 죽음을 주의해서 전해 주십시오. 게오르기 로마쇼프.' 모두는 서로의 눈을 마주 보았고, 서로의

눈에서 괴롭지만 입 밖에 낼 수 없는 한 가지 생각을 읽었다. '우리가 그를 죽였어!'

여덟 명의 동료들이 들고 있는 금실 덮개가 덮인 관이 흔들렸다. 연대의 모든 장교들이 그 뒤를 따르고 있었다. 그들의 뒤로 6중대원들이 보였다. 슬리바 대위는 험상궂게 얼굴을 찌푸리고 있었다. 베트킨의 선해 보이는 얼굴은 눈물을 많이 흘려 부풀어 있었으나, 거리에 나오자 눈물을 참고 있었다. 르보프는 자신의 슬픔을 숨기지도, 창피해하지도 않고 목 놓아 울었다. '사랑스럽고 착한 청년이었는데!' 봄날의 공기 속으로 장송곡의 선율이 깊은 비탄의 통곡처럼 퍼져 나갔다. 연대의 모든 부인들과 슈로치카도 장례식에 와 있었다. '나는 그와 키스했어!' 절망에 빠져 그녀는 생각한다. '나는 그를 사랑했어! 내가 그를 막을 수 있었는데, 그를 구할 수 있었는데!' '너무 늦었어!' 로마쇼프는 쓴웃음을 지으며 그녀에게 대답을 하듯이 생각한다.

관을 따라가며 장교들은 조용히 이야기를 나눈다. '아, 정말 안됐어! 정말 훌륭하고 재능 있는 멋진 장교였는데……! 그래…… 우리가 그를 제대로 이해하지 못했어!' 장송곡이 더욱 처량하게 흐느끼고 있었다. '영웅의 죽음에 부쳐'라는 베토벤의 음악*이었다. 로마쇼프는 입가에 영원의 미소를 띠고, 꼼짝도 않은 채 차가운 시신으로 관 속에 누워 있다. 그의 가슴에는 누가 놓아두었는지 모르지만 소박한 제비꽃 한 다발이 놓여 있다. 그는 모두를 용서했다. 슈로치카도, 슬리바도, 페도롭스키도, 군단장도. 로마쇼프는 그들이 자신을 위해 더 이상 울지 않기를 바랐다. 그는 이 세상에 있기엔 지나치게 순결하고 아름다웠다. 그에겐 그곳이 더 어울

---

* 피아노 소나타 No.12, Op.26의 3악장으로, 장송행진곡이다.

릴 것이다!'

눈물이 흘러내렸으나 로마쇼프는 닦지 않았다. 공정하지 못하게 모욕당한 자신이 애도를 받는다는 상상은 큰 위안이 되었다.

그는 이제 사탕무 밭을 따라 걸었다. 발아래의 나지막하고 두꺼운 줄기들이 희고 검은 점들이 섞여 있는 것처럼 얼룩져 보였다. 달빛이 비치는 사탕무 밭의 광활함은 로마쇼프를 압도했다. 소위는 철로가 지나가는 협곡 위의 작은 언덕으로 올라가 멈춰 섰다. 그가 멈춰 서 있는 곳은 어둠의 그늘이 드리워져 있었으나, 반대편은 창백한 흰빛이 선명하게 감돌고 있어 풀 한 포기도 가려낼 수 있을 것 같았다. 협곡은 어두운 심연을 향해 밑으로 곤두박질치는 것 같았다. 협곡의 밑바닥에 놓여 있는 연마된 철로가 희미하게 보였다. 협곡 너머 저 멀리 들판의 중앙에 앞 끝이 뾰족한 천막이 가지런히 세워져 있었다.

협곡의 꼭대기보다 조금 낮은 곳에 놓인 철로를 따라 오목하게 들어간 부분이 있었다. 로마쇼프는 그곳으로 내려가서 풀밭에 앉았다. 허기와 피로로 구역질이 났으며 다리는 맥이 빠져 떨렸다. 협곡 아래의 황량하고 커다란 들판은 반투명한 대기 속에서 반은 어둠에, 나머지 반은 빛에 싸여 있었으며, 풀들은 이슬에 젖어 있었다. 이 모든 것이 깨지기 쉬운 민감한 정적 속에 스며 있어 귓전에서 웡웡대며 울려 퍼지는 느낌을 주었다. 이따금 기차역에서 차량 연결 작업을 하는 기관차가 내는 끊어졌다 이어졌다 하는 기적 소리가 적막한 어둠의 기이한 고요 속에서 예민하고 어수선하며 위협적으로 느껴졌다.

로마쇼프는 누웠다. 하얗고 가벼운 구름이 멈추어 있었고, 그 위로 둥근 달이 빠르게 흐르고 있었다. 창공은 텅 비어 있고 거대하며 차가웠기에, 땅에서부터 하늘까지의 공간이 영원한 공포와 우수로 가득 차 있는 것만 같았다. '저기에 신이 있겠지!' 로마쇼프는 생각했다. 그때 그는 비탄, 모욕, 스스로에 대한 연민의 감정을 발작적으로 느꼈고, 고뇌 어리고 가슴 아픈 속삭임을 시작했다.

"신이여! 왜 저를 외면하는 건가요? 작고, 약하고, 모래알 같은 제가 당신이 불쾌할 만한 행동을 했나요? 당신은 모든 것을 행할 수 있고, 선하며, 모든 것을 굽어보십니다. 그런데 왜 저를 합당하게 대해주시지 않는 건가요?"

그러나 곧 두려워졌고, 급하게 서둘러 속삭였다.

"아니, 아닙니다. 선하고 자애로운 분이여, 저를 용서해, 제발 용서해주세요! 이런 불경을 더 이상 저지르지 않겠습니다." 그는 온순하고 얌전하게 복종하듯 말을 이었다. "당신이 하고자 하는 모든 일을 하세요. 전 감사의 마음으로 모든 것에 복종하겠습니다."

이렇게 말하고 나자, 마음속 깊은 곳에서, 자신의 인내하는 순종이 전지전능한 신을 감동시키고 노여움을 가라앉혀, 오늘 있었던 참담하고 불쾌한 사건을 그저 한갓 꿈으로 만드는 기적을 행해주시지 않을까 하는, 교활하지만 악의 없는 생각이 꿈틀거렸다.

"어디에 이있지이?" 기관차가 화가 난 듯 서둘러 소리쳤다.

다른 기관차가 완만하고 낮은 음조로 으름장을 놓듯 받아쳤다. "간다 아니까!"

마주 보이는 협곡의 달빛이 비치는 경사면의 가장 높은 곳에서 무엇인가가 바스락 소리를 내며 어른거렸다. 로마쇼프는 제대로 보기 위해서 고개를 살짝 들었다. 불분명하며 사람 같아 보이지 않는 회색빛의 뭔가가 반투명한 달빛 아래서 협곡 위에서 아래로 내려가는 게 풀과 간신히 구분되어 보였다. 그림자의 움직임과 사각사각 나는 작은 소리만이 그를 눈으로 좇을 수 있게 하였다.

그것은 레일을 건너갔다. '병사 같은데?' 로마쇼프는 걱정스럽게 추측했다. '어쨌든 사람은 분명한 것 같아. 하지만 몽유병환자 아니면 술 취한 사람만이 저런 식으로 걸을 텐데. 도대체 누굴까?'

회색빛 사람은 레일을 다 건너자 그늘로 들어갔다. 이제는 그가 병사라는 것이 확연히 구별되었다. 그는 천천히 굼뜬 동작으로 위를 향했고, 잠시 동안 로마쇼프의 시야에서 사라졌다. 그러나 2~3분이 지나자 밑 쪽으로부터 모자를 쓰지 않은 둥글고 짧게 깎은 머리가 천천히 올라왔다.

흐릿한 빛이 그의 얼굴을 바로 비쳤고, 로마쇼프는 그가 자신의 중대의 좌익에 위치한 병사인 흘레브니코프라는 것을 알았다. 그는 손에 모자를 든 채, 머리에 아무것도 쓰지 않고 생기 없이 앞을 바라보며 걸었다. 그는 뭔지 모를 내면의 비밀스러운 힘에 이끌려 움직이고 있는 것 같았다. 그는 자신의 외투의 앞깃으로 로마쇼프를 살짝 건드릴 정도로 가깝게 장교 옆을 지나갔다. 그의 눈동자에는 달이 선명하고 날카로운 점처럼 비쳤다.

"흘레브니코프! 자넨가?" 로마쇼프는 그를 큰 소리로 불렀다.

"아!" 병사는 소리치며 멈춘 후, 놀란 나머지 그 자리에서 부들부들 떨었다.

로마쇼프는 재빨리 일어섰다. 그는 맞아서 부풀어 오르고 피투성이가 된 입술과 멍이 든 눈을 하고, 괴로움에 지쳐 시체와 같이 되어버린 얼굴을 보았다. 한밤중에 보게 된 구타의 흔적은 극도의 불길함을 느끼게 했다. 흘레브니코프를 바라보며, 로마쇼프는 생각했다. '바로 이자가 나와 함께 오늘 연대 전체를 구렁텅이에 빠뜨렸지. 나와 이자는 똑같이 불행하군.'

"자네는 어디를 가는 건가? 무슨 일이 있었나?" 로마쇼프는 병사의 어깨에 자기의 두 손을 왜 올리고 있는지를 스스로도 이해하지 못하며, 상냥하게 질문했다.

흘레브니코프는 당혹해하며 사람을 피하는 눈빛으로 로마쇼프를 쳐다보고 바로 얼굴을 돌렸다. 접하는 소리가 나더니 천천히 입술이 벌어졌고, 짧고 의미 없는 새된 소리가 새어 나왔다. 로마쇼프는 마치 기절하기 전에 생길 것만 같은 지나치게 근질근질한 자극적인 느낌이 자신의 배와 가슴을 찔러대는 것 같은 통증을 느꼈다.

"니를 때렸나? 응? 말해보라니까, 맞았어? 여기, 내 옆에 앉아봐."

그는 흘레브니코프의 소매를 잡아 내렸다. 병사는 마치 마네킹처럼 아무 저항 없이 쉽게 소위 옆의 젖은 풀밭에 털썩 주저앉았다.

"어디로 가는 거지?" 로마쇼프는 물었다.

흘레브니코프는 부자연스럽게 다리를 편 채 불편하게 앉아서 아무 대답도 하지 않았다. 로마쇼프는 그의 머리가 점차 가슴 쪽으로 눈에 띄게 흔들리면서 기울어져가는 것을 보았다. 다시 짧고 새된 소리가 들려왔고, 로마쇼프의 가슴에 극한 연민이 일어났다.

"탈영하고 싶은 거야? 모자를 쓰도록 해. 흘레브니코프, 내 말을 들어봐, 이제 난 너의 상관이 아니야. 나 역시 불행하고, 버려지고, 망가진 인간일 뿐이야. 힘들지? 아픈가? 솔직하게 말해봐. 아마 죽고 싶겠지?" 로마쇼프는 두서없이 속삭이듯 물었다.

흘레브니코프의 목에서 분명치 않게 웅얼거리는 소리가 났으나, 여전히 그는 침묵했다. 그 순간 로마쇼프는 병사가 미세하게 떨고 있다는 것을 알았다. 그의 머리가 떨리고 있었고, 그의 턱이 작은 소리를 내며 부딪치고 있었다. 잠깐 동안 장교는 공포를 느꼈다. 열병에 걸린 불면의 밤, 고독감, 윤기 없고 파리한 달빛의 균일함, 발밑 협곡의 어두운 심원, 구타로 인해 자아를 잃어버린 말 없는 병사, 이 모든 것들이 마치 세상의 종말에 사람들이 꾸게 될 것만 같은 그런 고통스럽고 불합리한 꿈처럼 느껴졌다. 그러나 그 순간 로마쇼프는 갑자기 따스하고 끝없는 몰아(沒我)의 연민이 자신에게 충만해짐을 느꼈다. 그러자 로마쇼프는 자신의 개인적 슬픔이 작고 하찮아 보였으며, 이 학대받고 물어뜯긴 사람과 비교했을 때 자신은 더 어른스럽고 현명하다는 생각을 하며, 홀레브니코프의 목을 부드러우면서도 세게 안아 자신에게 당겨오며 뜨겁고 열정에 찬 확신을 가지고 말했다.

"홀레브니코프, 괴롭지? 나도 괴롭다네, 정말로 괴롭다네, 믿어달라고. 나는 이 세상에서 벌어지는 일을 도저히 이해할 수가 없네. 모든 것이 거칠고 의미 없는 흉포한 난센스지! 하지만 참아야 한다네, 그럼, 참아야지…… 참는 게 필요하다네."

홀레브니코프의 잔뜩 숙인 머리가 갑자기 로마쇼프의 무릎으로 떨어졌다. 그리고 병사는 장교의 다리를 손으로 휘감으며, 얼굴을 파묻고 몸을 떨면서, 울음을 참느라 헐떡이며 몸을 꼬부렸다.

"더 이상은 안 되겠어요……" 홀레브니코프는 두서없이 혀짤배기소리를 하며 더듬더듬 겨우 말했다. "더 이상 저는, 나리, 더 이상은…… 아아…… 때리고, 웃고…… 소대장은 돈을 요구하고, 분대장은 소리치고…… 어디서 돈을 구하라고? 배창자가 뒤틀리고…… 어릴 때 다쳤던…… 탈장이 생겼어요, 나리…… 아아, 어떻게 이럴 수가!"

로마쇼프는 자신의 무릎 위에서 극도로 흥분되어 흔들리는 머리 쪽으로 몸을 숙였다. 로마쇼프는 더럽고 쇠약한 몸과 감지 않은 머리에서 나는 냄새, 그리고 자면서 덮은 외투의 쉰 냄새를 느꼈다. 끝없는 슬픔, 공포, 몰이해 그리고 깊은 죄의식과 유감이 장교의 마음을 가득 채우며, 고통스럽게 아우른 채 짓눌렀다. 짧게 깎아 빳빳하며 더러운 머리로 몸을 조용히 숙이고 들릴락 말락하게 속삭였다.

"내 형제!"

홀레브니코프는 장교의 손을 쥐었다. 로마쇼프는 자신의 손에서 따뜻한 눈물 방울과 낯선 입술의 차갑고 끈적끈적한 느낌을 느꼈다. 하지만 그는 손을 빼내지 않고 어른이 삐친 아이에게 하듯, 소박하고 감동스러운 위로의 말을 했다.

그리고 그는 홀레브니코프를 야영지로 데려갔다. 로마쇼프는 중대 당직 하사관인 샤포발렌코를 불러냈다. 하체만 속옷을 입은 하사관은 하품을 하고, 빛 때문에 눈살을 찌푸리고, 등과 배를 번갈아 긁어대며 나왔다.

로마쇼프는 그에게 홀레브니코프의 보초 근무를 당장 바꾸라고 명령했다. 샤포발렌코는 이의를 제기해보았다.

"장교님, 아직 교대시간이 되지 않았습니다……!"

"말대답하지 마!" 로마쇼프는 소리쳤다. "내일 중대장한테 내가 그렇게 명령했다고 말해…… 그리고 자넨 내일 나에게 오도록 하겠나?" 그는 홀레브니코프에게 물었다. 병사는 말을 하지 않으며, 소심한 감사의 눈초리로 대답했다.

로마쇼프는 집으로 돌아가기 위해 야영지를 천천히 지났다. 한 천막에서 들려오는 속삭임 소리가 그를 멈춰 세웠고, 귀를 기울이게 만들었다. 누군가가 목소리를 억지로 낮춰가며 따분한 목소리로 이야기를 하고 있었다.

"그래서 바로 그 마귀가 그 병사에게 마법사를 보냈지. 마법사가 병사에게 가서 이렇게 말했어. '병사야, 병사야, 난 너를 잡아먹겠다!' 그러자 병사가 그에게 답했지. '너는 나를 잡아먹을 수 없을 것이다. 왜냐하면

나도 역시 마법사이기 때문이다!'"

로마쇼프는 다시 협곡으로 갔다. 불합리함, 혼란스러움, 삶의 부조리가 그를 압박했다. 경사진 부분에 멈춰 선 그는 고개를 하늘로 쳐들었다. 아까처럼 하늘은 냉혹하게 광활했고, 끝없이 공포스러웠다. 로마쇼프는 자신도 모르게 머리 위로 주먹을 들어 흔들어대며 미친 듯 소리쳤다.

"너, 늙은 사기꾼! 만일 네가 할 수 있는 게 있다면…… 그렇지. 바로 내 다리가 부러지게 만들어봐."

그는 눈을 감은 채 쏜살같이 가파른 경사면으로부터 밑으로 몸을 던진 후, 두 번의 도약으로 레일을 뛰어넘고는 멈추지 않고 단번에 위로 올라갔다. 그의 콧구멍은 팽창됐고, 가슴은 발작적으로 두근거렸으며, 숨을 거칠게 몰아쉬었다. 하지만 그의 혼은 거만하고 대담하며 맹렬한 용기로 타올랐다.

17

이날 밤 이후로 로마쇼프에게 급격한 정신적 변화가 생겼다. 그는 장교들과 거리를 두었고, 식사는 주로 집에서 했으며, 무도회에는 일절 가지 않았고 술도 마시지 않았다. 그는 분명히 성숙했고 예전보다 더욱 진중해졌다. 그 자신도 사람들과 각종 상황에 대처하는 자신의 우울하고 평정한 침착함에 미루어, 자신이 변화했다는 것을 알고 있었다. 이런 변화는 그가 어렸을 때 들었는지 읽었는지 기억나지는 않지만, 알고 있던 재미있는 이야기, 즉 인간의 삶은 여러 '샹들리에'로 이루어져 있고, 각각의 샹들리에의 수명은 7년이며, 샹들리에가 바뀔 때마다 인간의 피, 몸의 성분, 생각, 감정 그리고 성격이 변화된다는 이야기를 떠올리게 했다. 게다가 로마쇼프는 얼마 전에 스물한 해를 마감했다.

두번째로 오라는 말을 했을 때 비로소 흘레브니코프는 로마쇼프에게 들렀다. 이후 그는 더욱 자주 로마쇼프를 방문했다.

흘레브니코프가 로마쇼프를 처음 방문했을 때의 모습은 굶주리고 너저분하며 잔뜩 두들겨 맞은 개가 귀엽다고 내민 손을 겁이 나서 피하는 꼴이었다. 그러나 장교의 배려와 호의가 조금씩 그의 차가운 심장을 녹이며 따뜻하게 데워갔다. 양심의 가책과 죄의식이 깃든 연민을 느끼면서 로마쇼프는 그의 삶에 대해 하나하나 알아갔다. 고향집에는 어머니와 알코올 중독자인 아버지, 반백치인 형제 그리고 네 명의 어린 여자아이들이 살고 있고, 그들의 땅은 농촌 공동체가 강제적으로 불공정하게 몰수해갔으며, 가족들은 땅을 뺏어간 바로 그 농촌 공동체의 은총을 얻어 주인이 죽어 폐가가 된 한 오두막에 자리 잡고 살면서, 일할 만한 나이의 사람은 남의 집에서 일을 하고 일을 못하는 어린 것들은 구걸하며 살고 있었다. 흘레브니코프는 집으로부터 돈을 받을 수 없었고, 힘이 약해 막노동도 시켜주지 않았다. 군대에서도, 아무리 졸병이라지만, 돈 없이 살기는 어려웠다. 돈 없이는 차나 설탕을 살 수도 없고, 심지어 비누도 구할 수 없으며, 게다가 이따금 소대장과 분대장에게 사병식당에서 보드카를 사 먹여야만 했고, 자신의 봉급 22루블 5코페이카는 죄다 이 두 상관의 선물을 사는 데 써야 했다. 매일같이 맞고, 비웃음과 조롱을 당했으며, 가장 어렵고 불쾌한 일은 차례가 무시된 채 그에게 돌아왔다.

놀라움과 우수 그리고 공포와 함께, 로마쇼프는, 운명이 자신을 매일같이, 슬픔에 아파하고 기쁨에 즐거워하지만, 실제로는 개성을 빼앗기고 자신의 무지와 노예체제, 상관의 무관심, 전횡과 폭력으로 억눌리고 있는 수백의 흘레브니코프와 같은 병사들과 조우하게 한다는 사실을 깨닫기 시작했다. 그리고 무엇보다도 무시무시한 것은, 로마쇼프 자신을 포함해서 그 어떤 장교도, 항상 고분고분하고 아무 생각 없는 무의미한 얼굴을 한 흘레브니코프 같은 병사도 중대병력, 대대병력, 연대병력 등등의 기계적 수치가 아니라, 사람이라는 사실을 이제껏 생각조차 하지 않았다는 것이다.

로마쇼프는 흘레브니코프가 적은 급료지만 가져갈 수 있게 신경을 썼다. 중대원들은 흘레브니코프에 대한 로마쇼프의 특별한 비호를 눈치챘다. 로마쇼프는 자신이 있는 자리에서 하사관들이 흘레브니코프에게 과장된 존중을 하고, 비아냥거리기 위해 유달리 상냥한 목소리로 말하는 것을 자주 목격했다. 슬리바 대위도 이 사실을 알고 있는 눈치였다. 이따금 그는 사람들에게 이렇게 불평했다.

"조, 좋구나. 자유주의자가 파, 파다하고. 중대를 망치고 있으니. 더러운 놈들하고 싸, 싸워도 모자랄 판에, 비, 비위를 맞추고 있으니."

로마쇼프는 자유롭게 혼자 있으면 있을수록, 한 달 전 가택연금 명령을 받았을 때 자신을 뒤흔들었던 바로 그 생각과 유사한, 이례적이고 이상하며 복잡한 사고를 점점 더 자주 하게 되었다. 그는 보통 일과가 끝나고 땅거미가 질 때 쯤, 나뭇잎이 무성한 나무들 아래에서 홀로 우수에 젖어 정원을 산책하며, 저녁 딱정벌레가 우는 소리에 귀 기울이고, 평온하게 노을이 지는 하늘을 바라보는 동안, 이런 생각에 잠기곤 했다.

이러한 새로운 내적 생활을 통해 그는 자신의 다양성을 발견하며 깜짝 놀랐다. 예전에 그는 인간의 단순하고 평범한 생각 속에 어떤 즐거움, 어떤 힘, 어떤 의미 등이 숨어 있는지 생각도 안 했고, 그런 것이 있지 않을까 하는 생각조차 해본 적 없었다.

그는 군사학교에서 교육받은 대가로 3년간 의무복무를 해야 하는 기간이 끝나자마자, 군대에 남지 않고 퇴역할 것임을 이미 확고하게 결정한 터였다. 하지만 그는 퇴역하고 나서 문관이 돼서 무슨 일을 해야 할지 도무지 감을 잡을 수 없었다. 그는 하나하나 생각해보았다. 세무서, 철도, 상업, 영지경영, 의회 등등. 이런 생각을 하며 그는 처음으로 인간이 할 수 있는 직업이나 일의 다종다양함에 경악하였다. '이런 여러 가지 우습고 기괴하고 불합리하고 너절한 직업들이 어떻게 생기게 되었을까? 그러니까 예를 들어, 어떤 식으로 간수, 곡예사, 물집 수술하는 사람, 사형 집행인, 금은 세공사, 애견 이발사, 헌병, 마술사, 창녀, 때밀이, 말 의사, 산역꾼, 대학 수위* 등이 생겼을까? 아니면 전혀 하찮거나, 우연히 만들어진 변덕스러운 것이거나, 강제적으로 만들어졌거나, 필요할 때 당장 이 일들을 할 사람이나 하인이 없어서 결함이 있는데도 불구하고 인간이 만들어냈다기보다는, 실제로 쓸모가 있어 이런 직업을 만들어낸 것일까?'

또한 로마쇼프는, 조금 더 깊게 생각을 하게 되면, 특히 전문직의 대부분이 인간의 정직함을 불신하는 것에 기반하고 있기 때문에, 자연스럽게 인간의 악덕이나 결점에 봉사한다는 사실에 놀랐다. 만일 인류가 완전하다면, 부기사, 회계사, 관리, 경찰, 세관원, 검사원, 검열관 그리고 감독관이 왜 그다지도 필요한 것일까?

또한 그는 다른 사람의 영혼, 생각 그리고 고통과 계속해서 접해야만 하는 직업을 가진 사람들, 즉 성직자, 의사, 교사, 변호사, 판사 같은 사람들에 대해서도 생각했다. 생각 끝에 로마쇼프는, 확신은 없지만, 이런 종류의 직업을 가진 사람들은 다른 사람들보다 오히려 더 냉담하거나, 태만, 쓸모없는 형식, 습관적이고 수치스러운 무관심으로 타락해 있다고 생

---

* 러시아혁명 전 학생의 행동을 감시하는 역할을 함.

각했다. 그는 또 다른 직업군을 가진 사람들, 즉 외면적이고 물질적인 풍요의 건설자인 기술자, 건축가, 발명가, 제작자, 공장주들에 대해서도 생각했다. 그들은, 자신들의 노력을 다하면, 인류의 삶을 놀랄 만하게 멋지고 편안하게 만들 수 있음에도 불구하고, 오로지 부만을 좇고 있다. 그들은 자신의 안위만을 돌보는 데 혈안이 되어 있고, 자식 새끼와 주거를 지키려는 동물적 본능, 생에 대한 공포로 인하여 돈에 대한 가련한 집착만을 가지고 있다. 그렇다면 도대체 누가 학대받은 흘레브니코프의 삶을 안정시키고, 먹이고, 가르치고, '네 손을 잡아줄게, 형제여'라고 말할 수 있을까?

　이런 식으로 로마쇼프는 확신도 없고 매우 느리지만, 점점 더 깊게 생의 현상들에 대해 숙고했다. 예전엔 모든 것이 간단해 보였다. 세상은 두 가지 상이한 부분으로 구성되어 있는데, 하나는 명예, 힘, 권위 그리고 군복에서 우러나는 매력적인 가치와 특출한 용기, 육체적 힘, 거만한 자존감을 포괄하는 소수의 장교들이고, 다른 하나는 대다수이고 별반 특징이 없어 보이는 문관과 민간인들이다. 그들을 경멸했고, 아무 이유 없이 문관을 욕하며 때리고, 불붙은 시가를 문관의 코에다 꺼버리고, 기다란 모자를 문관의 귀까지 씌우는 일 따위가 용감한 일이라 생각했다. 이런 공적에 대해서 군사학교 시절부터 풋내기 사관생도들이 환호하며 떠벌렸었다. 그런데 이제, 마치 비밀 장소의 틈에서 밖을 보듯 한 걸음 물러나 현실을 바라보면서, 로마쇼프는 어처구니없는 용기를 자랑으로 아는 군 복무는 잔혹하며 치욕적인 오판으로 만들어졌다는 것을 조금씩 이해했다. '평시에는 조금의 쓸모도 없이 지내면서, 남의 곡식과 고기를 먹어치우고, 남이 만든 옷을 입고, 남이 만든 집에서 지내다가, 전시에는 자신들과 똑같은 사람들을 닥치는 대로 죽이고 병신을 만드는 계층이 어떻게

만들어진 걸까?'

로마쇼프는 인간에게는 단지 세 가지의 사명, 즉 학문, 예술 그리고 자유로운 육체노동만이 필요하다는 생각을 점점 더 강하게 하였다. 문학에 대한 염원이 새로운 동력으로 다시금 끓어올랐다. 어쩌다가 진리적 영감이 가득 차 있는 훌륭한 책을 읽게 되면, 그는 괴로워하며 생각했다. '이럴 수가, 이렇게 단순할 수가, 나도 생각하고 느낄 수 있는 것이라니. 나 역시 똑같이 해낼 수 있었을 것을!' 그는 군생활의 불쾌함과 권태를 그리는 중편이나 장편을 쓰고 싶었다. 머릿속에선 작품의 배경도 선명하고, 인물은 살아 있고, 줄거리는 정교하며 적확하게 정리되고 발전되기에, 작품에 대하여 몰입하는 것은 매우 즐거운 일이었다. 그러나 실제로 글을 쓰게 되면 생기 없는 문체에다가 아이들 글처럼 재미없고 꼴사나우며 과장되고 진부했다. 그가 글을 한창 열심히 빠르게 쓰고 있을 때는 이러한 결점들을 눈치채지 못했으나, 위대한 러시아 작가들이 쓴 짧은 단편과 자신이 쓴 글을 비교라도 할라치면, 자신의 글에 대한 무력한 낙담, 창피 그리고 혐오감이 생겼다.

이런 생각을 하며 그는 자주 따뜻한 5월 말의 봄 거리를 산책했다. 그는 자기도 모르게 항상 유대인 묘지로부터 둑을 거쳐 철도의 제방까지 이어지는 길을 선택했다. 때때로 그는 자신의 새로운 지적 노동에 몰두하다 길을 지나쳐, 마치 잠이 깨듯, 정신을 차렸을 땐 도시의 반대편 경계에 있는 자신을 발견하고 놀라곤 했다.

그는 매일 밤 마치 몰래 도둑질이라도 하는 것 같은 기분으로, 두근대는 가슴을 안고 숨을 참아가며 발소리를 죽여 슈로치카의 집 맞은편 길을 지나갔다. 니콜라예프 집의 거실 등이 꺼져 있고 달빛이 검은 창을 희미하게 비칠 때면, 담 옆에 숨어 가슴에 손을 꼭 대고 간청하듯 속삭였다.

"잘 자, 내 여인아, 잘 자, 내 사랑. 나는 항상 네 곁에서 너를 지키고 있을게!"

이럴 때마다 그는 눈에 눈물이 맺히는 것을 느꼈으나, 그의 영혼 속에는 상냥함과 감동, 그리고 헌신적 충심뿐만 아니라, 다 자란 수컷의 맹목적이고 동물적인 질투심 역시 꿈틀거렸다.

한번은 니콜라예프가 연대장 집에서 벌어지는 카드 놀이에 초대되었다. 로마쇼프는 이것을 알고 있었다. 그날 밤에 평소처럼 길을 가다, 그는 니콜라예프의 정원에서 흘러나오는 수선화의 자극적인 향기를 맡았다. 그는 담장을 넘어 어둠 속에서 축축한 흙을 손에 묻혀가며 화단에 피어 있는 물기를 머금은 희고 부드러운 꽃을 한아름 꺾었다.

슈로치카의 침실 창이 열려 있었다. 창은 마당을 향해 있었고 불은 꺼져 있었다. 자신도 전혀 예상치 못했던 용기로, 로마쇼프는 삐걱거리는 쪽문으로 몰래 숨어들어 벽에 가까이 다가가 창 안으로 꽃을 던져 넣었다. 방 안에선 아무런 움직임이 없었다. 로마쇼프는 3분 정도 서서 기다렸다. 그의 심장 소리가 거리를 온통 뒤덮는 것만 같았다. 그리고 창피한 마음에 몸을 잔뜩 웅크리고, 발끝으로 조심조심 걸어서 거리로 나갔다.

다음 날 그는 화가 난 슈로치카로부터 짧은 메모를 받았다.

'앞으로 그런 행동을 더는 하지 마세요. 로미오와 줄리엣 같은 유약함은 우스울 따름이에요, 더구나 보병연대에서는 더 말할 것도 없겠죠.'

낮 동안 로마쇼프는 먼발치에서라도 그녀를 보려고 노력했지만, 도대체 볼 수 없었다. 멀리서 모자를 쓴 폼과 걸음걸이가 슈로치카와 닮은 여인을 보게 되면, 로마쇼프는 흥분하여 손에 식은땀이 차는 것을 느끼며, 숨이 막힐 정도로 거세게 그녀에게 달려갔다. 그러나 매번 자신의 실수를 깨닫고는 울적함과 고독 그리고 허망함을 맛보며 발길을 돌렸다.

18

 5월 말에 오사치 중대의 한 젊은 병사가 목을 매어 죽었는데, 운명의 장난인지, 똑같은 사건이 지난해 같은 날에 바로 이 중대에서 일어났었다. 당시 로마쇼프는 연대 당직 부사관이었기 때문에, 죽은 병사를 검시하는 자리에 배석해야만 했다. 시체는 아직 부패되지 않은 상태였다. 로마쇼프는, 푸줏간을 들어서며 진열되어 있는 고깃덩어리에서 맡게 되는 것과 같은 날고기의 짙은 냄새를, 조각조각으로 잘린 병사의 몸뚱이에서 느꼈다. 그는 점액질의 윤기가 흐르는 짙푸른 빛의 내장, 위장 속에 든 내용물, 그리고 뒤엎어버린 젤리처럼 짙은 황색의 주름진 뇌를 보았다. 그에게 이런 모든 것이 너무나 새로운 데다가, 무섭고 꺼림칙했으며, 동시에 인간에 대한 모종의 혐오스러운 멸시가 그의 내면에 자리 잡았다.
 이따금 연대에서 한 사람도 예외 없이 참석하게 되는 난장판에 가까운 술자리가 계속되는 시기가 있곤 했다. 대개 이런 경우는 사람들이 우연히 모이긴 했으나, 특별히 할 일도 없는 데다가, 이유 없는 광폭함이 스멀스멀 생겨나던 차에, 각자의 뒤죽박죽 억제된 무의식 속에 감춰진 내밀한 공포, 우울, 광기의 징후를 상대방의 눈에서 발견하면서 생겨났다. 이럴 때마다 번식용 황소가 누리는 것 같은 조용하고 흡족한 일상은 그 궤도에서 이탈되곤 했다.
 자살 사건이 있은 후 이런 폭주가 발생했다. 오사치가 맨 처음 동했다. 마침 공휴일이 연달아 며칠 동안 이어졌고, 이 기간 동안 그는 장교 회관에서 광적으로 도박을 하며 엄청나게 술을 마셔댔다. 이 우람한 체구의 힘이 좋은 맹수 같은 인간의 의지가 아무리 커다랄지라도, 전 연대원을 광란에 빠진 멍청이가 되게 부추겼다는 것과 이 통제 불능의 발작적 주연이 있는 내내, 반박과 항의라도 하는 듯이, 냉소적이며 뻔뻔스럽고 오만한 태도로 자살한 병사를 추접한 말로 비방해댄 것은 꽤나 이상한 일이었다.

저녁 6시였다. 로마쇼프는 창문턱에 다리를 올려놓고「파우스트」의 왈츠*를 휘파람으로 조용하게 불고 있었다. 정원에서는 참새와 까치가 울고 있었다. 아직 컴컴하지는 않았지만, 나무들 사이로 그늘이 옅게 질 무렵이었다.

갑자기 현관 계단에서 누군가가 열심히는 부르는데 영 박자가 맞지 않게 큰 소리로 노래를 불렀다.

말들이 날뛰니 재갈 소리 요란하네,
거품을 물고, 달아나려 애쓰며, 푸르르 소리를 내네……

커다란 소음과 함께 양쪽 문이 활짝 열리더니, 베트킨이 들이닥쳤다. 어렵게 몸의 균형을 잡으면서, 노래를 계속해서 불렀다.

부인네들이 필사적인 눈길로
멀어지는 뒷모습을 바라보네.

그는 어제부터 대취하여 있었다. 잠을 자지 않은 탓에 눈꺼풀은 벌겋게 부풀어 올라 있었고, 모자는 뒤통수에 걸려 있었다. 축축한 콧수염은

---

* 프란츠 리스트가 구노의 대표적인 오페라「파우스트」의 제2막의 마지막 부분에서 군중이 합창하는 왈츠의 장면을 그대로 피아노 곡으로 옮겨놓은 것.

검게 되었고, 해마의 어금니처럼 두 갈래로 늘어져 있었다.

"로——로무알드! 시리아의 은자, 네게 입 맞추러 왔다!" 그는 방이 떠나가라 소리쳤다. "왜 그렇게 방구석에 틀어박혀 있는 거지? 가자고, 친구. 정말 재밌게 놀고 있다고, 도박하고 노래가 끊이지 않는다네. 가자고!"

베트킨은 수염으로 로마쇼프의 얼굴을 축축하게 적셔가며, 오랫동안 힘을 줘서 입을 맞췄다.

"그래요, 알았어요, 알았다고요, 파벨 파블로비치." 로마쇼프는 살짝 서항했다. "왜 이렇게 말도 안 되게 신난 깁니까?"

"친구, 손을 주게! 순진한 처녀. 나의 지난 고통과 사라져버린 젊음을 다하여 자네를 사랑한다네. 지금 오사치가 유리에 새길 정도로 영원한 추억을 만들고 있다네. 로마세비치, 친구, 난 자네를 사랑하네! 자, 진짜로, 러시아 식으로, 입술에다 키스할 수 있게 해주게!"

로마쇼프는 흐리멍덩한 눈을 한 베트킨의 푸석푸석한 얼굴이 보기 싫었고, 그의 입에서 나는 냄새, 그리고 젖은 수염과 입이 자신의 얼굴에 닿는 것이 역했다. 하지만 이럴 때마다 그는 뭐라 하지 못하고 그저 생기 없는 웃음을 지어 보일 뿐이었다.

"잠깐, 내가 왜 온 거지……?" 베트킨은 딸꾹질하고 흔들거리면서 소리쳤다. "중요한 일이었는데…… 아, 그렇지. 그러니까, 뭐냐면, 보베친스키를 완전히 우려먹었다네. 한 푼도 안 남기고 모조리 말이야. 그러자 그가 차용증서를 쓰고 카드를 치자고 하더란 말일세! 그래서 내가 이렇게 말했지. '아냐, 친구, 그것 말고 좀더 편한 게 없을까?' 그러니까 권총을 내놓더라고. 자, 받아봐, 로마쇼프, 보라고." 베트킨은 주머니를 뒤집어가며, 바지 주머니에서 영양 가죽으로 만든 회색의 권총집에 든 작고 멋진 권총 한 자루를 꺼냈다. "친구, 이건 머빈형 권총이라네. 내가 물어봤지. '그래, 얼마를 원하나?' '25루블.' '10루블로 하세!' '15루블로 하지.' '쳇, 그렇게 하지!' 그가 1루블을 10에 걸더군. 착, 착, 착, 착! 다섯 판째에 퀸으로 끝내버렸지! 브라보! 100루블은 되는 판이었다고! 그는 나한테 빚을 더 지고 말았지. 근사한 권총과 총알이지. 자, 가져, 로마세비치. 추억과 우정의 징표로 이 권총을 줄게, 베트킨은 용감한 장교라는 것을 항상 기억해주게. 자! 이건 내 마음이라고."

"파벨 파블로비치, 이건 뭐 하러 줘요? 집어넣어두세요."

"뭐야, 이 총이 후졌다고 생각하는 거야? 코끼리도 잡을 수 있다고. 잠깐, 한번 시험해보자고. 네 종이 어디 있지? 판자때기 같은 게 있나 물어보고 오지. 이봐, 종, 놈, 아!"

흔들리는 걸음으로 그는 출입구 쪽에 있는 가이난의 방으로 가서 요란스러운 소리를 내더니, 1분 뒤에 푸시킨 흉상을 오른쪽 팔꿈치 밑에 끼고는 돌아왔다.

"됐어요, 파벨 파블로비치, 이러지 마세요." 로마쇼프는 그를 말렸다.

"어, 괜찮아! 누군지 모르는 불쌍한 민간인일 뿐이야. 이걸 저기 의자에 올려놓는 거야. 가만히 서 있어, 이 사기꾼!" 베트킨은 흉상을 손가락으로 가리키며 위협했다. "네놈에게 혼구멍을 내주지!"

의자에서 물러난 그는 로마쇼프 옆에 창턱에 기대고 서서 공이치기를 올렸다. 이 와중에 베트킨은 술이 취해 비틀거리며 권총을 휘휘 젓는 바람에, 로마쇼프는 놀라서 얼굴을 찌푸리며, 언제 발사될지 몰라 눈을 자주 깜빡였다.

거리는 여덟 발짝도 안 되었다. 베트킨은 총구를 이리저리 빙빙 돌려가며 오랫동안 조준을 했다. 드디어 그가 총을 발사했다. 총알은 흉상의 오른편 뺨에 커다랗고 불규칙한 검은 구멍을 만들어냈다. 발사 소리에 로

결투 241

마쇼프의 귀가 윙윙 울렸다.

"굉장하지?" 베트킨이 소리쳤다. "자, 받아, 추억 삼아 받아두게, 내 사랑도 기억하고. 이제 옷을 입고 장교회관으로 가자고. 러시아의 무기를 위하여 한잔 꺾자고."

"파벨 파블로비치, 안 그래도 되는데요. 정말, 갈 필요를 못 느낍니다." 로마쇼프는 부탁하듯 말했다.

그러나 그는 끝까지 거절할 수는 없었다. 거절하기 위해 단호한 어투로 말할 수 있는 적당한 핑계가 떠오르지 않았기 때문이었다. 속으로 자신의 무기력한 우유부단함을 투덜거리면서, 그는 텃밭을 따라 오이와 양배추를 밟아가며, 비틀비틀 갈지자를 그리면서 걸어가는 베트킨의 뒤를 축 처져서 느릿느릿 따라갔다.

어지럽고 소란스러우며 들뜬 광란의 밤이었다. 처음엔 장교회관에서 마셨고, 다음엔 기차역으로 가서 글린트 와인*을 마신 후 다시 장교회관으로 돌아왔다. 처음에 로마쇼프는 몸을 사리며 순순히 따라온 자신에 대해 화를 냈고, 술 취한 사람들 사이에서 맨 정신인 사람이 느끼는 혐오감과 거북함이 섞인 따분함을 맛보았다. 웃음소리는 부자연스러워 보였고, 유머는 진부했으며 노래는 박자가 맞지 않았다. 그러나 그는 뜨거운 적포도주를 기차역에서 마시고 난 후 어찔하더니, 급작스럽게 소란스럽고 명랑해졌다. 수백만의 모래알이 눈앞에서 장막을 만드는 것 같더니, 모든 것이 편안해지면서, 웃기고 넉넉해졌다.

시간이 점점 초가 가듯 빨리 갔고, 식당에 램프가 켜진 이유가 시간

---

* 포도주로 만든 따뜻한 알코올 음료.

이 많이 지나서 밤이 깊었기 때문이라는 것을 로마쇼프는 어렴풋이 이해했다.

"여러분, 아가씨들에게 갑시다." 누군가 제안했다. "슬레이페르샤에게 갑시다."

"슬레이페르샤, 슬레이페르샤. 만세!"

모두 야단법석을 떨고, 의자를 들썩거리면서 웃음을 터뜨렸다. 이날 저녁은 모든 게 저절로 굴러갔다. 어디서 나타났는지 아무도 몰랐지만, 장교회관 앞에 두 필의 말이 끄는 마차가 여러 대 서 있었다. 로마쇼프는 선명하게 의식이 살아 있다가, 잠자듯 아무 생각이 없어지는 과정이 이미 반복되고 있었다. 갑자기 그는 마차를 타고 베트킨 옆에 앉아 있는 자신을 발견했다. 맞은편 자리에는 누군가가 앉아 있었으나, 몸이 왼쪽과 오른쪽으로 힘없이 흔들리는 데다가, 밤인지라 앞사람을 향해 몸을 숙이고 보려 해도, 얼굴을 제대로 분별할 수 없었다. 얼굴이 까맣게 보이며, 주먹만 해졌다가 길게 구부러져 보였다가 했는데도, 매우 잘 알고 있는 사람 같았다. 로마쇼프는 갑자기 웃음을 터뜨렸고, 자신의 둔하고 무감각한 웃음소리를 마치 옆 사람한테 듣는 느낌이었다.

"거짓말하지 마, 베트킨. 우리가 어디로 가는지, 안다고, 친구." 그는 취해서 간교한 목소리로 말했다. "아가씨들한테 나를 데려가는 거잖아. 나도 안다고, 친구."

다른 마차가 돌부리에 부딪혀 큰 소리를 내가며 그들의 마차를 추월했다. 불규칙한 소리와 함께 전속력으로 달려가는 밤색 말, 머리 위로 미친 듯이 채찍을 돌리는 마부와 소리치며 휘파람을 부는 네 명의 장교가 가로등 빛 속에서 빠르고 혼란스럽게 지나가며 어렴풋이 보였다.

한순간 의식이 선명하고 정확하게 돌아왔다. 그래, 지금 그는 몸과 애교와 은밀한 사랑의 비밀을 원하는 사람에게 주는 여인들이 모여 있는 장소로 가고 있다. 돈을 위해서? 잠깐 동안이니까? 아무렇지도 않은 건가! 여인들! 여인들! 로마쇼프의 내면에서 맹렬하고 미묘하며 초조한 목소리가 소리쳤다. 그때 슈로치카에 대한 생각이 마치 멀리서 아련히 들려오는 소리처럼, 이런 생각 끝에 슬쩍 섞여 들어왔으나, 전혀 저속하거나 모욕적이지 않았으며, 반대로 유쾌하게 가만히 심장을 자극하는 반갑게 기다리던 두근거림과도 같이 느껴졌다.

지금 이렇게 그는 아직 잘 알지 못하고 한번도 경험해본 적 없는 오묘하고 비밀스러운 매혹적 존재인 여성들에게 가게 될 것이다! 이 내밀한 상상은 곧 현실이 되면서, 그는 그들을 직접 보고, 그들의 손을 잡고, 그들의 부드러운 웃음소리와 노랫소리를 듣게 될 것이며, 이런 것들이 불분명하지만, 그가 세상에서 단 하나뿐인 여인, 슈로치카를 열망함에 있어 행복한 위안이 될 것이다! 하지만 그에게 육체적으로 분명한 목적은 없고, 단지 한 여인에 의해 거부된 그가, 마치 몹시 추운 밤 지치고 꽁꽁 언 철새들이 등대의 불빛으로 몰리는 것처럼, 있는 그대로의 노골적이고 단순화된 사랑의 장소로 어쩔 수 없이 자연스럽게 가게 된 것이다. 그뿐이다.

마차가 오른쪽으로 방향을 틀었다. 바로 바퀴 소리와 나사의 삐거덕거리는 소리가 멎었다. 마차가 언덕을 급하게 내려가면서, 길의 울퉁불퉁함에 따라 크거나 작게 흔들렸다. 로마쇼프는 눈을 떴다. 그의 발 쪽으로 저 멀리 아래쪽에서 작은 불빛들이 여기저기 넓게 흩어져 있었다. 그 불빛들은 나무들과 집들 뒤로 모습을 감췄다가 다시 불쑥 나타나고를 반복하는 게, 마치 골짜기를 따라 군중들이 손에 등을 들고 여러 무리로 나뉘어 환상적인 행렬을 하는 것 같았다. 잠깐 사이에 어디선가 쑥 향기가 풍겨왔고, 크고 검은 나무 줄기의 사락사락하는 소리가 머리 위에서 들려오는 바로 그 순간, 낡은 지하실의 공기처럼 축축한 한기가 느껴졌다.

"어디로 가는 거지?" 로마쇼프가 다시 물었다.

"자발리예!" 맞은편에 앉아 있는 사람이 소리치자, 로마쇼프는 놀라서 생각했다. '아, 이 사람은 바로 에피파노프 중위*군. 우린 슬레이페르샤에게 가는 길이지.'

"정말 당신들은 한번도 가본 적이 없다는 거요?" 베트킨이 물었다.

"둘 다 썩 꺼져!" 로마쇼프는 소리쳤다.

그러나 에피파노프는 웃으며 말했다.

"들어보시게, 유리 알렉세이비치, 당신이 처음이라는 사실을 조그맣게 속삭이길 바라는 거요? 응? 이봐, 친구. 그 여자들은 자네 같은 사람을 좋아하지."

다시 로마쇼프의 의식은 칠흑 같은 어둠으로 뒤덮였다. 바로, 마치 조금의 시간도 지나지 않은 것같이, 그는 비인식 의자**들이 벽을 따라 놓여 있고 쪽나무***로 바닥재를 깐 커다란 홀 안에 있는 자신을 발견했다. 출입문과 컴컴한 작은 방으로 통하는 또 다른 세 개의 문에는 기다란 빨간색 사라사 커튼과 노란 꽃다발이 달려 있었다. 똑같은 모양의 커튼이 깜깜한 마당을 향해 있는 창문에서 살짝 부풀어 올라 흔들리고 있었다. 벽에는 램프가 불타고 있었다. 홀 안은 환하고 연기가 자욱했으며, 유대인식 요리 냄새가 강하게 났으나, 이따금 창밖으로부터 축축한 풀, 만개한 흰 아카시아 그리고 봄 공기의 신선한 향기가 풍겨왔다.

---

* 3장에서 에피파노프의 계급은 소위.
** 나무를 구부려서 만드는 세공 의자.
*** 장미과의 상록 활엽 관목. 높이는 2~4미터이고 줄기 아래에 많은 가지가 나와 반구형(半球形)을 이룬다.

결투 245

장교들은 모두 열 명 정도 되어 보였다. 그들 모두는 각자 알아서 노래도 부르고, 소리도 지르며 웃고 떠드는 것 같았다. 로마쇼프는 조금 아둔하고 순진하게 웃으며, 마치 처음 보는 사람들을 만난 것처럼, 놀라고 만족한 모습으로 베크 아가말로프, 르보프, 베트킨, 에피파노프, 아르차콥스키, 올리자르 등에게 차례로 다가갔다. 이등 대위 레쉔코도 와 있었다. 그는 평소처럼 고분고분하고 음울한 모습으로 창가에 앉아 있었다. 책상에는 이날 저녁 내내 그랬던 것처럼 자연스럽게 맥주병과 진한 버찌 술이 놓여 있었다. 로마쇼프는 누군가와 함께 술을 마시고, 잔을 부딪치고 입을 맞추면서, 자신의 손과 입술이 끈적거리고 달달해지는 것을 느꼈다.

홀 안에는 대여섯 명의 여인들이 있었다. 그들 중의 한 명인 장밋빛 스타킹을 신고 시동(侍童)처럼 옷을 입은, 열네 살 정도 되어 보이는 소녀는 베크 아가말로프의 무릎에 앉아 어깨 장식에 달린 가는 줄을 흔들며 장난치고 있었다. 비단 재킷과 검은색 치마를 입은 덩치가 큰 또 다른 여자는, 큼지막하고 둥그스름한 검은 눈썹에 예쁘게 분을 바른 얼굴을 하고, 로마쇼프에게 다가갔다.

"오빠, 왜 그렇게 재미없어해요? 방으로 갈래요?" 그녀는 낮게 말했다.

그녀는 거리낌 없이 다리를 꼬고 비스듬하게 책상에 앉았다. 로마쇼프의 눈에 그녀의 치마 속의 둥글고 육덕지며 매끄러운 넓적다리가 들어왔다. 그의 손이 떨리고 입 안에 침이 말랐다. 그는 소심하게 물었다.

"이름이 뭡니까?"

"나요? 말비노이." 그녀는 무관심한 표정으로 다른 쪽을 보며 다리를 까불었다. "담배 한 대 줄래요?"

두 명의 유대인 악사가 어디선가 나타났다. 한 명은 바이올린을, 다른 한 명은 탬버린을 들고 있었다. 둔탁하게 덜그럭 소리가 나는 탬버린

치는 소리에 맞춰, 지루하고 박자가 맞지 않는 폴카의 멜로디가 흘러 나왔고, 올리자르와 아르차콥스키가 캉캉을 추기 시작했다. 그들은 팔을 죽 뻗고 손가락을 튕겨 소리를 내면서, 발을 번갈아 바꿔가며 격하게 춤을 추다가, 엄지손가락을 겨드랑이 밑에 대고 무릎을 구부린 채 다리를 양쪽으로 벌리고 뒷걸음치기도 하고, 앞뒤로 몸을 숙이며 거칠고 저속하게 대퇴부를 흔들어대기도 했다. 갑자기 베크 아가말로프가 의자에서 벌떡 일어나 날카롭고 높은 목소리로 흥분하여 소리쳤다.

"민간인들은 꺼지지 그래! 당장 안 가! 어서!"

문에는 두 명의 민간인이 서 있었다. 두 사람은 장교회관에서 열리는 파티에 참석하곤 해서, 연대의 모든 장교들은 그들을 알고 있었다. 한 명은 출납국 관리이고 다른 한 명은 집달관의 동생으로 소지주이며, 두 사람 모두 예의 바른 젊은이들이었다.

관리의 얼굴엔 생기 없는 억지웃음이 번졌고, 아무렇지도 않다는 듯이 보이려고 애쓰면서도 알랑거리는 어투로 말했다.

"장교님들, 그러지 마시고…… 두 패로 나누시지요. 여러분들은 저를 아시지 않습니까…… 바로 제가 두베츠키입니다. 우린, 여러분들을 방해하지 않겠습니다."

"장소도 좁으니, 서로 화나지 않게 하지요." 집달관의 동생이 말하고는 억지로 소리 내어 웃었다.

"꺼어져!" 베크 아가말로프가 소리쳤다. "뛰어갓!"

"여러분, 민간인들을 내쫓아버립시다!" 아르차콥스키가 큰 소리로 웃었다.

한바탕 소동이 일어났다. 방 안에선 신음 소리, 웃는 소리, 발을 구르는 소리 등이 나며 마치 소용돌이가 몰아친 듯했다. 램프의 불길과 그

울음이 천장으로 솟았다. 선선한 한밤중의 공기가 창을 통해 들어와 사람들의 얼굴에 감돌았다. 어느새 마당에서 민간인이 화가 잔뜩 나 불평하면서 힘없이 울먹이며 크게 소리쳤다.

"내가 가만히 있지 않을 거다! 연대장에게 알리겠다고. 주지사에게 신고할 테다. 오프리치니크* 같은 놈들!"

"얼레리 꼴레리! 물어와!**" 베트킨이 창밖으로 몸을 내밀고는 가성으로 소리쳤다.

로마쇼프는, 오늘 벌어진 사건들은 모두 끊임없이 이어지고 있으며, 아무 연관도 없는 추하고 무의미한 악몽 같은 화면이 담겨 있는 혼잡한 필름이 남의 이목을 끌며 자신 앞에서 펼쳐지고 있는 느낌이었다. 다시 바이올린이 삑삑거렸고, 탬버린 치는 소리가 들렸다. 홀 한가운데서 누군가 제복을 벗고 흰 와이셔츠 차림으로, 뒤로 자빠질 때마다 바닥을 손으로 짚으며, 무릎을 구부린 채 춤을 췄다. 로마쇼프의 눈에 미처 띄지 않았던, 죽 펼쳐 내려뜨린 흑발을 가진 좀 마른 편인 미인형의 여인이 자신의 목과 쇄골을 드러낸 채 황량한 레쉔코의 목을 두 팔로 감고는, 음악 소리와 소음보다 더 크게 노래를 부르려고 애쓰면서, 그의 귀 바로 앞에서 빽빽 노래를 불러댔다.

    폐결핵으로 몸져 누워
    벽처럼 창백해져도

---

* 러시아의 이반 4세가 당시의 봉건세력을 쓰러뜨리기 위해 만든 군주령(君主領)을 토대로 한 정치·군사 체제인 오프리치니나에서 국민을 위협한 하층계급 무사 조직.
** 러시아어 그대로는 '아뚜'라는 소리가 나는데, 사냥개에게 사냥감을 잡아 오라고 소리칠 때 하는 말이다.

네 주위엔 모두 의사들.

보베친스키가 칸막이 너머에 있는 어두운 작은 방으로 잔에 든 맥주를 끼얹자마자, 잠이 깨버려 화가나 투덜거리는 낮고 굵은 목소리가 들려왔다.

"이런, 뭐야…… 그만들 하지. 누가 그런 거야? 도대체 뭐냐고!"

"여기 있은 지 오래됐나요?" 로마쇼프는 슬쩍, 마치 자기도 모르는 척, 빨간 재킷을 입은 여자의 탱탱한 다리 위에 손을 올려놓고 물었다.

그녀는 뭐라고 답했으나 로마쇼프는 알아듣지 못했다. 그의 주의를 끈 황당한 일이 벌어졌기 때문이었다. 르보프 소위가 악사 중 한 명의 뒤를 따라 이 방 저 방을 내달리며 탬버린으로 머리를 세게 내리쳐대고 있었다. 유대인은 놀라서 뒤를 돌아보며, 무슨 소린지 모르지만 크게 소리치면서, 코트의 기다란 뒷자락을 손으로 말아쥔 채 구석으로 도망 다니고 있었다. 모두가 웃었다. 아르차콥스키는 배를 잡고 웃다가 바닥으로 넘어져서 눈물을 흘리며 뒹굴었다. 그때 다른 악사의 귀청을 째는 듯한 통곡소리가 들려왔다. 누군가 그의 손에서 바이올린을 빼앗아 무지막지하게 바닥에 내동댕이쳤다. 유대인의 괴로운 외침과 섞여 바이올린의 울림판이 퍽 소리를 내며 산산조각이 났다. 그리고 로마쇼프는 잠시 동안 아무것도 의식하지 못했다. 로마쇼프가 다시 정신이 들었을 때는 방 안에 있는 모든 사람들이 비명을 지르고, 이리저리 뛰고 양손을 흔드는 광경을, 마치 열병에 걸려 비몽사몽간에 꾸는 꿈처럼 보였다. 베크 아가말로프 주위로 사람들이 재빨리 모여들었다가 바로 떨어져서 사방으로 흩어져 달리기 시작한 것이다.

"모두 꺼져버려! 아무도 필요 없어!" 베크 아가말로프가 미친 듯이 소리쳤다.

그는 이를 부드득 갈면서 주먹을 흔들고 발을 굴렀다. 그의 얼굴은 산딸기처럼 되었고, 이마에는 콧대까지 이어지는 두 줄의 심줄이 도화선처럼 부풀어 올랐으며, 머리는 아래쪽으로 수그리고 있었지만, 부릅뜬 두 눈에는 흰자위가 드러나 무섭게 번득이고 있었다.

그는 인간의 말을 잊어버린 듯, 미친 짐승처럼 떨리는 목소리로 무시무시하게 울부짖었다.

"아아아아!"

갑자기 그는 재빨리 몸을 왼편으로 굽혀 칼집에서 칼을 뽑아 들었다. 칼은 철컥 소리를 냈고, 예리한 음과 함께 그의 머리 위에서 번쩍였다. 그러자 방 안에 있던 모든 사람들은 창과 문 쪽으로 달아났다. 여인들은 히스테릭하게 소리를 질렀다. 남자들은 서로를 떠밀어 제쳤다. 사람들이 로마쇼프를 문으로 끌고 갔고, 그의 옆에서 사람들을 밀치던 누군가의 견장 아니면 단추의 끝이 로마쇼프의 뺨을 긁어 피를 냈다. 그때 마당에서 흥분한 사람들이 조급한 목소리로 번갈아가며 소리를 질렀다. 로마쇼프는 문에 홀로 남았다. 그의 심장은 강하게 뛰었지만, 공포와 함께 뭔가 달콤하고 강렬하며 기쁜 예감이 들었다.

"베어버리게엤어어!" 베크 아가말로프가 이를 갈며 소리쳤다.

공포의 도가니에 빠진 광경이 그를 더욱 도취시켰다. 그는 발작적으로 책상을 몇 번 두들겨 쪼개버리더니, 바로 검으로 거울을 세게 쳤고, 유리 조각이 반짝이는 무지갯빛 비처럼 사방으로 튀었다. 그러고는 다른 책상에 놓여 있던 병과 잔들을 단번에 부숴버렸다.

그때 갑자기 누군가의 엄청나게 날카롭고 불손한 외침이 울렸다.

"멍청이! 쓰레기!"

방금 전까지 레쉔코의 목을 껴안고 있던, 바로 그 모자를 쓰지 않은 여자의 목소리였다. 로마쇼프는 방 안에 그녀가 있는지 몰랐었다. 그녀는 벽난로 뒤의 움푹 들어간 곳에 서서, 허벅지에 주먹을 대고 온몸을 앞으로 숙이며, 셈에 속은 시장의 여자 상인이 떠드는 것처럼 계속해서 소리쳤다.

"바보! 쓰레기! 무식한 놈! 누가 너 같은 놈을 겁낼 줄 알아! 멍청이, 바보, 멍청이, 바보……!"

베크 아가말로프는 눈썹을 찌푸리고 망연자실해서 칼을 아래로 맥없이 내려뜨렸다. 로마쇼프는 베크 아가말로프의 얼굴이 차츰 새하얗게 변하다가 눈에 매섭게 황색 섬광이 이글거리는 것을 보았다. 동시에 그는 마치 도약을 준비하는 맹수처럼, 점점 더 낮게 다리를 굽히고, 목을 잔뜩 숙이며 웅크렸다.

"입 닥쳐!" 그는 침을 내뱉듯 카르랑거리는 소리로 말했다.

"멍청이! 바보! 아르메니아 촌놈! 쪼다! 바보!" 여자는 외칠 때마다 몸서리치며 고함쳤다.

로마쇼프 역시 매 순간 점점 새하얗게 질려가고 있었다. 그의 머릿속에 이미 친근해진 무중력 상태의 공허감과 해방감이 생겨났다. 공포와 유쾌함의 기이한 혼재가 그의 영혼을, 맥주의 기포가 올라가듯, 상승시켰다. 그는 베크 아가말로프가 여인에게서 눈을 떼지 않고 천천히 머리 위로 칼을 들어 올리는 것을 보았다. 갑자기 광희, 공포, 육체적 한기, 웃음 그리고 용기가 뒤섞인 정열적 파고가 로마쇼프에게 밀려들었다. 앞으로 몸을 날리면서, 그는 베크 아가말로프가 광폭하게 말하는 것을 명확히 들을 수 있었다.

"닥치지 못해? 마지막으로 네게……"

결투 251

로마쇼프는 베크 아가말로프의 손을 힘을 주어, 자신에게 이런 힘이 있었다는 것을 몰랐을 정도로, 세게 잡았다. 두 장교는 몇 초 동안 눈 한 번 깜빡이지 않으며, 5 내지 6베르쇼크* 거리를 두고 서로를 노려보았다. 로마쇼프는, 푸푸 소리를 내며 말이 숨을 쉬는 것 같은 베크 아가말로프의 거친 숨소리를 들었고, 무섭게 빛나는 그의 흰자위와 날카롭게 번득이는 동공 그리고 이를 꽉 깨물어 부딪히는 소리가 나는 하얗게 튀어나온 턱뼈를 보았으나, 그의 일그러진 얼굴에서 점점 광기의 불꽃이 사그라져 가고 있음을 느꼈다. 그는 생과 사의 기로에 이렇게 서 있는 것이 말로 표현할 수 없을 정도로 대단히 기뻤고, 이 상황에서 자신이 승리해가고 있다는 것을 알았다. 이 장면을 밖에서 본 사람이라면 당연히 그 위험성을 알았을 것이다. 창밖의 마당은, 두 걸음 떨어진 곳의 어두움 속에서 종달새가 갑자기 소리 높여 태평하게 지저귈 정도로 조용해졌다.

"놔!" 베크 아가말로프는 배 속으로부터 짜내듯 말했다.

"베크, 너는 여자를 베지 않아." 로마쇼프가 차분하게 말했다. "베크, 두고두고 후회할 거야. 여자를 베지 말게."

베크 아가말로프의 눈에서 마지막 광포한 불꽃이 꺼지고 있었다. 로마쇼프는 기절했다 깨어난 것처럼, 재빨리 눈을 깜빡이고 깊은 숨을 몰아쉬었다. 그의 심장은 매우 놀랐을 때처럼 불규칙하게 뛰었고, 머리는 다시 무겁고 뜨끈뜨끈해졌다.

"놔!" 다시 한 번 베크 아가말로프가 손을 잡아당기며 증오에 찬 목소리로 소리쳤다.

로마쇼프는 그에게 저항할 기력이 없음을 느끼고는, 이제 더는 그가

---

* 미터법 시행 전 러시아의 길이 단위로서, 4.445센티미터이다.

두렵지 않아 그의 어깨를 살짝 만지며 연민에 차 부드럽게 말했다.
"미안합니다…… 하지만 후에 고맙다고 말할 겁니다."
베크 아가말로프는 칼집에 칼을 소리가 나도록 세게 집어넣었다.
"좋아! 제기랄!" 그는 화가 나서 소리쳤지만, 이미 허식과 당혹스러움이 섞여 있었다. "후일 이 문제를 풀도록 합시다. 당신이 이럴 권리는 없었소……!"
이 광경을 마당에서 지켜보고 있던 사람들은 가장 위험한 순간이 지나갔다는 것을 알았다. 과장되고 옹색하게 웃으며 그들은 무리를 지어 홀 안으로 밀어닥쳤다. 그들은 모두 허물없고 친근한 태도로 베크 아가말로프를 달래며 설득하였다. 하지만 이미 그는 진정되었고 힘이 빠진지라, 어두컴컴한 그의 얼굴에 곧 지치고 싫은 기색이 드러났다.
축 처진 거무추레한 눈두덩에 둘러싸인 속눈썹 없는 눈으로 엄하게 바라보며, 슬레이페르샤가 가슴팍에 잔뜩 기름이 튀어 더러워진 가슴으로 뛰어 들어왔다. 그녀는 이 사람 저 사람 장교들에게 달려들어, 그들의 소매나 단추를 건드리며 서럽게 소리쳤다.
"장교님들, 누가 이것들을 다 보상해줄 건가요? 거울, 책상, 술, 아가씨들?"
누군지 모르겠지만, 장교 하나가 남아 그녀와 이야기를 나눴다. 나머지 장교들은 무리를 지어 밖으로 나왔다. 5월의 밤의 맑고 부드러운 대기가 로마쇼프의 가슴속에 가볍고 기분 좋게 스며들어와, 그의 온몸을 생기 있고 기쁜 전율로 휘감았다. 마치 촉촉하게 젖은 입술과 입 맞추고 난 뒤처럼, 오늘의 술자리의 흔적이 모두 그의 뇌리에서 사라지는 것 같았다.
베크 아가말로프가 로마쇼프에게 다가와 팔을 잡았다.
"로마쇼프, 나와 같이 앉읍시다." 그가 제안했다. "괜찮죠?"

둘은 나란히 앉았고, 로마쇼프는 앉은 채, 오른편으로 몸을 기울여, 말들이 넓은 엉덩이를 쳐들고 불규칙하게 달려 마차를 산 위로 끌어올리는 모습을 보았고, 베크 아가말로프는 더듬거려 로마쇼프의 손을 찾아 아플 정도로 강하게 오랫동안 쥐었다. 그렇게 둘은 아무 말도 하지 않았다.

19

조금 전까지의 흥분으로 모두가 예민하고 소란스럽게 들떠 있었다. 장교회관으로 가는 길에 장교들은 난리법석이었다. 지나가는 유대인을 손짓으로 불러 세우고는 그의 모자를 낚아채 마부를 재촉해서 달리다가 담장 너머 어딘가로 그 모자를 던져버렸다. 보베친스키는 마부를 구타했다. 다른 장교들은 큰 소리로 노래를 해댔고 해괴한 고함을 질러댔다. 베크 아가말로프만이 화가 난 듯 절제된 태도로 무거운 한숨을 내쉬면서 로마쇼프 옆에 앉아 가는 길 내내 침묵을 지켰다.

장교회관은 늦은 시간이었지만 환한 조명 속에 사람들로 가득 차 있었다. 카드 게임실이나, 식당, 바, 당구장, 어디든 포도주와 담배에 취하고 도박에 정신이 팔려 군복 상의 단추를 풀어젖힌 장교들이 초점 없고 찡그린 눈, 무기력한 모습으로 하릴없이 북적대고 있었다. 로마쇼프는 몇몇 장교들과 인사를 나누다가 그들 사이에서 문득 니콜라예프를 발견하고 내심 놀랐다. 그는 오사치 주변에 앉아 있었는데, 술에 취해 얼굴이 벌겋게 달아 있었지만 자세는 흐트러뜨리지 않고 있었다. 로마쇼프가 탁자를 피해 그에게 다가가자, 니콜라예프는 그를 힐끗 보고는 악수를 하지 않으려고 바로 몸을 돌리더니, 짐짓 과장된 태도로 옆 사람에게 관심을 보이면서 이야기를 나누기 시작했다.

"베트킨! 노래하게!" 동료들 머리 위로 오사치가 소리쳤다.

"다 같이 합창합시다!" 베트킨이 교회의 교송 성가를 부르기 시작했다.

"다 같이 합창합시다! 다 같이 합창합시다!" 나머지 장교들이 큰 목소리로 되받았다.

"사제의 출입 계단에서 세 명이 싸웠다네." 베트킨은 교회 식의 빠른 말로 템포를 빨리했다. "사제, 집사, 교회지기 그 현의 비서. 들어가시지, 신부님, 들어가시지."

"들어가시지, 신부님, 들어가시지." 완전한 화음을 넣어서 조용하게 그에게 응답한 합창은 절제되고 부드러운 오사치의 음정으로 달궈져 있었다.

베트킨은 탁자의 중앙에 서서 사람들 위로 두 팔을 펼치고는 노래를 지휘했다. 그는 엄숙한 얼굴로, 또는 다정하고 다독여주는 듯한 눈길로 틀리게 부르는 사람들에게 속삭였고, 앞으로 펼친 자기 손바닥의 떨림을 거의 눈치채이지 않게 하면서 노래에 몰두해 있던 사람들을 자제시켰다.

"이등대위 레쉔코, 틀렸잖아요! 완전 음치군요! 입 다무세요!" 오사치가 고함쳤다. "여러분, 조용히 하세요! 노래할 땐 시끄럽게 하지 마시오."

"부자가 펀치글라세*를 먹는다네……" 베트킨이 계속해서 또박또박 말했다.

담배연기에 눈이 매웠다. 식탁보가 끈적끈적해져 있는 것을 본 로마쇼프는 자신이 오늘 저녁 손을 씻지 않았다는 것을 상기했다. 그는 마당을 가로질러 '장교실'이라 불리는 방으로 들어갔다. 그곳에는 항상 세면대

---

* 설탕 과일음료.

결투 255

가 있었다. 이곳은 창문이 하나 딸린 추운 빈방으로 벽 주변에는 병원에서처럼 작은 옷장과 두 개의 침대가 있었다. 침대의 시트는 한번도 간 적이 없고, 바닥 또한 한번도 쓸지 않았고, 환기도 시킨 적이 없었다. 때문에 이 방에는 항상 꾀죄죄한 시트, 찌든 담배 연기, 더러운 장화의 눅눅하고 불쾌한 냄새들이 진동했다. 이 방은 먼 외지 복무에서 연대 본부로 이동하는 장교들의 임시 거주를 위한 방이었다. 그러나 보통 이 방에 들어오게 되는 것은 밤이었고 한 침대에 둘씩, 심지어 세 명씩, 특히나 술 취한 장교들이 밤을 지냈다. 때문에 이 방은 '영안실'이나 '시체실' 또는 '안치실'이라 불렸다. 이 명칭에는 무의식 속에 스며들어 있지만 무서운 삶의 아이러니가 숨어 있었는데, 이 도시에 연대가 들어선 이래 '장교실,' 바로 이 두 개의 침대에서 몇 명의 장교들과 당번병 한 명이 자살했다. 게다가, N연대의 장교 중 한 사람이 1년도 채 못 되어 반복해서 자살하곤 했다. 로마쇼프가 영안실로 들어갔을 때 두 사람이 창가 침대 머리맡에 앉아 있었다. 그들은 빛도 없는 어둠 속에 앉아 있었는데 어렴풋이 들려오는 소리에 로마쇼프는 그들의 존재를 알아챘고, 그들에게 다가가 몸을 숙여 어렵사리 그들이 누군지를 알았다. 한 사람은 중대 명령으로 쫓겨난 알코올 중독자이자 좀도둑인 이등대위 클로트였고, 다른 한 사람은 육군 상사 졸로투힌이었는데, 뼈쩍 말라 이미 대머리가 된 중년의 그는 도박꾼에다 스캔들만 일으키는 불한당이었고, 입버릇이 나쁜 술주정뱅이에 영원히 육군 상사로나 남아 있을 법한 부류였다. 두 사람 앞의 탁자에는 네번째 보드카 병이 희미하게 빛나고 있었고, 걸쭉한 무언가가 묻은 빈 접시와 보드카가 채워진 두 개의 컵이 놓여 있었다. 술안주라고는 흔적도 없었다. 술친구들은 침입자를 경계하듯이 입을 다물었고, 로마쇼프가 다가와 몸을 숙였을 때, 그들은 어둠 속에서 교활하게 웃으면서 바닥 쪽 어딘가를 내려다보았다.

"하느님, 맙소사, 당신들 여기서 뭐 합니까?" 로마쇼프가 놀라서 물었다.

"쉬!" 졸로투힌은 비밀스럽게 경계하는 몸짓으로 손가락을 세웠다. "잠깐만, 방해하지 마시오."

"조용히!" 짤막한 속삭임으로 클로트가 말했다.

갑자기 어디선가 소달구지 덜컹거리는 소리가 났다. 그러자 두 사람은 서둘러 잔을 들어 건배하더니 단숨에 마셨다.

"도대체 이게 뭡니까?" 로마쇼프가 의아해하며 소리쳤다.

"아, 이 사람아." 의미심장하게 속삭이며 클로트가 대답했다. "이것이 우리 안주라네. 소달구지 소리에 맞춰서 말이지. 소위." 그는 졸로투힌을 보며 말했다. "자, 이제 뭘 안주 삼지? 달빛 안주는 어떤가?"

"벌써 마셨잖은가?" 졸로투힌이 진지하게 답하며 창문 너머로 초승달을 바라보았다. 초승달은 도시 위에 낮고 단조롭게 떠 있었다. "기다려 보세. 아마도 개가 짖을걸세. 조용히 하게."

술에 취해 생각해낸 음울한 장난에 빠진 그들은 서로에게 몸을 기대며 소곤거리고 있었다. 그때 벽 너머의 식당으로부터 교회 성가가 나지막하게 들려왔다. 작게 들려서인지 화음이 맞는 구슬픈 교회 성가 소리가 마치 먼 곳에서 들려오는 장송곡 같았다.

로마쇼프는 두 팔을 내저으며 머리를 움켜잡았다.

"여러분, 제발, 그만 두세요. 무섭군요." 그가 우울하게 말했다.

"악마에게나 꺼져버려!" 졸로투힌이 소리를 질렀다. "아니, 잠깐, 형씨! 어디로 가나? 우선 품위 있는 사람들과 한잔하시지! 아니, 아니, 우릴 속이진 못해. 이등대위 님, 저놈을 잡고 있으시오. 나는 문을 잠그겠소."

결투 257

그들은 둘 다 침대에서 솟구쳐 광기 어리고 교활하게 웃으면서 로마쇼프를 잡으려고 달려들었다. 그리고 이 모든 것들, 이 어둡고 냄새나는 방, 불빛 없는 한밤중의 비밀스럽고 환상적인 취기, 두 명의 정신 나간 남자들, 바로 이 모든 것들이 로마쇼프에게 참기 어려운 죽음의 공포와 광기를 떠올렸다. 그는 비명을 지르면서 졸로투힌을 한쪽으로 밀어젖히고는 온몸을 떨면서 죽음의 방에서 나왔다.

머릿속으로 그는 집으로 가야겠다고 생각했지만, 알 수 없는 끌림에 의해 식당으로 되돌아갔다. 그곳에는 많은 사람들이 의자와 창가에 앉아서 졸고 있었다. 참을 수 없을 정도로 더웠고, 창문이 열려 있었지만 램프와 촛불은 흔들림 없이 타고 있었다. 지쳐 녹초가 된 하인들과 시중드는 병사들은 선 채로 졸면서, 입을 벌리지도 않고 콧구멍으로만 매 분마다 하품을 해댔다. 어디를 가나 모여서 마시는 과도한 폭음은 수그러들지 않고 있었다.

베트킨이 탁자 위에 올라서서 높고 섬세한 테너로 노래하고 있었다.

우리네 인생은
파도처럼 빠르구나……

연대에는 신학교 출신의 장교들이 많아서 술이 취해 있을 때조차도 노래를 아주 잘했다. 단순하고, 슬프고, 감동적인 모티프는 통속적인 말들을 고귀하게 했다. 노래로 인해 사람들은 잠시 동안 우울해했으며, 갑갑하고 황량한 맹목적 삶 속에서 이 눅눅한 방의 낮은 천장이 답답해 보였다.

죽으면, 땅속에 묻힌다네,
마치 이 세상에 살지 않았던 것처럼……

베트킨은 감정을 실어 노래를 불렀다. 높고 흥분된 자신의 음성과 합창의 전체적인 화음의 조화를 느낀 베트킨의 선량하고 어수룩한 눈동자에 눈물이 맺혔다. 아르차콥스키는 조심스럽게 그를 따라 불렀다. 바이브레이션 효과를 높이기 위해 그는 두 손가락으로 자신의 목젖을 흔들었다. 오사치는 그윽하고 중후한 선율로 합창에 반주했다. 다른 모든 음성들은 낮은 오르간 소리에 맞춰 마치 어두운 파도 속을 유영하는 듯했다.

노래가 끝나자 모두 잠시 동안 침묵했다. 취기가 흥건하게 오른 상태에서 모두들 조용히 생각에 잠겼다. 갑자기 오사치가 탁자 아래쪽으로 머리를 숙여서 작은 목소리로 말했다.

"애처롭고 험난한 좁은 길로 가는 자는 복이 있으니……"

"모두 이루어질지이다!" 누군가가 단조로운 어조로 말했다. "당신들 모두 이 추도식에 달라붙어 있군요. 열번째네요."

그러나 사람들이 이미 추도식을 시작했다. 그리고 침과 담배로 얼룩진 식당에서 요한 다마스킨* 추도곡의 깨끗하고 명료한 화음이 뜨겁고 감성적인 슬픔과 사라져가는 생명에 대한 강렬한 우수를 담아 울려 퍼졌다.

"하느님 아버지의 품으로 내가 들어감을 믿습니다……"

---

* 요한 다마스킨Ioánnes Damaskenós(675~750)은 비잔틴의 신학자이자 철학자이다.

바로 그때 어느 집사 못지않게 예배를 아는 아르차콥스키가 기도문을 이끌었다.

"영혼을 다해 기도드립니다……"

그렇게 그들은 모든 추도식을 마쳤다. 순서가 마지막 차례에 이르자, 오사치는 머리를 숙여 목을 긴장시키고, 이상하고 무서우며 슬프고 악의에 찬 눈빛으로 콘트라베이스의 현처럼 낮고 포효하는 듯한 목소리로 노래하듯 말했다.

"당신의 종 니키포르에게 성스러운 죽음과 영원한 안식을 주소서……" 오사치는 갑자기 끔찍하고 냉소적인 욕설을 내뱉었다. "그리고 그를 영원히 살게 하소서……"

로마쇼프는 미친 듯이 벌떡 일어나 온 힘을 다해 탁자를 내리쳤다.
"말도 안 됩니다! 입 다무시오!" 그는 날카로운 목소리로 고통스러워하며 고함을 질렀다. "왜 웃습니까? 오사치 대위, 당신은 웃고 있는 게 아니라 고통으로 괴로워하고 있소! 내 눈에 다 보입니다! 나는 당신이 맘속으로 무얼 느끼고 있는지 다 안단 말이오!"
좌중은 순식간에 조용해졌고, 누군가가 의아하다는 듯이 말했다.
"술이 취한 건가?"
그러나 바로 그때, 슬레이페르샤 집에서처럼, 갈라지는 듯한 굉음과 함께 무엇인가 튕겨 나오는가 싶더니 알록달록한 공 모양을 이루면서 요란스럽게 돌았다. 베트킨이 탁자에서 뛰어내리다가 머리로 램프를 박은 것이었다. 램프가 지그재그로 넓게 춤을 추자 동요하는 사람들의 그림자들이 마치 거인처럼 커지기도 하고, 불길하게 엉켜 하얀 벽과 천장을 따라 심하게 요동쳤다.

이 순간 장교회관에서 고삐 풀린 듯 흥분한 가련한 인간들이 만취해서 일으킨 모든 사건들은 너무나 순식간에 발생한 것이었고, 흉물스러우며 돌이킬 수 없는 것이었다. 마치 어떤 사악하고 소란스럽고 어리석으며 광적이고 냉소적인 악마가 인간들로 하여금 상스러운 말과 불미스럽고 무질서한 행동을 하도록 조종한 것 같았다.

이 와중에 로마쇼프는 문득 아주 가까운 곳에서 누군가의 얼굴과 고함을 치는 일그러진 입을 보았다. 그 입은 악의에 가득 차서 뒤틀리고 흉하게 일그러져 있었기에 처음에는 그것이 누구인지 당장 알아보지는 못했다. 침을 튀기면서 눈 밑 왼쪽 뺨 아래 근육을 신경질적으로 실룩거리면서 고함을 치고 있는 것은 바로 니콜라예프였다.

"연대를 망신시키는 것은 바로 당신이오! 어디서 감히 입을 여는 겁니까. 당신은 나잔스키 같은 인간이야! 젖비린내 나는 유치한 인간들……!"

"이 마당에 나잔스키가 무슨 상관이죠? 아니면 당신이 나잔스키에게 불만을 품게 된 특별한 이유가 있는 거 아닙니까?"

"면상을 갈겨버리겠어! 비겁자, 인간쓰레기!" 니콜라예프는 소리를 고래고래 질렀다. "야만인!"

그는 눈을 부라리며 로마쇼프를 향해 주먹을 날쌔게 휘둘렀지만 때리지는 않았다. 로마쇼프는 가슴과 아랫배에서 무언가 애달프고 불쾌하게 얼어붙는 듯한 느낌을 받았다. 그때까지 그는 자신의 오른손에 어떤 물건을 잡고 있었는지 인식하지 못했고 완전히 잊어버리고 있었다. 그는 갑자기 빠른 동작으로 자신의 잔에 남은 맥주를 니콜라예프의 얼굴에다 뿌렸다.

바로 그때, 순간적이고 둔중한 통증과 함께 하얀 섬광이 그의 왼쪽 눈에서 흩어졌다. 짐승처럼 크게 포효하면서 그는 니콜라예프에게 달려들었고, 동시에 둘은 함께 바닥으로 넘어졌으며, 팔다리가 뒤엉긴 채 바닥을 뒹굴며 의자들을 넘어뜨리면서, 더럽고 악취 나는 먼지를 삼켰다. 그들은 으르렁거리면서 주먹을 휘두르고 서로를 짓누르면서 거칠게 숨을 내쉬었다. 로마쇼프의 손가락이 우연히 니콜라예프의 입으로 들어가고 볼을 잡아당겼음을 그는 기억했다. 그리고 이 불쾌할 정도로 미끄럽고 뜨거운 입을 찢어버리려고 얼마나 애썼는지도 기억했다…… 이 미친 듯한 격투에서 머리와 팔꿈치를 바닥에 부딪쳤지만, 그는 이미 어떤 통증도 느끼지 않았다.

그는 이 모든 것이 어떻게 끝났는지조차 기억나지 않았다. 그는 니콜라예프에게서 떼어져서 구석에 서 있는 자신의 모습을 발견했다. 베크 아가말로프가 그에게 물을 먹였지만, 로마쇼프의 이빨은 경련을 일으키며 컵에 부딪쳤다. 그는 행여 유리 조각을 씹어버리지나 않을까 두려웠다. 군복 상의는 등과 겨드랑이가 찢어졌고, 떨어진 견장이 레이스에 매달려 흔들거렸다. 로마쇼프는 목소리가 제대로 나오지 않았지만 한쪽 입술만을 들썩이며 미친 듯이 소리쳤다.

"두고 보자고! 내가 어떤 사람인지 보여주지……! 결투를 신청하겠어……!"

그때까지 탁자 끝에서 달콤하게 코를 골던 늙은 레흐는 이제 완전히 깨어나 냉정하고 진지하게, 더할 나위 없이 근엄한 명령조로 말했다.

"상사로서 당신들, 제군들에게 명령한다. 당장 떨어지시오. 안 들리는가, 제군들, 지금 당장. 나는 내일 아침 모든 것을 연대장에게 보고할 것입니다."

사람들은 모두들 서로의 얼굴을 피하며, 당황한 표정으로 의기소침하게 헤어졌다. 그들 각자 타인의 눈동자 속에서 자신의 공포, 소심함, 서글픈 죄책감을 읽게 되는 것이 두려웠다. 작고 사악하고 더러운 짐승들의 공포와 비애, 어두운 이성이 갑자기 인간의 밝은 의식의 조명을 받은 것이다.

밝고 어린아이같이 깨끗한 하늘과 바람 한 점 없는 서늘한 공기를 머금고 여명이 밝아왔다. 안개로 둘러싸여 보일 듯 말 듯한 습기 찬 나무들은 어둡고 비밀스러운 간밤의 꿈에서 조용히 깨어났다. 집으로 돌아가는 길에 로마쇼프는 나무들, 하늘, 그리고 이슬에 젖어 축축한 회색 풀잎을 바라보며 자신이 얼마나 비참하고 추하며 더러운 존재인지, 그리고 잠에서 덜 깨 미소 짓고 있는 아침의 순수한 아름다움 안에서 자신이 영원한 타인임을 느꼈다.

20

그날은 수요일이었다. 로마쇼프는 짧은 통보를 받았다.

'N보병대 장교회 재판부는 소위 로마쇼프가 6시까지 장교 회관으로 출두할 것을 요청함. 복장은 상례복일 것. 재판장 육군대령 미구노프.'

로마쇼프는 자신도 모르게 나오는 씁쓸한 미소를 억제할 수 없었다. 이 '복장은 상례복,' 즉 견장과 유채색 혁대의 제복은 바로 가장 특별한 경우에 입게 되는 것으로서, 법정, 공식적인 질책과 각종 불미스러운 일로 상부에 출두할 경우에 해당되었다.

    6시까지 그는 회의장에 도착했으며, 전령에게 자신의 도착을 재판장에게 보고하라고 명령했다. 그에게 기다리라는 회신이 돌아왔다. 그는 식당의 창문가에 앉아 신문을 들고 읽기 시작했으나, 기사가 눈에 들어오지 않았다. 아무런 흥미도 없이 건성으로 철자들을 훑었다. 식당에 앉아 있던 세 명의 장교가 그에게 형식적인 인사를 건넸고, 그가 듣지 못하도록 자기들끼리 귓속말로 소곤대기 시작했다. 단 한 사람, 소위 미힌만이 눈시울을 적시면서, 오랫동안 강하게 그의 손을 잡았다. 그러고는 아무 말도 없이 얼굴을 붉히고 쑥스러워하며 서둘러 옷을 챙겨 입고 떠났다.

    곧 니콜라예프가 바를 지나 식당으로 나왔다. 창백한 그는 눈꺼풀 주변이 어두웠고, 왼쪽 뺨은 끊임없이 일어나는 경련으로 떨리고 있었으며, 눈꺼풀 위의 관자놀이에는 커다랗게 부풀어 오른 멍 자욱이 있었다. 로마쇼프는 온몸을 움츠리고 얼굴을 찡그린 채 어제의 격투를 고통스럽고 선명하게 기억해냈다. 이 치욕적인 기억의 견딜 수 없는 무게에 눌려 찌그러진 듯한 자신을 느끼며, 신문으로 몸을 가리고 두 눈을 꾹 감았다.

    그는 니콜라예프가 바에서 코냑을 시키고는 누군가와 작별 인사하는 소리를 들었다. 그리고 그를 지나치는 니콜라예프의 발소리도 느꼈다. 문이 닫히는 소리가 요란하게 났다. 그리고 몇 초 후, 갑자기 그는 자신의 등 뒤 쪽 뜰에서 조심스러운 속삭임을 들었다.

    "돌아보지 마시오! 조용히 앉아서 내 말을 잘 들으시오."

    니콜라예프였다. 로마쇼프의 손에 들려 있던 신문이 떨리기 시작했다.

    "나는 특히, 당신과 이야기를 나눌 권리가 없소. 그러나 그따위 프랑스 식 섬세한 배려 따윈 관심도 없소. 엎질러진 물은 주워담을 수 없는 법. 어쨌거나 나는 당신이 품위 있는 사람이라고 생각하오. 부탁하오. 듣고 있소? 부탁하건대 아내에 대해서 그리고 익명의 편지들에 대해서는 함구해주시오. 내 말 알아듣겠소?"

로마쇼프는 다른 동료들이 보지 않도록 신문으로 몸을 가린 채 천천히 고개를 끄떡였다. 마당에서 모래를 밟는 소리가 자그락거렸다. 5분 정도 지난 후 로마쇼프는 고개를 돌려 마당을 바라보았다. 이미 니콜라예프는 그곳에 없었다.

"소위님." 그의 앞에 불쑥 전령이 서 있었다. "안으로 들어오시라는 지시가 있었습니다."

홀의 좁은 벽 주변에는 카드게임용 탁자들이 녹색 천으로 씌워져 있었다. 그 뒤로 재판관들이 앉아 있었는데, 창을 등지고 있었기에 그들 얼굴이 어둡게 보였다. 중앙의 안락의자에는 재판장인 중령 미구노프가 앉아 있었다. 그는 뚱뚱하고 거만한 사람으로서 위로 치솟은 둥그런 어깨에 파묻힌 목은 보이지도 않았다. 그 옆에는 라팔스키와 레흐 중령이 앉아 있었다. 그 오른쪽 편에는 대위 오사치와 페테르손, 왼쪽에는 듀베르누아 대위, 이등대위 도로쉔코 그리고 경리관이 앉아 있었다.

재판장은 살진 하얀 두 손을 손바닥이 보이도록 탁자를 감싼 천 위에 올려놓고는 번갈아 바라보면서 딱딱한 어조로 말하기 시작했다.

"로마쇼프 소위, 연대장의 명령에 따라 소집된 장교회 재판부는 장교 사회에서는 용납될 수 없는 어제의 불행한 사건이 일어난 경위를 조사해야 합니다. 당신과 중위 니콜라예프 사이에 일어났던 충돌에 대해 가능한 한 자세하게 진술해주길 바랍니다."

로마쇼프는 두 팔을 아래로 붙이고 모자의 테두리를 만지작거리면서 그들 앞에 섰다. 그는 마치 학창 시절 발표 시험의 낙제생이 된 것처럼 초조하고 불안해하며 풀 죽어 있는 자신의 모습을 느꼈다. 그는 들릴 듯 말 듯한 목소리로, 앞뒤 연결도 되지 않는 엉뚱한 문장들을 끊임없이 웅얼거리면서 어처구니없는 감탄사를 덧붙여가며 진술하기 시작했다. 동시에 재판관들을 훑어보면서 그들과 자신의 관계를 생각해보았다. '미구노프는 무심하고 목석 같은 사람이지만, 전에 없던 재판장의 역할과 그에 따르는 엄청난 권력과 책임감을 즐기고 있다. 브렘 중령은 연민 어린, 어찌 보면 여성스러운 눈길로 바라보고 있다. 오, 내 사랑하는 브렘, 내가 10루블을 빌렸던 일을 기억하고 있는지? 늙은 레흐는 진지한 표정을 짓고 있어. 오늘은 술에 취하지 않았군, 그의 두 눈 밑으로는 늘어진 자루가 마치 깊은 흉터처럼 매달려 있다. 그는 내게 적대적이진 않지만 그동안 자신도 장교 모임에서 추한 짓을 많이 했기에 이제는 장교의 명예를 수호하는 엄격하고 대쪽 같은 추종자의 역할이 자신에게 유리할 것이다. 오사치와 페테르손은 확실히 내게 적대적인 자들이다. 법대로 하자면 나는 물론 오사치를 거부할 수도 있었을 것이다. 모든 싸움이 그의 진혼곡에서 시작되었다. 그렇지만 이제 그게 무슨 상관인가? 페테르손은 한쪽 입 모서리를 올려 슬그머니 웃고 있다. 무언가 음흉하고 악의적이며 사악한 무언가가 그 미소에 담겨 있다. 설마 그가 익명의 편지들에 대해서 알고 있을까? 듀베르누아는 졸리는 얼굴에다, 눈은 크고 색깔이 탁한 풍선 같다. 듀베르누아는 나를 좋아하지 않는다. 그리고 도로쉔코도 마찬가지다. 급료 영수증에 서명만 하는 소위는 결코 급료를 받지 못한다. 당신이 안됐네, 나의 친애하는 유리 알렉세이비치.'

"죄송합니다, 잠시만요." 갑자기 오사치가 그의 생각을 끊었다. "중령님, 제게 질문할 기회를 주시겠습니까?"

"그렇게 하시지요." 미구노프가 대단한 척 고개를 끄덕였다.

"대답해주시오, 로마쇼프 소위." 오사치가 발음을 길게 끌면서 권위적으로 말했다. "당신은 장교회관에 오기 전에 그런 볼썽사나운 모습으로 어디에 있었습니까?"

로마쇼프는 얼굴이 빨개졌고, 자신의 이마가 땀방울로 젖어가는 것을 느꼈다.

"저는, 제가 어디 있었냐면…… 그곳은……" 그리고 그는 거의 속삭이듯 말했다. "저는 창녀 집에 있었습니다."

"아하, 당신은 창녀 집에 있었습니까?" 일부러 큰 목소리를 내며 잔인할 정도로 분명하게 오사치가 가로채듯 말했다. "아마도 거기서 당신은 뭔가를 마셨겠네요."

"예에, 마셨습니다." 짤막하게 로마쇼프가 대답했다.

"그렇군요. 더 이상의 질문은 없습니다." 오사치가 재판장을 돌아보며 말했다.

"사건 경위를 말해주시오." 미구노프가 말했다. "그러니까 당신이 중위 니콜라예프의 얼굴에 맥주를 뿌렸다는 부분에서 멈췄지요…… 그다음에는 어떻게 됐습니까?"

로마쇼프는 연결성은 없었지만 진솔하고 자세하게 어제의 사건에 대해 진술했다. 그는 이제 자신이 어제 저지른 행동에 대한 후회스러운 심정을 어색하고 쑥스럽게 이야기하기 시작했다. 그러나 페테르손 대위가 그를 가로막았다. 그는 검푸른 손톱의 길고 핏기 없는 손가락으로 누리끼리하고 뼈가 앙상한 두 손을 씻기라도 하듯 문지르면서 과장된 정중함으로, 매우 다정하게, 가늘고 상냥한 목소리로 말했다.

"아, 그렇군요. 이 모든 것은 물론 당신의 훌륭한 감정을 명예롭게 하겠군요. 그렇지만 로마쇼프 소위…… 당신은 이 불행하고 애석한 사건이 발생하기 전에는 니콜라예프 중위의 집을 방문한 적이 없습니까?"

로마쇼프는 페테르손이 아닌 재판장을 바라보면서 경계 태세를 취하고는 무뚝뚝하게 대답했다.

"네, 방문하곤 했습니다. 그렇지만 그것이 이 사건과 무슨 상관이 있는지 이해할 수 없군요."

"잠깐, 묻는 질문에만 답해주시오." 페테르손이 그를 가로막았다. "내가 하고 싶은 말은 당신과 니콜라예프 중위 사이에 서로 적대감을 가지게 된 어떤 특별한 동기가 있지 않았을까 히는 거요. 이를테면 업무상이 아닌, 가정사, 말하자면 집안일과 관계되는 종류의 동기 같은 것 말이오."

로마쇼프는 몸을 바로 세우고 단도직입적으로 증오심을 드러내며 페테르손의 폐결핵성의 짙은 눈동자를 바라보았다.

"니콜라예프 집에 들르곤 했지만 다른 지인들을 방문하는 것 이상은 아니었습니다." 그는 날카롭고 큰 목소리로 대답했다. "그리고 그전에도 저와 니콜라예프 사이에는 어떤 적대감도 없었습니다. 모든 것이 우연하고 기대치 않게 일어난 것이며, 둘 다 술에 취해 있었기 때문입니다."

"헤, 헤, 헤, 우리는 이미 당신들이 멀쩡한 정신이었단 것을 들어 알고 있습니다." 페테르손이 다시 그의 말을 가로챘다. "내가 묻고 싶은 것은, 당신들 사이에 예전에 그렇고 그런 갈등이 있지 않았습니까? 아니, 싸움이 아니라, 내 말을 이해하실는지, 그냥 단지 그렇고 그런 오해라든가, 개인적인 이유로 인한 부자연스러운 관계라든지 뭐 그런 것 말입니다. 흠, 말하자면, 의견의 불일치라든가 혹은 어떤 음모 같은 거 말입니다. 아닌가요?"

"재판장님, 제시하신 일부 질문들에 대해서 제가 답변을 하지 않아도 되겠습니까?" 갑자기 로마쇼프가 물었다.

"답변하지 않아도 됩니다." 미구노프가 딱 잘라 대답했다. "원하신다면 아예 답변을 하지 않거나 지면으로 답변하셔도 됩니다. 이는 당신의 권리입니다."

"그렇다면 페테르손 대위의 질문에는 어떠한 답변도 하지 않겠습니다." 로마쇼프가 말했다. "그것이 그를 위해서도 저를 위해서도 나을 것입니다."

그에게 다시 몇 개의 무의미하고 자질구레한 질문들이 이어졌고, 그 후 재판장은 그에게 가도 좋다고 말했다. 그렇지만 그는 두 번이나 추가 진술을 위해 불려 갔다. 한 번은 그날 저녁이었고 또 한 번은 목요일 아침이었다. 로마쇼프처럼 실무 경험이 없는 사람조차도 재판이 태만하고 엉성하게 그리고 많은 실책과 무분별한 행위를 용납하며 더할 나위 없이 무성의하게 진행되고 있음을 알 수 있었다. 가장 큰 실책은, 법정에서 있었던 일을 누설하는 것이 군법 조항 149조에 의해 분명하고 엄격하게 금지되어 있음에도 불구하고, 재판관들이 입을 가볍게 놀려 명예를 지키지 못했다는 것이다. 그들은 회의의 결과를 자기 아내들에게 말했고, 아내들은 도시의 아는 부인들에게, 그 부인들은 재봉사나 산파들, 심지어 하녀들에게 이야기해버렸다. 하루아침에 로마쇼프는 도시에서 화두가 되었고 오늘의 주인공이 되었다. 그가 길을 가고 있을 때면 창문이나 쪽문, 뜰 앞의 작은 정원, 울타리 틈으로 사람들이 내다보았다. 여자들은 저만치에서 그에게 손가락질을 해댔고, 그는 등 뒤에서 소곤대며 자신의 성을 거론하는 것을 들었다. 도시의 어느 누구도 그와 니콜라예프 사이에 결투가 벌어질 것이라는 것을 믿어 의심치 않았다. 심지어 그 결말에 대해 내기를 걸기도 했다.

목요일 아침, 르카체프 집을 지날 무렵, 그는 누군가가 그의 이름을 부르는 소리를 들었다.

"유리 알렉세이비치, 유리 알렉세이비치, 이리 와보세요!"

그는 멈춰 서서 고개를 들었다. 카챠 르카체바가 울타리 쪽의 정원 벤치에 앉아 있었다. 그녀는 일본식 아침 실내복을 입고 있었는데, 브이넥 라인이 소녀의 가늘고 아름다운 목선을 돋보이게 했다. 그녀는 너무나 상큼하고 생기발랄하고 귀여워서 잠시 동안 로마쇼프의 기분까지도 유쾌하게 했다.

그녀가 울타리를 가로질러 그에게 손을 내밀었는데, 방금 세수를 했는지 손은 차갑고 축축했다. 그녀가 분명치 않은 발음으로 재잘거렸다.

"왜, 우리 집에 안 들르는 거예요? 사람을 잊어버리면 부끄러운 줄 아셔야 해요. 조이, 조이, 조이…… 쉿, 난 전부, 전부 다 알고 있어요!" 그녀는 갑자기 커다랗게 놀란 눈을 했다. "이걸 가져가서 목에 걸어요, 반드시, 반드시 걸어야 해요."

그녀는 자신의 가슴에서 파란색 실크로 만든 줄 달린 부적 주머니를 꺼내서 재빨리 그의 손에 쥐여주었다. 부적 주머니는 체온 덕분에 아직 따뜻했다.

"도움이 될까?" 로마쇼프가 장난스럽게 물었다. "이게 도대체 뭐니?"

"비밀이에요. 웃으면 안 돼요. 불신자! 조이."

'어쨌거나 요즘은 내가 유행을 타는구나. 귀여운 꼬마 아가씨!' 카챠와 작별하면서 로마쇼프는 생각했다. 그러나 그는 여기서 제삼자가 되어 자신을 생각하며 아름다운 구절을 떠올리지 않을 수 없었다.

'늙은 불한당의 냉정한 얼굴에 선량한 미소가 스쳤다.'

그날 저녁 그는 다시 재판부에 불려갔는데, 이번에는 니콜라예프도 함께였다. 두 명의 적대자는 탁자 앞에 나란히 섰다. 그들은 한번도 서로를 쳐다보지도 않았지만, 거리를 두고도 제각기 서로의 기분을 감지할 수 있었고, 긴장감 속에 흥분된 상태였다. 재판장이 판결문을 낭독하고 있을 때도 그들은 한 점 흐트러짐 없이 꼿꼿하게 재판장을 쳐다보았다.

'재판장, 중령 미구노프를 중심으로 하는—이하 재판관들의 성이 낭독되었다—N 보병대 장교회 재판부는 장교 회관에서 발생한 중위 니콜라예프와 소위 로마쇼프 사이의 충돌 문제를 살펴본 결과, 상호 모욕 행위의 심각성을 고려하여 두 장교의 싸움이 화해로 끝날 수 없으며, 따라서 결투만이 두 장교의 실추된 명예와 품위를 회복하는 유일한 방법임을 밝힌다. 재판부의 판결문은 연대장에 의해 확정되었다.'

낭독을 마치자 중령 미구노프는 안경을 벗어 안경집에 넣었다.

"이제 여러분이 해야 할 일은," 그는 딱딱하고 공식적인 어조로 말했다. "양측 모두 두 명의 결투 입회인을 골라서 저녁 9시까지 이곳, 재판부로 보내는 것입니다. 그러면 우리가 그들과 함께 결투 조건들을 정하도록 하겠습니다." 그는 일어서며 안경집을 뒷주머니에 집어넣고 덧붙였다. "또한, 지금 법정에서 낭독한 판결문이 당신들에게 강제력을 가지진 않습니다. 당신들 각자는 결투를 통해 싸우든지 아니면……" 그는 두 팔을 벌리고 잠시 말을 멈추었다. "아니면 전역을 신청하든지 완전한 여러분의 자유입니다. 그러면…… 당신들은 가도 좋습니다. 여러분…… 두 마디만 더 하겠습니다. 이제는 재판장으로서가 아니라 오랜 동료로서 충고하고 싶군요. 장교 여러분, 결투 이전에는 이 건물의 출입을 삼가주시길 바랍니다. 일을 복잡하게 만들 수도 있으니까요…… 그럼 안녕히."

니콜라예프는 거칠게 돌아서서 빠른 걸음으로 홀을 나갔다. 로마쇼프는 그의 뒤를 따라 천천히 걸어 나갔다. 그는 두렵지는 않았지만 갑자기 지독한 외로움을, 마치 이 세상과 완전히 격리된 듯한, 기이한 괴리감을 느꼈다. 회관의 현관으로 나서면서 그는 하늘과, 나무와, 울타리 곁의 암소와 맞은편에서 먼지를 뒤집어 쓴 참새들을 낯선 시선으로 오랫동안 차분히 바라보면서 생각에 잠겼다. '이것 봐, 모든 것들이 살아 있고, 야단법석을 떨고, 성장하고, 빛이 나는데, 내겐 아무것도 필요 없고 흥미도 없어. 판결은 내려졌다. 난 혼자다.'

그는 힘없이 우수에 젖어 결투 입회인으로 부탁할 베크 아가말로프와 베트킨을 찾아 나섰다. 그들은 기꺼이 동의했다. 베크 아가말로프는 어둡고 절제된 표정으로, 베트킨은 다정하면시도 의미심장한 악수로써 그를 대했다.

로마쇼프는 집으로 가고 싶지 않았다. 집은 불쾌하고 지루하다. 이렇게 정신적인 무기력감과 외로움, 인생을 이해할 수 없는 힘든 시기에는 공감해줄 수 있는 가까운 친구, 동시에 섬세하고, 이해심 있고, 마음이 따뜻한 사람을 만나야 한다.

갑자기 그는 나잔스키를 떠올렸다.

21

나잔스키는 평소와 마찬가지로 집에 있었다. 그는 방금 숙취에서 깨어나서, 두 팔을 머리 아래에 포개고는 내복 하의만 걸친 채 침대에 누워 있었다. 그의 두 눈은 무관심과 피로로 흐릿했다. 로마쇼프가 고개를 숙여 주저하며 걱정스럽게 말을 걸었을 때도, 그의 얼굴에는 졸린 기색이 여전히 역력했다.

"안녕하십니까, 바실리 닐르이치, 제가 방해가 되진 않았나요?"

"안녕하십니까?" 나잔스키는 힘없는 쉰 목소리로 대답했다. "무슨 좋은 일이 있나요? 앉으세요."

그는 로마쇼프를 향해서 뜨겁고 축축한 손을 내밀었으나, 로마쇼프를 바라보는 그의 두 눈은 흥미롭고 소중한 동료를 바라보는 것이 아니라, 오래되고 지루한 꿈속의 익숙한 한 장면을 보고 있는 듯했다.

"건강이 안 좋으신지요?" 로마쇼프는 침대의 다리 쪽에 걸터앉으며 조심스럽게 물었다. "그러시다면 당신을 방해하지 않겠습니다. 전 이만 가볼게요."

나잔스키는 베개에서 살짝 머리를 일으켰고, 온통 얼굴을 찌푸리더니 로마쇼프를 애써 바라보았다.

"아니…… 잠깐 기다리세요. 아휴, 두통이야! 잠시만요, 게오르기 알렉세이비치…… 당신 무슨 일이 있군요. 뭔가 있어요…… 뭔가 심상치 않은 일이 있군요. 가만, 생각을 집중할 수가 없군. 당신 무슨 일이에요?"

로마쇼프는 고통스러운 표정으로 말없이 그를 바라보았다. 두 사람이 서로 보지 못하는 동안 나잔스키의 얼굴은 기이하게 변해 있었다. 눈은 깊이 푹 파여 주변이 검어졌고, 관자놀이는 누렇게 변했으며, 꺼칠꺼칠하고 지저분한 피부의 볼은 푹 꺼져서 아래로 축 늘어져 있었고 숱이 듬성 듬성한 곱슬머리가 보기 싫게 자라 있었다.

"별일 없습니다. 그냥 당신을 만나고 싶었습니다." 로마쇼프가 아무렇지도 않은 듯 말했다. "내일 니콜라예프와 결투가 있습니다. 집으로 가기는 싫었지요. 하지만 뭐, 어찌 됐든 상관없어요. 안녕히 계십시오. 보시다시피, 전 그냥 대화할 사람이 없었습니다…… 마음이 무겁군요."

나잔스키는 눈을 감았다. 그의 얼굴이 고통스러운 듯 일그러졌다. 억지로 의식을 집중하여 제정신을 차리려는 듯 보였다. 그가 눈을 떴을 땐 두 눈 속에는 사려 깊고 따뜻한 불꽃이 빛나고 있었다.

"잠깐, 기다리세요…… 우리 이렇게 합시다." 나잔스키가 옆으로 몸을 틀어서 팔꿈치를 세워 일어나 앉았다. "저기 옷장에서 저것 좀…… 아니요, 아니, 사과 말구요…… 거기 보면 박하 잎이 있어요. 고마워요, 친구. 우리 이렇게 합시다…… 퉤, 끔찍한 맛이군!…… 나를 밖으로 좀 데리고 가줘요. 여긴 너무 혐오스러워요. 그리고 난 이곳이 무섭소…… 여기는 항상 끔찍한 환상들이 보이지요. 가서 나룻배나 타면서 이야기 나눕시다. 괜찮죠?"

그는 얼굴을 잔뜩 찌푸리고는, 아주 불쾌한 얼굴로 연거푸 잔을 들이켰다. 로마쇼프는 그의 푸른 눈동자가 점차 생기로 아름답게 빛나기 시작하는 것을 보았다.

그들은 집을 나와 마부를 불러서 도시 변두리의 강 쪽으로 갔다. 그곳에는 제방 한편으로 거대한 붉은색 건물의 유대인의 터빈 제분소가 있었고, 다른 한편에는 작은 수영장들이 늘어서 있었는데 그곳에서 나룻배를 빌려주었다. 로마쇼프가 노를 잡았고, 나잔스키는 외투를 걸치고 선미에 기대어 앉았다.

제방으로 둘러싸인 강은 드넓었고 마치 커다란 연못처럼 움직임이 없었다. 양쪽의 강변들은 평평하고 고르게 위로 뻗어 있었다. 그 위로 잡풀들이 가지런히 나 있었는데, 멀리서도 팔을 뻗어 만져보고 싶을 정도로 환하고 싱싱하게 자라 있었다. 강변 아래의 물속에는 갈대들이 푸른빛을 띠었고, 짙고 어두운 둥근 잎사귀들 사이로 커다란 연꽃이 하얀 머리를 내밀고 있었다.

로마쇼프는 니콜라예프와 있었던 사건을 자세하게 이야기했다. 나잔스키는 골똘하게 그의 말을 듣고 있다가 고개를 아래로 숙여 수면을 바라보았다. 느리고 그윽한 물줄기는 출렁거리며 마치 액체로 된 거울처럼 뱃머리의 사방으로 넓게 흩어지고 있었다.

"솔직히 말해보세요, 두렵지 않은가요, 로마쇼프?" 나잔스키가 조용히 물었다.

"결투가요? 아뇨, 두렵지 않습니다." 로마쇼프가 빠르게 대답했다. 그러나 그 순간 그는 잠시 말을 멈춘 채, 니콜라예프 맞은편에 아주 가까이 서 있는 자신의 모습과 니콜라예프 손에 들려 있는 검은 총구를 생생하게 그려보았다. "아니, 아닙니다." 로마쇼프가 서둘러 덧붙였다. "두렵지 않다는 거짓말은 않겠습니다. 물론, 두렵습니다. 그러나 제가 아는 것은, 제가 겁내거나, 도망치거나, 용서를 구하지는 않을 거라는 것입니다."

나잔스키는 따뜻한 저녁의 찰랑대는 물살 속으로 손끝을 넣고는 잠시 잔기침을 하더니 힘없는 목소리로 천천히 말하기 시작했다.

"휴, 나의 사랑하는 로마쇼프, 왜 당신은 그 일을 하려고 하십니까? 생각해보세요. 만약 당신이 겁내지 않을 거라고 확신한다면, 만일 확신하신다면, 사실 결투를 거절하는 데에는 몇 배의 용기가 더 필요할 것입니다."

"그가 쳤단 말입니다…… 내 얼굴을!" 로마쇼프가 거칠게 말했다. 그러자 다시 뜨거운 적대감이 그의 내면에서 무겁게 요동쳤다.

"흠, 그래요, 그가 쳤지요." 부드럽게 받아치며 나잔스키는 슬프고 부드러운 눈길로 로마쇼프를 바라보았다. "과연 그게 문제의 본질일까요? 세상에는 무슨 일이든 일어날 수 있고 당신의 고통과 당신의 증오심도 지나가버립니다. 그리고 당신 스스로도 이 일을 잊어버릴 겁니다. 그러나 당신이 죽인 사람에 대해서는 당신은 결코 잊지 못할 겁니다. 그는 당신이 잠들 때에도, 식사를 할 때에도, 홀로 있을 때에나 군중 속에 있거나 어디든 당신을 따라다닐 겁니다. 할 일 없는 호사가나 바보 천치들, 돌

머리들, 겉모습만 번지르르한 앵무새들이야말로 결투에서의 살인은 살인이 아니라고 주장하고 있습니다. 허튼 소리지요! 그들은 범죄자의 꿈에서나 희생자들의 머리와 피가 보인다고 감상적으로 믿고 있지만, 아닙니다. 살인은 어디까지나 살인일 뿐입니다. 여기서 중요한 것은 통증이나 죽음이 아니며, 폭력도 아니요, 피와 시체에 대한 유별난 혐오감도 아닙니다. 아니, 가장 끔찍한 것은 당신이 한 사람에게서 그의 삶의 기쁨을 앗아간다는 점입니다. 그 위대한 삶의 기쁨을 말입니다!" 그는 갑자기 슬픈 목소리로 반복해 말했다. "사실 어느 누구도, 당신도, 나도, 아, 이 세상 어느 누구도 사후 세계를 막연하게 믿지는 않습니다. 모든 사람들이 죽음을 두려워하기 때문에, 소심한 바보들은 기쁨이 넘치는 낙원과 고자가 부르는 달콤한 예언들로 스스로를 기만하고 있지만, 강한 사람들은 피할 수 없는 죽음의 문턱을 묵묵히 넘습니다. 우리는 강한 사람들이 아닙니다. 우리의 죽음 이후에 무엇이 있을지 생각해보면, 우리는 차갑고 어둡고 텅 빈 무덤을 떠올립니다. 아니, 친애하는 로마쇼프, 이 모든 것은 헛소리입니다. 무덤은 단지 행복한 속임수, 반가운 위로에 불과합니다. 가장 끔찍한 것은 완전히 아무것도 남지 않는다는 것, 어둠도, 공허함도, 차가움도······ 이에 대한 생각조차도 없을 것이고, 두려움조차도 남지 않을 것입니다. 두려움조차도! 생각해보십시오!"

로마쇼프는 뱃전에 노를 집어 던졌다. 나룻배가 물살을 따라 겨우 움직이고 있었고, 이것은 초록의 강변이 조용하게 뒤로 물러서는 것으로 알 수 있었다.

"그래요, 아무것도 없을 겁니다." 로마쇼프가 생각에 잠긴 듯 되뇌었다.

"보세요, 아니, 삶이란 얼마나 아름답고 매력적인가요!" 나잔스키는 감탄하며 자신의 팔을 넓게 뻗었다. "아, 얼마나 기쁜가요? 삶이란 얼마나 신성하고 아름다운지요! 보십시오, 파란 하늘, 저녁의 태양, 고요한 물결, 이것들을 바라볼 때면 감동으로 전율하게 됩니다. 저기 저 멀리에는 풍차가 날개를 흔들고 있고, 풀은 푸르고 잔잔하며, 강변의 물결은 분홍빛 노을로 물들었군요. 아, 모든 것이 신비롭고, 모든 것들이 진정으로 다정하고 행복에 차 있습니다!"

나잔스키는 갑자기 두 손으로 눈을 가리고 울음을 터뜨렸다. 그렇지만 곧 진정을 하고 눈물을 부끄러워 않고, 축축하게 빛나는 눈동자로 로마쇼프를 바라보며 말하기 시작했다.

"아니, 내가 만약 기차에 깔려서 내 배가 갈라지고, 내장들이 모래와 뒤섞여 바퀴에 감긴다고 해도, 그리고 그 마지막 순간에 내게 '자, 어때, 이래도 삶이 아름다운가?'라고 묻는다 할지라도, 나는 감사의 마음으로 감탄할 것입니다. '아, 삶은 너무나 아름답습니다!'라고. 우리의 눈만 해도 얼마나 큰 기쁨을 우리에게 주는가요! 그리고 또 음악이나, 꽃향기, 여성의 달콤한 사랑! 그리고 측정할 수도 없는 기쁨은 바로 인생의 황금빛 태양, 바로 인간의 사고입니다! 친애하는 나의 유로치카……! 당신을 이렇게 불러서 죄송합니다." 나잔스키는 사과를 하려는 듯 멀리서 떨리는 손을 그에게 내밀었다. "가령 당신을 수세기 동안, 영원히 감옥에 가두었다고 칩시다. 그리고 당신은 평생 동안 작은 구멍으로 두 개의 낡고 부식된 벽돌만 바라볼 수 있게 됩니다…… 아니, 아예 당신의 감옥에는 한 줄기 빛조차도, 어떤 소리조차도 들리지 않는다고 칩시다. 아무것도요! 어쨌거나 과연 이것을 끔찍한 죽음의 공포와 비교나 할 수 있을까요? 당신에겐 사고력, 상상력, 기억력, 창작력이 있습니다. 이것들만 있어도 살 수는 있지요. 당신은 심지어 삶의 기쁨으로 감동하는 순간도 있을 것입니다."

"그래요, 삶은 아름답지요." 로마쇼프가 말했다.

"아름답습니다!" 열정적으로 나잔스키가 되뇌었다. "그리고 여기 두 사람이 있습니다. 한 사람이 다른 이를 때렸고, 혹은 그의 아내에게 키스를 했다거나, 아니면 단지 콧수염을 꼬면서 지나가다가 무례하게 그를 바라보았습니다. 이 두 사람이 서로를 쏘고, 서로를 죽입니다. 쳇, 아닙니다. 그들의 상처, 그들의 고통, 그들의 죽음, 이 모든 것들은 아무것도 아닙니다! 과연 인간이라 불리는 움직이는 불쌍한 얼간이가 죽인 것이 자기 자신일까요? 그는 태양을, 뜨겁고 사랑스러운 태양을 죽이고, 밝은 하늘을, 자연을, 생명의 모든 다채로운 아름다움을 죽이는 것이며, 가장 위대한 기쁨과 자부심인 인간의 사고를 죽이는 겁니다! 그는 결코 다시는, 다시는 돌이킬 수 없는 것을 죽여버리는 겁니다. 아, 멍청이들! 멍청이들!"

나잔스키는 고개를 저으면서 슬프게 긴 한숨을 내쉬더니 머리를 숙였다. 나룻배는 갈대숲으로 들어갔다. 로마쇼프는 다시 노를 잡았다. 초록의 거칠고 키가 큰 줄기는 사그락 소리를 내면서 뱃전에 부딪쳤고, 위엄 있게 천천히 머리를 조아렸다. 그곳은 바깥보다 더 어둡고 서늘했다.

"그럼 제가 어떻게 하면 좋겠습니까?" 로마쇼프는 우울하고 거칠게 말했다. "전역할까요? 제가 갈 곳이 어디 있겠습니까?"

나잔스키는 짧고 부드럽게 미소 지었다.

"잠시만요, 로마쇼프. 내 눈을 들여다보세요. 이렇게요. 아니, 시선을 피하지 마세요. 똑바로 바라보면서 양심에 따라 대답해요. 당신은 정말로 자신이 흥미롭고 훌륭하며 유익한 일에 종사하고 있다고 믿고 있습니까? 나는 어느 누구보다도 당신을 잘 알아요. 그리고 당신의 영혼을 느끼지요. 사실 당신은 그렇게 믿고 있지 않습니다."

"믿지 않아요." 로마쇼프가 확고하게 대답했다. "그렇지만 내가 갈

곳이 어디란 말입니까?"

"잠깐, 서두르지 마요. 우리 장교들을 한번 돌아보세요. 아, 나는 무도회에서 춤추고 프랑스어를 구사하면서 자기 부모와 법적인 아내에게 의지해 사는 근위병들에 대해서 말하는 게 아닙니다. 아니, 우리 같은 불쌍한 군인들, 군 보병대를 생각해보세요. 러시아 군대의 영광스럽고 용감한 주요 핵 말입니다. 사실 모두가 인간 쓰레기, 오합지졸, 어중이떠중이들입니다. 그나마 불구가 된 대위들의 자식들은 좀 낫지요. 대부분의 경우는 복잡한 학식을 겁내는 중등학생, 리얼리스트, 심지어 수료도 못한 신학교 수강생들도 있어요. 우리 중에 누가 훌륭하게 군 복무에 오랫동안 종사합니까? 가족 부양의 짐을 진 가엾은 자들, 모든 굴욕에 타협하고, 어떤 잔인한 행동, 심지어 살인이라도 불사하며, 군인의 푼돈마저 훔치려드는 비렁뱅이들. 이 모든 것들이 양배추 수프 한 그릇 때문이지요. 쏘라고 명령하면 쏘지요. 누구를? 왜? 아마도, 공연히? 그는 아무런 관심도 없고 따져보지도 않습니다. 그가 아는 것은 집에는 지저분하고 구루병에 걸린 아이들이 징징거리고 있다는 것입니다. 그는 팔푼이처럼 아무 생각도 없이 눈을 휘둥그레 뜨고는 같은 말만 반복하지요. '충성!' 모든 재능과 능력은 술로 허비하지요. 우리 장교들의 75퍼센트가 성병을 앓고 있습니다. 운 좋은 사람은, 이건 5년에 한번 나올 법한데, 아카데미에 입학하지요. 좀 약삭빠른 자들은 후원을 받아서 헌병이 되거나 큰 도시의 경찰관 자리를 꿈꾸기도 하지요. 그나마 적은 재산이라도 있는 귀족들은 지방의 관리감독관으로 가기도 합니다. 명민하고 진실한 사람들만이 남게 된다고 합시다. 그러나 그들이 무엇을 할 수 있겠습니까? 그들에게 있어서 군 복무는 끊임없는 혐오감이요, 족쇄요, 증오스러운 멍에입니다. 모두들 완전히 몰두할 수 있는 부수적인 어떤 흥밋거리를 찾으려고 애쓰지요. 어떤 이들은 수집에 매달리기도 하고, 많은 이들이 집에서 앉아 있을 수 있는 저녁이 될 때까지, 램프 옆에서 바늘을 쥐고 캔버스에 십자수로 엉성하고 쓸모없는 카펫을 만들거나, 실톱으로 자신의 초상화를 넣을 액자를 만들 수 있을 때까지 지긋이 기다리지 못합니다. 근무할 때는 이런 것들을 마치 비밀스럽고 달콤한 기쁨인 양 꿈꾸기도 하지요. 카드 게임, 여자들을 차지하기 위한 허풍스러운 스포츠, 이런 것에 대해서는 더 이상 말하지 않겠소. 가장 혐오스러운 것은 근무상의 야망, 보잘것없고 잔인한 야망입니다. 자기 병사들의 눈과 이를 뽑은 오사치와 그 무리들입니다. 아시는지요? 내가 옆에 있을 때 아르차콥스키는 자기 당번병을 구타했습니다. 내가 간신히 그를 뜯어말렸지요. 피가 벽뿐만 아니라 천장까지 튀었답니다. 결말이 어땠는지 궁금하신지요? 당번병이 중대장에게 달려가 호소하자, 중대장은 메모를 써서 그를 상사에게 보냈고, 상사는 멍들고 부어 오른 피투성이 얼굴을 반시간이나 더 때렸습니다. 이 병사는 감사부에 두 번이나 진정서를 올렸지만 아무 효과도 없었지요."

나잔스키는 잠시 침묵하더니 손바닥으로 관자놀이를 신경질적으로 문지르기 시작했다.

"잠깐만요, 아, 생각이 달아나는군요……" 그는 걱정스럽게 말했다. "자신이 생각을 이끌지 못하고, 생각에 자신이 끌려다니는 것은 너무 짜증스럽죠. 아, 기억났습니다! 이제 더 이야기해보죠. 다른 장교들을 보십시오. 아, 당신에게 좋은 예로 이등대위 플라브스키가 있군요. 무얼 먹고 사는지 전혀 알 수도 없지만, 혼자서 석유곤로에다 무언가 잡다한 것을 만들어 먹고 완전히 누더기를 걸치고 다니지요. 하지만 자신의 48루블짜리 봉급에서 매달 25루블을 저축합니다. 오호! 그에겐 벌써 2천 루블 정도가 은행에 보관되어 있고, 비밀리에 동료들에게 빌려주어 엄청난 이자

놀이를 하고 있지요. 이것이 타고난 탐욕이라고 생각하십니까? 아니, 아닙니다. 이건 단지 어디론가 떠날 수단, 고되고 이해할 수 없는 무의미한 군 복무로부터 숨을 수 있는 방편일 뿐입니다. 스텔콥스키 대위는 대단한 사람이지요. 강하고 용기 있는 사람입니다. 그의 삶의 본질을 이루는 것은 무엇일까요? 그는 경험 없는 시골 처녀들을 유혹하지요. 마지막으로 브렘 중령을 생각해보세요. 사랑스럽고 멋진 괴짜에다가 선량하기 그지없는 매력투성이이지요. 그런데 자신의 사육장에 완전히 흠뻑 빠져 있어요. 복무나, 행진, 깃발, 징계, 명예가 그에게 어떤 의미가 있을까요? 그것들은 그의 인생에서 쓸모없는 자질구레한 것일 뿐입니다."

"브렘은 멋진 사람이에요, 난 그를 좋아합니다." 로마쇼프가 덧붙였다.

"그래요, 물론 사랑스러운 사람이지요." 나잔스키가 시들하게 동의했다. "그런데 그건 아시는지요." 그는 갑자기 인상을 찌푸리고 말했다. "언젠가 훈련 당시에 내가 얼마나 웃기는 사건을 목격했는 줄 아십니까? 야간 이동 후에 우리는 공격에 나섰습니다. 그 당시 우리는 다리가 풀리고 지쳐 있었기에 모두 예민한 상태였지요. 장교들도 그랬고 병사들도 마찬가지였습니다. 브렘은 나팔수에게 공격을 알리는 나팔을 불라고 명령했습니다. 그런데 그 나팔수가 왜 그랬는지 모르겠지만 예비군 소집 나팔을 불었습니다. 한 번, 또 한 번, 그리고 세번째 나팔까지. 그러자 갑자기 그 사랑스럽고 선량하고 멋있는 브렘이 말을 타고 입에 나팔을 물고 있던 나팔수에게 달려가더니 온 힘을 다해 주먹으로 나팔을 내리쳤습니다! 그래요. 나는 나팔수가 피 묻은 이빨들과 핏덩어리를 바닥으로 뱉어내는 걸 직접 보았습니다."

"오, 하느님!" 로마쇼프가 불쾌한 듯 신음했다.

"바로 그렇게 그들 모두가 가장 훌륭하고, 가장 부드러운 사람들이며, 훌륭한 아버지이면서 사려 깊은 남편들임에도, 군대에서는 천박하고, 비겁하고, 악랄하고, 어리석은 짐승이 됩니다. 당신은 왜 그런지 물으시겠지요? 왜냐면 바로 그들 중 어느 누구도 복무를 신뢰하지 않고 이 복무의 합리적인 목적을 찾지 못하기 때문이죠. 당신도 아시겠지만 어린아이들은 얼마나 전쟁놀이를 좋아합니까? 끓어오르는 유년 시절이 있었고 역사에서도 질풍같이 유쾌한 시대가 있었습니다. 그때에는 사람들이 자유로운 갱단이 되어 돌아다녔고, 전쟁이란 누구에게나 만취의 기쁨이요, 피가 뒤고 맹위를 떨칠 위안거리였지요. 가장 용감하고 가장 강하며 영악한 자들이 지휘관들이 되었고, 그 권력은 그들이 죽지 않는 한 부하들에게 진정 신성한 것으로 인식되었지요. 그러나 인류가 성장해서 해가 거듭할수록 현명해지고, 유치하고 소란스러운 장난 대신에 인류의 사고는 하루하루 진지해지고 심오해집니다. 군인들은 더 이상 흥겹고 약탈적인 업무에 나가듯이 군 복무에 나서지 않습니다. 아니, 그들은 목에 올가미가 씌워져 끌려가듯 버티다가, 저주를 퍼부으며 울음을 터뜨립니다. 그리고 엄하고, 매력 있고, 인정사정없고 존경을 한몸에 받는 상사 지휘관들은 쥐꼬리만 한 봉급에 의지해 비겁하게 살고 있는 관리들을 찾아갑니다. 그들의 용맹이란 흠집이 많은 용맹입니다. 그리고 군인의 규율은, 두려움으로 인한 규율로서, 서로에 대한 증오감과 연관됩니다. 아름다운 공작새들은 털이 빠져버렸지요. 인류 역사 중에서 제가 알고 있는 한 가지 유사한 예를 든다면 바로 사제직입니다. 성직의 시작은 온화하고 아름답고 감동적이죠. 아마도 잘은 모르지만 그것은 세상의 필요에 의해서 생겨나지 않았을까요? 그러나 백 년이 지나고 우리가 볼 수 있는 모습은 무엇입니까? 수십만 명의 게으름뱅이들, 방탕하고, 몸만 튼튼하기만 한 무위 도식자들입니다. 때때로 영혼의 갈망을 안고 있는 사람들조차도 그들을 증오해마지 않습니다. 이 모든 것들이 외면적인 형식, 카스트 제도의 기만적인 상징, 우습고 한물간 의식들로 뒤덮여 있습니다. 아니, 제가 쓸데없이 사제들에 대해서 이야기했군요, 나는 나의 비유가 논리적이라서 기쁩니다. 그들 사이에 공통된 점이 얼마나 많은지 생각해보십시오. 여긴 사제복과 향료, 저긴 군복과 쩔꺽 소리 나는 무기, 여긴 온화함과 가식적인 한숨, 달콤한 말, 저긴 잘 포장된 용기로 '누가 나를 모욕해?' 하는 표정으로 언제나 눈알을 굴리는 거만스러운 명예심. 앞으로 내민 가슴, 뒤로 붙인 팔꿈치, 바짝 올린 어깨. 그들이나 이들이나 모두 기생충처럼 살지요. 그들도 마음속 깊이 이것을 잘 알고 있습니다. 그러나 이성적으로 인정하기를 두려워하는 데다가, 배를 곯을까 봐 안절부절못하며 더 두려워하지요. 그들은 다른 사람의 몸에 달라붙은 기름기 많은 머릿니와 같아서 기생하는 몸이 쉽게 허물어질수록 더욱 악착같이 달라붙어 피를 빨지요."

나잔스키는 악의에 차서 콧방귀를 뀌고는 입을 다물었다.

"말씀하세요, 계속하세요." 로마쇼프가 간곡하게 부탁했다.

"네, 때가 올 것입니다. 그리고 그때는 이미 문턱 앞에 와 있습니다. 엄청난 실망과 무서운 재평가의 시대가 말입니다. 어떻든 시대마다 눈에 띄지 않는 무자비한 천재가 존재한다는 제 말이 기억나십니까? 그의 원칙은 정확하고 냉혹하지요. 인류는 현명해지면 현명해질수록 그 원칙에 더욱 깊이 빠져듭니다. 그리고 나는 이 불변의 법칙에 따라서 세상 모든 것들이 언젠가는 균형을 이루는 날이 올 것이라고 확신합니다. 만일 노예제가 몇 세기 동안 지속된다면 그만큼 그 붕괴는 끔찍할 것입니다. 폭력이 엄청나면 엄청날수록 그에 대한 보복도 잔인하지요. 그리고 나는 우리들, 대단한 미남들을, 매력적인 유혹자들을, 위대한 멋쟁이들을 여성들이 치욕스러워하고 마침내 병사들도 복종하지 않는 때가 올 것이라고 깊이 확신합니다. 이것은 우리가 방어 능력도 없는 사람들을 구타했기 때문이 아니요, 군복의 명예를 걸고 여성들을 모욕해도 단죄 받지 않았기 때문도 아니요, 선술집에서 술이 취해서 만난 이런저런 사람들을 구타했기 때문도 아닙니다. 물론 이 모든 것들 때문이기도 합니다만, 우리에겐 좀더 끔찍하고 더 이상 돌이킬 수 없는 과오가 있습니다. 그것은 바로 우리가 모든 것에 눈멀고 귀가 멀었기 때문입니다. 우리의 냄새나고 더러운 주둔지로부터 멀리 떨어진 어딘가에서 새롭고 빛나는 삶이 성립됩니다. 새롭고 용감하고 자부심이 강한 사람들이 나타나고 이성은 사유롭고 뜨거운 사상으로 빛납니다. 마치 멜로드라마의 마지막 장면처럼 오래된 탑과 지하 동굴은 무너지고 그 결과 눈부신 광채가 드러납니다. 그런데 우리는 불만에 가득 차서, 마치 인도산 수탉처럼 눈을 껌뻑거리면서 거만하게 투덜거립니다. '뭐라고? 어디서? 입 닥쳐! 반란이다! 사살하겠다!' 그리고 이와 같은 인간 영혼의 자유에 대한 어리석은 멸시는 절대 용서받지 못할 것입니다. 영원토록."

나룻배는 고요하고 비밀스러운 물살로 접어들었다. 주변은 키 크고 움직임 없는 갈대가 둥근 초록색 벽처럼 빽빽하게 둘러싸고 있었다. 나룻배 위로 갈매기들이 끼룩거리면서 날아다녔는데, 가끔씩은 날개가 로마쇼프의 어깨에 닿을 정도로 가깝게 날아서 갈매기의 힘찬 날갯짓에서 숨소리가 느껴질 정도였다. 아마도, 여기 갈대숲 덤불 속 어딘가에 갈매기들의 둥지가 있을 것이다. 나잔스키는 등을 바닥에 대고 선미에 누워 오랫동안 하늘을 쳐다보았다. 하늘에는 흐트러짐 없는 금빛 구름들이 벌써 분홍빛으로 물들고 있었다.

로마쇼프는 조심스럽게 말했다.

"피곤하지 않으십니까? 좀더 말씀해주십시오."

그러자 나잔스키는 자신의 생각들을 계속해서 이어가듯이, 그 순간 다시 말을 시작했다.

"그럼요. 새롭고, 멋지고, 위대한 시대가 올 것입니다. 나는 사실 자유롭게 살아왔고 많은 것을 읽었고 많이 경험하고 보았습니다. 늙은 까마귀들과 갈가마귀들은 어릴 적부터 지금까지 우리에게 주입해왔습니다. '자기 자신을 사랑하듯 이웃을 사랑하라, 명심하라, 순종, 복종, 인내는 인간의 첫번째 미덕이다.' 좀더 정직하고, 좀더 강하고, 좀더 도전적인 사람들은 우리에게 말합니다. '손을 맞잡고 같이 가서 죽읍시다, 그러나 미래 세대들에게 줄 밝고 편안한 삶을 준비합시다.' 그러나 나는 이것을 결코 이해할 수가 없었습니다. 누가 내게 명백한 논증으로 증명할 수 있겠습니까? 내가 이런 것들과 어떤 관련이 있는지, 귀신이나 잡아가라지, 나의 이웃들과, 비겁한 노예와, 전염병자와, 백치들과 내가 대체 무슨 상관이 있느냐 말입니다. 아, 모든 전설 중에서 내가 진심으로 증오하는 것, 내가 정말로 경멸해마지않는 것은 바로 율리안 밀로스티보에 관한 전설입니다. 문둥병자들은 말했습니다. '나는 떨고 있습니다. 나와 같이 침대에 누우세요, 나는 오한이 듭니다. 내 악취 나는 입 가까이 자신의 입술을 대고 내게 숨결을 주세요.'* 휴, 나는 문둥병자를 증오합니다, 미워합니다, 또한 이웃들을 사랑하지 않아요. 그런데 어떤 이익을 보겠다고 제가 32세기의 사람들의 행복을 위해서 내 목숨을 내놓아야 합니까? 오, 나도 그 어떤 온화한 영혼과 성스러운 의무에 관한 암탉의 잠꼬대를 알고는 있습니다. 그러나 내가 그를 이성적으로 믿는다고 해도, 나는 한번도 그를 심장으로 느껴본 적이 없습니다. 제 말을 듣고 있습니까? 로마쇼프?"

---

* 빈자 율리안Julian the Poor이라고 불리는 성인에 관한 로마 가톨릭 전설에 나오는 일화.

로마쇼프는 쑥스럽고 감사하는 표정으로 나잔스키를 바라보았다.

"나는 전적으로, 전적으로 이해합니다. 만약 내가 이 세상에서 사라진다면 그러면 전 세계가 멸망한다는 거지요? 분명 이 말을 하려는 것이지요?"

"바로 그겁니다. 내가 말하는 것은 바로 인류에 대한 사랑이 소진하고, 인간의 심장에서 연기가 뿜어 나왔다는 것입니다. 이를 대신해서 새롭고 신성하고, 세상이 끝날 때까지 영원불멸할 믿음이 도래한다는 것입니다. 이것은 자신에 대한 사랑이며, 아름다운 몸과 전능한 이성과 끝없이 풍부한 감성에 대한 사랑입니다. 아니, 생각해보세요, 잘 생각해보세요. 로마쇼프, 누가 당신에게 더 소중하고 더 친밀합니까? 아무도 아닙니다. 당신이 세상의 황제이며 세상의 자존심이고 자랑입니다. 당신이 모든 생물들의 신입니다. 당신이 보고, 듣고 느끼는 그 모든 것이 오로지 당신의 소유입니다. 하고 싶은 것을 하세요. 세상을 모두 가지세요. 전 우주에서 아무도 두려워 마십시오, 왜냐하면 당신 위에는 아무도 없고 어느 누구도 당신과 견줄 수 없으니까요. 때가 되면 '나' 자신에 대한 위대한 믿음이 마치 성령의 뜨거운 말씀처럼 모든 사람들의 머리를 비출 것입니다. 그리고 그때가 되면 더 이상 노예도, 주인도, 불구자도, 연민도, 결점도, 악의도, 시기도 없을 것입니다. 그때에 사람들은 신이 됩니다. 생각해보십시오, 그때가 되면 어찌 제가 감히 사람들을 모욕하고, 자극하고, 기만할 수 있겠습니까? 제 자신과 동등하고 신보다 더 빛나는 사람을 말입니다. 그때가 되면 삶은 멋질 것입니다. 온 세상에는 편안하고 환한 건물들이 건축되고, 저속하고 진부한 그 어떤 것도 우리의 시야를 더럽히지 않을 것이고, 삶은 달콤한 노동이요, 자유로운 학문이며, 놀라운 음악이고, 즐겁고 영원하고 평안한 축제가 될 것입니다. 사랑은 어두운 구석의 소심하고 혐오스러운 비밀의 치욕적인 범죄가 아니라, 소유의 어두운 족쇄에서 벗어나 세상의 빛나는 종교가 될 것입니다. 우리의 몸 자체는 환하고 위대한 옷을 입어 빛나고 강단지고 아름다울 것입니다. 내가 내 위의 이 저녁 하늘을 믿는 것만큼," 나잔스키는 장엄하게 팔을 위로 올리고는 말했다. "그렇게 나는 앞으로 다가올 신과 같은 삶을 확고하게 믿습니다."

로마쇼프는 흥분에 가득 차 전율하며 하얗게 질린 입술로 지껄였다.

"나잔스키, 그건 꿈입니다. 그것은 환상이에요!"

나잔스키는 조용하고 온화하게 웃었다.

"그래요." 그는 쾌활한 목소리로 말했다. "어떤 교조주의적 신학 교수나 정통 언어학자들은 다리를 쫙 벌리고는 곤혹스러운 태도로 고개를 갸우뚱거리며 말하겠지요. '그러나 이것은 사실 극단적인 개인주의의 출현입니다!' 내 친구 로마쇼프, 문제는 두려운 말에 있는 것이 아니라, 비록 많지 않으나 이런 사람들이 꿈꾸고 있는 이러한 환상들보다 더 실용적인 것이 이 세상엔 없다는 데 있습니다. 그 환상들은 인간들을 위한 가장 진실하고 가장 희망적인 이음쇠입니다. 우리가 군인이란 걸 잊어봅시다. 우리는 군인이 아닙니다. 저기 길거리에 괴물이 서 있습니다. 머리가 두 개 달린 힘이 넘치는 괴물이죠. 누가 그의 옆의 지나가기만 하면, 괴물은 오냐, 이번엔 면상을, 이번이야말로 면상을 갈겨주마, 하는 듯한 태도입니다. 괴물은 아직 나를 때리지는 않았지만 괴물이 나를 때리고, 내 사랑하는 여자를 모욕하고, 제 맘대로 나의 자유를 구속할 수 있다는 그 생각, 그 생각이 내 모든 자존심을 괴롭힙니다. 나는 혼자서는 괴물을 당할 수가 없습니다. 그런데 내 옆에는 나처럼 용감하고 자신감 넘치는 남자가 서 있습니다. 나는 그 남자에게 말합니다. '우리 둘이 가서 괴물이 당신이나 나를 해치지 않도록 합시다.' 그리고 우리는 괴물에게 갑니다. 오, 물론 이것은 조악한 예이고 우스갯소리입니다. 그러나 이 머리 두 개 달린 괴물의 얼굴에서 나는 내 영혼을 구속하고, 내 의지를 억압하고, 내 개성의 존엄성을 모욕하는 모든 것을 봅니다. 그리하여 나의 노력과 나와 동등한 영혼을 지닌 타인들의 노력을 하나로 결합할 수 있는 것은 그 언젠가 이웃에 대한 터무니없는 연민이 아니라, 바로 자신에 대한 신성한 사랑입니다!"

나잔스키는 입을 다물었다. 아마도 이례적인 감정의 고조로 지친 듯했다. 몇 분이 지나자 그는 힘없고 낮은 목소리로 말했다.

"그렇습니다. 친애하는 게오르기 알렉세이비치. 거대하고 복잡하게 끓어오르는 삶이 우리를 지나 흘러가버릴 것이고, 신성하고 정열적인 사고들이 생겨나며, 금도금을 입힌 낡고 거대한 우상들이 무너지고 있습니다. 우리는 우리의 구획에 서서 옆구리에 주먹을 붙여 쥐고는 히힝거립니다. '어이 당신, 멍청이, 민간인! 죽여버리겠어!' 그리고 삶은 이것을 절대 용서하지 않을 것입니다……"

그는 몸을 일으켜 외투 속에서 몸을 웅크리며 지친 듯이 말했다.

"춥군요…… 집으로 갑시다……"

로마쇼프는 노를 저어 갈대숲에서 나왔다. 태양은 저 멀리 도시의 지붕에 걸렸고, 붉은 노을 속에서 지붕의 그림자가 검고 선명하게 드러났다. 어디선가 창문 유리에 반사된 햇빛이 화려한 불놀이를 하고 있었다. 노을 쪽의 물결은 분홍빛으로 잔잔하고 환했지만, 나룻배 뒤쪽의 물결은 어둡고 푸르고 주름투성이였다.

로마쇼프는 자기 생각에 대답하듯이 갑작스럽게 말했다.

"당신이 옳습니다. 나는 전역할 겁니다. 어떻게 할지 모르겠지만 예전에도 그런 생각을 해본 적이 있습니다."

나잔스키는 외투로 몸을 감싸고 한기에 몸을 떨었다.

"그러세요, 그러세요." 그는 다정하지만 슬프게 말했다. "당신한테는 무언가가 있습니다. 어떤 내면의 빛…… 나는 이것을 어떻게 부르는지 모릅니다. 그러나 우리 소굴에서 그 빛은 꺼지고 맙니다. 그냥 침을 뱉어 불빛을 꺼버립니다. 중요한 것은 두려워하지 않는 것입니다. 삶을 두려워 마세요. 삶은 유쾌하고 분주하고 매력적인 것입니다. 그게 바로 삶이죠. 뭐, 좋아요, 당신 운이 안 좋을 때면 낙담하고, 방황하고, 술에 빠지겠지요. 그러나 사실은 길에서 부딪히는 부랑자조차도 아담 이바느이치 제그르수트 혹은 슬리바 대위보다는 천 배는 더 충만되고, 더 재미있게 살고 있습니다. 이 세상 이곳저곳을 돌아다니다 보면 도시와 농촌을 보게 될 것이고, 이상하고, 아무 생각 없고, 비웃음을 살 만한 많은 사람들을 만나게 되고, 보고, 냄새 맡고, 듣고, 이슬 젖은 풀 위에서 잘 것이고, 혹한에 온몸이 얼 수도 있고, 어떤 것에도 구애받지 않고, 아무도 두려워하지 않으며, 온 영혼을 다해 자유로운 삶을 숭배하게 될 것입니다. 아, 인간들이 이해하는 것들이 얼마나 미미한지요? 보블랴*를 먹든, 야생 염소의 안장을 트러플**과 함께 먹든 무슨 차이가 있겠습니까? 보드카에 취하든 샴페인에 취하든, 비단을 덮고 죽든 혹은 경찰서에서 죽든 무슨 차이가 있겠습니까? 이 모든 것들은 사소한 것이며, 자질구레한 편의이며, 금세 지나가는 습관들일 뿐입니다. 그들은 단지 가장 중요하고 거대한 삶의 의미들을 가려버리고 평가절하합니다. 나는 종종 화려한 장례식을 봅니다. 바보 같은 깃털 장식으로 덮인 은으로 만든 관 속에 뒈진 원숭이 한

---

* 말린 생선.
** 송로버섯의 일종으로 10~1월 사이에만 구할 수 있는 특별한 향기와 치유 효과가 있는 귀한 버섯으로 금값보다 비싸서 유럽 등지에서는 '검은 다이아몬드'라고 불리기도 한다.

마리가 누워 있습니다. 그리고 다른 살아 있는 원숭이들이 면상을 내밀고는 앞서거니 뒤서거니 하면서 웃기는 별들과 자질구레한 장신구들을 달고 죽은 원숭이를 따라서 걸어갑니다. 이 모든 방문들과, 발표문, 회의들…… 그렇습니다, 내 친근한 사람, 한 가지 유일하게 반박할 수 없는 것, 진정으로 아름답고 바꿀 수 없는 것은 바로 자유로운 영혼입니다. 자유로운 영혼에는 창의적인 사고와 삶에 대한 유쾌한 열망이 함께합니다. 트러플은 있을 수도 있고 없을 수도 있습니다. 이것은 변덕스럽고 매우 다채로운 요행 놀이입니다. 고참 하사관도 그렇게 멍청하지만 않다면, 군 복무를 1년만 해도 완전히 숙달되어 품위 있게 병사를 지휘할 수 있습니다. 그러나 마차에 앉아서 기름기 흐르는 복부에 유리 장식을 달고 잘난 척하는 살지고 아둔한 원숭이는 결코 자랑스러운 자유의 매력을 이해하지 못할 것이고, 영감의 기쁨을 경험하지 못할 것이며, 버드나무 가지 위에서 솜털구름이 은빛으로 빛나는 모습을 바라보며 감동의 달콤한 눈물을 흘리지 못할 것입니다.

나잔스키는 기침하기 시작하더니 오랫동안 멈추지 못했다. 그다음에는 뱃전 너머로 침을 뱉은 후에 이야기를 계속했다.

"전역하십시오, 로마쇼프, 당신에게 그렇게 말하는 것은 내 스스로도 자유를 맛보았고, 만일 내가 이전의 더러운 철창 속으로 돌아간다면…… 뭐, 좋습니다…… 상관없어요. 당신은 이해하시겠죠. 용기를 가지고 삶 속으로 뛰어드세요. 삶은 당신을 기만하지 않을 것입니다. 삶은 마치 수천 개의 방이 있는 거대한 건물과 같습니다. 그 속에는 빛, 노래, 아름다운 장면, 영리하고, 우아한 사람들, 웃음, 춤, 사랑 등이 있고, 동시에 이 모든 것은 예술에 담겨 있는 위대하고 엄청난 것입니다. 그런데 당신은 지금까지 이 궁전 안에서 유일하게 어둡고 좁은 다락 하나를 보았습니다.

온통 잡동사니와 거미줄투성이입니다. 그러나 당신은 그곳에서 벗어나기를 두려워합니다."

로마쇼프는 강나루에 도착해서 나잔스키가 나룻배에서 내리도록 도와주었다. 그들이 나잔스키의 아파트에 도착했을 때 이미 사위는 어두워져 있었다. 로마쇼프는 친구를 침대에 눕히고 손수 담요와 외투를 덮어주었다.

나잔스키는 이가 부딪혀 소리가 날 정도로 몸을 떨었다. 동그랗게 몸을 움츠리고 머리를 베개에 파묻은 채 애처롭고 무력하고 아이 같은 목소리로 말했다.

"아, 나는 내 방이 너무나 무섭군요…… 꿈, 꿈은 얼마나 끔찍한지!"

"원하신다면 제가 자고 갈까요?" 로마쇼프가 제안했다.

"아니, 아니, 그럴 필요 없습니다. 진통제를 보내주십시오…… 그리고…… 보드카 약간도요. 난 돈이 없습니다……"

로마쇼프는 그의 곁에서 11시까지 앉아 있었다. 점차 나잔스키의 오한도 멈췄다. 그는 갑자기 열에 들떠 빛나는 큰 눈을 뜨더니 단호하고 짧게 말했다.

"이제 가세요. 안녕히 가십시오."

"안녕히 계십시오." 로마쇼프가 슬프게 말했다.

그는 '안녕히, 스승님'이라고 말하고 싶었지만 표현하기가 쑥스러웠다. 그래서 그냥 어색한 농담만 덧붙였다.

"왜 '안녕히 가십시오'라고 하십니까? 왜 '또 만납시다'가 아닙니까?"

나잔스키는 갑작스럽게 끔찍하고 공허한 웃음을 터뜨리기 시작했다.

"아, 왜 '또 만납시다'가 아니냐구요?" 그는 미친 사람처럼 비정상적인 목소리로 소리쳤다.

그러자 로마쇼프는 자신의 온몸에 공포가 파도처럼 밀려옴을 느꼈다.

22

자신의 집에 다다랐을때, 로마쇼프는 여름밤의 따뜻한 어둠 속에서 자신의 집 창문으로부터 희미한 등불이 아른거리는 것을 보았다. '저게 무엇을 의미하는가?' 그는 초조한 듯 생각에 잠겨 자신도 모르게 걸음을 서둘렀다. '아마도 결투 입회인들이 결투 조건들을 가지고 돌아온 것일까?' 현관에서 그는 가이난을 보지 못해 부딪혔고 화들짝 놀라서 펄쩍 뛰며 화가 나서 소리를 질렀다.

"제기랄! 가이난 자넨가? 거기 누군가?"

어둠 속이었지만 그는 가이난이 늘 하던 대로 한곳에서 지치도록 춤을 추고 있었음을 눈치챘다.

"나리한테 어떤 마님이 찾아왔습니다요. 방에 앉아 계십니다."

로마쇼프는 방문을 열었다. 석유가 거의 바닥난 지 오래된 램프는 소음과 냄새를 풍기며 마지막 불꽃을 태우고 있었다. 침대에는 꿈쩍도 않는 여자의 형상이 무겁게 떨리는 어슴푸레한 어둠 속에서 희미하게 구분되었다.

"슈로치카!" 숨을 간신히 내쉬며 로마쇼프가 소리쳤다. 왠지 모르게 그는 발끝을 들고 조심스럽게 침대로 다가갔다. "슈로치카, 당신이오?"

"소리 내지 마시고 앉으세요." 그녀는 귓속말로 빠르게 말했다. "램프를 꺼주세요."

그는 램프 유리 위로 입김을 불었다. 떨리던 파란 불꽃이 사그라졌고, 곧 방 안은 어둡고 고요해졌다. 그러자 바로 지금까지 눈에 띄지 않던 자명종이 탁자 위에서 서두르듯 시끄럽게 울리기 시작했다. 로마쇼프는 알렉산드라 페트로브나 옆에 나란히 앉아서 그녀 쪽을 바라보지 않은 채 앞으로 몸을 숙였다. 이상한 두려움과 동요, 심장을 억누르는 어떤 것이 그를 휘감아서 그는 입을 뗄 수가 없었다.

"옆방에 누가 있죠?" 슈로치카가 물었다. "저기서 들릴까요?"

"아니오, 거긴 빈방이에요…… 낡은 가구들이 있고…… 주인은 목수구요. 크게 말해도 됩니다."

그러나 그들은 둘 다 귀엣말을 계속했으며, 무겁고 짙은 암흑 속에서 조용하고 간헐적인 그들의 대화에는 비밀스럽게 숨어든 듯한 두려움과 소심함이 가득했다. 그들은 바짝 붙어 앉았다. 로마쇼프의 귓속에서 혈관의 우렁찬 박동이 울려왔다.

"왜, 왜 그랬나요?" 갑자기 그녀가 조용하면서도 질책을 담은 목소리로 말했다.

그녀는 그의 무릎에 자신의 손을 얹었다. 로마쇼프는 옷깃을 통해 그녀의 과민한 열기를 생생히 느끼며, 깊이 심호흡을 한 후 눈을 반쯤 감았다. 하지만 더 어두워지기는커녕, 눈앞에 동화 속의 호수를 닮은 검은 타원이 심오한 푸른빛으로 둘러싸여 떠올랐다.

"기억하시죠, 그이를 대할 때는 냉정하라고 내가 당신에게 부탁했었지요. 아니, 아니에요, 당신을 탓하는 게 아니에요. 당신이 일부러 싸움을 걸지는 않았어요. 나는 그걸 이해해요. 그렇지만 정말 그 순간, 당신 내면에서 야성의 동물이 깨어난 그 순간에 당신은 나를 한번이라도 떠올리고 멈출 수 없었단 말인가요? 당신은 나를 한번도 사랑하지 않았군요!"

"나는 당신을 사랑합니다." 로마쇼프는 조용하게 말한 후 망설이듯 떨리는 손가락을 그녀의 손으로 가져갔다.

슈로치카는 마치 그가 안타까운 듯, 또 그를 무안하지 않게 하려는 듯, 살며시 자신의 손을 뺐다.

"네, 당신이나 그이나 아무도 내 이름을 거론하지 않았다는 것을 알지만, 당신들의 기사도 정신은 아무짝에도 쓸모없는 것이 되었어요. 어찌 됐건 사람들이 수군대겠죠."

"용서하세요, 내 자신을 통제할 수가 없었습니다…… 질투심이 내 눈을 멀게 했어요." 로마쇼프는 어렵사리 입을 열었다.

그녀는 오랫동안 악의로 가득 차 웃어댔다.

"질투심? 당신은 설마 내 남편이 당신과 싸운 뒤에, 당신이 장교회관에 가기 전에 들렀던 곳이 어디였는지 말해주고 싶은 것을 참을 정도로 마음이 넓은 인간이라고 믿고 있는 것은 아니겠지요? 그이는 나잔스키에 대해서도 내게 말해줬어요."

"미안해요." 로마쇼프는 거듭 말했다. "거기선 아무런 일도 없었어요. 미안해요."

그녀는 갑자기 결심이 선 듯 엄숙한 목소리로 소곤소곤 말했다.

"잘 들어요, 게오르기 알렉세이비치, 내겐 매 순간이 소중해요. 난 당신을 한 시간가량 기다렸어요. 그러니 간단하게 본론만 말할게요. 당신은 볼로자가 내게 어떤 의미가 있는지 알 거예요. 나는 그이를 사랑하지 않아요. 하지만 그이를 위해서 내 영혼의 일부를 포기했어요. 내 자존심은 남편보다 더 강해요. 그이는 아카데미 입학시험에 두 번이나 떨어졌어요. 그 일은 남편보다 내게 더 큰 슬픔과 절망을 안겨주었어요. 바로 그 사령부에 대한 것은 내 생각, 온전히 나만의 생각이었어요. 나는 남편을 끌어올리는 데 온 힘을 쏟았어요. 그를 채찍질했고, 그와 함께 달달 외우고, 반복 학습하고, 그의 자존감을 끌어올리고, 절망의 순간에 용기를 주었죠. 이것만이 나의 유일한 행복이자 고통이에요. 나는 이 생각을 한시도 마음에서 떨쳐버릴 수가 없어요. 무슨 일이 있어도 그이는 아카데미에 입학할 거예요."

로마쇼프는 몸을 낮게 숙인 채 머리를 손바닥에 파묻고 앉아 있었다. 불현듯 그는 천천히 자신의 머리카락을 쓰다듬는 슈로치카의 부드러운 손길을 느꼈다. 그는 슬프고 의문에 찬 음성으로 물었다.

"내가 무얼 해줄 수 있겠소?"

그녀는 그의 목을 안아서, 머리를 자신의 가슴으로 부드럽게 감쌌다. 그녀는 코르셋을 입고 있지 않았다. 로마쇼프의 볼에 그녀의 유연한 몸매의 탄력과 그녀 몸에서 풍기는 따뜻하고 달콤한 향기가 전해졌다. 그녀가 말을 할 때마다 로마쇼프는 자신의 머리카락에 와 닿는 그녀의 숨결을 느낄 수 있었다.

"기억하지? 그때…… 저녁에…… 피크닉에서. 나는 자기에게 진심을 모두 말했어. 난 그 사람을 사랑하지 않아. 그렇지만 생각해봐. 3년, 3년 내내 희망과 환상을 품고, 계획을 세우면서 무모하고도 끈질기게 달려왔어! 너도 알겠지만 나는 이따위 저급하고 비천한 장교 사회는 소름끼치도록 증오스러워. 나는 늘 훌륭하게 갖춰 입고, 아름답고 우아하고 싶어. 난 존경과 권력을 원해! 그런데 별안간 술에 취해 꼴사나운 격투로 빚어진 장교의 스캔들이라니! 그렇게 모든 것이 잿더미가 되어 흩어져버렸어! 오, 이건 너무 끔찍해! 나는 한번도 엄마가 된 적은 없지만 내 스스로 상상하곤 해. 여기 아기가 자라고 있다. 사랑스럽고 귀한 내 아기. 그에게 내 모든 희망이 걸려 있다. 그 아이에 대한 걱정들, 눈물들, 불면의 밤들…… 그런데 갑자기 어리석고 야만적인 사건, 천재지변이 일어났어.

아이는 창가에서 놀고 있는데 유모는 뒤돌아서 있어. 아이는 아래로 떨어질 거야, 돌 위로 말이야. 로마쇼프, 나의 이 슬픔과 속상함은 오직 어머니의 절망감에 견줄 수 있어. 그렇지만 난 너를 탓하지 않아."

로마쇼프는 너무 몸을 숙이고 있는 것이 그녀에게 힘들지 않을까 하여 마음이 편하지 않았다. 하지만 몇 시간이고 이렇게 앉아 영혼의 기묘한 만취 상태에서, 그녀의 작은 심장의 정확하고 빠른 박동을 계속해서 들을 수만 있다면 얼마나 좋을까.

"내 말 듣고 있어?" 그에게 몸을 숙이며 그녀가 물었다.

"응, 그래…… 말해…… 내가 할 수만 있다면 당신이 원하는 대로 다 하겠어."

"아니, 아니야. 내 말을 끝까지 들어봐. 만약 네가 그이를 죽이거나 혹은 그이가 시험에서 떨어진다면…… 당연히! 나는 그 사실을 알게 되는 그날로 그이를 버리고 가버릴 거야. 페테르부르크든 오데사든, 키예프든, 어디든 상관없어. 내 말이 신문 연재소설에서나 볼 수 있는 위선적인 구절이라곤 생각지도 마. 그따위 값싼 효과로 너를 겁주고 싶어 하는 말이 아니야. 나는 내가 젊고 영리하고 교양 있다는 것을 알고 있어. 나는 아름답지 않아. 그러나 나는 공식 무도회에서 아름답다는 구실로 상품으로 양은 쟁반이나 음악 소리 자명종을 받는 수많은 미녀들보다는 흥미로운 존재가 될 수 있어. 나는 내 자신을 욕하면서, 마치 폭죽처럼 화려하게 한순간에 타버릴 거 같아."

로마쇼프는 창을 바라보았다. 어둠에 익숙해진 그의 눈은 어렴풋이 보이는 창틀을 구별할 수 있었다.

"그렇게 말하지 마…… 그러면 안 돼…… 마음이 아파." 그가 슬프게 말했다. "내가 내일 결투를 거부하고 그 앞에서 사죄하기를 바라는 거야? 그렇게 할까?"

그녀는 잠시 침묵했다. 자명종은 특유의 쇳소리로 어두운 방의 구석구석을 가득 채웠다. 마침내 그녀가 겨우 들릴 듯한 목소리로, 생각에 잠긴 듯, 로마쇼프가 이해할 수 없는 표정으로 말했다.

"나는 네가 그런 제안을 할 것이란 걸 알고 있었어."

그는 고개를 들었다. 그녀가 그의 목을 안고 있었지만 침대 쪽으로 몸을 폈다.

"나는 두렵지 않아!" 그는 크게 소리쳤다.

"아니, 아니, 아니야, 아니야." 그녀가 열기에 차서, 서둘러 애원하듯 속삭이며 말했다. "네가 나를 이해하지 못한 거야. 내겐 전혀 다른 생각이 있어. 그렇지만 네 앞에 말하기가 부끄러워. 너는 순수하고 선량한 사람이기에, 네 앞에 이런 말하기가 쑥스러워. 나는 계산적이고 못된 여자야……"

"아니, 전부 다 말해봐. 난 너를 사랑해."

"잘 들어봐." 그녀가 말하기 시작했다. 그리고 그는 그 말을 채 듣기도 전에 그녀가 무슨 말을 할지 알아챘다. "만약 네가 결투를 피한다면 너는 엄청난 치욕과 분노로 고통스러워할 거야. 아니, 아냐, 이 말을 하려는 게 아닌데. 오, 하느님, 나는 이 모든 것을 오랫동안 고심하며 생각했어. 만약에 네가 결투를 거부했다고 쳐봐. 남편의 명예는 회복되겠지. 그러나 너도 알겠지만, 화해로 끝난 결투는 항상 뭔가 석연치 않은 구석이 있어…… 어떻게 표현할 수 있을까……? 말하자면 무언가 의심스럽고, 무언가 의혹을 불러일으키는 것, 그리고 실망스러움…… 무슨 말인지 이해하지?" 그녀는 슬프고 부드러운 목소리로 묻고는 조심스럽게 그의 머리카락에 키스했다.

"응, 그럼 어떻게 하면 좋겠어?"

"그럴 경우 분명 남편을 시험에 합격시키진 않을 거야. 사령부 장교의 명예는 한 점의 티끌도 없어야 하니까. 너와 그이가 정말로 서로에게 총을 쏜다면, 거기엔 강렬하고 영웅적인 어떤 것이 있어. 눈앞으로 날아드는 총알에도 자신을 통제할 수 있는 사람이라면, 그 어떤 것도 용서받을 수 있어. 그리고…… 결투 후에 너는 사과를 할 수도 있겠지. 물론 네가 원한다면…… 그건 네가 알아서 할 일이지만 말이야."

그들은 꼭 껴안은 채, 서로의 팔과 얼굴을 맞대고 음모자들처럼 속삭였다. 그러나 로마쇼프는 그들 사이에 눈에 보이지 않는 어떤 비밀스럽고, 사악하고, 미끈거리는 무언가가 기어 다니는 듯한 느낌을 받았고, 이것은 그의 영혼을 서늘하게 만들었다. 그는 그녀의 팔에서 벗어나고 싶어졌다. 그러나 그녀가 놓아주지 않았다. 알 수 없는 초조함을 감추며 그가 건조하게 말했다.

"제발 부탁이야, 돌리지 말고 설명해봐. 모든 걸 약속할게."

그때 그녀는 명령하듯 그의 입 가까이에서 말을 했다. 그녀의 말은 빠르고 성마른 키스와 같았다.

"당신들은 내일 결투를 해야만 해. 그러나 당신들 중 어느 누구도 다치지 않을 거야. 오, 제발 나를 이해해줘. 나를 비난하지 마! 나 스스로도 겁쟁이를 경멸해. 난 여자야. 그렇지만 나를 위해서 그렇게 해줘, 게오르기! 아니, 남편에 대한 건 묻지 마. 그 사람도 알고 있어. 내가 모두, 모든 걸 조치해두었어."

이제 그는 확고한 움직임으로 그녀의 부드럽고 강한 팔에서 벗어날 수 있었다. 그는 침대에서 일어나 결연하게 말했다.

"좋아, 그렇게 하겠어. 나도 찬성이야."

그녀도 일어났다. 어둠 속에서 그녀의 움직임은 보이지 않았지만, 그녀가 서둘러 머리 매무새를 가다듬고 있다는 것을 짐작하고 느낄 수 있었다.

"가려고?" 로마쇼프가 물었다.

"안녕!" 그녀가 힘없는 목소리로 대답했다. "마지막으로 내게 키스 해줘."

로마쇼프의 심장은 연민과 사랑으로 전율했다. 어둠 속에서 손을 더듬어 두 팔로 그녀의 머리를 잡고, 그녀의 볼과 눈에 키스하기 시작했다. 슈로치카의 얼굴은 소리 없이 흘린 눈물로 젖어 있었다. 이것이 그의 마음을 흔들었고 감동시켰다.

"사랑스러운…… 울지 마오…… 사샤…… 사랑스러운……" 그는 연민에 젖어 부드럽게 말했다.

그녀는 갑자기 그의 목을 두 팔로 감싸며, 고통스럽고 정열적인 몸짓으로 강하게 매달렸다. 그녀는 자신의 뜨거운 입술을 그의 입술에서 떼지 않은 채, 온몸을 떨며 간신히 숨을 가누고 들릴 듯 말 듯 속삭였다.

"자기랑 이렇게 헤어질 순 없어…… 우린 다신 못 만날 거야. 그러니 아무것도 두렵지 않아. 원해, 그것을 원해. 한 번이야…… 우리의 행복을 찾아…… 나에게 와, 어서 와, 어서……"

두 사람과 그들이 있는 이 방, 그리고 온 세계가 어떤 억누를 수 없는 지극한 행복의 정열적인 무아경으로 가득 찼다. 잠시 동안 베개의 흰 얼룩 사이에서, 로마쇼프는 지극한 행복으로 빛나는 슈로치카의 두 눈을 가까이서 동화처럼 선명하게 보았고, 갈망하듯 그녀의 입술에 키스했다……

"내가 데려다 줄까?" 슈로치카와 함께 문에서 뜰로 나서며 그가 물었다.

"아니, 그러지 마…… 제발 그렇게 하지 마. 내가 여기 얼마 동안 머물렀는지 잘 모르겠어. 지금 몇 시지?"

"몰라, 시계가 없어. 잘 모르겠어."

그녀는 걸음을 늦추더니 문에 기대어 멈춰 섰다. 흙과 돌에서 풍기는 여름밤의 건조하고 정열적인 향기가 공기 중에 묻어 나왔다. 어두웠다. 그러나 그 어둠 속에서 로마쇼프는 언젠가 그 숲에서와 마찬가지로 슈로치카의 얼굴이 기이하고 하얀빛으로, 마치 석고상처럼 빛나는 것을 보았다.

"그럼, 안녕, 내 사랑." 그녀가 마침내 지친 목소리로 말했다. "안녕히."

그들은 키스했다. 그러나 이제 그녀의 입술은 차가웠고 미동도 없었다. 그녀는 문 쪽으로 빠르게 걸어갔고 짙은 밤의 어두움이 그녀를 곧장 삼켜버렸다.

로마쇼프는 쪽문이 삐걱 소리를 내고 슈로치카의 조용한 발걸음 소리가 멎을 때까지 서 있었다. 그러고 난 후 방으로 돌아왔다.

강렬하지만 유쾌한 피로가 갑자기 그를 엄습했다. 겨우 옷을 벗을 수 있었을 만큼 그는 자고 싶었다. 그리고 잠들기 전 마지막 생생한 기억 속에는 베개로부터 풍겨 나오는 부드럽고 달콤한 향기가 있었다. 슈로치카의 머리카락 냄새, 아름다운 몸, 그녀의 향수 냄새였다.

23

18××년 6월 2일.

Z도시.

N도시 보병 연대장 귀하.

보병대 이등대위 디츠.

보고서

본인은 각하께 보고를 드림을 영광으로 생각하며, 6월 2일 다음과 같이 보고드립니다. 어제, 6월 1일, 각하께 보고드린 바와 같은 조건으로 육군 중위 니콜라예프와 육군 소위 로마쇼프의 결투가 있었습니다. 적대자들은 오전 6시 5분 전, 도시에서 3.5베르스타 떨어진 곳에 위치한 '두베치나야' 숲에서 만났습니다. 결투는 신호까지 합하여 1분 10초 걸렸습니다. 결투자들의 위치는 제비뽑기로 결정했습니다. '전진'이라는 명령과 함께 두 적대자들은 서로를 향해서 걸어 나갔고, 니콜라예프 중위가 쏜 총알에 로마쇼프 소위가 복부의 오른쪽 상단을 맞아 부상을 입었습니다. 중위 니콜라예프는 서야 할 위치에 멈춰 총알이 오기를 기다렸습니다. 소위 로마쇼프는 적대자에게 응전하지 못하고 지정된 30초의 시간을 보냈습니다. 그 결과 소위 로마쇼프 측의 입회인들이 결투가 끝난 것으로 간주했고, 전체 동의하에 결투를 종료했습니다. 소위 로마쇼프는 마차에 실려 돌아오던 중, 실신 상태에 빠졌고, 7분 후 내부 출혈로 사망했습니다. 니콜라예프 중위 측 입회인으로는 본인, 그리고 바신 중위가 참여했고, 로마쇼프 소위 측 입회인으로는 베크 아가말로프 그리고 베트킨 중위가 참석했습니다. 결투에 대한 지휘는 전체의 동의하에 제가 맡았습니다. 군의관 즈노이코의 소견서를 함께 첨부합니다.

이등대위 디츠.

옮긴이 해설

시대와 담대히 결투하다!
── 알렉산드르 쿠프린의 생애와 『결투』

알렉산드르 이바노비치 쿠프린Александр Иванович Куприн은 1870년 펜젠 현에서 이미 영락해서 가난을 면치 못하고 있는 귀족 가문에서 태어났다. 그가 태어난 이듬해 그의 아버지가 죽고 쿠프린의 가족은 생계조차 꾸리기 어려운 형편이 된다. 쿠프린의 어머니는 생계 유지를 위해 모스크바로 이사를 하지만, 상황이 나아지지 않자 결국 쿠프린을 1876년 모스크바 소재의 라주몹스키 고아원에 맡긴다. 여섯 살의 나이로 고아원에 맡겨진 쿠프린은 후에 지나간 일을 회상하며 당시 '가족을 잃은 어린아이의 비애'를 느꼈다고 고백한다. 이 무렵 발발한 러시아와 터키 간 전쟁에서 러시아가 일궈낸 승리는 어린 쿠프린에게 군인이 되겠다는 꿈을 가지게 한다. 1880년, 그는 제2모스크바 군사학교에 응시하여 합격한다. 육군유년학교의 기억은 『변환기에На переломе』라는 작품 속에서 묘사되는데, 이 작품 속에서 쿠프린은 미래의 장교를 교육하는 육군유년학교 시스템의 불합리성에 대해 비판한다. 1890년에 군사학교를 졸업한 쿠프린은 포돌스키 현에 주둔하고 있던 제46드네프롭스키 보병부대에서 소위로 임관하여

군 복무를 시작한다. 군 복무를 하는 동안 쿠프린은 여러 편의 단편과 중편소설을 집필한다. 쿠프린의 대작 『결투Поединок』 속에 묘사되는 장교들의 일상은 모두 군 복무의 경험을 바탕으로 나온 것이다. 가혹한 교련, 제식훈련, 부하 학대, 밤마다 벌어지는 음주와 방탕한 생활 등 당시 러시아 장교들의 실상이 이 작품 속에서 적나라하게 드러난다. 1894년 8월 중위로 퇴역을 한 쿠프린은 키예프로 옮겨가 전업 작가로 나서게 된다. 이후 그는 여러 작품을 집필하며 당대의 최고 작가들인 부닌, 체호프, 고리키와 교류를 한다. 특히 쿠프린은 체호프와 서신을 교환하며 그를 인생의 스승이라고 칭할 정도로 막역한 사이가 된다. 또한 당대의 대가 L. 톨스토이는 쿠프린의 문체와 세부 묘사의 탁월함을 칭찬한다. 고리키와의 관계는 더욱 밀접하였는데, 『결투』를 탈고한 쿠프린이 고리키에게 보내는 편지 속에서 '나의 작품에서 용감하고 강렬한 내용이 존재한다면 이는 모두 당신 덕분이다'라고 할 정도로 고리키와의 관계는 매우 친밀하였다. 1901년 페테르부르크로 온 쿠프린은 『모두를 위한 잡지Журнала для всех』의 비서로 일하며 M. 다비도바야와 결혼을 하여 딸 리디야를 낳는다. 6년이 지난 1907년에 그는 E. 게인리흐와 두번째로 결혼을 하여 딸 크세니야를 가진다. 10월혁명 후 '전시 공산주의' 체제를 받아들이기 힘들었던 쿠프린은 러시아의 문화가 위협받고 있다는 위기감을 느낀다. 결국 그는 1919년에 외국으로 이민을 하게 되며, 타지에서 17년간을 보내게 된다. 이민 기간 동안 경제적으로 궁핍한 생활고를 겪으며 모국에 대한 향수에 시달리던 쿠프린은 1937년 깊이 병든 몸을 이끌고 자신의 조국 러시아로 되돌아온다. 하지만 조국으로 돌아온 기쁨도 잠시뿐, 쿠프린은 1938년 8월 식도암으로 결국 사망한다.

쿠프린은 자신의 전 생애 동안 여러 가지 직업을 경험하며 다양한 삶의 모습을 체험한다. 그는 리포터로도 활동을 하였고, 직접 담배를 재배하기도 했으며, 기술청의 관리로도 근무했고, 배우로서 무대에 서기도 하고, 치과의사 교육을 받기도 하는 등 풍부한 삶의 경험을 얻었다. 생계를 위해 갖은 일을 하는 동안 쿠프린은 인간과 세상을 더욱 깊이 있게 관조하게 된다. 그가 추구하는 작가의 상은 '삶의 리포터로서 인생의 깊은 심연을 들여다보아야' 하는 것이었다. 더불어 쿠프린의 창작 과정에 있어서 그를 가장 적합하게 묘사할 수 있는 가장 큰 특징 중 하나는 '고안하지 않는 작가'라는 것이다. 그와 절친한 작가이자 문학비평가인 V. F. 보차놉스키는 쿠프린에 대해 논하며 "그의 거의 모든 작품은 사건의 공간적 배경뿐만 아니라 등장인물의 성(姓)까지도 추정해낼 수 있다"라고 지적한다. 이것은 쿠프린의 작품이 전기적인 요소와 밀접하게 연관되어 있다는 것이며, 이런 맥락에서 『결투』를 살펴볼 수 있는 지점도 분명히 있을 것이다.

쿠프린은 1893년 군 생활에 대해서 써보자는 생각으로 『결투』의 집필을 시작한다. 집필 초기에 그는 N. K. 미하일롭스키에게 쓴 편지에서 밝혔듯이 "비탄에 잠기고 분개한 이들을 위한 소설"을 쓰고자 하였고, 이런 그의 생각은 1905년 『결투』가 출간됨으로서 실현된다. 러일전쟁의 패배로 여순항이 함락된 1905년 1월 9일 이후 두 달이 지난 3월에 출간된 선집 『지식Знание』의 6권에 실린 『결투』는 러일전쟁에 대한 언급이 전혀 없는데도 불구하고 러시아 제국 군대의 약화를 보여주는 단적인 상징으로서 동시대인들에게 인식되었다. 더불어 동시대인들은 쿠프린이 여러 제약을 무릅쓰고 당시의 군을 비판하고 있다는 점에서 그의 용기를 높이 평가하게 된다. 실제로 『결투』는 19세기 말부터 20세기 초까지 러시아 군의 병영을 적나라하게 묘사해낸 작품으로서, 작가는 자신의 전기적 체험을 기반으로 하여 러시아 병영의 암울함과 비참함을 사실 그대로 독자들에게 여과 없이 생생하게 전달한다.

*

위에서 밝혔듯이 『결투』의 직접적인 소재는 쿠프린 자신의 경험에서 가져온 것이다. 그는 제46드네프롭스키 보병부대에서 소위로 군 복무를 시작하여 4년여를 근무하고 퇴역한다. 작품『결투』의 주인공인 로마쇼프는 작가의 전기와 매우 닮아 있는 인물이다. 작품에 드러나는 작가의 전기적 요소를 더 살펴보자면, 주인공 로마쇼프와 작가 쿠프린의 삶의 여정의 유사성이다. 로마쇼프는 쿠프린과 마찬가지로 펜젠 현에서 태어났고, 아버지에 대한 기억이 없고 어머니만이 있으며 어린 시절을 모스크바에서 보내고 육군 유년학교를 거쳐 군사학교에 들어간 것 등이 그러하다. 또한 로마쇼프가 세번째 중편인 '마지막 숙명의 데뷔'라는 글을 쓰는 것은 쿠프린이 아직 군사학교에 다니고 있던 1889년에 『마지막 데뷔Последний дебют』라는 이야기를 모스크바에서 발간되던 잡지『러시아 풍자지Русский сатирический листок』에 실은 것과 닮아 있다. 쿠프린이 로마쇼프에게 자전적 특징을 부여한 증거는 작품 곳곳에 드러나는데, 특히 군에 관한 글을 쓰고자 했던 것 역시 같은 맥락으로 파악할 수 있다.

그는 군생활의 불쾌함과 권태를 그리는 중편이나 장편을 쓰고 싶었다. 머릿속에선 작품의 배경도 선명하고, 인물은 살아 있고, 줄거리는 정교하며 적확하게 정리되고 발전되기에, 작품에 대하여 몰입하는 것은 매우 즐거운 일이었다. 그러나 실제로 글을 쓰게 되면 생기 없는 문체에다가 아이들 글처럼 재미없고 꼴사나우며 과장되고 진부했다. 그가 글을 한창 열심히 빠르게 쓰고 있을 때는 이러한 결점들을 눈치채지 못했으나, 위대한 러시아 작가들이 쓴 짧은 단편과 자신이 쓴 글을 비교라도 할라치면, 자신의 글에 대한 무력한 낙담, 창피 그리고 혐오감이 생겼다. (p. 236)

작가 쿠프린의 전기와 매우 닮아 있는 주인공 로마쇼프 소위의 형상은 개인의 철학적, 심리적 측면과 군 복무와 연계된 사회적 측면이 상호 연계되어 드러난다. 쿠프린은 로마쇼프의 형상을 창조해내면서 러시아 문학의 대가들이 창조해낸 인물들에게 받은 영향뿐만 아니라 체호프와 고리키의 조언을 받아들인 것은 잘 알려져 있다. 작가는 로마쇼프의 과거, 내면세계, 인간에 대한 태도, 군에 대한 태도 등이 작품의 처음과 끝을 관통하며 서서히 드러나도록 한다. 예를 들어 로마쇼프가 과연 『결투』의 주인공인가 하는 의문이 들 정도로 소설의 도입단계에서 주인공 로마쇼프는 매우 미약한 조명을 받는다. 그리고 나서 작가는 1장에서 힐끔 보여주었던 로마쇼프의 내면의 모습이 외면적으로 보이는 것보다 훨씬 풍요롭고, 흥미롭다는 것을 작품 전체를 통해 드러낸다. 이러한 구성의 실현을 위해 작가는 로마쇼프의 형상을 드러내는 방법으로 독백의 기법을 사용한다. 다시 말해 로마쇼프는 작품 속에 씌어져 있듯이 '진부한 삼류소설에서나 나올 삼인칭 전지작가의 시점'으로 자신을 바라보며 묘사하는데, 바로 이런 방법으로 작가는 주인공의 형상을 부각시키고 있다. 또한 작가는 로마쇼프가 사고해나가는 과정을, 즉 독백의 과정을 충실하게 따라가며 독자들에게 전달해준다. 이를 전달해나가는 과정에서 쿠프린은 구체적이고 적확한 표현을 사용하기보다는 추상적이고 심리적인 문체, 즉 '처럼' 또는 '같아 보인다'와 같이 모호한 표현을 사용하여 로마쇼프의 내면을 묘사하기를 즐긴다. 이러한 기법을 사용하며 작가는 소심하고 말이 없으며 하찮아 보이는 소위 로마쇼프가 생래의 지력을 지닌, 생동감 있고 순박하며 결코 길들여지지 않는 매력적인 인물임을 독자들에게 넌지시 그리고 서두르지 않고 알린다.

여주인공 슈로치카는 심리적인 면에서만 접근해본다면 로마쇼프보다 더욱 흥미롭고 복잡한 인물이다. 독자가 느끼는 그녀의 첫인상은 한마디로 근사하다. 심지어 도덕적인 원칙에 반하는 일일지라도 유부녀인 그녀와 로마쇼프의 사랑이 이루어지기를 독자들이 내심 기대하게 만들 정도로, 그녀는 현명하고 동정심이 많으며 우아하고 재치 있는 이상적 삶을 살아가는 여인으로 보인다. 그러나 소설의 마지막 장에서 그녀의 이런 모습은 송두리째 흩어지며 숨겨진 전모가 밝혀진다. 그녀는 자신의 남편 니콜라이와 로마쇼프 간의 결투가 있기 하루 전에 로마쇼프를 찾아가, 남편이 아카데미에 합격하기 위해서는 그의 경력에 금이 가지 않아야 하며, 고위 계급의 군인의 아내에게 부여되는 사회적 권력이 자신에게 주어지기 위해서는 남편이 아카데미에 합격해야만 하니 반드시 결투를 해달라고 간청한다. 아카데미에 합격하기 위해서는 사람들에게 니콜라예프가 영웅적으로 평가되어야 하고, 그러기 위해서는 당당한 결투가 있어야 한다는 슈로치카의 말이 내포하는 의미는 로마쇼프가 결투에서 죽어야 한다는 것이다. 사랑에 빠진 순박한 청년 장교는 슈로치카가 던지는 말의 의미를 이성이 아닌 감성으로 파악해낸다. 그렇지만 그는 그녀가 자신을 배신하고 있다는 것을 느끼면서도 사랑하는 여인을 위해 스스로를 희생하기로 결심한다.

로마쇼프는 그들 사이에 눈에 보이지 않는 어떤 비밀스럽고, 사악하고, 미끈거리는 무언가가 기어 다니는 듯한 느낌을 받았고, 이것은 그의 영혼을 서늘하게 만들었다. 그는 그녀의 팔에서 벗어나고 싶어졌다. 그러나 그녀가 놓아주지 않았다. 알 수 없는 초조함을 감추며 그가 건조하게 말했다.

"제발 부탁이야, 돌리지 말고 설명해봐. 모든 걸 약속할게." (p. 298)

이렇듯 현실의 난관에 부딪친 로마쇼프와 슈로치카는 각각 자신의 상황을 타개하기 위해 전혀 상반되는 방향으로 자신의 의지를 몰아간다. 로마쇼프는 자신의 이상을 위해 죽음을 선택하고 슈로치카는 현실과 타협하여 사랑하는 연인을 죽음으로 몰아가는 배신 행위를 한다.

쿠프린은 로마쇼프와 슈로치카, 두 주인공의 사랑과 배신 그리고 죽음이라는 서사구조로서 당대의 군과 사회현실을 고발해낸다. 동시에 작가는 군 장교와 사병의 일상을 통해 자신이 목표로 하는 바를 적나라하게 표현해낸다. 쿠프린이 그리고 있는 벽촌 군부대의 생활은 그야말로 무의미하고 저속하며 우울하고 암담한 것이다. 이러한 생활에서 벗어나는 현실적인 방안은 두 가지이다. 제대를 함으로써 군 생활을 마무리하거나 군 아카데미에 합격하여 보다 많은 기회를 얻을 수 있는 여건을 조성해가는 길, 이 두 가지뿐이다. 만일 이 두 가지를 성취하지 못한다면 그저 러시아 벽촌 군부대의 장교들의 일상은 다람쥐 쳇바퀴처럼 반복될 뿐이다. 근무시간에 그들은 그저 연병 훈련을 하고 교범을 외우며, 일과가 끝나고 저녁이 되면 장교들끼리 모여 파티를 하며 진탕 술을 마셔대고, 유부녀들과 진한 애정 행각을 은밀하게 벌이고, 무도회에서 춤을 추다가 질리면 밤새워 카드 놀이를 하고, 이따금 무리를 지어 창녀촌에 가 질펀한 밤을 보내는 것이 그들의 반복되는 일상일 따름이다. 작품『결투』에는 이러한 진부하고 반복되는 일상 속에서 다양한 장교들의 형상이 묘사된다. 이를 위해 작가는 모두 35명의 장교를 작품 속에서 제시한다. 이는 19세기 말에서 20세기 초까지 러시아 장교들의 전형적인 모습을 드러내, 거의 모든 장교들이 천편일률적으로 비슷한 면모를 지니고 있다는 것을 강조하기 위한 작가의 의도라는 점이 다음의 문단을 통해 파악된다.

몇몇 공명심이 센 출세주의자들을 제외한 대부분의 장교들은 군 복무를 강제적이고 귀찮은 부역노동쯤으로 생각하였다. 신출내기 장교들은 마치 어린 학생들처럼 지각을 할 뿐만 아니라 기회만 있으면 슬쩍 자리를 비우는 게 다반사였다. 중대장들은 보통 딸린 식구들이 많았고 집안의 자질구레한 일, 아내의 바람기, 과도한 지출과 대출로 인한 경제적 어려움을 겪으며 간신히 살아가고 있었다. 그들은 보통 빚을 돌려막으며 살았다. 때로는 중대의 돈이나 군인들 월급을, 주로 아내들의 성화에 못 이겨 빌려 쓰는 바람에, 몇 달 또는 몇 년 동안 사병들에게 월급 결제를 해주지 못하곤 했다. 어떤 중대장들은 속임수를 써가며 카드 놀이를 해서 돈을 충당하곤 했는데, 알면서도 못 본 체할 수밖에 없었다. 그렇지 않더라도 카드를 칠 때면 대부분이 곤드레만드레가 되어 있었다. 이런 식으로 장교들은 자신들의 의무에 대해서 심각하게 생각하는 사람이 없었다. 보통 상사들이 중대가 체계적으로 돌아갈 수 있게 하였다. 그들은 사무적인 일을 죄다 처리했고 중대장을 소리 없이, 하지만 확실하게 보좌해냈다. 중대장들 역시 신임장교들마냥 대충대충 군 복무를 하고 있었다. 소위들을 집결시키는 것은 폼을 잡고 싶을 때뿐이고, 드문 경우로는 권위의 맛을 아는 중대장의 완고함 때문이었다.

대대장 역시 하는 일이 없었는데, 특히 겨울에는 더 할 일이 없었다. 부대에는 연대장도 있었는데 대대장처럼 딱히 할 일이 없는 것은 마찬가지였다. 하지만 여름에는 별수 없이 대대훈련과 연대훈련을 해야만 했다. 한가한 시간에 그들은 항상 친목 모임에 가서 앉아 있거나, 『노병』이라는 잡지를 읽거나, 승진에 대해서 이야기하거나, 카드를 치거나, 젊은 장교들이 자신들을 대접할 기회를 주거나, 자신의 집에서 파티를 열거나, 나이가 찬 딸들을 시집보내기 위해서 동분서주하였다.

하지만 대규모 사열을 앞두고는 너나없이 모여서 준비를 했다. 이때만은 그동안 버린 시간을 벌충이라도 하려는 듯이 휴식을 하려고 하지도 않고 긴장하며 사열 준비를 하였다. 병사들이 기진맥진해도 아무도 상관하지 않았다. 중대장들은 신임장교들을 개 잡듯이 몰아세웠고, 신참들은 소리를 질러대느라고 목이 쉰 하사관들에게 개념 없는 욕을 거침없이 퍼부어댔다. (pp. 77~78)

그러나 작가는 수많은 장교를 그려내면서 단 한 명의 장교도 완전히 긍정적인 모습으로 묘사하지 않는다. 겸손하고 선량하지만 깊은 사고를 해본 적이 없는 베트킨, 군 복무에만 경도되어 인간미라고는 찾아볼 수 없는 군사용 로봇 같은 슬리바 대위, 야생의 잔인함이란 본능에 귀속되어 있는 다혈질인 베크 아가말로프, 흉폭하고 무자비한 전쟁을 찬양하는 오사치, 상처하고 아이들 넷을 키우며 항상 쥐꼬리만 한 봉급에 시달리는 홀아비 제그르즈트, 오로지 동물과 교감을 나누며 인간관계를 멀리하는 라팔스키 중령 등이 그렇다. 얼핏 보기에 긍정적인 형상을 지니고 있어 보이는 인물도 육체적으로든 정신적으로든 사회적으로든 어느 지점에선가 기형적인 불구자다. 브렘 대령이라는 별명을 지닌 라팔스키 중령의 모습은 일견 긍정적으로 비치지만, 쿠프린은 곧 그가 훈련 도중에 실수한 나팔수를 구타하여 피에 젖은 부러진 이빨들을 내뱉는 장면을 묘사한다. 또한 강하고 용기 있으며 자신이 지휘하는 부대원들을 잘 보살펴 부대원들의 존경을 받을 뿐 아니라 자신의 중대를 가장 훌륭한 부대로 만들어내는 능력을 지닌 뛰어난 지휘관인 스텔콥스키는 시골 처녀를 유혹하여 한 달 정도 자신의 집에 머물게 하다가 돈을 주고 돌려보내는 행동을 일삼는 방탕한 인물이다. 하물며 작품 전체를 가로지르는 주인공인 로마쇼프는 순진, 감성, 소박, 연민과 동정을 지닌 박애주의자로서 휴머니스트이자 자신의 내면을 고양시키고자 고뇌하는 인물이며 독자와 교감하는 인물이지만 유아적 상상 속에 빠져 있는 비현실적인 이상주의자로서 그 삶을 마감한다. 나잔스키 역시 고상한 철학을 가진 높은 이상의 소유자이나 그것을 현실화시킬 수 없는 무력한 알코올 중독자로서 일생을 보내게 될 것이라는 것은 분명해 보인다.

이처럼 장교들의 상황은 왜 모두 암담하기만 한 것일까? 쿠프린은 나잔스키에게 그 이유를 설명하게 만든다. 비록 작품 속에서 라팔스키, 스텔콥스키처럼 예외적으로 보이는 인물들이 제시되지만, 나잔스키의 입을 빌린 작가의 의도에서 확인할 수 있듯이, 장교들은 군 복무를 하는 동안 저열한 겁쟁이에다 무식한 짐승 같은 존재로 전락하고 만다. 그 이유를 나잔스키는 이렇게 말한다.

> 바로 그렇게 그들 모두가 가장 훌륭하고, 가장 부드러운 사람들이며, 훌륭한 아버지들이면서 사려 깊은 남편들임에도, 군대에서는 천박하고, 비겁하고, 악랄하고, 어리석은 짐승이 됩니다. 당신은 왜 그런지

물으시겠지요? 왜냐하면 바로 그들 중 어느 누구도 복무를 신뢰하지 않고 복무의 합리적인 목적을 찾지 못하기 때문이죠. (pp. 282~83)

하지만 쿠프린은 장교들의 문제의 원인을 군대로만 한정하려 하지 않는다. 작가는 군대라는 범위를 벗어나 국가 그리고 인류의 문제로, 그리고 인간 영혼의 문제로 그 논점을 확장시킨다.

물론 이 모든 것들 때문이기도 합니다만, 우리에겐 좀더 끔찍하고 더 이상 돌이킬 수 없는 과오가 있습니다. 그것은 바로 우리가 모든 것에 눈멀고 귀가 멀었기 때문입니다. 우리의 냄새나고 더러운 주둔지로부터 멀리 떨어진 어딘가에서 새롭고 빛나는 삶이 성립됩니다. 새롭고 용감하고 자부심이 강한 사람들이 나타나고 이성은 자유롭고 뜨거운 사상으로 빛납니다. 마치 멜로드라마의 마지막 장면처럼 오래된 탑과 지하 동굴은 무너지고 그 결과 눈부신 광채가 드러납니다. 그런데 우리는 불만에 가득 차서, 마치 인도산 수탉처럼 눈을 껌뻑거리면서 거만하게 투덜거립니다. '뭐라고? 어디서? 입 닥쳐! 반란이다! 사살하겠다!' 그리고 이와 같은 인간 영혼의 자유에 대한 어리석은 멸시는 절대 용서받지 못할 것입니다. 영원토록. (p. 284)

확장된 논의를 이끌어나가기 위하여 쿠프린은 군 생활에 대한 핍진한 묘사를 한다. 이 같은 묘사는 현실의 부조리를 폭로토록 하는 강력한 힘으로 작용했으며, 이를 통하여 쿠프린의 휴머니즘이 크게 부각될 수 있었다. 작품에 등장하는 주인공들 중 러시아 문학 장에서 대표적 이상이라고 할 수 있는 러시아적 휴머니즘을 곡진하게 표현해내도록 주문 받는 인물은 소위 로마쇼프이다. 작가는 그의 내적 체험, 주변인물에 대해 그가 보여주는 태도, 현실에 대한 그의 평가 등에 대해 세심하게 묘사한다. 특히 작품의 주인공인 로마쇼프의 휴머니스트로서의 모습을 쿠프린은 여러 에피소드를 통하여 제시한다. 자신의 당번병인 가이난에게 취하는 인간적인 면모, 절망한 사병 홀레브니코프와의 드라마틱한 조우, 광기에 찬 베크 아가말로프 앞에 선 위태로운 여인을 구하기 위해 생명을 걸기를 무릅쓰는 장면 등이 그러하다.

더불어 작가는 연대 내의 사병에 대해 세밀하고 자세하게 묘사한다. 쿠프린은 따뜻한 애정과 자상함으로 비록 피상적이긴 하나 로마쇼프의 당번병, 체레미스인 가이난을, 병약하고 겁 많은 홀레브니코프를, 어린 타타르인 병사 무하메드쥐노프와 샤라푸트지노프를 독자에게 소개한다. 특히 쿠프린은 사병 아르히포프가 '유능하고 영리하고 민첩한 청년이며,' '시골생활의 단순하고 명확한 면에 익숙해진 그의 건강한 정신은' 도저히 군의 교범이라 불리는 것과 어울리지 않는다는 점을 명확히 밝히면서 군생활의 모순을 적나라하게 드러낸다. 이들과 달리 쿠프린이 명백한 적의를 보이는 부류는 상사 르인다, 하사 샤포발렌코, 상병 세로쉬탄과 같은 하사관들 및 선임사병 그리고 장교들로서, 사병들을 훈련시키는 데 필요한 것은 오로지 구타라고 생각하는 '매우 용감하고 노련한 군 복무자'들이다. 더불어 쿠프린은 전반적인 러시아 병영의 실상을 강요된 군가 제창과 강요된 춤을 통하여 상징적으로 제시한다. 사병들이 부르는 노래와 춤은 강제와 억압의 또 다른 이름으로 병영에서 왜곡된다.

드물게 주어지는 짧은 휴식 시간에도 텐트에서 농담이나 웃음소리가 전혀 들리지 않았다. 이 와중에도 점호가 끝나고 난 밤마다 그들은 명랑해지도록 강요받았다. 그들은 빙 둘러앉아서, 무관심하고 냉담한 얼굴을 한 채, 큰 소리로 군가를 불러야 했다.

러씨야 병사들에겐
총알도 뽁탄도 두렵지 않네.
그것들은 우리와 친하니,
우리에겐 별것 아니네.

군가가 끝나면 아코디언으로 춤곡이 연주되었고, 상사는 이때마다 명령했다.
"그레고라쉬, 스크보르초프, 원을 만들어라! 춤을 춰, 이 개자식들아……! 놀아보라니까!"
병사들은 춤을 추었으나, 노래를 할 때와 마찬가지로 그들은 목석처럼 죽은 듯 보였고, 꼭 금방이라도 울 것만 같아 보였다. (p. 189)

이러한 사병들의 안타까운 상황은 몰락해가는 제국의 암울한 군 생활에 대한 반성뿐만 아니라 약한 자들에 대한 사랑이라는 러시아 특유의 휴머니즘을 느끼게 만든다.

*

『결투』에서 작가는 로마쇼프, 나잔스키 그리고 슈로치카의 내적 변화와 세계관을 통해 군의 실상을 폭로한다. 이들은 각각 자신만의 방법으로 가공할 만한 파괴력을 지닌 군이라는 거대 조직에 맞서며 내적 자아를 찾기 위해 노력한다. 슈로치카는 '소시민적인 자기중심주의적 방법'으로 나 잔스키는 '무정부주의적 초인'의 철학으로, 로마쇼프는 '현실을 기반으로 하지 않은 상상과 휴머니즘'으로 자신만의 길을 찾는다. 그것이 실패로 끝나든 그렇지 않든 이들은 그 길을 찾아가며 군대 조직과도, 세계와도 그리고 자기 자신과도 치열하게 결투를 한다. 이런 점에서 『결투』는 19세기 러시아 문학의 휴머니즘적 전통을 이어가는 작품으로서 그 가치를 인정받고 있다. 작품 속에서 철학적 고뇌를 표하는 역할을 맡은 나잔스키는 로마쇼프에게 '나' 자신에 대한 믿음을 촉구하며, "내가 말하는 것은 바로 인류에 대한 사랑이 소진하고, 인간의 심장에서 연기가 뿜어 나왔다는 것입니다. 이를 대신해서 새롭고 신성하고, 세상이 끝날 때까지 영원불멸할 믿음이 도래한다는 것입니다. 이것은 자신에 대한 사랑이며, 아름다운 몸과 전능한 이성과 끝없이 풍부한 감성에 대한 사랑입니다. 〔……〕 당신 위에는 아무도 없고 어느 누구도 당신과 견줄 수 없으니까요. 때가 되면 '나' 자신에 대한 위대한 믿음이 마치 성령의 뜨거운 말씀처럼 모든 사람들의 머리를 비출 것입니다. 그리고 그때가 되면 더 이상 노예도, 주인도, 불구자도, 연민도, 결점도, 악의도, 시기도 없을 것입니다"(p. 236)라고 말한다. 이렇게 너무나 지독하게도 비현실적이고 환상적인 로마쇼프와 나잔스키의 '나'에의 추구는 몰락해가는 러시아 제국의 암울한 군대를 배경으로 하여 그 찬란한 빛을, 비극적이고 아이러니하게도, 더욱 발한다. 이렇게 쿠프린은 노쇠한 차르-제국의 군대, 나아가 사회체제와 한판 결투를 한다는 심정으로 이 작품을 썼다고 할 수 있으며, 이러한 그의 담대한 결투는 당시 큰 사회적 반향을 일으켜 쿠프린을 일약 스타로 만드는 동시에 러시아 문학의 도도한 전통과 합류하게 만든다.

작가 연보

1870   펜젠 현의 몰락한 귀족 가문에서 출생.

1876   모스크바 소재 라주몹스키 고아원에 맡겨짐.

1880   제2모스크바 군사학교에 입교.

1890   군사학교 졸업, 제46드네프롭스키 보병부대에 소위로 임관.

1893~94 잡지 『러시아의 풍요 Русское богатство』에 「어둠 속에서 Впотьмах」「달밤에 Лунной ночью」「심문 Дознание」 발표.

1894   중위로 퇴역.

1896   『몰로흐 Молох』 출간.

1898   『올레샤 Олеся』 출간.

1899   A. 체호프와 만남.

1901   M. 다비도바야와 결혼, 딸 리디야 출생.

1902   『서커스장에서 В цирке』『소택 Болото』 출간.

1905   『결투 Поединок』 출간.

1907   E. 게인리흐와 결혼, 딸 크세니야 출생.

1909   『구멍Яма』 출간.
1920   파리에서 거주 시작.
1928~32   『사관생도Юнкера』 집필 및 출간.
1937   러시아로 귀국.
1938   사망.

기획의 말

'대산세계문학총서'를 펴내며

근대문학 100년을 넘어 새로운 세기가 펼쳐지고 있지만, 이 땅의 '세계문학'은 아직 너무도 초라하다. 몇몇 의미 있었던 시도에도 불구하고, 전체적으로는 나태하고 편협한 지적 풍토와 빈곤한 번역 소개 여건 및 출판 역량으로 인해, 늘 읽어온 '간판' 작품들이 쓸데없이 중간 되거나 천박한 '상업주의적' 작품들만이 신간 되는 등, 세계문학의 수용이 답보 상태에 머물러 있었음을 부인하기 힘들다. 분명한 자각과 사명감이 절실한 단계에 이른 것이다.

세계문학의 수용 문제는, 그 올바른 이해와 향유 없이, 다시 말해 세계문학과의 참다운 교류 없이 한국문학의 세계 시민화가 불가능하다는 의미에서, 보다 근본적으로, 우리의 문화적 시야 및 터전의 확대와 그 질적 성숙에 관련되어 있다. 요컨대 이것은, 후미에 갇힌 우리의 좁은 인식론적 전망의 틀을 깨고 세계 전체를 통찰하는 눈으로 진정한 '문화적 이종 교배'의 토양을 가꾸는 작업이며, 그럼으로써 인간 그 자체를 더 깊게 탐색하기 위해 '미로의 실타래'를 풀며 존재의 심연으로 침잠하는 작업이라 할 수 있다.

우리의 현실을 둘러볼 때, 그 실천을 위한 인문학적 토대는 어느 정도

갖추어진 듯이 보인다. 다양한 언어권의 다양한 영역에서 문학 전공자들이 고루 등장하여 굳은 전통이나 헛된 유행에 기대지 않고 나름의 가치 있는 작가와 작품을 파고들고 있으며, 독자들 또한 진부한 도식을 벗어나 풍요로운 문학적 체험을 원하고 있다. 새롭게 변화한 한국어의 질감 속에서 그 체험이 이루어지기를 바라는 요청 역시 크다. 그러므로 필요한 것은 어쩌면 물적 토대뿐일지도 모른다는 판단이 우리를 안타깝게 해왔다.

이러한 시점에서, 대산문화재단의 과감한 지원 사업과 문학과지성사의 신뢰성 높은 출간을 통해 그 현실화의 첫발을 내딛게 된 것은 우리 문화계의 큰 즐거움이 아닐 수 없다. 오늘의 문학적 지성에 주어진 이 과제가 충실한 결실을 맺을 수 있도록, 우리는 모든 성실을 기울일 것이다.

'대산세계문학총서' 기획위원회

대산세계문학총서

001-002 소설 **트리스트럼 샌디** (전 2권) 로랜스 스턴 지음 | 홍경숙 옮김
003 시 **노래의 책** 하인리히 하이네 지음 | 김재혁 옮김
004-005 소설 **페리키요 사르니엔토** (전 2권)
  호세 호아킨 페르난데스 데 리사르디 지음 | 김현철 옮김
006 시 **알코올** 기욤 아폴리네르 지음 | 이규현 옮김
007 소설 **그들의 눈은 신을 보고 있었다** 조라 닐 허스턴 지음 | 이시영 옮김
008 소설 **행인** 나쓰메 소세키 지음 | 유숙자 옮김
009 희곡 **타오르는 어둠 속에서 / 어느 계단의 이야기**
  안토니오 부에로 바예호 지음 | 김보영 옮김
010-011 소설 **오블로모프** (전 2권) I. A. 곤차로프 지음 | 최윤락 옮김
012-013 소설 **코린나: 이탈리아 이야기** (전 2권) 마담 드 스탈 지음 | 권유현 옮김
014 희곡 **탬벌레인 대왕 / 몰타의 유대인 / 파우스투스 박사**
  크리스토퍼 말로 지음 | 강석주 옮김
015 소설 **러시아 인형** 아돌포 비오이 까사레스 지음 | 안영옥 옮김
016 소설 **문장** 요코미쓰 리이치 지음 | 이양 옮김
017 소설 **안톤 라이저** 칼 필립 모리츠 지음 | 장희권 옮김
018 시 **악의 꽃** 샤를 보들레르 지음 | 윤영애 옮김
019 시 **로만체로** 하인리히 하이네 지음 | 김재혁 옮김
020 소설 **사랑과 교육** 미겔 데 우나무노 지음 | 남진희 옮김
021-030 소설 **서유기** (전 10권) 오승은 지음 | 임홍빈 옮김
031 소설 **변경** 미셸 뷔토르 지음 | 권은미 옮김
032-033 소설 **약혼자들** (전 2권) 알레산드로 만초니 지음 | 김효정 옮김
034 소설 **보헤미아의 숲 / 숲 속의 오솔길** 아달베르트 슈티프터 지음 | 권영경 옮김
035 소설 **가르강튀아 / 팡타그뤼엘** 프랑수아 라블레 지음 | 유석호 옮김

036 소설	사탄의 태양 아래	조르주 베르나노스 지음	윤진 옮김
037 시	시집	스테판 말라르메 지음	황현산 옮김
038 시	도연명 전집	도연명 지음	이치수 역주
039 소설	드리나 강의 다리	이보 안드리치 지음	김지향 옮김
040 시	한밤의 가수	베이다오 지음	배도임 옮김
041 소설	독사를 죽였어야 했는데	야샤르 케말 지음	오은경 옮김
042 희곡	볼포네, 또는 여우	벤 존슨 지음	임이연 옮김
043 소설	백마의 기사	테오도어 슈토름 지음	박경희 옮김
044 소설	경성지련	장아이링 지음	김순진 옮김
045 소설	첫번째 향로	장아이링 지음	김순진 옮김
046 소설	끄르일로프 우화집	이반 끄르일로프 지음	정막래 옮김
047 시	이백 오칠언절구	이백 지음	황선재 역주
048 소설	페테르부르크	안드레이 벨르이 지음	이현숙 옮김
049 소설	발칸의 전설	요르단 욥코프 지음	신윤곤 옮김
050 소설	블라이드데일 로맨스	나사니엘 호손 지음	김지원·한혜경 옮김
051 희곡	보헤미아의 빛	라몬 델 바예-인클란 지음	김선욱 옮김
052 시	서동 시집	요한 볼프강 폰 괴테 지음	안문영 외 옮김
053 소설	비밀요원	조지프 콘래드 지음	왕은철 옮김
054-055 소설	헤이케 이야기(전 2권)	지은이 미상	오찬욱 옮김
056 소설	몽골의 설화	데. 체렌소드놈 편저	이안나 옮김
057 소설	암초	이디스 워튼 지음	손영미 옮김
058 소설	수전노	알 자히드 지음	김정아 옮김
059 소설	거꾸로	조리스-카를 위스망스 지음	유진현 옮김
060 소설	페피타 히메네스	후안 발레라 지음	박종욱 옮김
061 시	납	제오르제 바코비아 지음	김정환 옮김
062 시	끝과 시작	비스와바 쉼보르스카 지음	최성은 옮김
063 소설	과학의 나무	피오 바로하 지음	조구호 옮김
064 소설	밀회의 집	알랭 로브-그리예 지음	임혜숙 옮김
065 소설	홍까오량 가족	모옌 지음	박명애 옮김
066 소설	아서의 섬	엘사 모란테 지음	천지은 옮김
067 시	소동파 사선	소동파 지음	조규백 옮김
068 소설	위험한 관계	쇼데를로 드 라클로 지음	윤진 옮김

069 소설	거장과 마르가리타 미하일 불가코프 지음	김혜란 옮김
070 소설	우게쓰 이야기 우에다 아키나리 지음	이한창 옮김
071 소설	별과 사랑 엘레나 포니아토프스카 지음	추인숙 옮김
072-073 소설	불의 산(전 2권) 쓰시마 유코 지음	이송희 옮김
074 소설	인생의 첫출발 오노레 드 발자크 지음	선영아 옮김
075 소설	몰로이 사뮈엘 베케트 지음	김경의 옮김
076 시	미오 시드의 노래 지은이 미상	정동섭 옮김
077 희곡	셰익스피어 로맨스 희곡 전집 윌리엄 셰익스피어 지음	이상섭 옮김
078 희곡	돈 카를로스 프리드리히 폰 실러 지음	장상용 옮김
079-080 소설	파멜라(전 2권) 새뮤얼 리처드슨 지음	장은명 옮김
081 시	이십억 광년의 고독 다니카와 슌타로 지음	김응교 옮김
082 소설	잔지바르 또는 마지막 이유 알프레트 안더쉬 지음	강여규 옮김
083 소설	에피 브리스트 테오도르 폰타네 지음	김영주 옮김
084 소설	악에 관한 세 편의 대화 블라디미르 솔로비요프 지음	박종소 옮김
085-086 소설	새로운 인생(전 2권) 잉고 슐체 지음	노선정 옮김
087 소설	그것이 어떻게 빛나는지 토마스 브루시히 지음	문항심 옮김
088-089 산문	한유문집-창려문초(전 2권) 한유 지음	이주해 옮김
090 시	서곡 윌리엄 워즈워스 지음	김숭희 옮김
091 소설	어떤 여자 아리시마 다케오 지음	김옥희 옮김
092 시	가윈 경과 녹색기사 지은이 미상	이동일 옮김
093 산문	어린 시절 나탈리 사로트 지음	권수경 옮김
094 소설	골로블료프가의 사람들 미하일 살티코프 셰드린 지음	김원한 옮김
095 소설	결투 알렉산드르 쿠프린 지음	이기주 옮김